KB215197

개인기록
연구총서
1

창평일기 1

이정덕·김규남·문만용·안승택·양선아·이성호·김희숙

지식과교양

이 책은 2011년도 정부재원(교육과학기술부 사회과학연구지원사업비)으로 한국연구재단의 지원을 받아 연구되었음(NRF-2011-330-B00157)

서문

　일기는 한 개인이 일상의 경험과 느낌을 적어 놓은 기록이다. 개인의 생활은 자신이 속한 물리적, 사회적 환경과의 상호작용 속에서 이루어지는 것이므로, 일기에는 한 개인의 삶뿐만 아니라 그 시대의 상황과 지역사회의 특성이 담겨 있게 마련이다. 특히 일기는 그날그날의 기록이기 때문에 어느 자료보다도 사실적이다. 만약 이러한 기록이 수십 년 동안 누적되어 있다면 이것은 그 자체로 가장 구체적인 역사 자료가 된다.

　『창평일기』는 전라북도 임실군 신평면에서 일생을 살았던 고 최내우(崔乃宇 1923-1994) 옹이 자신의 일상을 기록한 것이다. 최 옹은 1969년부터 1994년까지 거의 하루도 거르지 않고 자신의 생활을 일기에 꼼꼼하게 적었다. 또 그는 1993년, 1920년대부터 1960년대까지의 삶을 되돌아보면서 기록한 회고록을 남겼다. 자녀들은 이 회고록에 선친의 호를 따서 『월파유고』라고 이름 붙였다. 『월파유고』는 『창평일기』를 쓰기 시작하기 이전 시기의 마을과 개인의 삶에 대한 기록이다. 따라서 『월파유고』와 『창평일기』는 일련의 연속성을 지니고 있다.

　우리 연구팀이 이 일기에 대해 알게 된 것은 2009년 「진실·화해를 위한 과거사정리위원회」의 의뢰를 받아, 임실군에서 '한국전쟁기 민간인 집단희생자 현황조사'를 진행하면서였다. 그 후 조사 작업도 마무리되고, 진화위도 해체 되면서 한동안 잊고 지내다가, 전북대학교 「쌀·삶·문명연구원」의 '인문한국(HK)' 연구사업을 통해서 비로소 본격적인 『창평일기』 분석 작업을 시작하게 되었다.

　우리는 먼저 고 최내우 옹의 일기를 보관하고 있던 최 옹의 큰 자제인 최성미 선생을 만나, 일기 분석 작업에 대해 설명하고 일기 원본을 제공받았다. 그리고 연구팀을 구성하여, 일기를 한자 한자 꼼꼼히 읽어가기 시작하였다. 국문과 한문, 방언과 오자, 탈자들이 뒤엉킨 일기 원본은 일기 연구팀에게 적잖은 당혹감과 고통을 안겨주었지만, 그 속에서 조금씩 드러나는 마을과 지역사회의 현대사 단편들은 우리를 일기 자료 속으로 끌어들였다. 우리는 일기를 읽어 가면서, "완전하게 갖추어진 개인기록은 완벽한 사회학적 자원"이라는 사실을 일찍이 간파한 폴란드 출신 사회학자 츠나니에키(F. Znanieki)의 주장에 공감할 수 있게 되었다. 결국 우리 연구팀은 『창평일기』를 통해서 개인기록 자료의 가치를 배울 수 있었던 셈이다. 이 일기를 최내우 옹이 살았던 곳의 지명을 따서 『창평일기』라고 이름 붙이기로 한 것도 이러한 일기의 특성과 무관하지 않다.

　우리 일기 연구팀은 인류학, 경제학, 사회학, 과학사, 그리고 언어학 연구자로 구성되어 있다. 이처럼 일기를 중심으로 다양한 학문 분야가 경계를 넘어 모이게 된 것은 일기 자료가 담고 있는 정보가 종합적이고 포괄적이기 때문이다. 일기는 국가, 지역사회, 마을 공동체와 개인의 삶 사이에 존재하는 관계의 체계, 그리고 시간의 흐름에 따른 변화의 역동성을 고스란히 드러내고 있다. 우리 연구팀의 다학문적 구성은 일기 자료 속에서 지역사회의 다층적이고 복합적인 구조와 그 변동 과정을 구체적으로 포착하는 데 장점이 될 수 있을 것이라고 믿는다.

『창평일기』는 전 4권으로 출판될 계획이다. 제1권은 일기 자료에 대한 해제와 『월파유고』 전문으로 구성되어 있다. 그리고 제2권에는 1969년부터 1980년까지의 『창평일기』 전문을 수록하였다. 그리고 내년에 출판할 예정인 제3권에는 1981년부터 1994년까지의 『창평일기』 전문을 싣고, 제4권은 일기 자료를 통해 한국사회의 압축적 근대화가 지역사회에 미친 영향을 전반적으로 검토하는, 일기 전체에 대한 총체적 해제집으로 출간할 예정이다.

이 기록이 개인과 가족의 손을 벗어나 소중한 지역 현대사 자료로 거듭날 수 있게 되기까지는 많은 분들의 고마운 관심과 도움이 있었다. 우선 진화위의 한국전쟁기 민간인 희생자 조사 작업 과정에서 일기를 발견하고, 그 일기를 우리 연구팀이 분석할 수 있도록 여러모로 도와주신 전북대학교 고고문화인류학과 함한희 선생님께 감사드린다. 함 선생님께서는 우리의 일기 연구에 여전한 관심과 애정을 보이고 계시니 곧 우리 연구팀과 함께 연구 성과를 나눌 수 있을 것으로 믿는다. 그리고 일기 연구가 준비되고 진행되는 과정에서 자료 분석의 방법, 연구의 방향과 관점 등에 끊임없이 조언을 계속해 주시는 전북대학교 사회학과 남춘호 선생님, 개인기록의 자료로서의 가치를 말씀해 주시기 위해 자그마한 학술대회에 선뜻 참가를 허락해 주셨던 지역문화연구소의 정승모 선생님, 지난 1년여 동안 연구 모임에 함께 자리하여 연구의 틀을 잡는 데 조언을 아끼지 않았던 지역문화연구소 김혁 선생님의 따뜻한 관심과 도움에도 깊이 감사드린다. 중단될 뻔한 일기 분석을 다시 시작할 수 있도록 격려해 준 전북대학교 쌀·삶·문명연구원과 동아시아의 일기 연구 동향 정보를 제공해 주시는 전북대학교 일어일문학과의 임경택 선생님은 우리 연구팀이 언제나 기댈 수 있는 언덕이다. 이 분들이 아니었으면 우리 연구는 어쩌면 지금보다 훨씬 더 늦어졌거나, 아니면 아예 가슴 속에 빚으로만 남기게 되었을지도 모른다.

그리고 무엇보다 선친의 일기를 우리 연구팀에게 선뜻 내주신 임실문화원 최성미 원장님께 특별한 감사를 드린다. 최 원장님께서는 집안의 내력이 낱낱이 드러날지도 모르는 부담을 모두 스스로 감당하면서 『창평일기』를 제공해 주셨다. 뿐만 아니라 우리가 주문할 때마다 신평면을 중심으로 한 임실 지역 곳곳을 안내하고, 일기의 행간에 숨겨진 정보를 알려주는 수고를 감내하고 계신다. 우리 연구팀은 최 원장님을 비롯한 가족 및 지역 주민들께 이 일기가 연구 과정에서 오독, 오용되지 않도록 모든 노력을 기울이겠다는 약속을 드린다.

우리 연구팀은 2011년 9월부터 한국연구재단에서 한국 사회과학연구지원사업(SSK)의 지원을 받게 되어 보다 안정적으로 체계적인 연구를 진행할 수 있게 되었다. 마지막으로 어려운 사정에도 자료가 빛을 볼 수 있도록 도움을 주신 도서출판 「지식과 교양」의 윤석원 사장님과 관계자께도 깊은 감사를 드린다. 모쪼록 이 자료가 지역 현대사 연구에 충분히 활용되어 그 가치를 다 할 수 있기를 기대한다.

2012년 6월
연구팀을 대신하여 이성호 씀

畫報

산비탈에 예원예술대학교가 있고 그 앞쪽으로 마을 그리고 昌坪이 펼쳐져 있다.
멀리 보이는 왼쪽 산비탈이 大里, 그 오른쪽이 館村面 所在地이다.

전면에서 본 昌坪과 예원예술대학교. 산 아래 건물이 예원대, 그 앞 쪽에 마을이 있다.

저자의 방앗간. 본채와 사랑채는 방앗간 안쪽에 있으며
현재는 셋째 아들이 방앗간을 운영하며 본채에 살고 있다.

사랑채와 본채. 저자는 사랑채에서 기거하였으며 지금도 그의 유품이 보관되어 있다.

오른쪽부터 순서대로 1969년에서 1981년까지의 일기장.

館村 母校 15會 同窓會 召集日이다. 大里 洑邊에 간니 14名 參席했다.
會費는 1仟원식인데 滿促[滿足]했다. 明年에는 崔仁喆 李成根이가 有司키로 하고 作別했다.
〈1973년 7월 29일 일요일 일기 중에서〉
• 뒷줄 오른쪽에서 두 번째가 일기 저자.

오늘 3日째 旅行길이엿다. 雜契라 하여 男女 50餘 名이 송이산[속리산]에 뻐스貸切로 갓다.
문장대을 너처서[거쳐서] 밤에 집에 온니 10時엿다. 몸이 고되서 조치 못햇다.
〈1975년 5월 6일 화요일 일기 중에서〉
• 뒷줄 왼쪽에서 네 번째가 일기 저자.

고 최내우 옹의 모친(1901년 생).
1960년 3월 10일 촬영 .

관촌보통학교 교사들.

관촌보통학교 제15회 졸업식(1940년 3월 25일).

1940년대, 장인 회갑.

장인 회갑일. 아내와 그 자매들. 앞줄 왼쪽이 아내.

조카 그리고 애견 재동이와 함께 찍은 사진.
1960년대 저자 30대의 모습.

全州에 小風[逍風]하려 갓다.
金 15,000원을 몸에 진니고 갓다.
八角亭으로 德津으로 해서
終日 논데 270원이 赤字를 보왓다.
〈1972년 5월 21일 일요일 일기 중에서〉

2月 5日 火曜日 (날씨) 淸

아침에
...
朝食을 맛이고
...
...
...
...
집에 와서 ...
...
...
...
...
特記事項 :

2月 6日 水曜日 (날씨) 淸

새벽 3時頃에
꿈을 꾸었는데
故 어머니와 나와 재룡이(개)와 꽃이
마당에 있었는데 하늘에서
용이 올라가는데 내가 어머니 용 올라간다고
손으로 갈치 였드니 그 용이 벼란간
우리마당에 떵 떠러지는데
나게로 확 댈여드러 깜작 놀아
고함을 지른것이 깨고보니 大龍夢
아마 今年에 一大 나의 大幸運이 올것으로 直覺
하고 집안 食口에 大運이 갓처 왔다고
大幸運大吉 외 체해가 왔다고 ...
부디 每事에 마음 너를 成功해 주시기를
비는바이 ... 大責中(生命) 첫꾸맛다
...
...
...
特記事項 : ... 450원 라 ...

더의 행동을 낮게 하고, 너의 회망을 놀이 가직라.
(조오적 · 허비드)

2月 6日 水曜日 (날씨) 淸

새벽 3時頃에
꿈을 꾸었는데
故 어머니와 나와 재룡이(개)와 꽃이
마당에 있었는데 하늘에서
용이 올라가는데 내가 어머니 용 올라간다고
손으로 갈치 였드니 그 용이 벼란간
우리마당에 떵 떠러지는데
나게로 확 댈여드러 깜작 놀아
고함을 지른것이 깨고보니 大龍夢
아마 今年에 一大 나의 大幸運이 올것으로 直覺
하고 집안 食口에 大運이 갓처 왔다고
大幸運大吉 외 체해가 왔다고 ...
부디 每事에 마음 너를 成功해 주시기를
비는바이 ... 大責中(生命) 첫꾸맛다
...
...
...
特記事項 : ... 450원 라 ...

더의 행동을 낮게 하고, 너의 회망을 놀이 가직라.
(조오적 · 허비드)

1969년 2월 6일,
용꿈을 꾸고 나서의 감회를 적은 일기.

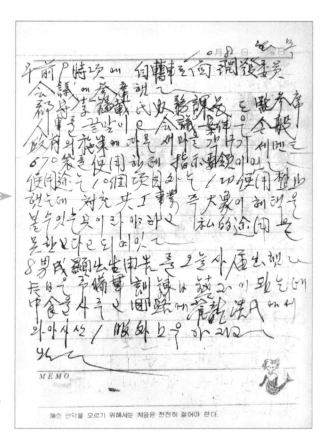

1970년 10월 8일,
새마을 운동에 대한 첫 번째 언급 일기.

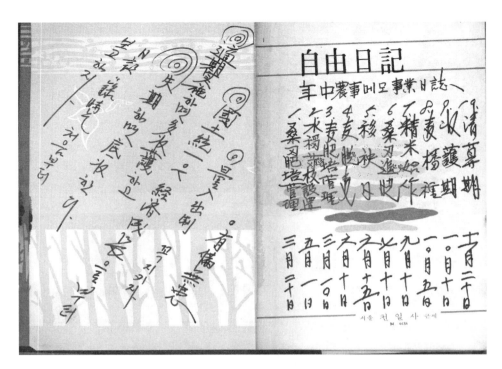

1972년 일기장 내지에 새해의 농사 계획과 연두 각오를 적은 메모.

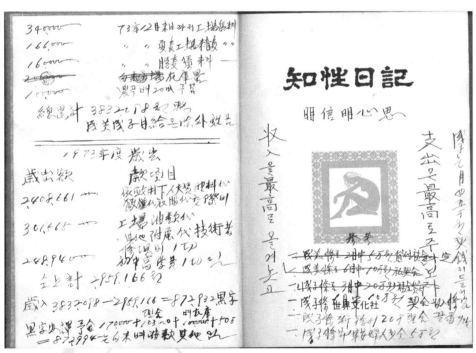

1974년 일기 내지에 적은 지난해 회계 메모.

1976년 8월 9일 일기.
침구 밑에서 발견한 아들의 편지.

과외, 녹음기, 월 용돈 이천원을
부탁하는 아들의 편지에 대한 일기.

목차

서문 　3
畫報 　5

제1부 압축적 근대화 속의 농촌사회

제1장 총론 | 이성호·이정덕　23
 1. 최내우(崔乃宇)　24
 2. 최내우의 '일기쓰기'　26
 3. 『창평일기』(1969~1980)　27
  1) 가족과 자녀 그리고 개인　27
  2) 가족의 경제활동　28
  3) 마을 사회와 마을 내 사회적 관계　29
  5) 과학화와 문명화　32
  6) 마을 주민 간 교환, 거래 관행　33
  7) 공간의 분화와 확장, 침투와 개방　34
 4. 『월파유고』　36
  1) 최내우의 삶과 『월파유고』　36
  2) 『월파유고』에서의 두 번째 시기　37
 5. 압축적 근대화와 농촌사회　38

제2장 1970년대 국가와 농촌개발　45
 1. 국가권력과 지역 사회 | 이성호　45
  1) 국가 체제에 의한 수직적 통합　45
  2) 국가의 이념적, 도덕적 지배　47
  3) 시장 논리의 확산과 수용　48

2. 농촌개발과 새마을운동 | 김희숙 49

　1) 농업·농촌기반시설 확충 49

　2) 식량·퇴비증산 51

　3) 농가소득사업과 영농기술교육 53

　4) "새마을事業" 56

3. 농업과 농가사업 | 문만용 58

　1) 통일벼와 새로운 영농기술 58

　2) 도정공장 61

　3) 양잠 63

　4) 산림녹화와 양묘 66

　5) 축산 67

　6) 맺음말 68

4. 일상생활 속 물질문화 | 문만용 69

　1) 전기와 전화 69

　2) 상수도 71

　3) 교통수단 72

　4) 보건의료 72

　5) 맺음말 74

제3장 지역사회의 조직과 농촌경제 76

1. 촌락사회의 조직들 | 안승택 76

　1) 행정조직 76

　2) 대동조직 78

　3) 생산조직 81

　4) 상조친목조직 84

2. 농촌노동의 양상 | 양선아 88

　1) 교환노동 89

　2) 고용노동 90

　3) 가족노동 93

　4) 맺음말 94

3. 비-시장교환의 양상들 | 안승택 95

　1) 호혜적 교환의 성격을 지닌 증여 95

　2) 재분배로서의 '희사' 98

제4장 가족과 개인 103

　1. 가족, 친족, 문중생활 | 이정덕 103

　　1) 부모, 형제, 본인 103

　　2) 처, 자녀 105

　　3) 친가친족 107

　　4) 외가와 처가친족 108

　　5) 제사 및 문중활동 109

　2. 생활권역과 외지출입 | 김규남 111

　　1) 창평 마을의 삶 111

　　2) 주변 지역과의 교류 114

　　3) 외지 출입 115

　　4) 맺음말 117

　3. 언어생활과 표기 특성 | 김규남 119

　　1) 토속 방언의 반영과 기피 119

　　2) 과도교정과 외재적 위신 지향성 121

　　3) 한자 사용에 대한 집착과 한계 122

　　4) 표기 특성 124

　　5) 맺음말 125

제2부 월파유고 127

찾아보기 179

제1부

압축적 근대화 속의 농촌사회

창평일기 1

제1장 총론

일기는 한 개인이 자신이 속한 사회에서 겪은 일들을 매일 매일 적어 놓은 기록이다. 그래서 그 속에는 한 시대를 살아온 개인의 생각과 행동, 느낌과 해석 등이 고스란히 들어 있다. 이렇듯 일기는 개인의 자연스러운 일상생활 모습을 총체적으로 담고 있다는 점에서 국가나 공식기관에서 출간된 각종 공식기록뿐 아니라 가문의 문서와 같은 다른 사적 문서들과도 분명하게 구별된다.

일기는 한 사람이 보고 듣고, 경험하고 느낀 바를 그때그때 기록한 것이기 때문에 과거의 특정한 역사적 시기나 사건을 발생 당시의 현장 상황에서 가장 생생하게 복원할 수 있는 거의 유일한 자료이다. 조금 개념적으로 정리하면 일기는 변화하는 사회와 문화 속에서 개인의 물질적, 사회문화적, 정신적 위치 정보를 담고 있어서, 전체 사회 또는 민족국가 수준의 사회변동과 지역사회 및 공동체 수준의 변동 사이의 상호작용 과정을 개인의 경험을 통해 보여준다. 즉 일기는 총체적이며 현장적이고 구체적이다.

최내우(崔乃宇, 1923~1994)는 전라북도 임실군 신평면 창평리에서 70여 년의 생애를 보낸 인물이다. 생몰연도가 보여주듯이 그는 전라도의 한 농촌마을에서 일제강점기에 태어나 해방, 전쟁, 그리고 한국 근대화기를 온전히 겪으면서 살아간 한국사회의 전형적인 근대인(近代人)이다. 최내우는 국가에 의한 근대적 동원이 본격화되고 있던 1969년부터 불의의 교통사고로 세상을 떠나기 하루 전인 1994년 6월 17일까지, 약 26년간의 생활을 일기로 남겼다. 그가 살았던 마을 앞뜰의 이름을 따서 『창평일기(昌平日記)』(이하 『일기』)[1]라고 이름붙인 이 기록은 '한국사회의 압축적 근대화'가 임실군의 한 농촌마을에서 어떻게 진행되었는지를 생생하게 보여준다. 국가의 근대화 시책이 농촌마을에 어떤 방식으로 전달되는지, 마을 내부에서 그것이 어떻게 수용되는지, 그리고 그로 인해 마을 사회가 어떻게 변화되는지를 『일기』는 매일 매일의 일상생활을 통해 드러내준다.

『일기』 외에 최내우는 자신의 일생을 되돌아보며 기록한 회고록을 남겼다. 유족들이 『월파유고(月波遺稿)』(이하 『유고』)라고 이름붙인 최내우의 회고록은 저자가 1993년에 쓴 것으로, 16절지에 세로쓰기로 쓴 230쪽 분량의 기록이다. 『유고』의 내용은 저자가 5세 되던 1927년 부친이 사망한 사건부터 1965년 모친이 병환으로 세상을 떠날 때까지의 일들이 중심을 이루고 있다. 따라서 『유고』는 『일기』 이전의 저자의 삶을 살펴보기에 매우 적절하고 중요한 기록이라 할 수 있다.

---

1 여기에 수록된 『창평일기』는 전체 분량 중 절반에 해당하는 1969년부터 1980년도에 이르는 12년간의 일기이다. 여기에 최내우 회고록 『월파유고』 전체를 함께 묶었다. 물론 해제작업도 12년간의 『창평일기』와 『월파유고』의 내용을 중심으로 이루어졌다.

우리가 주목할 것은 어느 역사가의 지적처럼, 공식기록에 자신들의 문제와 요구를 담아낼 수 없었던 "작은 사람들"의 삶과 경험을 『일기』에서는 가공하지 않은 채로 보여주고 있다는 점이다. 『일기』 속에서 국가의 근대화 시책은 살아 있는 물리적 힘이며, 마을 주민들의 대응은 역동적이고 합리적이다. 때로 강제적이고 폭력적인 힘으로 발현되는 '압축된 근대화'는 마을 사회의 물질적, 제도적, 정신적 영역의 구석구석에 침투해서 일상생활과 마을 조직, 마을 사람들의 심성을 변화시키려 한다. 마을 사람들은 이를 수용하고 적응하려 애쓰다가, 어느 순간 거부하고 저항하기도 한다. 개발과 문명화, 생산, 소비, 교환의 근대적 양식들이 농촌사회의 일상적 생활양식을 바꾸고, 그에 따라 주민들의 사회적, 공간적 활동영역이 변화·확장되기 시작한다. 이렇듯 농촌마을 사람들의 삶이 구성·변화하는 모습을 현장 속에서 구체적, 총체적으로 드러냄으로써, 『일기』는 마을 단위에서 그리고 개인적 차원에서 나타나는 한국사회의 압축적 근대성을 보여준다.

1. 최내우(崔乃宇)

『일기』의 저자인 최내우는 1923년 임실군 삼계면 신정리 덕임마을에서 삭녕(朔寧) 최씨 병흠(炳欽)의 둘째 아들로 태어났다. 그는 1세 되던 해에 신평면 창평리로 이주해서 1994년 교통사고로 세상을 떠날 때까지 줄곧 한 마을에서 생활하였다. 저자가 5세 되던 1927년 부친이 사망하여, 어린 시절을 편모슬하에서 어렵게 보냈다. 특히 저자가 후처 소생으로 형제와 집안으로부터 제대로 보살핌을 받지 못하여, 일제 강점기 치하의 소년기를 혹독한 가난 속에서 보냈다.

최내우는 22세 되던 해에 해방을 맞고, 한국전쟁 직전인 1949년 마을 구장(현재의 이장)직을 맡게 되어 1965년까지 17년 동안 이장을 지냈다. 이장 직에서 물러난 후에도 마을 개발위원장, 정화위원장, 마을 산림계장, 학교 운영위원, 동창회장, 공화당 군(郡) 위원, 향교 장의원(掌議員) 등 각종 공식·비공식 직책을 맡아서, 1960년대 이후 한국사회의 근대화 과정에서 마을의 중심세력으로 활약하였다. 한편 해방 직후인 1946년, 처가의 도움으로 방앗간을 운영하게 되면서 경제적 어려움으로부터도 어느 정도 벗어날 수 있었다. 특유의 근면함과 적극성으로 재산 축적에 성공하면서 마을 내에서의 사회적 지위도 어느 정도 안정되었다.

저자가 구장이 되던 1949년은 한국사회에서 우익 세력이 권력을 장악해가면서 지역사회에서 이념 갈등이 폭력적으로 드러나고 있던 시절이었다. 특히 이듬해에 발발한 한국전쟁은 마을 단위에서 이념적 균열과 갈등이 충돌·해소되는 계기가 되었다. 이 과정에서 저자는 지역사회의 우익을 대표하는 인물로 부상하는 동시에, 좌·우 갈등 사이에서 매우 효과적으로 균형을 유지함으로써 가장 성공적인 조정자로 인정받게 되었다. 이처럼 저자가 창평리와 신평면을 중심으로 사회적, 정치적 지위를 확보하게 됨에 따라 집안에서의 지위도 안정적으로 확보할 수 있게 되었다. 물론 그는 집안에서의 지위를 확보하기 위하여 집안의 애경사, 제사 등에 빠지지 않고 참석하는 등 집안의 대소사를 누구보다 적극적으로 주도해가는 노력을 기울였다.

저자는 1946년 이후 방앗간을 운영하면서 벌어들인 돈으로 토지 매입에 적극적으로 나서서, 1970년대에는 상당한 규모의 농지를 소유하고 있었던 것으로 보인다. 장성한 자녀들이 있으면서도 매년 일손이 부족해 어려움을 겪고, 연말이면 이듬해에 일을 해줄 고용인을 구하는데 애를 먹곤 했다. 그리고 벼·보리농사 외에도 양잠, 뽕나무와 이태리 포플러 묘목 재배 등 국가에서 권장하는 농촌 소득사업에 앞장서면서 하루도 일을 쉬지 않았다.

최내우는 김씨와 이씨, 두 명의 부인에서 11명의 자녀를 두었는데, 자녀 모두를 전주에 유학 시킬 정도로 자녀 교육에 열성적이었다. 1970년대의 높은 교육열은 한국사회에서 이미 일반적인 추세였다고 할 수도 있지만, 자녀를 대학에 보내기 위해서 학원을 보내기도 하고, 방학 동안 서울로 보내 과외공부를 하게 하는 정도의 열성은 시골마을에서는 흔한 일은 아니었다고 할 수 있다. 가족 구성이 말해 주듯이 저자의 가정사는 순탄하지만은 않았는데, 그런 이유로 『일기』에는 가정사와 자녀 문제에 대한 고민이 유난히 많이 기록되어 있다.

최내우가 일기쓰기에 매진한 1969년 이후 1970년대는 그가 이장 직에서 물러난 지 수년이 지난 때이며, 한국사회의 근대화 전략이 궤도에 오르면서 지역마다 마을마다 각종 개발사업이 본격화 되던 시기이다. 저자가 이장 직에서 물러난 이후, 마을에서는 국가 시책에 의한 개발 사업이 본격화되면서 점차 세대교체의 움직임이 시작되고 있었을 것이다. 물론 그는 1970년대 이후에도 여전히 마을의 중심인물로 개발 사업에 관계된 주요 직함을 지니고 있었으며, 새로 부임한 면과 지서의 공무원들이 인사를 해야 하는 마을 유지 명단에서 빠지지 않았다. 또한 그는 여전히 마을의 대소사와 회의, 각종 개발 사업, 임실군에서 개최하는 행사, 선거 등에서 자신의 역할을 확보하고 있었다. 그리고 이를 자신의 이익과 연결시키는 시장적 합리성과 권력 네트워크의 활용법을 잘 알고, 적절히 활용하였다. 그러나 세대교체의 움직임 속에서 새롭게 부상하는 마을의 이장, 새마을지도자 등이 마을 개발을 추진하는 방식이나 내용은 종종 최내우의 눈에 마땅치 않았다.

창평리에서 삭녕 최씨 일가는 1930년대부터 최내우에 이르기까지 이장 직을 독점하고 있었던 가장 핵심적인 유력 집안이다. 이렇게 보면 그의 『일기』는 해방과 전쟁을 거쳐 1960년대까지 마을의 중심인물로 자리 잡고 마을의 유지와 변화를 주도하던 한 인물이, 1970년대에 마을에 등장하는 새로운 근대화 시책과 국가권력의 영향력을 지켜보고 또 함께 겪은 관찰 및 체험일지라고 할 수 있다. 그에게 『일기』는 새로운 사업의 선정과 추진 방법, 지원 물자의 활용과 배분, 사업의 효과 등이 자신과 마을 사회에 미칠 영향에 대한 엄밀한 계산서이자 평가서이며, 개인적 선택의 지침이자 명분이었다.

2. 최내우의 '일기쓰기'

최내우는 매년 연말이면 전주에 나가 문구점에서 일기장을 구입하였다. 그는 국판 또는 신국판 크기의 공책에 검정이나 밤색 비닐 커버가 씌워진 판매용 일기장을 주로 구입하여 사용하였다. 표지에 <장미일기>, <현대일기>, <지성일기> 등의 이름이 인쇄되어 있는 이러한 일기장은 당시 문구점에서 판매되던 전형적인 제품이었으며, 성인들이 가장 흔하게 사용하던 것이었다. 최내우는 특별한 일이 있는 경우를 제외하고는 일기장에 미리 인쇄된 날짜에 맞춰 그날그날의 일들을 기록하고 있다.

그는 잉크를 적셔서 쓰던 펜글씨나 볼펜으로 일기를 적고 있는데, 그날의 사건이나 기분에 따라 글자의 크기나 굵기, 글씨체들이 달라진다. 기분이 상해서 술을 마신 날의 일기는 일기장에 쳐진 줄을 무시하고 함부로 쓴 흐트러진 글씨체로 분명하게 나타나며, 농사 계획이나 집안 행사 등에 관한 일정 등은 반듯한 글씨체로 또박또박 일기장에 적어 놓았다. 그리고 주요 사안들에 대해서는 별지에 작성하여 그 날짜의 일기 옆에 붙여 놓기도 하였다.

그는 새해 첫날의 일기를 쓰기 전에 일기장의 내지에 지난해의 중요한 사건이나 소득-지출을 결산하고, 새해의 소망과 목표를 기록해 놓고 있다. "希望은 子息들 成功, 七一年 辛亥는 子息의 成功 해"(1971년), "適期實施하면 多收穫하고 失期하면 底收한다"(1972년), "收入을 最高로 올여 놋고 支出은 最高로 주려보자"(1974년) 등과 같이 주로 자녀의 성공이나 경제적인 소망 등이 새해의 주요 목표로 제시되고 있다.

생활의 목표와 계획을 세우고, 목표달성을 위해 계획대로 부지런하게 노력하면 잘 살게 된다는 믿음은 1970년대 국가 근대화 이념의 핵심 중 하나였다. 최내우는 매년 새해 일기장을 구입하여, 그 첫 장을 펼쳐놓고 지난해를 결산하고 새해 계획을 설계하고 각오를 다지는 일을 빠뜨리지 않았다. 그리고 하루도 빠짐없이 그날그날의 일들을 일기에 기록하였으며, 불가피한 경우에는 며칠씩 수첩에 메모해 놓았다가 집에 돌아와 일기장의 해당 날짜에 다시 옮겨 적기도 하였다. 이러한 최내우의 일기쓰기는 한국 근대화시기에 권장되었던 모범 국민의 면모를 보여주는 것이기도 하다.

저자는 한글과 한자, 전라도 방언과 일본식 외래어, 그리고 스스로 만들어낸 신조어들을 뒤섞어 자신을 둘러싸고 있는 일체의 상황과 사건들을 『일기』에 기록했다. 기록된 내용의 범위는 가족 및 집안의 대소사와 자녀교육 문제에서부터 농사일 마을 주민들과의 일상적 관계와 마을의 다양한 행사, 신평면과 임실군을 포함한 지역사회의 동향과 자신의 활동범위, 그리고 선거나 새마을운동 등을 포함한 국가 시책이나 사안에 이르기까지 망라되어 있다.

3. 『창평일기』(1969~1980)

약 26년간 거의 하루도 빠짐없이 꼬박꼬박 기록한 그의 『일기』는 최내우 개인사나 가족사
뿐 아니라 마을 및 지역사 연구에 필요한 소중한 자료임에 틀림없다. 보다 분석적인 독해를
위하여 『일기』의 내용을 조금 인위적으로 분야별, 주제별로 나누어 볼 필요가 있다. 편의상
크게 분류해 보면, 가족과 자녀, 개인사/ 마을, 공동체, 면내의 대소사와 사회적 네트워크/ 경
제와 노동 활동 그리고 고용 관계/ 국가 시책과 공식 네트워크/ 공간적 활동범위의 분화와
확장/ 근대적 개발과 문명화/ 사회이념과 주민의 의식 및 정체성/ 그리고 더 나아가 개인의
욕구와 야망, 성격 등을 주요한 주제로 들 수 있겠다. 이러한 주제들은 서로 중복·교차되고
충돌하면서 시간의 흐름에 따라 형성·변화되어 가는데, 이러한 다양한 영역과 요소들의 복
합적이고 역동적인 상호작용을 통틀어 우리는 '지역사회에서의 압축적 근대화'라고 부를 수
있을 것이다.

1) 가족과 자녀 그리고 개인

최내우는 자녀교육에 대한 관심과 열정이 남달리 강해서 1960~1970년대 동안 11명의 자
녀를 모두 전주로 보내 교육을 받게 하였다. 자녀가 상급학교에 진학하거나 신평에서 전주
로 전학을 할 때, 전주에 하숙집을 구하고 전학 서류를 꾸미고, 학교에 가서 교사와 면담을
하고 심지어 서무과장에게 가서 자녀에 대해 부탁하고 상담하는 일을 모두 저자 자신이 처
리하였다. 딸의 경우에는 딸의 학교생활에 대해 감시와 감독을 해 줄 것을 서무과장에게 따
로 부탁하기도 하였다. 1969년 큰 아들을 군대에 보내면서 적은 저자의 감상은 그의 자녀에
대한 깊은 애정을 보여준다. 그러나 자녀들의 성적이 나쁘거나 행실에 문제가 있다고 판단
되면, 혹독하게 훈계·훈육하였으며, 가족의 태도나 행실에 대해서도 권위적인 태도를 보였
다. 특히 자녀들의 학업이나 가사에서의 불성실함에 대해서는 단호하게 대응하는 태도를 보
였다.

> 어려서부터 約 22年間 길여 軍에 보{내}니 서운한 마음 禁할 수 업다. 面에 간 걸로 認定하면 되
> 지 그러나 自轉車로 곳 들어온 것만 같다. (1969.4.24.)
> 父母를 無視코 行動한다면서 不得히 부서버럿다. 그리고 너를 갈친 내가 非人間이라면서 成苑
> 敎課書[敎科書] 校服까지도 全部 뒤저 學校는 中止해라 햇다. (1969.8.17.)

최내우 일가는 대체로 매년 한 사람의 고용인을 상시 또는 한시적으로 고용하고, 자신과
가족노동을 중심으로 생산 활동을 유지하였다. 그리고 모내기나 추수철, 누에치기 등 바쁜
시기에는 날품을 구하여 부족한 일손을 충당하였다. 공무원인 첫째 아들을 제외하고 최내우

자신과 고용인, 그리고 둘째부터 넷째 아들까지 세 아들이 주로 방앗간 일과 농사일의 대부분을 담당하였다. 방학 기간과 같이 자녀들이 집에 모여 있을 때에는 어린 자녀들도 새끼를 꼬는 등의 일을 돕도록 하였다.

> 中學生 小學生 家兒들을 召集코 冬季放學 中에 家事를 돕는데 蠶具用 새기를 꼬라고 指示. 但 斤兩으로 208{발} 當 1원式을 줄 터이니 熱心히 해라 햇든니 試起的[猜忌的]으로 햇다. (1969.1.1.)

2) 가족의 경제활동

최내우 일가는 1946년부터 3.5마력짜리 석유 발동기를 구입하여 방앗간을 운영하면서 적지 않은 수입을 올릴 수 있었다. 이후 방앗간은 최내우 일가의 가업으로 자리 잡았다. 방앗간 사업은 마을에서 경쟁자가 없었을 뿐 아니라, 최내우의 폭넓은 인맥과 사회적 관계를 배경으로 재산 축적에 주요한 기반이 되었다. 그는 방앗간에서 올린 소득으로 농경지를 매입하여 마을의 자산가이자 유력자로서 사회적 지위를 확보하고 유지할 수 있었다.

방앗간과 벼·보리농사 외의 주요 소득원은 누에치기였다. 1973년 첫날 정리한 새해 사업 계획표를 참고하면, 1973년 소득 목표를 271만원으로 세웠는데, 이 중 방앗간 수입이 보리와 쌀 도정료를 합해서 120만원, 농사 소득 87만원, 그리고 양잠 소득 40만원을 수입으로 예상하고 있다. 여기에 소와 돼지 사육으로 얻어지는 소득이 더해지고 있는데, 소 1마리와 돼지 6마리 정도여서 사업이라고 보기는 어렵다.

1970년대 들어오면서 정부의 농업·농촌 시책이 마을 주민들의 경제활동에 상당한 영향을 미치고 있음을 확인할 수 있는데, 1970년대 초반에는 양잠이 마을 전체에 확산되어 초봄에 각종 도구나 시설을 정비하고, 양잠서적을 읽고 강연을 듣는 등 준비를 시작하고, 본격적인 누에 철이 되면 마을 내에서 뿐 아니라 이웃마을까지 돌아다니며 부족한 일손을 구하고 뽕나무 잎을 수집하는 것이 주요한 일이 되었다. 1970년대 중반부터는 정부의 식량정책이 벼 품종 선택에 가장 결정적인 기준이 되며, 추수철에는 마을별 수매량을 채우는 일이 중요해진다. 또한 정부의 9분도 도정금지 조치와 혼식장려 정책에 따라 방앗간은 새로운 도정 부품을 구입하고, 미맥 혼합기를 구입해야 하는 일이 나타나기도 하였다. 한편 1970년대 후반에는 양잠이 쇠퇴함에 따라 조림사업과 관련한 나무 묘목으로 뽕나무 밭이 바뀌어 가기 시작하였다.

최내우의 경제활동은 주로 자신과 자녀를 중심으로 한 가족노동에 의해서 이루어지지만, 방앗간과 논농사를 위해서 매년 한 명의 고용인을 두었다. 그리고 장성한 아들의 노동력을 포함하여 약 3~4인의 노동력이 경제활동에 상시적으로 투입되었다. 그러나 누에 철에는 주로 젊은 여성노동력이 일시적으로 3~4명 고용되었으며, 농사철에는 고지 외에도 일용고용이 일반화되어 있었다.

3) 마을 사회와 마을 내 사회적 관계

① 마을의 의사결정구조

최내우는 1949년부터 1965년까지 이장 직을 맡고 있었다. 특히 한국전쟁 기간 동안 그는 이장 직을 수행하면서, 마을 범위를 넘어서 신평면 전체의 대표적인 우익 인사로서의 지위를 확보할 수 있었다. 또한 그는 전쟁을 전후해서 나타난 마을의 이념적 대립을 효과적으로 조정함으로써, 지역 내에서의 지위를 안정시킬 수 있었다. 이 기간 동안 그가 맺은 군·면, 지서 등과의 폭넓은 인맥은 그가 1960년대 이후 지역의 유력자로 활동하는 주요한 기반이 되었다.

1970년대 이후 마을사회는 이장, 참사, 새마을지도자, 개발위원장 등을 포함한 몇 명의 리더 집단에 의해 운영되는 모습을 보이는데, 마을 리더들은 경쟁적 협력관계를 유지하고 있었다. 마을 공동사업이 마을 회의를 통해 결정되는 형식적인 절차를 밟지만, 이장을 비롯한 몇 사람의 리더들에 의해 의제와 방향은 미리 조정되었다. 정부에 의해 지원을 받는 개발 사업의 경우, 지원이 이루어지는 절차에 따라 군과 마을 사이에 수직적 관계가 형성되었다. 군·면을 통해서 마을로 내려오는 지원은 이장, 새마을지도자, 개발위원장 등 리더를 통해 전달·배분되었다. 따라서 마을 내부에서 공동사업의 물질적 자원은 일차적으로 마을 리더들에 의해 독점되었다. 그리고 마을 회의에서는 리더 중 하나 또는 일부가 공동사업의 책임자가 되고, 그에 의해 마을 주민들의 부역의 범위와 양이 배분되었다. 이러한 의사결정과정에서 사업의 내용과 이권 등을 둘러싸고 리더를 중심으로 한 세력과 마을 주민 사이의 갈등이 드러나기도 하였다.

이러한 경향은 새마을운동이 시작되면서 한층 분명하게 드러나는데, 조림사업과 농로확장을 둘러싼 토지 분쟁, 정부에서 지원한 시멘트 사용을 둘러싼 갈등 등이 대표적이다. 『일기』에서는 특히 조림사업 과정에서 나타나는 갈등이 상세히 드러나는데, 이는 최내우가 조림사업 당시 마을 산림계장을 맡아 사업 전체를 총괄하고 있었기 때문이다. 조림사업은 군과 협의해서 조림 지구를 지정하고 나서 조림에 필요한 재료(묘목, 비료 등)를 지원받고, 마을에서 반별 조직을 통해 부역량을 할당하고 나서, 반별로 조림지구 정비, 나무 심기 등의 작업을 수행하는 순서로 진행되었다. 그리고 작업이 끝나고 나면 관청의 실사를 거쳐, 군에서 주민들에게 노임을 지급하였다. 그 과정 중 조림지구 선정과 관련해서는 지주와 마을 리더들 사이의 유착 및 갈등이 발생하는가 하면, 군과 묘목업자, 마을 주민들 사이에 일정한 협력 및 갈등 관계가 형성되기도 하였다. 그리고 최종적으로는 조림이 완료된 후 정산과정에서 경비를 지급하는 관청과 경비를 지급받는 마을 리더, 그리고 최종적으로 배분받는 마을 주민 사이에 수직적 관계가 모습을 드러냈다.

② 마을 조직의 형성과 활용

1970년대 농촌마을에는 마을의 전통적 조직과 국가의 관료적 통제 속에 수직적으로 통합된 관료화된 마을 조직, 그리고 새로운 사업과 시장경제가 도입되면서 형성된 이익집단 등이 혼재하고 있었던 것으로 확인된다. 물론 이들 사이에는 명확한 경계가 존재하고 있었다고 보기는 어렵고, 전통적 마을조직들은 점차 근대적 시장질서와 관료적 통제 속으로 흡수되면서 변형되는 모습을 보이고 있다. 예를 들어 향교는 지역의 어른들이 모인 대표적인 공간이지만, 춘추대제일 등 향교의 주요 행사는 군수나 교육장, 경찰서장이 참석함으로써 그 의미가 한층 더해지게 되었다.

1970년대에도 양로당은 여전히 마을의 나이든 어른들이 모여 있는 곳이다. 그래서 마을의 리더들은 가끔씩 양로당에 들러 식사를 대접하거나, 마을 일에 대해 상의하기도 한다. 그러나 양로당은 마을에서 일어난 사건이나 추문, 소문 등에 대해서는 상당한 발언권을 지니고 있지만, 마을의 개발 사업 등에 대한 의사결정구조에서는 배제되어 있었다.

최내우는 마을 내에서 같은 또래의 주민들과 친목계, 속금계, 쌀계 등을 조직해서 정기적으로 모임을 가지고 있었으며, 회비로 모은 쌀을 장리(長利)를 놓아 1년에 한 번씩 관광지에 놀러가기도 하였다. 그리고 동창회를 조직하여 외지에 나간 동창을 십수 년 만에 만나 회포를 풀기도 하였다. 마을 주민들은 부모의 환갑이나 생일, 제사 그리고 자녀의 결혼, 자신의 생일 등에는 반드시 마을 주민의 일부 또는 전부를 초대하여 음식을 대접하였고, 초대된 주민들은 이것을 기억했다가 갚았다. 이러한 마을 주민들의 유대는 필요한 시기에 쌀이나 현금을 빌리거나 집안 간 분쟁이 발생했을 때 이를 원만하게 해소하는 기제로도 활용되었다. 그러나 빚은 반드시 이자를 정확하게 계산하여 갚았으며, 분쟁에 대한 신세도 기억했다가 갚아야 한다고 생각하였다. 또한 마을의 여성들도 자신들만의 모임을 가지고, 한집에 모여 음식을 해먹고 밤늦도록 떠들고 놀기도 하였다.

그러나 1970년대 마을 조직은 이미 공식조직으로 전환되어 있었으며, 국가-군-면, 농촌지도소, 지서 등의 계통을 밟아 마을의 이장, 새마을지도자, 예비군중대장, 개발위원회 등으로 연결되고 있었다. 이러한 마을 조직의 변화는 마을 리더들의 사회적, 공간적 활동범위의 확장에 영향을 미쳤다. 마을의 리더들은 정기적으로 군이나 면의 회의에 가거나, 각종 궐기대회, 반공강연회, 새마을시찰단 등에 참석하였다. 여기에서 그들은 군수 등 군 고위직과 안면을 트고, 국회의원 등을 만나 마을 일을 청탁하기도 하였다.

이 시기에는 이미 공화당의 지배력이 마을 깊숙이 침투해 있어서, 주민들은 공화당과 국가권력을 동일시하고 있었다. 최내우는 마을의 개발 사업이나 자신의 사업상의 어려움, 자녀의 취업 등의 청탁을 군청이나 공화당 임실군 지부 간부를 통해 해결하는 것이 가장 효과적이라고 믿었다. 그래서 그는 공화당 군 지부의 간부를 맡고 있으면서 당 행사에 열심히 참석하였다. 그리고 선거 때가 되면 농사일을 일시 접어두고라도 신평면 지역을 돌아다니면서 선거운동을 하고, 선거일에는 투표위원으로 투표장에서 종일을 보냈다.

1970년대는 이미 농촌인구의 도시 이주가 본격화되어서 농촌의 노동력 부족이 심각해지기 시작하였다. 최내우는 매년 연말이면 고용인의 노임을 계산해 주면서, 다음해에도 계속 고용인으로 일할 것인가를 확인하려고 애썼다. 만약 고용인이 그만 두겠다는 뜻을 비치면 여러 군데에 말을 넣어 고용인을 구하기 위해 부심하였다. 봄철이 되면 노임이 올라 고민하면서, 다른 마을에서 노임을 올려 준다는 소문에 분노하기도 하였다. 마을 회의를 열어 마을의 노임을 일정 수준에서 규제하자는 안건을 의결하기도 하였는데, 이 경우에는 날품을 팔아 생활해야 하는 마을 내의 가난한 주민들에게 반감을 사기도 하였다. 마을 주민 중 일부는 일손 부족과 노임 상승 문제를 해결하고자 노동계를 조직하기도 하였지만, 여기에 참여한 주민과 참여하지 못한 주민, 땅을 가진 부농과 빈곤 영세농 사이의 갈등은 여전히 남아 있었다.

마을 개발이 시작되고 영농의 기계화 등이 이루어지면서 새로운 사업이 출현하게 되고, 이에 따라 새로운 이익단체들이 만들어지기도 하였다. 방앗간 업자들끼리 군 단위 도정업자 회의가 조직되었으며, 산림조합은 조림사업이 본격화되면서 매우 중요한 도 단위 업자조합으로 부상하였다. 이외에 경운기업자회의, 이앙기업자회의 등은 1970년대에 등장했던 특수한 이익집단의 사례에 속한다. 최내우는 1974년 서너 단계에 걸쳐 교제비를 지불하면서 농협에서 경운기를 7년 상환 조건으로 구입하였다. 경운기는 시장에 가고 물품을 구입하러 다니는 훌륭한 교통수단일 뿐 아니라, 곡물, 비료, 가축, 건축용 자재 등을 운반하는 운송수단이 되었다. 또한 농사철에는 밭을 갈고 물을 대는 주요 동력이었고, 새마을 공동 부역에는 한 사람의 노동력으로 동원되고, 논밭 일에서도 남자 한 사람의 노동력으로 취급하여 노임을 지급받았던 것으로 보인다. 물자의 수송, 배달에서도 경운기를 사용하면 반드시 그 비용을 요구하였다. 이처럼 경운기가 영업행위를 하면서 소득 수단으로 이용되자 지서를 통해 경운기 영업 금지령이 하달되고, 면내의 경운기 소유자들은 경운기업자회의를 조직하였다.

마찬가지로 1979년 이앙기가 보급되었을 때는 농촌지도소에서 이앙기 사용법과 모판 설치 방법에 관한 교육을 여러 차례에 걸쳐 실시하였다. 그러나 각 마을의 이앙기 구입자들은 이앙기를 사용해 모내기를 할 주민들을 모아 이앙회원회의를 조직하고, 이앙기 사용료 등에 대한 협의를 진행하였다. 이와 같이 1970년대에는 마을, 면 또는 군 단위로 이익집단들이 점차 확대되기 시작하여, 마을의 전통적 조직들이 맡았던 마을 대소사의 협의 및 조정 기능을 대신하기 시작하였다.

③ 주민 동원

1970년대 농촌마을에서는 마을 공동사업이 활발하게 추진되었다. 저수지와 하천의 물 관리, 농로 및 교량 설치, 조림사업, 마을 개량사업 등은 국가의 물자 지원과 주민의 노동력 동원으로 진행되었다. 이외에도 퇴비증산을 위한 풀베기 사업, 도로나 저수지의 유지·보수 사업 등이 주민들의 공동 부역을 통해 이루어졌다. 마을 공동사업에서의 주민동원은 사업 대상 선정에서부터 사업의 결정과 추진 과정에 군·면 등이 깊숙하게 개입하고 있었다. 마을 내부에서는 사업을 위한 마을 조직이 만들어지고(또는 기존의 마을 조직이 사업을 맡고), 관에서 지원되는 물자의 활용과 배분 원칙들이 정해졌다. 그리고 그에 따라 마을의 반별 조직에 일의 범위와 노동량이 배당되었다.

또한 마을 주민들은 국가적, 지역적 행사에 수시로 동원되었다. 각종 단합대회, 반공궐기대회, 강연회에는 참석 주민수가 마을별로 할당되었다. 그리고 신품종, 신기술 및 새로운 영농방식의 도입, 양잠, 묘목, 조림 등 국가에서 권장하는 새로운 소득사업이 도입될 때마다 농촌지도소 등에서 실시하는 교육에 참가하였다.

이외에도 마을 주민들은 정기 또는 비정기적으로 물품의 동원을 요구 받았다. 각종 성금, 회비의 납부를 의무화했으며, 상수도 설치, 농로확장, 새마을 복지관 건립 등 마을 공동사업이 실시될 때는 주민들에게 일정한 액수의 공사비가 할당되었다. 매년 추석과 설에 지서 등 관공서 직원에게 건네지는 봉투가 정기적인 비용이었다면, 신품종 재배 현황, 조림 현황, 마을 사업 추진 현황 등의 시찰과 조사를 위해 마을을 방문하는 공무원들에게 들어가는 접대비는 비정기적인 비용이었다.

5) 과학화와 문명화

최내우는 1969년 6월 3일 큰 아들의 군대 보직을 청탁하러 부산에 갔다가 마을 출신 군법무관의 집에서 처음으로 텔레비전을 보았다고 그날 일기에 적어놓고 있다. 그가 텔레비전을 구입해서 집에 설치한 것은 그로부터 약 5년 후인 1974년 10월 26일이다. 창평리에 전기가 들어오고(74.9.8.) 약 한 달 반만의 일이다.

최내우의 집에 텔레비전이 설치되면서 저녁 시간의 활용에 변화가 생기기 시작하였다. 마을 주민들이 저녁이면 최내우의 집에 모여 텔레비전을 시청하게 되어 저자는 매우 불편해졌다. 어린이 프로그램에서 악기를 연주하며 노래하는 아이들을 보면서 저런 아들 하나쯤 있었으면 좋겠다는 새로운 욕구가 생겨나기도 하였다. 저녁마다 가족이 한 방에 모여 텔레비전만 쳐다보고 있는 것이 못마땅할 때도 있다. 한편 텔레비전은 최내우가 새로운 정보를 남보다 먼저 알게 되는 통로가 되기도 했다. 예를 들어 그는 일본에서 견직물 수입을 규제하였으므로 뽕나무를 더 이상 심지 말라는 대통령의 발언을 텔레비전을 통해 들으면서 양잠 소득이 감소할 것을 예감하기도 하고(76.3.5.), 1979년 11월 3일에는 박정희 대통령 영결식을 하루 종일 텔레비전을 통해서 지켜보기도 하였다.

매년 초에는 정부에서 권장하는 새로운 벼 품종 중 그해 재배할 품종을 선택하는 일은 농민들에게는 매우 중요한 일이었다. 품종을 선택하면 그에 따른 영농방식을 공부하고 교육받아야 한다. 못자리나 모판 짜기부터 비료와 농약의 선택, 추수에 이르기까지 최내우는 농촌지도소의 교육을 빠지지 않고 받고, 시간이 날 때마다 사랑에서 영농 관련 공부를 하였다.

마을에서 최초로 경운기를 구입하면서, 경운기의 관리, 운전법과 경운기 영업금지 등의 관계법령 등에 관한 교육이 의무 사항이 되었다. 경운기는 그 동안 성인 남자 한 사람 몫으로 쳐주던 소의 일을 점차 대체하게 되었다. 마을 공동사업의 부역도 경운기가 대신하고, 경운기는 물대기와 탈곡의 주요 동력으로 동원되고 소나 사람을 대신하여 논밭을 가는 데 투입되게 되었다. 이때마다 경운기의 노임은 정확하게 계산되었다. 이러한 사정은 1979년 이앙기가 도입되었을 때도 마찬가지로 적용되었다. 기계로 이앙을 하면서 못자리가 모판으로 대체되고, 이를 위해 새로운 영농 교육을 받아야 했다. 그리고 이앙기 소유자들은 회원을 모집하여 기계 이앙을 새로운 소득사업으로 발전시키려 하였다.

6) 마을 주민 간 교환, 거래 관행

1960년대 후반부터 마을 주민들의 이농이 시작되고 있다는 사실이 『일기』에서 확인된다. 초기 이농은 생활고로 인해 가족 전체가 이주해 가는 형태로 나타났다.(69년 1월 28일, 김남규 가족이 제주도로 이주했다.) 그러나 점차 교육, 취업 등을 목적으로 하는 젊은 노동력의 부분 이농이 본격화되면서 농촌 마을에서는 노임 상승이 나타나기 시작한다. 농번기의 노임 상승 부담을 이기지 못해 결국 마을 회의에서는 남녀 노임의 상한선을 정하기로 결정하고, 일부에서는 자체 노동계를 조직해서 대응하기도 하였다. 그러나 갈수록 심각해지는 노동력 부족 문제로 인해 매년 노임이 상승하는 추세는 막을 수가 없었다.

마을 주민들 사이의 거래는 1970년대 초반까지는 쌀을 기준으로 이루어졌다. 친목계나 속금계의 회비는 물론이고 주민들 사이의 빚을 주고받는 것도 쌀의 양을 기준으로 이루어졌다. 나중에 현금으로 빚을 갚는 경우에도 쌀값의 시세에 따라 현금 액수를 정했다. 따라서 방앗간은 마을 내 빚 거래의 중심으로 자리 잡게 되었다. 농지와 주택의 매매 등도 대부분 쌀로 가격이 정해졌다. 대체로 3부 이자가 주민들 사이의 거래 관행이지만, 급한 경우에는 고리채('딸아[달러]돈')를 쓰기도 하였다.

매년 연말에 결정되는 (상시) 고용인의 연간 노임은 쌀로 정하지만, 농번기에 며칠씩 고용하는 날품 노동에 대해서는 현금으로 계산해서 지급하였다. 이러한 관행이 어디에서 연유하고 있는지는 아직 분명하지 않다. 1969년 마을 회의에서 모내기 노임을 250원으로 결정(69.6.16.)한 것으로 미루어보아, 날품에 대한 현금 지급 관행은 이미 그 이전에 세워져 있었던 것으로 보인다.

그러나 농기구, 비료, 농약, 종자 등의 구입을 위한 농사자금의 거래가 농협으로 옮겨가고 자녀 교육비 등의 입금이 우체국을 통해 이루어지면서 점차 거래 관행은 쌀에서 현금으로 전환되기 시작하였다. 1970년대 말까지 여전히 쌀을 매개로 한 거래가 남아 있지만, 현금 거래의 관행이 주류를 차지하는 추세는 현저하게 나타나고 있다. 현금 거래로의 전환은 쌀을 매개로 한 거래보다 편리한 점이 있다. 예를 들어 쌀을 매개로 한 거래에서 빚의 상환액은 상환 당시의 쌀값에 의해 정해지는데, 1970년대 중반 쌀의 수매가격과 시장가격의 차이는 늘 거래 당사자 간의 분쟁의 소지를 남겼다. 이에 비해서 현금 거래는 분쟁의 소지를 남기지 않는다는 이점이 있었다.

시장 거래에서는 농촌사회 특유의 거래 관행이 나타난다. 구매자가 현금이 있는가와 관계 없이, 거의 대부분의 시장 구매에서는 외상 거래가 관행으로 자리 잡고 있다. 물건 값은 물론 이고 심지어 병원비 등의 서비스의 구매에서도 일정 액수를 현금으로 계산하고, 나머지는 반드시 외상으로 남겨두었다. 이러한 관행은 구매자에게 유리하다. 외상 거래에는 이자가 붙지 않기 때문이다.

1970년대는 이미 농촌 마을사회에도 법적, 제도적 질서와 절차가 분명하게 들어와 있었음 에 틀림없다. 주민 사이의 분쟁이나 폭력 등은 지서에서 철저하게 관리하고, 피해자에 대한 보상도 현금으로 이루어졌다. 그러나 주민 사이의 분쟁이 당사자 간의 합의에 이르거나 법 적 처리가 완료되기 전까지는 철저하게 지역사회의 인맥과 네트워크가 활용되었다. 한 예로 1975년 가족 중 한 명이 절도사건에 연루되어(70.9.1.) 법적 절차에 따라 사건이 전개되는 과 정에서 최내우가 취하는 태도는 흥미롭다. 사건이 발생한 직후, 피해 당사자와 만나서 합의 하려 하고, 신평지서에서 임실경찰서로, 전주 검찰청으로 사건이 이송될 때마다 그는 지서 와 경찰서, 공화당 간부, 전북대 교수 등의 인맥을 활용하여 사건을 무마하려 시도를 계속하 였다. 그러다가 사건이 기소되어 법정으로 가게 되자, 그제야 비로소 변호사를 찾아가 사건 을 의뢰한다(그 변호사도 신평면 출신이다).

7) 공간의 분화와 확장, 침투와 개방

마을 공간은 처음부터 철저하게 내부적이다. 국가의 시책에 의해서 도로와 교량, 농수로 가 개설되고 마을사무소와 복지회관이 건설되지만, 그 활용은 마을주민에 의해 독점되었다. 1972년 이웃 관촌 사람이 마을 앞 개천에 와서 모래를 퍼가다가 마을 청년에게 맞아 코뼈가 부러진 사건(72.5.11.)은 마을 공간의 내부성을 잘 보여준다.

마을 내부 공간은 주민들 사이에 상당히 분명하게 분화되어 있다. 간단히 몇 가지만 언급 해 보면, 주점은 성인 남자들의 공간이며 여기에서 남자들은 도박을 하고 모의를 하며 접대 를 하고 시시비비를 다툰다. 접대를 위해서 모시는 경우를 제외하고는 여자가 주점에 들어 와 술을 마시는 것은 금지되어 있다. 반면 성인 여자들의 공간은 집안의 안방이다. 안방에서 여자들은 계모임이 벌이고 술을 마시고 웃고 떠들며 논다.

집안에서 부엌은 철저하게 여자들의 공간이다. 새마을운동이 시작된 이후 마을에서 조직된 생활개선부녀회는 지원되는 시멘트를 부엌 개량에 사용하자고 강력히 요구한다(71.4.3.). 이 에 반해 사랑방은 남성 가장의 공간이며 성역이다. 사랑방에는 집안의 현금과 조상의 유품이 보관되어 있다. 그것을 가족 모두가 알고 있지만, 아무도 사랑에 함부로 들어가 물건에 손대 지 않는다. 그래서 사랑의 현금이 없어지거나(69.9.26.), 돌아가신 모친이 손수 짠 삼베가 손을 탔을 때(70.8.7.), 최내우는 다른 도난이나 폭력사건이 발생했을 때보다 훨씬 더 격렬하게 분노 하고, 자신의 목숨을 걸겠다고 맹세하면서 응징하려 한다. 한편 추수가 끝난 후 들판은 마을 청소년들의 공간이다. 여기에서 마을의 젊은이들은 공을 차고 소리를 지르며 논다.

일을 하는 공간도 분명하게 구분되어 있다. 방앗간은 남자들만의 일터이다. 부품을 수리하고, 탈곡기를 운전하는 일을 할 수 있는 것은 최내우 자신과 아들, 그리고 남자 고용인뿐이다. 반면 누에치는 일은 여자들의 일이다. 두 부인이 각각 누에치는 잠실(蠶室)을 가지고 있어 여기에서 뽕잎을 따다 먹이고, 누에 옮기는 일을 할 인부는 마을 외부에까지 수소문하여 부녀자들로 구한다. 이러한 노동영역의 분화는 활동공간의 차이로 확대되기도 한다. 시장에서 생필품이나 먹을거리를 구입하는 일은 여자들의 일이지만, 방앗간에서 사용하는 부품을 수리하고 구입하는 일이나 석유류를 구입하는 일은 철저하게 남자들이 도맡는다. 또한 마을 내에서 돈을 거래하는 것은 여자와 남자의 구분이 명확하지 않지만, 공판장에서 수매 대금을 받거나 농협에서 농사자금을 대출하는 것은 남자의 일이다. 이에 비하면 모내기 작업은 남녀의 공동 작업 영역이며, 노임의 차이만 있을 뿐이다.

그러나 마을 공동 작업이 늘어나면서 이러한 노동 영역의 성별 경계는 점차 허물어지기 시작하였다. 풀베기, 조림을 위한 산림 정비 작업 등은 여성노동과 남성노동의 경계를 명확하게 지니고 있지 않다. 또한 친목계에서 1년에 한 번씩 가는 관광여행에서 남녀의 공간적 벽은 일시적이지만 완전히 허물어진다. 부부동반으로 떠나는 여행에서, 남녀는 관광버스에서 섞여 같이 술을 마시고 수다를 떤다.

주민들의 활동 공간은 시간이 지나면서 급속하게 확장된다. 마을의 이웃과 친지들의 이농이 증가하지만 돈거래, 토지 및 주택 매매 등과 관련하여 이들과의 관계가 일시에 단절되지는 않는다. 이에 따라 주민들의 이동 공간은 전주, 서울·경기 지역으로 확대된다. 특히 자녀들의 교육과 취업으로 인한 도시 이주가 확대되면서 주민들의 도시 나들이가 늘어난다. 1970년대 후반이 되면 창평리와 서울은 일일생활권이 된다.

한편 마을 내부 공간은 외부인에 의해 침투되고 점차 개방된다. 남자 성인들이 도박을 하던 주점의 내실은 지서의 단속 등 공권력에 의해 침입 당한다. 그리고 도박 금지 교육을 받은 마을 청소년들에 의해서도 습격을 받고 고발당하기도 한다. 처녀들이 모여 있던 누에공장 기숙사는 마을 청년들에 의해 침입 당하며, 임실역과 관촌역전은 마을의 청년들이 다른 마을 청년들과 주도권을 다투는 시비의 공간이 된다. 이러한 내부 공간의 습격에는 대가와 거래가 수반된다. 지서의 단속에 적발된 주점 내부의 남자들은 지서 경찰을 입막음하기 위해 거래하고, 처녀들의 공간을 습격한 마을 청년들은 거래에 실패하여 법적 대가를 치른다.

1970년대 중반을 넘어서면서 마을의 내부 공간은 외부에 개방되기도 한다. 주민들이 농사철에는 논에 물을 대고, 물고기를 잡고 친목 모임을 가지던 마을 앞 개천은 임실군 공무원이나 임실고등학교 교사들의 야유회 장소로 개방되며, 나아가 여름철에는 외지에서 온 피서객들의 물놀이 공간으로 개방된다.

4.『월파유고』

1) 최내우의 삶과『월파유고』

『유고』는 저자가 5세 되던 1927년부터 1970년대까지의 일들을 회고하면서 기록한 것으로, 세로쓰기로 쓰인 230쪽 분량의 육필원고이다. 우선 내지에는『유고』에 담을 사건들을 간단히 메모해 놓았는데, 이는『유고』집필의 계획안에 해당하는 것이다. 그리고 첫 번째 쪽에는 최내우 자신의 이력을 간단히 정리해 놓고 있다.

『유고』의 구성을 간단히 살펴보면, 크게 세 시기로 구분될 수 있다. 2~22쪽에는『유고』의 첫 번째 시기에 해당하는 1927년 부친의 사망에서부터 해방까지의 시기가 정리되어 있다. 이 시기의 기록은 주로 가족사를 중심으로 정리되어 있다. 어머니는 삭녕 최씨 가문의 후처로 들어와 자신과 동생을 낳았는데, 부친이 일찍 사망하면서 자신의 가족이 집안과 형제로부터 홀대 받으면서 살았다는 내용이다. 이러한 가족사는 최내우 삶의 많은 부분을 설명해주는 배경이 된다.

최내우가 가장 공을 들여 상세하게 설명하고 있는 시기는 해방 이후부터 한국전쟁을 거치는 기간으로,『유고』의 내용 중 두 번째 시기에 해당한다. 23쪽에서 159쪽까지가 해방 이후 마을에서 일어난 이념대립과 사건, 전쟁 경험에 관한 기록으로 채워져 있다. 뒤에서 다시 살펴보겠지만, 이 기간 동안의 마을에서 벌어졌던 사건들이 최내우의 삶에 가장 결정적인 영향을 미쳤다고 볼 수 있다.

마지막으로 세 번째 시기는 50여 쪽에 걸쳐 기록되어 있는 전쟁 이후부터 1970년대까지의 시기이다. 여기에서는 다시 가족사와 마을사에 관한 사항들을 기록하고 있다. 특히 어머니의 병환과 사망을 계기로 집안과 가족에 대한 기억을 회고하는 데 상당한 분량을 할애하고 있어, 과거 가족사의 아픈 기억을 되살리는 내용이 대부분이라 할 수 있다. 그리고 나머지는 자녀 문제와 마을 사람들에 대한 기록으로 채워져 있다.

『일기』가 1969년부터 시작되고 있는데,『유고』는 그 이전의 최내우의 삶과 창평리의 마을 상황을 보여주고 있어, 두 기록은 서로 연결된다.『유고』에서 특히 중요한 내용은 첫 번째와 두 번째 시기로, 이 기간 동안의 저자의 삶은『일기』에서 나타나는 저자의 의식과 행동의 기초를 이루고 있다고 할 수 있다.

다시 최내우의 삶으로 돌아가 보면, 그는 어린 시절을 아버지를 일찍 잃고, 후처인 홀어머니와 함께 집안의 보호를 받지 못한 채 제대로 배우지도 못하고 어렵게 살아왔다. 그러다가 해방 이후 1946년 처가의 도움으로 방앗간을 시작하면서 재산을 모으는 데 성공하였다. 1949년 어렵게 이장에 당선되었는데, 당시의 이념적 혼란 속에서 그는 좌익과 우익세력 사이에서 균형을 유지하고 양자 사이의 조정에 성공하면서 마을의 주요 세력으로 자리 잡을 수 있었다. 저자의 초등학교 동창인 전 신평면장의 회고에 의하면, 당시 창평리는 좌익 세력이 매우 강한 지역이었는데, 최내우의 도움으로 한 사람도 죽지 않았다고 한다.

『유고』에 기록된 내용으로 보아도 최내우는 1948년 단정반대투쟁으로 전북지역 좌익세력이 총 봉기했던 이른바 '2.26사건' 당시 경찰과 우익청년단으로부터 마을의 좌익을 보호하는 데 성공한다. 이 덕택으로 전쟁기간 중 인민군이 지배하던 시절에 그는 좌익 세력으로부터 피해를 입지 않을 수 있었다. 수복 이후에는 마을 이장이자 신평면의 우익 유지의 자격으로 군·경에 협조하면서, 입산한 좌익 인사들의 자수와 안전을 보장하는 활동을 의욕적으로 벌였다. 해방 이후 전쟁까지 마을에서의 이념 갈등을 효과적으로 조정하면서 그는 신평면의 대표적인 우익 인사로서의 기반을 닦았고, 임실군의 관계 및 정치인들과의 인맥을 넓혀 나갈 수 있었다.

이처럼 해방 이후 1950년대까지 최내우는 경제적, 사회적 기반을 착실히 닦을 수 있었다. 이와 같은 물질적, 사회적 기반은 집안에서의 그의 지위에도 상당한 영향을 미치게 된 것으로 보인다. 그는 집안의 각종 애경사와 부모, 형제의 제사는 물론이고, 조상들의 제일(祭日)에도 빠짐없이 주도적으로 참여하면서 집안에서의 지위도 확보할 수 있었다.

『유고』는 이러한 의미에서 최내우가 집안과 지역사회에서의 경제적, 사회적 지위를 확보해가는 과정에 대한 기록이다. 그리고 이때 형성된 사회적 의식은 이후 일생동안 최내우의 삶의 지침이자 도덕적 기준이 되었던 것으로 보인다. 『일기』에 잘 나타나고 있는 것처럼 1970년대 이후의 개발 과정에서 그는 관계와 정계의 폭넓은 인맥을 바탕으로 마을 내에서 중심세력으로서의 지위를 유지하며 뛰어난 사업 수완을 발휘한다.

그러나 1970년대 중반 이후 마을에서는 점차 세대교체의 움직임이 시작되고, 마을에서 개발 사업을 추진할 새로운 주체들이 형성되기 시작하였다. 해방 전후의 구세대와 1970년대의 신세대 사이의 세력 갈등이 농촌마을에서 나타나기 시작하고, 전쟁을 통해 형성된 확고한 도덕적 기준을 지닌 구세대들에게 신세대의 사업방식과 추진력은 비도덕적이고 약삭빠른 행위로 비춰졌을 수도 있었을 것이다. 어린 시절의 고생을 딛고 단기간 동안 이념적으로 경제적으로 지역사회의 중심세력이 될 수 있었던 최내우의 입장에서 보면 이러한 인식은 더욱 컸을지도 모른다. 최내우가 1993년 70세의 나이로 회고록을 집필하기로 작정한 데는 이런 요인이 적지 않게 작용한 것으로 여겨진다.

2) 『월파유고』에서의 두 번째 시기

『유고』에는 임실 지역사에서 그동안 드러나지 않았던 많은 사실들이 담겨있는데, 특히 그 중에서도 해방 이후부터 한국전쟁기 동안에 있었던 이념 대립과 충돌에 관련된 내용들은 매우 중요하다. 1948년 단정 수립을 반대하는 좌익세력들의 이른바 '2.7구국투쟁'이 전국적으로 전개되었다. 그 동안 미군정 자료를 통해서 밝혀진 바에 의하면, 전라북도에서는 2월 26일부터 3월 초까지 크고 작은 봉기가 잇따라 일어난 것으로 알려져 있다. 『유고』에는 신평, 관촌, 성수 등 임실군의 여러 지역에서 2월 26일 봉기가 일어났다고 기록되어 있다. 임실 지역에서는 이 봉기를 '2.26사건'이라고 기억하고 있는데, 저자는 신평면에서 일어난 이 사건의 전개과정을 직접적인 목격자로서 상세하게 기록하고 있다. 저자는『유고』에 2.26사건에 가담한 마을 사람들의 명단과 이후 처벌을 받은 사람들의 명단까지 상세히 적어 놓은 후, "알고 보니 住民 中 半割 以上이 共産堂[共産黨]에 加入햇드라"(25쪽)고 놀라움을 표시하고 있다.

더욱 중요한 것은 1948년의 2.26사건이 어떻게 한국전쟁과 직접적으로 연결되는지를 상세히 기록하고 있다는 점이다. 그는 전쟁이 터지고 인민군이 마을에 들어올 때까지 약 1개월 동안 마을과 지역사회가 어떻게 동요하고 있었는지를 한 마을 이장의 눈으로 생생하게 묘사하고 있다. 경찰에서 얘기하는 것이 믿을 수 있는 유일한 정보였던 시절에 갑자기 경찰이 후퇴하게 되자, 주민들은 "政府가 업는 것으로 生覺하고 어느 親舊나 住民하고 相議할 곳이 없"(33쪽)는 공황상태에 빠져들게 되었다고 기록하고 있다. 또한 인민군이 마을에 들어온 이후 2.26사건에 가담했던 마을 좌익 인사들이 면 인민위원회와 당 조직의 요직을 맡고 마을에서 토지개혁과 화폐개혁을 추진하는 과정이 기록되어 있다.

전황이 불리해지면서 인민군이 후퇴하고, 군경이 다시 치안을 회복하면서 최내우는 이장으로서의 지위와 역할을 회복하게 되었다. 그리고 마을에서 전쟁기간보다 훨씬 길고 잔인한 토벌이 시작되는데,『유고』에는 군경의 토벌작전이 마을사회를 어떻게 변화시켜갔는지에 대한 기록 또한 토벌작전에 협조한 한 개인의 입장에서 상세하게 묘사되어 있다.

특히『유고』의 두 번째 시기, 즉 해방 이후의 이념 대립과 전쟁의 시기에 권력이 수차에 걸쳐 바뀌는 과정에 대한 기록은 마을에서 나타나는 한국 근대사의 특징을 보여주는 소중한 자료라 할 수 있다. 소위 '엎어지고 뒤집어지는' 권력의 전복과 교체 과정에서 마을 주민들이 어떤 생존전략을 선택해 가는지를『유고』를 통해서 확인하는 일은 매우 흥미롭다. 좌익 세력이 강해서 면 인민위원회와 당 조직의 요직을 독점하다시피 했던 마을의 좌익 인사들이 마을에서 살아남기 위해서 취한 선택의 폭은 그다지 크지 않았다. 1980년대까지도『일기』에서 마을의 주요 인물들로 기록되는 몇몇 좌익 경력자들은 자수한 이후 군에 입대하여 전투에 참여하였다가 부상을 당함으로써 시민권을 회복하기도 하고, 입산자들의 위치 정보를 군경에 상세히 제공함으로써 전쟁 이전의 지위에 복귀하게 되기도 한다. 이처럼 한 농촌마을에서 자기들의 방식으로 전쟁을 경험하면서, 주민들이 어떻게 반공국가의 국민으로 거듭나는지를『유고』는 생생하게 보여주고 있다.

5. 압축적 근대화와 농촌사회

쌀·삶·문명연구원의 SSK개인기록연구실은 "글로컬 지역사회 현장기록의 비교분석과 사회자원화"라는 제목으로 한국연구재단의 연구비를 받아 개인기록, 특히 일기를 활용하여 개인차원에서 압축적 근대화가 어떻게 이루어졌는지 지역간, 국가간, 문명권간 비교 연구하는 것을 목표로 하고 있다.

'근대'(modern)라는 개념은 서구가 르네상스에도 적용할 만큼 오래된 역사를 가지고 있다. 근대는 다양한 논란을 야기하는 용어이지만 이곳에서는 단순히 시대개념으로서 사용하고자 한다. 근대라는 개념은 서구에서 보통 봉건사회 이후를 의미한다. 이 글에서는 한국에서 농업에 기초한 전통적인 사회질서의 해체 이후부터 현대 이전까지를 근대로 지칭하고자 한다. 전통적 사회질서의 해체 시기나 현대의 시작이 언제인지는 논란이 많아 다른 곳에서 자세하게 논의하기로 하고 이곳에서는 다만 전통 질서 이후와 현대 질서 이전까지를 근대로 지칭하고 넘어가고자 한다.

세계적으로 20세기 후반부는 비 서구사회들이 근대화를 추구하였던 시기이다. 이 시기에 근대화는 서구화 또는 미국화와 동일한 것으로 인식되어 많은 비 서구국가들이 서구를 모방하는 데 주력하였다. 현재는 이에 대한 많은 비판이 제기되고 있지만 20세기에는 대체로 서구의 발전을 보편적 과정으로 간주하였기 때문에 다른 나라들도 근대화를 이룩하면 서구와 유사한 발전을 따를 것으로 생각되었다. 이러한 의도적인 근대화 과정에서 근대화를 가속화하기 위하여 국가는 경제계획을 세우고, 자원과 인력을 동원하고, 국내외 자본을 총동원하여 전략적으로 배치하고 실행하였다.

근대화 관련 논의에서 대부분의 연구들이 국가 수준에서의 압축적 근대화를 논의하는 데 중점을 두고 있을 뿐, 실제 개인의 수준에서 압축적 근대화의 경험이 국가마다 서로 얼마나 다르게 나타나는지를 비교 연구한 예는 드물다. 예외적으로 장경섭(2009)의 『가족·생애·정치경제: 압축적 근대성의 미시적 기초』(창작과비평사)는 압축적 근대화가 가족에 미치는 영향을 세밀하게 연구하고 있다. 우리의 연구는 압축적 근대화가 이루어지는 과정을 개인 기록과 현지조사를 통하여 조사함으로써 먼저 개별 사례조사를 축적하고, 이를 기초로 점진적으로 각국에서 어떠한 차이가 나타나는지를 비교 연구하는 방향으로 진행하고자 한다. 몇십 년 동안 매년 10% 가까이 성장하는 국가에서의 개인 경험과 매년 2% 성장하는 국가에서의 개인 경험은 크게 다를 것이다. 10%씩 성장하는 경우 국가와의 관계, 사회체제, 인간관계, 개인 활동의 변화 폭은 매우 커지게 된다. 또한 각 국가가 세계질서에서 처한 위치가 달라 이러한 차이도 개인 경험에 영향을 미칠 것이다. 서구의 가치와 동아시아의 가치가 크게 다른 만큼 이러한 가치관의 차이도 경험에 커다란 영향을 미칠 것이다. 이러한 압축적 경험과 기록은 세계 체제의 연계 속에서 세계질서와 국가의 영향을 받아 나타나기 때문에 이러한 맥락을 통해 개인의 경험, 의미, 관계를 이해하여야 한다.

서구에서 200년 동안 전개되었던 과거, 현재, 미래의 전개가 또는 세계의 다양한 문화요소의 유입이 동아시아의 압축적 근대화과정에서는 수십 년 만에 동시다발적으로 이루어지고 있다. 과거, 현재, 미래가 압축되어 혼합되고 급변하는 과정에서 서구가 주도하는 '글로벌 스탠다드'가 사회제도, 관계, 생활에까지 압축되어 관철될 것인지, 동아시아 각국의 독특한 역사, 제도, 가치가 압축적 경험의 중심이 되어 '독자적 문화'를 유지하며 발전할 것인지, 또는 이들이 교배되어 압축적 혼종 현상으로 나타날 것인지, 혼종 현상이 나타나면 어떠한 방식으로 나타날 것인지의 분석은 앞으로 동아시아가 주도하는 세계가 어느 방향으로 발전할 것인가를 전망하는 데 중요한 근거가 된다. 이를 제대로 분석하기 위해서도 거시적인 연구에서 더 나아가 구체적인 개인이 동시다발적으로 공간의 압축에 따른 다양한 공간으로부터 유입된 요소들, 다양한 공간과의 접촉, 시간의 압축에 따른 과거요소와 현재요소의 공존, 다양한 요소들의 불평등 압축과 혼종과 병존을 어떻게 경험하고 있는지를 비교분석하는 것이 중요하다.

갈수록 서구의 근대화 경험은 지구적 대표성이 없는 서유럽의 독특한 역사, 정치, 경험을 반영하는 것으로 보는 시각이 크게 늘고 있다. 특히 중국의 GDP가 2025년경이면 미국의 GDP를 초월할 것으로 예상되어 서구적 근대화가 보편적인 속성을 띤 것이어 세계가 수렴하여 서구적 코스를 계속 갈 것인지 아니면 동아시아의 독특한 역사, 정치, 경험을 바탕으로 서구와 다른 길로 나아갈 것인지에 대한 논의가 이루어지고 있다. 마틴 자크(2010)는『중국이 세계를 지배하면: 패권국가 중국은 천하를 어떻게 바꿀 것인가?』(부키)에서 중국이 2027년 GDP에서 미국을 추월할 것이며, 중국의 역사적 경험, 문화, 제도가 서구와 달라 중국이 주도하는 세계는 중국의 가치관과 제도를 중심으로 형성될 것으로 예측하고 있다.

한국과 관련하여 장경섭(2009)은 한국의 압축적 성장에는 가족주의적 특성이 있어 서구와 다르다고 보고 있다. 또한 동아시아의 압축적 근대화를 상하질서, 복종, 근면을 강조하는 유교적 특성 때문에 가능한 자본주의화 과정으로 설명하는 유교자본주의론에 관한 논의도 활발히 진행되고 있다. 압축적 근대화로 요약되는 한국의 성장과정에서 지역은 불균등 발전의 표상이 되었으며, 시공간의 불균등한 압축의 결과, 국가와 지역, 중앙과 지역, 지역과 지역과의 관계는 비동시대적인 것들의 동시적 공존(알프 뤼트케 외, 2002,『일상사란 무엇인가』, 청년사. 38~40)을 이루고 있다. 복합적이고 중층적인 관계망 속에 있는 지역민들의 구체적인 삶을 보여주는 일기는 한국사회 내에 존재하는 비동시대적인 것들의 동시성을 가장 잘 보여주는 자료이기도 하다. 일기자료의 분석을 통한 현대 지역사의 재구성은 물론 지역적/국가적/문명적 비교연구가 축적되면 지역적/국가적/문명적 여러 영역에서의 불균등한 압축 성장 과정을 보다 심도 있게 분석해낼 수 있을 것이다.

장경섭(2009:331)은 압축적 근대화를 변화의 시간적 단축을 강조하는 것으로서, 따라서 시공간의 압착을 모두 포괄하는 압축적 근대성의 하위범주라고 주장하고 있다. 이는 근대화와 근대성의 개념을 보통 사용하는 용법과 다르게 사용해서 나타나는 주장이다. 근대화는 근대/근대성을 이룩하는 과정이다. 근대나 근대성은 근대화의 결과로서 나타나는 사회적 성격을 의미한다. 따라서 우리는 근대화가 근대성의 하위범주가 아니라 근대화는 과정이고 근대성은 그러한 결과로서 나타는 특성으로 보고자 한다. 근대화라는 것은 단순히 시간적 단축만 지칭하는 것이 아니고 근대가 형성되면서 나타나는 다른 현상들도 포괄한다. 그 안에는 교통이나 통신의 발전에 따른 공간적 압축도 당연히 포함된다. 따라서 우리는 장경섭과 달리 근대화를 시간적 압축과 더불어 공간적 압축을 다 포함하는 것으로 보고 있다.

시간적 압축과 공간적 압축이 5000년 전 메소포타미아에서 국가가 형성하면서 도로와 조직을 통하여 공간적 이동 시간을 줄였을 뿐만 아니라 다양한 일의 진행도 이전보다 빠르게 진행되었다. 또한 유목민이 말을 대규모로 활용하면서 공간 이동이 빨라졌고 몽골제국에서 보는 것처럼 제국의 정보전달이나 상품교환의 시간이 크게 축소되는 경우도 있었다. 즉, 시간적 압축과 공간적 압축은 이전에도 일어나고 있었지만 근대에 이루어졌던 시간적 압축과 공간적 압축의 성격은 이전과는 다른 측면을 가지고 있다. 이전과 구분되는 핵심은 산업화와 관련된 요소들이 급격하게 증가하였다는 점이다. 따라서 압축적 근대화는 시간적 압축, 공간적 압축, 산업화 또는 산업화의 영향 등 세 개의 핵심요소로 이루어진다고 볼 수 있다.

  이러한 점을 고려하여 『일기』에 나타나는 압축적 근대화의 측면들을 다음과 같이 정리할 수 있다.

1 국가에 의한 압축적 근대화(압축적 변화를 위한 국가의 적극적 계획과 동원, 실행)
  -농촌에서 생산계획의 관철: 계획영농, 계획양잠, 계획조림, 계획수매
  -1960년대 양잠: 초봄 각종 도구와 시설 정비, 양잠서적 독서와 양잠교육,
                누에 철 바쁜 일정(뽕 마련과 부족한 일손 구하기)
  -1970년대 정부의 식량정책: 통일벼, 마을별 수매량 할당, 9분도 도정 금지와 혼식장려
  -1970년대 조림사업, 농지개량사업, 저수지와 하천의 관리, 농로 및 교량설치, 마을개량 사업, 퇴비증산, 도로 보수(관에서 물자를 지원하고 업무를 할당하며 마을에서 조직하여 실행)
  -1970년대 각종 행사동원(단합대회, 반공궐기대회, 산림녹화대회, 강연회에 마을별 참여자수 할당. 신품종, 신기술, 양잠, 묘목, 조림, 쥐잡기운동 등 새로운 사업마다 마을별로 책임을 할당하고 농촌지도소에서 교육)
  -1970년대 각종 성금, 회비 납부 의무화(국가성금뿐만 아니라 지소나 관공서 후원금 등 지역적인 것도), 상수도 개설·농로 개수·복지관 건립 등의 사업 관련 의무적 모금, 마을방문 공무원 접대
  -경찰/군대의 이념적(좌익 청산), 윤리적(도박, 폭행), 조직적 개입의 증가

2 급속한 물질적 기술적 변화-특히 산업적 요소의 도입(시공간의 압축과 산업화 영향)
  -마을에 처음으로 석유 발동기를 사용한 방앗간이 1946년 설립되어 벼, 보리 등을 탈곡하고 정미(탈곡기, 탈맥기, 정미기, 현미기, 제분기, 발동기, 석유 등의 구매와 정비를 위해 전주, 순천 등을 방문)
  -영농기술의 과학화와 기계화(비료, 농약, 신품종, 종자, 신재배기술, 경운기, 분무기, 이앙기, 양수기, 신건축자재)
  -책, 노트, 신문, 라디오, TV, 트럭, 버스, 기차, 자전거, 오토바이, 전기, 전화, 상수도, 석유곤로, 연탄보일러, 전기밥솥, 카세트테이프, 슬레이트지붕
  -전기가 들어오면서 늦게까지 라디오, TV, 책 등을 봄
  -새로운 기술과 기계는 새로운 지식과 행동을 필요로 하고, 마을범위를 벗어나는 더 넓

은 네트워크가 있어야 고장수리, 부품 및 원자재 확보, 정보 수집 등이 가능

3 생활리듬의 가속화(시간의 압축)
 -도시와 달리 직장에 출근하는 것이 아니지만 자체적으로 시간의식 증가
 -달력과 시계 사용증가
 -시간을 어떻게 지내야겠다는 계획을 세움
 -밤12시까지 탈곡이나 정미작업을 하기도 함
 -농경리듬이 조금씩 앞으로 당겨짐
 -다양한 작물, 사업, 부업 등이 증가하면서 노동시간이 증가함
 -1년 소득 목표를 세움
 -자식들의 시간을 통제
 -게으름에 대한 비판

4 새로운 가치·제도의 급속한 유입(시공 압축에 따른 근대 가치·조직 도입과 증가)
 -마을: 마을 회의, 이장, 참사, 새마을운동조직, 개발위원회, 양로당, 각종 계(쌀에서 현금으로), 이앙회원 회의
 -면: 면사무소, 파출소, 동창회, 농촌지도소, 지소, 예비군, 중학교, 공판장, 시장
 -군: 군청, 경찰서, 교육장, 공화당지부, 우체국, 농협, 도정조합, 산림조합, 이앙기업자회의, 시장, 역, 대서소, 등기, 보건소, 병원, 약국, 수의사
 -각종 회의, 궐기대회, 반공강연, 공화당 행사, 학교행사, 새마을시찰단
 -쌀거래에서 현금거래로의 점진적 변화(이익 계산에 더욱 예민해짐)
 -머슴 관행의 중단(1976)
 -품앗이, 고지노동 줄고 고용노동 증가
 -마을 공간과 집안 공간의 남녀분화 약화
 -노동의 성별 분업 점진적인 약화
 -공화당원으로 활동하면서 국회의원, 군수, 면장, 서장 등을 만남
 -병원 이용의 급속한 증가, 아기의 병원 출산
 -토속신앙적 행위의 급감

5 빠른 이동과 정보전달(공간적 압축)
 -도로, 철도의 개선에 의한 빠른 이동(외부 각지와의 불균등 접촉)
 -신문, 라디오, TV에 의한 전국정보획득의 일상화
 -전화를 통한 접촉망 확대
 -마을 주민의 외부 방문 영역 확대
 -일기 주인공도 오수, 전주, 익산, 남원, 논산, 곡성, 구례, 순천, 여수, 부산, 서울 등 전

국 각지 방문. 친인척, 교육, 정미업, 군대 문제 등으로 방문
-돈거래, 사람고용, 토지, 주택, 물품 매매권역이 크게 확대됨
-일기에 1400명의 인명이 기록되어 주인공의 인맥이 아주 넓은 편임. 교통 통신의 발
 달로 더 광범위한 접촉이 가능해짐. (다양한 조직의 발달과 교통, 통신의 발달로 더 넓어졌
 음. 이장, 마을 산림계 대표, 면 도정업자 대표, 면 잡업농가 대표, 동창회장, 공화당 군 운영위
 원, 경운기 조합장, 산림조합 부회장 등 다양한 활동을 함)
-일기 주인공의 자녀 모두 전주에서 학교다님
-일부 자녀들 전주, 경기도, 서울 등에서 거주함
-오수, 남원, 곡성, 순천, 부산, 경기, 서울 등지의 친척을 방문하러 감(주로 정미기 부품
 등의 일이 있을 때, 집안 제사 등이 일이 있을 때, 관청이나 조합에 일이 있을 때, 병원방문, 자
 식방문을 위하여)
-산업화된 도시의 일자리를 찾아 떠남
-위의 결과로 일기 주인공 가족의 전국 분산

6 세대격차의 확대 (시간적 압축)
-마을 청소년들이 어른들의 도박장을 습격하여 혼내고 경찰에 고발
-자식들과 청소년에 대한 상호 불평들
-자식들의 저항. 자식들이 말을 듣지 않는 경우가 많이 나타남
-자식들은 자신들끼리 노는 경우가 많음(축구 등)
-자식들이 광범위한 정보와 접촉을 통해 부모로부터 분리된 세계를 형성할 수 있게 됨

7 공동체 약화(시공간 압축: 마을의 외부와의 불균등한 접촉 확대로 내부통합성 약화됨)
-외부 방문 급증(방문지가 갈수록 증가하고 빈번해짐)
-개인마다 다른 외부 네트워크를 가지게 됨
-다양한 외부정보, 물자, 인력의 동원
-공동체 외부의 정보, 상품, 사람, 돈, 조직의 영향력 급증
-갈수록 외부 네트워크는 더 중요해지고 내부사회의 영향을 덜 받게 됨
-마을공동체에 대한 외부 다양한 기관(군청, 군인, 경찰, 조합, 상인, 회사, 병원 등)의 개입
 증가
-마을공간의 외부인 사용 점차 증가(처음에는 불허했으나 점차 용인)
-이촌향도의 급증(학교와 일터를 찾아 도시로 나가는 사람 급증)
-마을의 외부인 고용 증가
-공동체나 마을 어른에의 애착, 존경, 추종의 약화

우리 연구의 목적은 일기를 비롯한 개인기록 자료를 통해서 압축적 근대화가 지역사회 현장과 개인의 수준에서 어떻게 발현되었는지를 구체적으로 밝혀보고자 하는 데 있다. 근대화 과정의 압축을 가능하게 한 가장 커다란 힘은 아무래도 국가에 의한 강제적 동원과 수직적 통합이라 할 수 있다. 국가의 강제력 아래에서 지역사회와 개인의 의식 속에 시장 논리가 체화되고 점차 합리적 사고가 자리잡게 되었을 것이다. 이와 함께 서로 충돌하고 대립하는 도덕과 가치관들의 비논리적 뒤섞임과 그로 인한 모순적 현상들이 드러나기도 했을 것이다.

지역사회는 국가의 동원과 통합의 힘이 구체적으로 실현되는 현장이며, 지역주민은 그 최종 단위라 할 수 있다. 한 마을을 배경으로 장기간에 걸쳐 기록된 일기는 국가에 의해 법적, 제도적으로 가해지는 전근대적 강제와 개인을 단일 논리로 통합·동원하려는 힘, 그리고 국가가 전근대적 권력을 행사함으로써 실현하고자 하는 근대적 목표의 모순적 결합이 지역사회에 구체적으로 어떻게 적용되는지를 보여주고 있다. 특히 국가 권력과 국가 목표 사이의 모순적 결합으로부터 영향 받으면서 지역적, 개인적 차원에서 나타나는 물리적, 정신적 변화와 그로 인해서 개인이 겪게 되는 정체성과 도덕성의 혼란이 일기 속에서는 가감없이 드러나고 있다.

이러한 점에서 일기는 압축적 근대화가 빚어내는 한국사회의 제 요소들의 모순적이고 불균등한 접합을 구체적인 수준에서 보여주는, 유일하지는 않더라도 매우 귀한 자료임에 분명하다. 우리 연구팀은 『창평일기』와 『월파유고』의 출판을 계기로 일기와 다양한 현장 자료를 통해 지역사회에서 진행된 압축적 근대화의 속살들을 드러낼 수 있을 것으로 믿는다.

제2장 1970년대 국가와 농촌개발

1. 국가권력과 지역 사회

『월파유고』에서 자세하게 기록된 바와 같이 해방에서 한국전쟁을 경과하는 기간 동안 창평리는 극심한 변화를 겪게 되었다. 좌익 이념을 지녔던 마을의 젊은 세대는 전쟁의 회오리를 겪은 후 전향과 충성심의 과시를 통해 가까스로 주민으로 복귀할 수 있었다. 한편 군경의 토벌과정에서 지역사회는 국가의 통제 아래로 편입되었다. 반공국가의 이념체계에 의해 지역사회가 통합된 배경에서 『창평일기』에 나타나는 1960년대 이후 근대화정책의 강력하고 효율적인 확산과 정착을 설명할 수 있을 것이다.

1) 국가 체제에 의한 수직적 통합

최내우가 일기를 쓰기 시작한 1969년에는 이미 국가에서 군-면-마을 사회에 이르는 수직적 통합이 조직적으로 구조화되고 있었다. 정치적으로는 국가권력과 공화당이 마을 단위까지 조직 구성을 완료하고 주민의 정치활동을 체계적으로 관리하고 있었다. 예를 들어 1969년 10월 17일의 3선개헌을 위한 국민투표에 앞서, 신평면 단위의 당원 준비모임이 9월 22일 있었다. 10월 2일 신평면 당원 단합대회가 개최되었는데, 그 자리에서 공화당 간부는 창평리 마을 앞 다리 건설 공사에 대한 예산 지원 문제가 군수와 합의되었다고 말해주었다. 그리고 10월 8일 다리 공사 기공식이 개최되고, 10월 12일 공사에 착공했다. 그 이틀 후인 10월 14일 공화당 간부가 마을에 와서 다리 공사에 보태라고 후원금을 주고 갔다. 선거 관리는 공화당뿐 아니라 군-면, 지서, 예비군중대까지 긴밀한 협력관계를 유지하면서 이루어졌다.

1971년 4월의 대통령선거를 앞두고, 1970년 9월 28일 일기에서 최내우는 지서장이 마을을 방문하여, "明年 選擧에 대비 여러 가지로 協助를 付託했다."고 쓰고 있다. 1971년 들어와서는 마을에서도 선거운동이 본격화 되었는데, 마을 단위로 협의회를 조직하여 공화당, 면, 지서와 긴밀하게 협의하여 선거운동을 벌여나갔다. 마을 주민 중 "政權은 이번에 交替하야" 한다고 주장한 사람이 주민들을 통해 보고되고, 면장과 공화당 간부, 면 당원 등이 모여 그에 대한 대책을 논의하기도 하였다(71.4.25.). 이처럼 주민들의 동향에 대해서는 체계적이고 조직적으로 관리되고 있었다.

한편 마을 사회는 국가권력과 긴밀한 정치적 관계를 맺음으로써 소통의 창구를 만들 수 있었다. 소류지 공사, 교량건설 등 숙원사업에 대한 마을의 요구는 군청, 공화당과 마을 리더

사이의 수직적 네트워크를 통해서 전달되었으며, 선거철이 되면 이러한 관계는 한층 긴밀하게 작동되었다. 마을 사회가 국가와의 정치적 네트워크를 통해 소통의 창구를 마련할 수 있었기 때문에 주민들 중 정권과 여당에 비판적인 인물은 마을 발전에 도움이 되지 않는 비도덕적이고 '불량한' 자로 비난받았다.

1970년대의 개발체제 아래에서 마을사회는 사회적, 경제적으로 국가 정책에 더욱 긴밀하게 통합되었다. 우선 주민들의 생업이 국가 계획에 의해 조직되었다. 매년 봄이면 정부에서 권장하는 벼 품종 중 그 해 재배할 것을 골라야 했고, 그 품종에 맞는 재배 방법을 농촌지도소로부터 교육받아야 했다(79.1.26.). 품종의 선택은 형식적으로 권장사항이었지만, 실질적으로는 면사무소 직원이 마을별 재배 현황을 조사하고 감시했다. 여름과 가을의 보리와 벼 추수철이면 면에서 담당 공무원이 나와 수매량을 할당하였다. 방앗간을 운영하는 최내우는 정부의 식량정책에 의해 쌀의 9분도 도정을 금지당하고, 도정기 부품을 면사무소에 압수당했다(73.1.19.). 대신에 7분도 도정을 위한 새로운 부품을 구입해서 사용해야 했다. 혼식장려정책으로 방앗간에는 미맥혼합기를 새로 구입해서 들여놓아야 했다(75.1.23.).

소류지 개설(1971)이나 산림 조림사업(1972), 마을 앞 교량건설 사업(1973), 전기 가설(1974), 퇴비증산을 위한 공동작업(1974), 상수도 설치(1978) 등 마을 개발 사업은 국가에 의해 계획적으로 배분되고, 국가 지원을 통해 진행되었다. 주로 저녁에 열리는 마을 회의는 이장이나 새마을지도자, 개발위원 등에 의해 주도되었으며, 주요 의제는 대부분 이들 사업의 책임자를 선정하거나 작업에 드는 비용과 작업량을 할당하는 문제가 차지하게 되었다.

1968년 향토예비군 창설과 1970년 새마을운동의 시작은 마을 조직을 근본적으로 재편하는 계기가 되었다. 예비군 훈련은 지역사회의 모든 젊은이들을 군사 훈련과 반공교육을 위하여 동원하는 것이었다. 예비군 훈련에 동원된 젊은이들은 마을 공동 작업이나 개인적인 노역의 의무로부터 면제되었다. 예를 들어 집안의 고용인이라도 예비군 훈련에 참가하는 것을 막을 수 없었고, 연말에 노임을 지급할 때도 예비군 훈련일을 제외할 수 없었다. 면의 예비군 훈련에 드는 경비 중 일부는 마을 주민들에게 할당되었다(69.8.28.; 70.10.22.). 마을의 젊은 노동력을 공식적으로 동원할 수 있는 능력 때문에 군 출신인 예비군 중대장은 마을 유력자의 반열에 진입할 수 있었다(71.9.1.).

『일기』에서 '새마을운동'이란 용어는 1972년 2월 맨 처음 등장한다. 그러나 그 이전인 1971년에 마을 사업으로 추진된 소류지 사업도 새마을 가꾸기 사업에서 지원된 시멘트로 실시된 것이다. 『일기』에서 확인되는 바와 같이 매년 새마을사업은 마을 공동사업으로 추진되는데, 여기에 주민들은 반별로 조직되어 일정한 양의 부역을 제공해야 했다. 그러나 새마을운동은 마을의 숙원사업을 공동으로 해결하는 효과적인 사업방식이었고, 여기에는 국가의 차등 지원 방침이 작동하였다. 따라서 새마을운동은 마을간 경쟁과 주민들의 자발성을 기반으로 한 동원 체제였다. 이를 토대로 국가는 마을 단위까지 수직적인 인적, 물적 자원의 동원 체제를 완성시킬 수 있었다.

1976년 정부는 매월 26일을 '반상회 날'로 지정, 운영하기 시작하였다. 일제 강점기에 국민 통치 수단으로 활용되던 '반' 조직을 활용한 반상회는 마을 주민 간, 주민과 관 조직 간의 소통의 통로 마련을 명분으로 시작되었다. 실제로 반상회에서는 마을 일에 대한 주민들의 의견이 제시되기도 했으나, 그 대부분은 마을 개발과 관련된 의제들이었다(77.12.25.). 반상회에는 면이나 군 공무원, 학교 교사 등이 참석하여 국가 시책에 대한 해설과 설명을 해주면서 국가의 개발이념을 마을에 확산시켰다(79.3.30.).

2) 국가의 이념적, 도덕적 지배

국가의 마을에 대한 수직적 통합과 지배의 완성은 국가의 지역사회에 대한 도덕적 우위에서 가능했다. 한국전쟁을 통해서 확립된 반공이념은 전통적 관습을 포함한 일체의 도덕 논리보다 우위에 있었다. 『일기』에서 국가권력의 마을에 대한 지배는 먼저 주민의 일상생활에 대한 국가의 감시와 관리로 나타나고 있다. "部落에서 酒店 없에기 화투도박 업새기 정화운동"(71.1.27.)을 전개하고, 이것은 마을의 규칙이 되었다. 그래서 주점 내실에서 이루어지던 도박은 마을의 유력자들에 의해 발로 걷어 채이고(71.5.24, 11.15.), 심지어 마을 청년들이 달려들어 어른들을 멱살잡이(72.1.31.) 해도 괜찮은 일이 되었다. 지서는 마을에 대한 감시를 강화하고, 마을 유력자들을 "도博[賭博]根絶委員으로 委囑"(72.2.20.)하여 이들에게 마을의 일상생활을 통제할 권한을 부여하였다.

반공이념은 마을의 도덕적 지도이념이 되었다. 면·군 단위에서 수시로 반공단합대회(70.4.29; 73.5.25.), 반공교육(72.4.28; 73.4.3.)이 열렸고, 주민들은 여기에 동원되었다. 한편으로 주민들은 스스로 반공이념을 내면화하고 규율화하였다. 특히 한국전쟁 기간 동안 좌익 경력을 지닌 주민들은 자신들의 행동과 태도에 대한 자기검열을 한층 강화하지 않을 수 없었다. 그렇지 않으면 언제든 예전의 경력을 문제 삼아 이념적 비난에 직면하게 될 수 있었다. 도정 문제로 자신의 경제적 이득을 생각한 한 주민의 약은 행동(75.5.23.)은 그의 좌익 경력 때문에 현 "時局 下에서 國民團合 防害者[妨害者]로서 思想도 異心"(75.5.25.) 받는다.

좌익 경력자들은 한국전쟁 이후 전향하고 남들보다 훨씬 더 노력하고 충성심을 과시하여 반공국가의 국민으로 성공적으로 복권할 수 있었지만, 현재의 사회적 지위와 관계없이 매사에 더 조심해야만 했다. 좌익 경력을 지닌 인물들은 마을 내에서 어떤 사건이나 갈등에 연루될 때마다 과거의 사상과 경력에서 비롯된 혐의에 시달렸다. 예를 들어 정부에서 지원된 비료의 유용문제를 둘러싸고 면사무소를 비난한 한 마을 주민은 과거의 "南勞堂[南勞黨]에 加入"(75.4.24.)한 경력 때문에 주민들의 지지를 받지 못하고, 그 결과 비료 유용 여부는 부차적인 문제가 되고 만다. 마을 아이들이 싸워 다친 아이가 병원에 입원하게 되었을 때에도 다친 아이의 부모가 좌익 경력을 지니고 있다는 점이 주요한 쟁점이 되며, 심지어 좌익 경력자의 자녀가 "新民堂[新民黨] 病院"(75.4.25.)에 입원했다는 점이 거론된다. 심지어는 좌익 경력을 지닌 한 마을 주민은 자신이 돈이 많다고 자랑했다는 사실 때문에 조총련과의 관계를 의심받고, 주민에 의해 신고를 당하기도 하였다(75.11.20, 11.27.). 그러나 최내우는 "100尺된

물속은 알아도 6尺된 사람 마음 모르"는 거라며, "間諜으로 申告한다는 것은 1/100이라도 根居[根據]가 잇이 안나" 의심한다(75.11.27.).

이장, 새마을지도자, 개발위원, 정화위원 등 마을의 리더들은 반공국가의 국민윤리를 주민들보다 먼저 체득하고 내면화하여, 마을 계몽에 앞장설 임무를 부여 받았다. 이들은 반공교육이나 강연, 단합대회에 참석해야 했고, 휴전선과 땅굴시찰단에 참가하여(76.4.23, 4.24.) 근대국가의 국민으로서의 정체성을 앞서 내면화하고 주민들에게 전파해야 했다. 최내우는 땅굴시찰을 마친 이후 마을에 돌아와 "後方에 國民들은 前方 守備軍으 勞苦을 보고 生覺할 때 우리도 1時도 놀지 말고 술도 가음 말고 간소하고 검소한 生活을 하야겟드라고 당부"(76.5.1.) 하는 것을 잊지 않는다. 이러한 국민적 정체성은 점차 생활윤리로 자리 잡는다. 최내우는 자신에게 손을 벌리는 아우에게 작금의 깨끗하고 맑은 사회에서 "兄弟나 父母에 親戚에 意存[依存]한다는 情神는 非人間이며 더 나가서는 非國民이라고"(75.11.25.) 꾸짖는다.

3) 시장 논리의 확산과 수용

최내우는 마을에서 맨 먼저 방앗간을 시작하면서 재산을 늘려온 경영자이다. 그는 폭넓은 인맥과 뛰어난 경영수단으로 사업적 성공을 거두었다. 개발과정에서 국가의 시책과 지도 철학은 그의 농사와 사업 경영에 가장 훌륭한 지침이다. 최내우가 마을에서 "불량"한 자라고 간주하는 사람들은 다른 사람들은 일하는데, "밤에도 오지 안코 소죽조차도 모르세" 하는 고용인(69.5.23.)이나 저수지의 물 관리를 엉망으로 하는 저수지 관리 책임자(69.6.23.), 또는 여당 선거운동에 동조하지 않고 반대하여 마을 발전에 장애가 되는 마을 사람(69.10.17.), 일을 안하고 마을 청년들과 어울려 다니는 자신의 아들 등이다. 방아 삯을 깎아달라는 행위(73.12.11.), 쌀 빚을 갚지 않고 또 빌려달라는 행위(74.3.28.) 등도 불량한 행위에 속한다.

그는 국가 개발의 이익을 자신의 개인적 소득으로 연결시키기 위해 누구보다 노력하는 마을의 대표적인 경제인 중 한 사람이었다. 그는 누에치기, 뽕나무 묘목 재배, 이태리 포플러 묘목 재배, 젖소사육, 경운기와 이앙기 구입 등 새로운 사업이 제시되면 면밀히 계산하고 적극적으로 뛰어들었다. 그리고 사업목표를 달성하는 데 도움이 된다고 판단되면 교제비나 뒷돈을 쓰는 것도 주저하지 않았다. 실제 『일기』에 나타나는 하루 노동시간은 놀라운 정도이며, 특히 추수철이면 농사일에 방앗간 일까지 겹쳐 작업이 늘 새벽까지 계속되었다. 그가 쉬는 날은 친목계에서 여행을 가거나 비가 많이 와서 개천이 범람해 작업이 불가능할 때뿐이었다. 이런 그에게 계산이 흐리거나 노력하지 않고 빈둥거리는 사람, 또는 국가시책의 혜택을 비판하는 주민이 "불량자"인 것은 당연한 일이었다.

최내우는 경영자로서의 가치관도 확고하게 갖추고 있어서, 체면보다 사업적 이익이 우선이라고 생각하였다. 청운동 주민들과 감정을 상한 지 하루 만에 다시 청운동에 가서 "夕陽에 몃 사람을 맛나고 어제 未安하다고" 사과하고, "창피하지만 營業을 하고 보니 그럴 수도 잇다."

고 자위한다(75.5.28.). 마을 개발 사업과 자신의 소득이 연결되어 있다고 생각하고 있기 때문에 관청으로부터 마을 사업 지원을 받아내는 데도 누구보다 적극적이었다. 그는 마을 공동사업이든 개인 사업이든 사업의 성공은 군수나 군청의 사업담당자뿐 아니라 공화당 간부, 임실군 국회의원 등, 이른바 힘 있는 유력인사들의 뒷받침이 있어야 한다는 판단을 하고 있었던 것으로 보이며, 그래서 지역 유력인사들과의 인맥을 넓히기 위해 부단히 노력하였다.

최내우는 현대사회에서 성공할 수 있는 가장 중요한 요인은 교육이라는 사실을 누구보다 잘 알고 있었다. 그래서 자녀 모두를 전주로 보내 교육시키고, 상급학교 진학을 위해 학원을 보내고 서울로 개인지도를 보내기도 하였다(77.12.22.). 현금이 부족하여 농사자금을 대출 받고 여기저기 빚을 지면서도, 자녀들의 학비나 교통비 등 교육에 드는 돈은 어떻게든 마련해주었다. 교육의 중요성을 잘 알고 있기 때문에 마을 주민의 자녀가 공부를 잘 한다거나 대학에 합격했다고 자랑하면 부러워했다. 술자리에서도 "卽席에서 子息 자랑을" 하면 "氣分이 좋이 못해서" 일어나 버린다(74.7.26.). 자녀 교육에 열성적이었던 만큼 자녀들의 성적이 좋지 못하거나, 상급학교 진학에 실패했을 때, 자녀들이 마을 내외의 좋지 않은 사건에 연루되었을 때, 타인의 이목이 두렵고 체면이 구겨졌다고 힘들어했다.

2. 농촌개발과 새마을운동

1) 농업·농촌기반시설 확충

전후 정부의 농촌 관련 주요 시책들은 부족한 식량문제를 해결하기 위한 식량증산에 초점이 모아졌다. 안정적인 농업생산기반시설을 갖추는 일도 그 일환이었다. 일기의 주요 무대인 창평리는 마을 바로 앞을 지나는 임실천과 그 지류인 오원천 일대 평야지대를 제외하고는 모두 산간지대였던 터라 농업용수 확보에 어려움이 컸다. 일기에 '처마니'라고 적혀 있는 청운동 일대가 특히 그러한 곳인데, 이곳에는 청운제라는 소류지가 있어 이 물을 농업용수로 사용해왔다. 그런데 일기가 시작되는 1969년 무렵, 이 청운제가 파손되어 보수해야 하는 상황이 발생하였다. 이에 저자는 군청과 면사무소를 수차례 찾아가고, 심지어 지역 출신 국회의원의 귀향보고회장까지 찾아가는 등 기회가 있을 때마다 파손된 청운제의 보수를 건의하였다. 그러나 저자의 이런 열성적인 노력에도 불구하고 청운제 보수 계획은 차일피일 미루어져 거의 3년을 끌었다. 이는 개인부담금이 준비된 마을을 우선 지원 대상으로 하는 당시 정부방침 때문이었는데(69.8.29.), 소류지 몽리혜택이 마을주민 전원에게 돌아가는 것이 아닌 까닭에 공사에 필요한 부담금을 주민 전원에 할당하는 것도, 그렇다고 작인들끼리 충당하기도 쉽지 않아 공사가 마냥 연기된 것이다. 결국 재차 군수를 찾아가 면담한 끝에, "소류지[소류지]에 打合한바 郡에 90萬원 程度가 잇는데 그것은 不足할 터이니 差額은 밀가루로 할 게옥[계획]"(71.3.8.)이라는 말로 잠정약속을 받아내고, 이로부터 이틀 후 건설과장을 만나

현찰 90만원과 마을에 지급된 새마을 시멘트 672포대를 합하여 공사에 착수하기에 이른다(71.3.10.).

우여곡절이 많았던 소류지 공사와는 달리 창평리를 물 건너 대리(大里) 혹은 신평·관촌면 소재지로 이어주는 교량건설은 비교적 순탄하게 진행되었다. "村前 橋梁" 건설에 관한 기록은 일기가 시작되는 1969년부터 등장한다. 학교와 면사무소, 농협 등 주요 관공서가 물 건너에 자리한 데다, 보리와 벼, 누에고치 공판 또한 주로 물 건너 대리나 신평, 관촌 등에서 열렸으므로 두 지역을 연결하는 다리는 전부터도 있었을 것이다. 그러나 밤새 비가 내린 다음날이면 4월에도 "通學生을 越川하는 데" 고용인을 부릴 정도로(69.4.25.) 상습적인 홍수피해를 겪고 있었다는 점을 고려하면, 아마도 일기에 등장하는 교량건설은 기존의 다리를 시멘트로 중수하는 것이었을 가능성이 크다. 실제 1969년의 농교 건설 이후에도 홍수피해로 다리를 보수해야 하는 일이 생겼고(72.4.16.), 1979년에 다시 면에서 "村前 다리"를 놓아주겠다고 약속한 것을 통해서도 같은 상황이 반복되었을 것임을 짐작할 수 있다.

그런데 매번 다리가 놓이기까지의 과정이 제법 흥미롭다. 이미 행정상으로 계획된 일이었을 것임에 분명한데, 미리서 정보를 알고 있는 군청 직원 한 사람이 마치 자신의 선의를 곡해할까 염려스럽다는 투로 "村前 橋梁을 노와 주겠는데 里民이 反對나 안할나는지 모루겠다."는 말로 운을 떼는 것이다(69.4.29.). 몇 달이 지나 이 사람은 다시 저자에게 편지 한 장을 건네주는데, 펼쳐보니 "昌坪村前 橋梁 條로 郡守와 打合코 세멘 500袋로 合議 決定을 보왔다."는 내용이다. 마치 자신이 개인적으로 군수와 담판을 지어 시멘트를 얻어냈다는 기색이 역력하다. 이에 저자는 "人心之事는 ○○이가 다 썻다."는 생각을 하며 면소재지로 발길을 돌리는데, 공화당 사무소에 가보니 사무국장이 또 "昌坪里 다시[다리] 條로 15萬원을 策定햇다고 郡守 令監과 合議햇다"는 말을 전하고, 이어 만나는 사람마다 창평리 다리 얘기를 마치 자신의 공로인 양 꺼낸다. 이에 저자는 "어느 사람 德澤인지 모루겟다고 生覺"은 들지만 "全部 感謝햇다"며 "日間 昌坪里에 오시오. …… 部落 里民에 公開로 다리 件은 말할 터이니 오시오."라는 말을 당 관계자에 건네며 돌아온다(69.10.2.).

시멘트 500포대를 군수와 합의했다는 내용의 편지 소식은 곧바로 지역유지들—대개 공화당 관계자들인—의 입방아에 오르고, 이를 건넨 이는 "自己 것 주지 안흔데 自己 혼자 낫을 내고 단이냐면서 그만 낫 내"(69.10.4.)라는 말로 문책을 당하게 된다. 그런데 그가 이처럼 지역유지들의 격렬한 비난을 받게 된 것은 정부에서 지원한 물자를 가지고 개인적으로 생색을 냈기 때문이라기보다는 공을 '가로챘기' 때문일 것이다. 지방행정이 집권정당—공화당—의 정치적 이해관계를 대변하던 당시 상황에서, 다리를 놓는 것과 같이 명분이 분명한 사업들은 보다 공식적이면서 또한 유용하게 활용되어야 하는 사안이었던 것 같다. 마치 관과 주민 간에 이루어지는 일종의 거래 같다는 인상을 주는데, 이런 유의 사업들이 대개 선거를 앞둔 시점에서 이루어졌다는 점에서 더욱 그러하다. 저자가 공화당 관계자에게 "日間 昌坪里에 오시요…… 部落 里民에 公開로 다리 件은 말할 터이니 오시요."라는 말을 건네고, 며칠 후 이 관계자가 "村前 農橋 놋는 데 봇태라고" 1만6천원의 회사금을 내놓고 가는(69.10.14.) 것과 같은 방식이 아마도 이런 유의 사업을 둘러싼 거래의 관행이지 않았을까 생각된다. 추곡수매량을 채워주면 마을 앞에 다리를 놓아주겠다는 면장의 약속(79.12.5.) 또한 같은 성격으로 이해할 수 있다. 실상 창평리가 안고 있는 더 고질적인 문제는 해마다 6월부터 8월경까지 비만 내리면 어김없이 넘쳐 몇 차례씩 논밭을 침수시키는 홍수피해였지만, 이를 방지하기 위해 하천제방을 보수하는 역사(役事)는 1980년이 다 가도록 일기에 언급되지 않고 있다.

2) 식량·퇴비증산

1970년대 영농시책은 주곡(主穀) 자급자족을 위한 다수확품종 볍씨의 보급과 재배관리에 중점이 두어졌다. 그 중 하나가 1973년부터 시행된 '계약증산제'였다. 이는 정부가 지정고시한 18개 벼 장려품종을 재배하는 마을을 대상으로 전문지도원과 행정요원을 전담 배치하여 영농일정 전반을 관리하도록 한 시책으로, 기준 수확량을 달성하는 경우에는 10만원의 포상금을 수여하는 등의 장려책도 활용되었다(<경향신문>, 73.5.9.). 일기에는 '계약증산'이라는 용어가 등장하지 않는다. 그러나 이 시책이 마을단위에서까지 적극적으로 실행되었음을 보여주는 정황들은 일기 곳곳에서 발견된다. 저자의 경우 신문에 고시된 '전북적성품종' 볍씨의 특성과 재배관련 정보를 기록해두었다가 당해 재배할 볍씨를 선택하였고(73.1.27.), 이후로도 매해 한두 가지는 반드시 장려품종을 재배하는 등 정부시책들을 수용하고 실천하는 데 적극적인 태도를 보이고 있다. 일기에 이름이 직접 언급된 장려품종을 연도별로 나열해보면 사도미노리·아키바리(1973년), 통일벼종317호[이리317호]·아키바리(1975년), 아키바리(1976년), 유신(1977년), 노풍·이리319호(1978년), 밀양23호·이리330호·아키바리(1979년) 순이다. 1974년과 1976년의 경우에는 정확히 어떤 품종을 재배했는지는 알 수 없지만 통일벼를 운반·탈곡했다는 기록이 있고(74.10.21.), 또 "統一벼 논은 심겟는데"(76.5.30.)라고 언급하고 있는 점 등으로 보아 역시 통일계 품종을 심었던 것으로 보인다. 이렇게 보면 저자의 경우 기본적으로 1974년 이래 매해 통일계 장려품종을 재배했던 셈이다.

신품종과 그에 따른 재배법을 적극 보급하려 한 정부의 의지는 각급기관 공무원들의 행보를 통해서도 여실히 드러난다. 농촌지도소 지도원들은 볍씨 침종·묘판설치시기를 지시하는 등 영농일정을 관리하는 한편(76.4.4; 80.4.3.), 군·면 공무원들은 특정 시기가 되면 일제히 마을을 돌며 다수확품종 파종여부와 수확량을 확인하였다(74.10.1.). 그러나 이런 노력과는 다소 어긋나게도 다수확품종의 성과는 기대만큼 좋지는 않았던 것 같다. 일기에는 재배한 통일벼를 탈곡해보니 많이 부패하여(74.10.31.) 공판에서 등외(等外) 판정을 받았고(74.11.29.), 이듬해 공판에 출하한 통일벼 역시 대단히 부실했다는(75.11.18.) 기록이 보인다. 1978년에는 정부의 장려로 심은 통일계 개량품종 '노풍'(魯豊)이 대실패하여 전국적으로 피해자가 속출하는 사건이 발생하였는데, 마찬가지로 노풍을 재배했던 저자 역시 이듬해 전년을 회고하는 일기에서 "魯豊 新品種을 移秧햇드니 全死해서 收穫이 없어 괴로왓다."(79.1.1.)고 적고 있다.

이렇듯 통일벼 작황이 상당히 부진했음에도 불구하고 저자가 1976년과 1977년 두 해 연이어 다수확농가로 선정되고 10만원의 포상도 받았다는(76.1.15; 77.2.9.) 사실은 다소 의아한 지점이다. 다수확 상금 10만원은 단(段, 300평)당 600kg의 쌀을 수확한 농가에 주어졌는데, 일기에서 공무원들에 의한 다수확심사가 이루어진 시기는 아직 벼가 논에 있는 9월말에서 10월초 무렵이다(74.10.1; 75.9.24.). 매년 추곡공판은 보통 11월 중순경부터 12월초 사이에 열렸으므로, 실제로는 수확량이 아니라 다수확품종을 재배한 면적만으로 심사를 한 것일 가능성이 없지 않다. 이런 점에서 보자면 다수확농가 시상식은 다수확품종의 성과를 선전하기 위한 행사로서 치러졌을 소지 또한 다분하다 하겠다. 장려품종을 적극적으로 보급하고 관리하기는 했지만 실제 식량증산실적은 공판에 출하된 곡식의 총계로 평가되었을 것이고, 당연히 많은 양의 곡식을 출하한 농가가 다수확농가로 선정되었을 가능성이 크다. 더구나 관의 요청에 따라 여러 사람의 곡식을 모아 한 사람 명의로 출하하는 경우도 있었으니(79.11.23.), 대략 이런 요청을 받을 만큼 마을에서 힘이 있는 사람이 다수확농가로 선정되기도 쉬웠을 것이다. 면에서 소집하는 유지회의의 안건이 추곡수납과 관련된 것인 점도 이러한 정황을 뒷받침한다(73.1.8.).

이처럼 식량증산실적은 군·면단위 공무원들에게는 상당한 압박이어서, 추곡공판 시기가 가까워지면 수납량을 채우기 위해 마을을 찾는 공무원들의 발길이 잦아졌던 데서도 이를 짐작할 수 있다. 면장과 부면장이, 때로는 부군수까지 직접 나서서 마을 유지들을 찾아 출하를 독려하였고(70.11.16; 71.11.22; 75.12.16; 79.11.7, 11.21. 등), 다급한 경우에는 매상실적을 담보로 모종의 보상을 마을에 약속하기도 하였다. 예컨대 1979년에 추곡 500가마를 매상해주면 마을 앞에 다리를 놓아주겠다는 약속으로 면에서 마을 곡식을 싹쓸이하다시피 걷어간 경우가 이에 해당한다. 이런 경우 방앗간을 경영하는 저자로서는 꽤 타격이 커서, "工場은 收入할 게 없고 營業이 不能하게 되었다."고 기록하고 있다(79.12.5.).

과도한 추곡수납 요청은 벼농사를 짓는 농가에서 식량미가 떨어지게 하는 사태를 발생시키기도 하여, 1976년의 일기에서 저자는 "혼합穀 2叭 파아온[팔아온] 지 1個月 半인데 떠려것다고. 가슴 아푸다. 生前 食糧 파아먹는 {일은} 처음이다. 借用해도 하지만 빗지기도 귀찮해서 조금만 기드리자 하는 뜻이다. 그러나 不得已 又 파아야겟다. 돈도 업다."(76.8.25.)고 적고 있다. 그가 다수확농가로 선정되어 10만원의 포상을 받기도 했던 바로 그 해의 일이다. 수확한 벼와 보리를 모조리 공판에 내보낸 채 절미정책에 따라 혼합곡을 팔아먹어야 하는 상황이 이 시기 식량증산정책의 이면이었다.

식량증산과 관련하여 다수확품종 볍씨 못지않게 중시되었던 것은 퇴비증산이었다. 최내우 가의 경우 일기가 시작되는 1969년부터 줄곧 퇴비를 만들어 사용해왔는데, 퇴비가 많이 필요한 신품종을 재배하면서부터는 더욱 공을 들여, 때로 인부 7, 8명의 품을 들여 퇴비를 만들기도 하였다(73.8.12.). 새마을운동이 본격화되고부터는 개별농가에서뿐 아니라 마을 공동 부역으로 퇴비용 풀베기 작업이 대대적으로 이루어졌고, 마을별 퇴비제조실적이 행정에 보고되었다. '퇴비증산촉진대회'가 주민좌담회의 주요 안건으로 등장하고(74.8.1.), 경진대회 형태로 청년들을 동원한 풀베기 행사가 개최되기도 하였다(77.8.12.).

퇴비심사는 군에서 직접 관할하는 중요 행사 가운데 하나로, 매년 8, 9월이면 군·면직원이 합동으로 마을을 돌며 심사를 진행하였다(74.9.15; 76.8.20; 77.9.17. 등). 군수가 직접 퇴비견본을 보기 위해 마을을 방문하기도 하였고(74.8.3.), 때로는 군 직원들이 불시에 들이닥쳐 실적을 살피고 가는 일도 있었다(76.8.20; 77.8.23.). 제조실적이 부진한 경우에는 면장과 담당자가 문책을 당하기도 하여(77.8.23.), 심사에 앞서 면 직원들이 마을을 찾아 주민들에 사정하는 일도 있었다(77.8.25; 78.8.5.). "堆肥增産의 情神에 立脚해서 새마을事業도 同一하게"(74.8.30.) 해달라는 군수의 독려는 새마을운동 또한 실적을 향한 지역사회의 전력질주였을 것임을 짐작케 한다.

3) 농가소득사업과 영농기술교육

일기에는 정부가 정책적으로 추진한 다양한 형태의 농가소득사업들이 등장하고 있다. 우선 눈에 띄는 것은 각종 핵심단지 조성사업들이다. 이는 1968년부터 정부가 4개년계획으로 추진한 <농어민소득증대 특별사업>에 따라 시행된 것으로, 창평리에서 이 시책은 1969년 집단상전(集團桑田)(69.7.5.), 1970년 한우핵심단지(70.2.5.), 1971년 잠업센터(71.1.20.) 조성 등과 같은 집단생산지 조성사업들로 가시화되었다. 집단상전과 잠업센터의 경우 당시 정부가 잠업증산정책의 일환으로 추진하던 대규모 잠업단지 조성사업과 관련된 것으로, 군 잠업계장이 찾아와 "今般에 道에서 經營햇든 桑田을 郡에서 移讓을 밧다는데 里民과 갓이 協助을 해달아는 付託"(70.4.20.)을 한 것으로 보아 1970년부터 군에서 직접 생산 농가를 관리하는 체제가 되었음을 알 수 있다. 실제 최내우 가를 비롯한 창평리 양잠농가에서는 마을에 거주하는 군 양잠지도원을 통해 잠종(蠶種)을 신청하여 공급받았고, 양잠기술교육, 공판수매 등 양잠 관련 업무 전반이 군 차원에서 계획되고 집행되었다. 집단상전 소재지인 창평리에는 "케리야[캐리어] 蠶室"(74.8.20. 등) 또는 "케리야 蠶工場"(75.6.7.) 등으로 표기된 치잠사육장이 설치되어 군청에서 담당하던 치잠 판매, 잠구(蠶具) 대여, 양잠기술교육 등의 업무를 대행하기도 하였다. 저자는 보통 2령에서 3령 된 치잠을 이 "케리야 蠶室"에서 사다 길렀으며, 때로 부족한 뽕을 이곳에서 사오기도 하였다.

한우핵심단지조성사업은 임실군이 농어민소득증대 특별사업으로 신청했던 것으로, 각 면당 일정 수의 한우를 배정한 다음 농가당 5두씩 사육하도록 한 사업이었다. 창평리의 경우 농우 80마리를 배정받았는데(70.2.3.), 사육 희망자 신청을 받는 단계에서 저자가 "人力不足으로 못하겟다고"(70.2.14.) 포기하여 이후 일기에서는 드러나지 않고 있다. 그러나 당시 상황을 기억하고 있는 사람들의 말에 따르면 한우핵심단지조성사업은 사료로 쓸 초지를 만들고 사일로를 제작해야 하는 등의 상당한 준비가 필요했던지라 사육을 신청했던 대부분의 농가가 이를 감당하지 못한 채 결국 실패하고 말았다고 한다.

대신 저자는 1978년에, 인근 대리에 우유회사가 들어서는 것을 계기로 젖소를 사육하기로 한다. 신청자가 쇄도하는 틈에 어렵사리 5두를 신청하여 견학도 가고 시간을 내어 젖소사육 교육까지 받는 등 열의를 가지고 사육준비를 하였다. 그러나 결과는 좋지 못하여 결국, "夏間에 싸이로 만들기 강냉이 심기 牛舍 修理 其他 만은 支出이 되엿는데 듯자 하니 乳牛 市價는 倍로 떠러지고 乳價도 引上치 안하야 酪農家들이 폐농가가 생기여 肉牛를 賣渡하게 되니 이러한 實程[實情]에서 飼育을 한다고 보면 앞으로 莫大한 損償[損傷]을 볼가 하야 抛棄 狀態"(79.1.1.)에 이르게 된다. 이미 50여 만 원의 손해가 난 상태에서 포기를 결심하기가 쉽지 않았을 텐데, 저자는 그 이유로 "첫재는 生育 小牛에 對한 賣渡가 어려워서 크게 담점[단점]이다. 79年 80年에는 10頭이고 81年에는 20頭인데 人力이 不足해서 全部 키울 수는 업고 賣渡하야 至堂[至當]한데 그 原은 바로 그것이다. 絶對로 抛棄햇다."(79.1.3.)고 밝히고 있다. 정부시책에 따라 지자체 단위에서 거의 의무적으로 추진했던 특별소득사업들은 이처럼 수많은 농가를 빚더미 위에 올려놓는 결과만 가져온 채 실패로 끝난 경우가 많았다.

열한 명이나 되는 자녀를 모두 도시로 보내 교육시켰던 저자의 경우 벼농사와 도정공장에서 나오는 수입 외에도 상시적인 지출을 감당할 만한 소득원이 필요했다. 양묘사업이 그 한 예이다. 정부의 잠업 장려시책에 따라 누에 사료로 쓰일 뽕나무의 수요가 늘어나자 저자는 1973년부터 상묘(桑苗)를 재배하여 판매하기 시작하였다. 저자는 상묘협회 가입을 알아보고 (74.1.23.) 인맥을 동원하는 등 다양한 방법으로 묘목의 판로를 모색하였고, 그 결과 집단상전을 경영하던 군 잠업과나 민간 상묘판매업자를 상대로 계약 재배하여 묘목을 판매할 수 있었다. 그러나 상묘판매업은 시작된 지 얼마 안 가 빠르게 판로가 줄어들어, 저자의 경우 전주에 있는 잠사협회에까지 가서 판로를 문의하였으나 달리 대책이 없다는 답변을 듣고 낙담한 채 돌아온 일도 있었다(74.10.8.). 더구나 상묘대금을 제때 회수하지 못하여 여러 차례 곤란을 겪기도 하였는데, 1974년과 1975년의 일기에는 상묘대금을 받기 위해 고군분투한 기록들이 많이 발견되고 있다. 1976년에는 일본의 견직물 수입규제에 따라 대통령이 "테레비를 通해서 桑田 豫定地에는 田換토록(卽 뽕나무를 심지 말고 딴 作物을 심으라고)" 하라는 방송이 보도되었고, 이에 저자는 "養蠶을 主要視 햇든니 뜻이 어긋낫다."(76.3.5.)고 소회를 적고 있다. 양잠이 사양길에 접어들면서 뽕나무 묘목도 판로를 찾기가 더욱 어려워지자 1975년을 마지막으로 저자는 묘목 재배를 완전히 포기하게 된다.

상묘업으로 고충을 겪긴 했지만 저자가 양묘사업을 그만두었던 것은 아니다. 이후 기록이 없어 알 수 없기는 하나 1976년에는 리기다 묘목 4만5천주를 인수했다는 기록이 있고 (76.3.22.), 다음으로는 이태리 포플러에 대한 기록이 계속 나타나고 있다. "郡 山林係長 馬玉童 氏 李진현 氏가 來訪"하여 "明年에 이태리 뽀부라 散木[挿木]을 해보라고 …… 9斗只畓에(1,800坪) 樹木하면 約 3萬 株에 150萬원 收入한다"(75.2.14.)는 정보를 준 것이 계기가 되었다. 저자는 이 정보에 따라 이듬해부터 바로 포플러 재배에 착수하였다. "포푸라 代金이 全額 48萬원이 收入으로 보고 多額의 보고 잇다."(78.8.30.)고 적고 있는 것으로 보아 포플러 재배사업은 꽤 수지가 맞는 일이었던 것 같다. 포플러 삽목 재배 수량은 해마다 늘어나 1979년에는 총 9,500주를 심어 60만원의 수입을 올렸고, 다음해에는 더욱 수가 늘어 총 13,500주를 재배하여 1백여만 원의 수입을 올렸다.

　이처럼 저자가 양묘사업을 통해 상당한 수입을 올릴 수 있었던 배경에는 당시 정부가 추진했던 다양한 형태의 농촌개발 사업들이 있다. 그러나 이렇게 개발 사업의 부산물을 취할 수 있는 기회가 모두에게 공평하게 제공되었던 것은 아니다. 저자 자신이 마을에 조직된 산림계(山林契)의 계장으로서 군 산림계와 밀접한 관계를 맺고 있었던 데다 장남이 산림과에 재직하고 있었던 덕분에 그는 다른 사람들에 비해 더욱 많은 기회들에 접근할 수 있었던 것 같다. 1978년의 경우 장남이 무궁화 삽목을 준비하라는 내용의 편지를 두고 가는가 하면 (78.4.10.), 이후 잠업 폐지가 기정사실화된 1980년에는 상전에 왜성사과를 재배할 것을 장남과 상의한(80.5.3.) 데서도 이를 확인할 수 있다. 결국 양묘사업은 저자 자신이 지역사회 내에서 가지고 있던 세력기반과 사적 연결망을 동원한 결과에 따른 것으로, 일반 농가가 쉽게 접근할 수 있는 소득증대사업은 아니었다. 그러나 그가 얻을 수 있었던 기회들은 그가 살았던 시대 상황을 설명해준다. 상묘업의 경우 잠업 장려시책이, 포플러 양묘의 경우 치산녹화사업이 각각 그 배경이 되었다. 단기간에 결실을 볼 수 있는 왜성사과 재배 고려 또한 정부의 소득증대 특별사업이 배경이 되고 있다. 『창평일기』는 이 배경들을 경험적 차원에서 재구성할 수 있게 하는 단초들을 제공하고 있는 셈이다.

　신품종 볍씨가 보급되고 환금작물 재배가 장려되면서 이와 관련한 농업기술교육도 활발히 진행되었다. 교육은 대개 군·면의 농촌지도소에서 이루어졌지만, 군청이나 면사무소, 학교 등이 교육장으로 이용되기도 하였다. 그러나 특정 공간에서 이루어지는 교육은 대체로 주민동원 행사를 겸한 형태로 진행된 경우가 많았고, 그보다는 지도원이 직접 마을을 찾아와 각종 영농관련 지시를 하는 방문교육이 더 잦았다. 수확기 일기불순에 따른 피해를 줄인다는 목적으로 조·중생종 볍씨 보급을 확대해가면서부터는 묘판 설치시기를 재촉하는 지시가 농가에 전달되었고(76.4.4.), 시설물 설치 상황을 점검하고 지도하는 방문도 자주 이루어졌다. 일기에서 특히 많은 횟수를 보인 것은 1978년과 1979년의 고추재배 관련 지도였는데, 재배기술에 대한 강의와 함께 보온묘상 설치 방법, 온상 관리 등에 관한 지도가 매우 빈번하게 나타나고 있다. 이는 1978년과 1979년 두 해 연속 전국을 강타한 고추파동과 관련된 것으로 추정되는데, 전국 고추 수요량의 10%를 생산하는 고추 주산지였던 임실군에서 각별히 생산관리에 주력한 것으로 짐작된다.

　영농기계의 보급 또한 지도소 교육이 늘어나게 된 것과 밀접한 관련이 있다. 특히 1979년에 이앙기가 보급되면서 이듬해 기계 이앙을 준비하는 교육이 부쩍 늘어났는데, 기계 조작 기술, 이앙기용 묘상의 산도 조사, 침종시기, 최아(催芽) 설비, 기계묘판 설치 및 관리(79.9.17, 9.18, 10.10, 10.24, 10.25; 80.2.11, 3.17, 3.22, 4.16, 4.19, 4.28, 5.3, 5.11.) 등과 관련한 교육이 주요 내용을 이루고 있다.

4) "새마을事業"

『창평일기』에는 '새마을운동'이라는 용어가 직접적으로 사용되고 있지는 않으나, "새마을 각구기"(70.10.8.), "새마을事業"(74.8.30.) 등의 표현으로 이를 가리키는 내용들이 기록되어 있다. 일기에서 '새마을'이라는 용어가 사용되는 경우는, 예컨대 "새마을용 세멘"(74.8.19.), "새마을 스레트"(78.8.23.)와 같이 관에서 명시적으로 새마을운동 명목으로 지원한 물자를 가리킬 때라든지, 농로개설, 공동 풀베기 등과 같이 마을단위로 부과된 공동 부역을 가리키는 정도에 한정되어 있다. 농업기반시설 확충이나 소득증대 특별사업 등과 같이 다양한 형태로 추진된 사업들이 실상 거의 대부분 새마을운동 차원에서 실행된 것들이었지만, 저자에게 있어 "새마을事業"은 이런 유의 사업들과는 성격을 달리하는 것으로 인식되지 않았나 생각된다. 새마을사업은 대개 개별 농가가 선택할 수 있는 성질의 것이 아니라 의무에 가까웠고, 다수확품종 재배나 퇴비증산과 같이 심사를 받아가며 일정치의 목표에 도달해야 하는 것이기도 하였다.

일기에서 새마을운동은 농로개설 사업에서 두드러지게 나타난다. "용운치 崔福洙 氏 宅에 갓다. …… 陰 9日에 논매라고 하고 오는 途中인데 용운치 농원 청운동 3部落이 合同으로 農路改修하드라."(70.8.7.)는 내용으로 보아 농로개설 작업은 인근 부락에서 동시에 일제히 추진되었던 듯하다. 창평리의 경우 농교를 놓고 남은 새마을 시멘트 100포대를 농로 개설하는 데 사용하기로 하여(70.2.26.) 3월부터 본격적으로 준비가 시작되었다. 1970년 이후로도 해마다 농로개설 작업과 관련한 기록이 나타나고 있는 것으로 보아 농로개설 작업은 매년 구간을 나누어 지속적으로 이루어졌던 것 같다.

보통 새마을사업은 매년 2월경 군·면 담당자가 "새마을 가구기 운동次 講演次" 마을을 방문하여 주민들을 독려하는 것으로 한 해 사업의 시작을 열었다(72.2.18.). 작업은 "새마을 負役"이라는 이름의 공동 부역 형태로 진행되었는데, 각호의 출역 일수가 이장의 수첩에 기록되어 일수가 부족한 경우 채근을 당하기도 하였다(72.4.11.). 저자의 경우 대개 이장과 함께 작업 현장을 감독하는 한편 아들이나 고용인을 우차나 경운기와 함께 부역에 보내 출역 일수를 채우기도 하였다(70.10.9; 72.4.11; 76.2.7, 2.27.). 군·면 직원들은 마을을 돌며 작업을 독려하는 한편, 해마다 사업성과를 심사하는 새마을평가회가 개최하여 실적을 심사하였다(74.6.15, 74.8.30; 75.3.18. 등). 집집마다 출역일수를 헤아려가며 동원한 새마을부역은 대부분 성과가 좋았던지, 도에서 파견 나온 심사원이 "各里에 단여보니 다 잘 했으니 어는 部落을 治下[致賀]해야 오를지 모르겠다"는 말을 남기고 떠나기도 하였다(72.4.20.).

새마을운동의 최고 성과로 손꼽히는 생활환경개선사업은 일기에서도 종종 발견된다. "便所도 뜻고 벽도 뜻고 터밧[텃밭]도 1部 파"(74.2.20.)내는 등 마을 공간 곳곳을 허물고 파헤치는 광경이 기록을 통해 선명하게 그려진다. 생활개선부녀회원들이 "새마을가구기 쎄메[시멘트]을 부엌 改良에 쓰게 해달고 强力히 要求"(71.4.2.)하는 것을 시작으로 이후 부엌개량에 관한 기록이 등장하기도 한다. 정부에서 일부 금액을 보조해주는 "새마을 스레트"를 이용한 지붕개량도 점진적으로 이루어졌다(73.2.15; 78.8.23.). 정미소 지붕을-아마도 슬레이트로-고치고 났더니 군 직원이 방문하여 함석으로 다시 개량하라고 지시하여 새로 고친 일도 있다(77.4.26.). 현재는 향수어린 풍경사진으로나 남아있는, 일제히 함석을 인 모습으로 개신한 정미소의 외관이 탄생한 때가 바로 이 무렵이었을 것이다.

새마을운동은 비단 생활공간상의 변화만이 아니라 마을 내 사회관계 안에도 침투하여 많은 변화를 야기하였다. 일기 속에서 새마을운동이 촌락사회에 가져온 변화들을 살펴볼 수 있는 방법 가운데 하나는 마을마다 공급된 "새마을용 세멘트"를 포함한 개발물자와 자금의 이동경로를 따라가 보는 일일 것이다. 일기에서 새마을 시멘트는 면에서 소집한 개발위원회의에서 처음으로 등장한다. 회의 안건은 "今般 政府의 施策에 따른 새마을 각구기 세멘트 670袋를 使用한 데 {대한} 指示要領"으로, "使用途는 10個 項目 外는 1切 使用禁止 햇는데 對充 共工事業[公共事業] 즉 大衆이 혜택을 볼 수 잇는 곳이라야 하고 私的 途用[盜用]을 못한다"(70.10.8.)는 내용이었다. 이렇게 마을로 내려온 시멘트는 소류지 보수공사 현장으로 보내지고 농교·농로 개설 현장으로도 보내졌으며, 마을회관을 짓는 데도 사용되었다.

그런데 기본적으로 "私的 途用[盜用]을 못"하도록 되어 있는 새마을 시멘트나 마을 공동 물자들은 종종 주민들 간에 분란을 일으키는 소재가 되었다. 이장이나 참사 등이 사사로이 물자나 마을자금으로 고용한 부역꾼들을 부린다는 불평이 제기되고(69.5.19, 5.29.), 부녀회원들의 경우 "소류지에 使用한 것은 個人이 쓰는 것 안니야"라는 말로 강력한 불만을 표출하며 부엌을 개량하는 데도 새마을 시멘트를 달라고 요구하기도 하였다(71.4.2.). 마을행정을 주도하는 몇몇 사람들 틈에서 지원물자가 유용되는 경우도 빈번했던 것 같다. 공사 청부업자와 특정 주민 몇 명이 "웃방에 조용한 자리에서" 나눈 거래의 결과 공사현장의 자갈과 모래가 사사로이 빠져나가는가 하면(71.4.20.), "새마을用 세멘을 팔아먹엇다고 投書"(76.3.30.)가 지서에 날아드는 일도 있었다. 공사현장에 투입된 시멘트를 헐값으로 빼돌리는 일도 있어 "○○○가 싸게 세멘을 袋當 200원식 購入 햇다는데 자네도 그런 센멘을 구하게 하면서 용운치 工事場에서 나온다"(72.5.13.)는 소문이 주민들 간에 떠돌기도 하였다.

이처럼 개발물자가 배분되고 활용되는 과정은 새마을운동의 이상과 규범이 실천의 차원에서 어떻게 어그러지고 있었는지를 보여주는 중요한 실마리가 된다. 『창평일기』는 그 생생한 경험의 장에 대한 기록이다. 개발과 계몽의 시대, 그 어그러짐과 간극이 어떻게 경험되었는지를 보여주는 두 편의 일기로 맺음말을 대신한다.

> 다음은 錫宇가 參席 햇다. 錫宇 贊成한 것으로 認証 햇다. 百年大機[百年大計]을 바라볼 때 지게 지고 農事짓다 牛馬車도 경운기도 추력도 전답에 드려갈 수 잇게 하고 사라야겟다고 高速道路을 내는데 野黨들이 反對 햇지만 이제는 잘 햇다면서 國民 누구도 타볼 수 잇고 오직이 좋으야 하면서 旣히 나는 同意 햇다고 해다. 그러나 내 볼 때는 桑田 좀 가진 놈이 贊反이 있을 수 업고 其者들 아부한 것으로 본다. (1976.8.30.)

무食을 맞이고 裵明善 嚴俊峰과 同伴해서 任實극장에 갓다. 募臨에 參席해보니 새마을指導者 搗精業者들이 募엿다. 嚴俊峰는 喜賞[施賞] 받으라[받더라]. 喜賞式[施賞式]이 끝이 나고 俊峰이는 自己의 所感을 말하는데 年 2仟만을 所得한다 햇고 뽕밭을 많이 갓구고 河川을 개간햇고 이제는 子息들에게 財物을 무려줄 수 잇는 覺悟가 싯고[섰고] 자랑을 느려노왔으나 50%는 것[거짓]이고 옆에 잇는 外人들이 비수[비소(誹笑)]를 하드라. 郡하고 짜고 한 일{인}데 그레케 해서 탁상行政을 하니 한심하겟고 農村에 現在로는 債務 없는 者가 없다고 하는라. (1980.2.23.)

3. 농업과 농가사업

최내우는 보통학교를 졸업하고 자동차회사에 취직한 경력이 있으며, 1946년 3.5마력 발동기를 이용하여 정미사업을 시작한 이래 1994년까지 만 48년 동안 도정공장을 운영하였다. 그와 함께 쌀·보리농사에서 각종 채소와 고추 등 다양한 농사에서 양잠, 양묘, 축산에 이르기까지 여러 사업을 이끌어왔다. 전형적인 자수성가형 인물로서 그는 언제나 새로운 소득원을 찾고 이를 실행에 옮기려 했던 적극적인 모습을 보여주었다. 물론 항상 노력한 만큼 만족스러운 성과를 얻는 것은 아니었지만, 오랜 이장 경력과 함께 마을 산림계 대표, 면의 도정업자 대표, 잠업농가 대표, 인근에서 최초 경운기 소유자 등의 이력이 그 같은 다양한 활동을 대변하고 있다. 『창평일기』에서 다루고 있는 1969년에서 1980년까지는 중화학공업화로 대표되는 급격한 산업화 속에서 통일벼를 비롯한 신품종과 그와 관련된 영농기술의 보급으로 농촌사회 역시 적지 않은 변화를 겪던 시기였다. 이러한 변화 속에서 최내우의 농업과 기타 사업 역시 상당한 고충을 겪어야 했다. 이 글에서는 ①통일벼와 새로운 영농기술 ②도정공장 ③양잠 ④산림녹화와 양묘 ⑤축산 등 5개 주제로 나누어 최내우 집안의 생업인 농업, 도정업, 양잠 등의 농가사업에 대해 살펴보고자 한다.

1) 통일벼와 새로운 영농기술

1970년대를 특징짓는 농업상의 변화는 무엇보다 통일계 신품종과 관련 영농기술의 보급과 그에 따른 생산량의 증가를 들 수 있다. 즉 1977년 달성한, 한국의 녹색혁명으로 불리는 주곡의 자립과 그것을 가져온 농업기술의 변화가 그 시기의 가장 큰 특징이라 할 수 있다. 『창평일기』를 통해서는 그 같은 극적인 변화상이 크게 부각되지는 않았지만 최내우는 통일계 품종의 재배에 앞장섰으며, 1969년의 동력분무기에서 1980년의 기계이앙기까지 새로운 농기계의 도입에 적극적이었음을 확인할 수 있다. 그리고 통일계 품종에 대한 정부의 강제적 보급노력과 그에 대한 농민들의 반응 역시 흥미로운 주제이지만 『창평일기』에는 그 같은 갈등 양상이 잘 드러나지 않는다. 다만 통일계 품종인 유신벼의 맛에 대한 부정적 평가나

1978년 신품종 노풍 재배 실패에 대한 농민들의 대응 정도를 확인할 수 있다. 이는 최내우가 여당인 공화당의 임실군 운영 위원이자 큰 아들이 면사무소에서 근무하고 있던 상황이었기 에 정부시책에 적극 동조했다는 측면과 무관하지 않을 것이다. 인터뷰에 의하면 당시 창평 리 마을 주민이 전반적으로 정부 시책에 큰 이의 없이 협조했다고 한다.

일반적으로 녹색혁명을 가져온 신품종은 고 수확을 위해 많은 물과 비료, 농약 등의 자원 을 요구한다. 실제로 1970년대를 거치며 화학비료와 농약에 대한 의존도가 증가했으며, 통 일계 신품종이 몰락한 뒤 1980년대 중반 일반벼의 수확량이 통일계에 못지않은 수준으로 올 라 선 것은 보온비닐못자리에서부터 시비와 농약 등 통일계통 벼 재배과정에서 확립된 농업 기술이 적용되었던 측면이 중요했다. 『창평일기』를 통해서는 소류지와 농수로 건설 등으로 물 공급이 훨씬 원활해졌음을 확인할 수 있지만 비료나 농약에서는 각 연도별로 시비량과 농약의 사용량과 횟수가 정확히 기록되지 않았기에 큰 차이를 분명하게 파악하기 어렵다. 다만 통일계통 신품종의 영농일정은 기존 일반벼에 비해 10~20일 정도 앞당겨졌으며, 1970 년대 중반 높은 수확량으로 포상을 받기도 했으나 1978년부터 큰 타격을 입게 되었음이 나 타난다. 그리고 통일계통과 일반벼의 정확한 재배 비율이 확인되지는 않았지만 신품종의 홍 수 속에서도 계속해서 일반벼를 재배했음이 확인된다.

일기에 나타난 농사 일정을 보면, 3월 중순~하순 춘맥 파종, 4월 중순~하순 벼 침종, 5월 초순 모판 설치, 6월 중순 보리 베기, 6월 중순~하순 모내기, 10월 중순~하순 벼 베기, 11월 초순 가을보리 파종 등이다. 1974년부터 통일벼 재배가 시작되면서 그 일정이 보름 안팎으 로 당겨졌다. 통일계 품종의 경우 대체로 4월 초순에 침종에 들어가 5월 하순~6월 중순에 모내기가 이루어졌으며, 9월 하순 경에 수확이 이루어졌다. 그리고 농약은 벼농사의 경우 통 상 1969년부터 이미 연 4회를 기본으로 했으며, 특정한 병충해가 돌 경우 추가적인 농약살 포가 진행되었다. 최내우는 농약살포를 위해 1969년 동력분무기를 구입해 사용했는데, 점차 자동분무기 등 기계에 대한 의존이 커졌고, 기계 고장에 의해 농약 살포 일정에 차질을 빚기 도 했다.

비료는 질소비료인 요소와 복합비료가 가장 많이 사용되며, 유안, 용성인비, 염화칼륨(염 화가리) 등과 함께 소석회가 사용되었고, 규산질비료는 1976년부터 등장했다(76.5.26.). 화학 비료와 함께 퇴비도 계속 사용되었으며, 퇴비제조에 인분도 활용되었다. 특히 퇴비의 경우 새마을운동의 주요 사업으로 하달되었고, 마을 단위로 할당된 퇴비용 풀베기 실적을 심사하 기 위해 주민들이 동원되기도 했다. 그러나 퇴비제조는 새마을운동에서 가장 부진한 사업 중 하나였으며, 『창평일기』에도 퇴비 실적이 부진하자 군청 직원이 담당자를 문책하겠다는 의사를 밝혔다는 언급이 담겨있다(76.8.26; 77.8.23.).

청운제라는 소류지 복구공사 과정에서 토지 양도를 둘러싸고 갈등이 생겨났지만 타협을 통해 소정의 양도 대금을 지불하고 공사를 진척시켰다(71.4.16.). 공사시작 이후에도 비용 문 제가 불거져 공사가 중단되었으나, 경작자 전체가 모여 회의를 통해 시멘트 구입비용을 분 담하기로 하여 재개되었다(71.5.29.). 공사 이후에도 관련 주민들 사이에 고성이 오가는 등 앙금을 남겼으며(71.8.1.), 농로확장 공사에 필요한 토지 양도와 관련해서도 유사한 갈등이 나타났다(71.5.24.).

『창평일기』에는 통일계 신품종에 대한 언급이 매우 드문데, 1974년 가을 통일벼를 운반했다는 언급이 처음으로 등장한다(74.10.21.). 1975년 벼 품종 계획은 통일벼 3말, 와타나베 3말, 아키바리 21말로 통일벼의 비중이 매우 낮았다(75.2.25.). 그러나 그해 4월 종자 침종을 보면 통일벼 317호 19되 기타 12되를 소독 침종했다고 밝혔다(75.4.3.). 이 수치는 전체의 일부로 보이지만, 이 비율을 볼 때 당초 계획보다 실제 통일벼의 비중이 늘어났을 가능성이 있다. 또한 통일벼 317호는 이후 유신벼로 명명된 '이리317호'로 여겨지며, 이리317호가 1975년 시범재배 단계였음을 볼 때 최내우가 통일계 품종의 재배에 매우 적극적이었음을 짐작할 수 있다. 그해 9월 수확량을 조사하기 위해 농촌지도소와 면사무소 직원이 마을을 방문하기도 했으며, 최내우는 다른 지역의 유신벼 재배 현황을 살펴보고 자신의 317호와 비슷한 작황을 보임을 확인하기도 했다(75.9.25.). 그해의 신품종 재배 실적과 품질에 대해 본인은 그리 좋지 못했다고 평가했으나(75.11.18.) 이듬해 초 '다수확 수상자'로 선정되어 임실군의 28명과 함께 군수로부터 10만원이 예금된 통장을 상으로 받았다(76.1.12.) 또 다음해인 1977년 2월에도 역시 다수확농가 시상식에 참석해 10만원 상금을 받았다(77.2.9.).

그런데 흥미롭게도 최내우는 봄에 보내준 벼를 며느리가 먹지 않은 이유가 유신벼이기 때문인 것 같다고 기술했다(77.9.6.). 이를 통해 당시 통일계 품종인 유신벼에 대한, 특히 맛에 대한 부정적 평가를 확인할 수 있다. 사실 유신벼는 초기 통일계 품종에 비해 밥맛을 대폭 개량했다고 알려져 있으며, 정권의 이름을 붙일 정도로 큰 기대를 받은 품종이었지만 생산자인 농민들에게서도 큰 환영을 받지 못했던 것으로 보인다. 같은 해에 최내우는 유신벼와 함께 밀양 21호도 재배했다고 기록했는데, 이것 역시 다수성을 계승하면서도 밥맛이 개선되었다고 알려진 통일계 품종이었다(77.9.23.). 1977년은 정부가 주곡의 자립을 달성하여 녹색혁명을 성취했다고 공식발표한 해로서 수확량 증가가 정점을 이루었던 해였다.

그러나 바로 이듬해부터 신품종들은 급격한 쇠락을 겪게 되었다. 1978년 최내우는 노풍과 함께 호남조생볍씨로 벼멸구에 강한 다수성 볍씨로 권장된 이리319호를 재배했다. 노풍은 모두 죽어 수확을 전혀 거두지 못하는 타격을 받았다(79.1.1.). 이리319호에 대해서는 별다른 언급이 없지만, 당시 보도에 의하면 이 품종 역시 당시 이앙 1개월 만에 이삭이 패고 시들어 말썽을 빚었다. 이에 노풍 피해자들이 모여 성토대회를 열기로 했으나(79.2.25.) 사전에 이를 알게 된 지서장의 연락을 받고 최내우는 지인들에게 가급적 참석하지 말 것을 권했다(79.2.25.). 그는 여당인 공화당의 당원이자 임실군 운영위원이었기 때문에 정부 시책에 대한 직접적인 항의를 자제했다. 1980년에는 일반벼를 파종했다는 기록만 나오고 통일계 품종에 대한 언급은 나타나지 않는다.

당시 농사와 관련해 특징적인 현상 중 하나가 수확한 곡물의 건조 및 저장이 상당히 취약했다는 점이다. 특히 수확한 보리의 건조 과정에서 부패가 많이 이루어졌다는 언급이 여러 번 등장했다(70.7.21.). 1972년의 경우도 날씨가 좋지 못해 여름에는 보리, 가을에는 쌀의 부패가 심했다고 기록했다(73.1.1.). 1974년의 경우에도 봄보리가 반 이상 부패되었다고 밝혔으며(74.7.24.) 같은 해 가을 통일벼도 부패가 심했다고 기록했다(74.10.31.).『창평일기』에는 곡식의 건조 및 보관에 대한 구체적 서술이 나타나지 않는데, 대체로 노상에서 천일건조 후 가마니에 담아 보관하는 것이 일반적인 방법이었으며, 보관한 현미를 쥐가 많이 먹었다는 언급도 나온다(71.2.22.). 이처럼 당시 곡물의 수확이후 건조 및 저장 과정에서 발생한 손실이 상당한 정도였기 때문에 '간접증산'이라는 표현 아래 쥐잡기에서부터 곡물창고의 개선에 이르기까지 손실을 줄이기 위한 여러 노력들이 전개되었으나 아직 가시적인 성과가 농촌현장에서까지 전파되지는 않았다.

최내우는 새로운 농기계의 도입에 매우 적극적이었는데, 신평면에서는 그가 최초로 구입해서 사용한 경우가 대부분이었다. 1969년 자동분무기, 1974년 경운기, 1980년 기계식 이앙기 등 농사에 필요한 다양한 농기계를 조기에 도입해 활용했다. 그가 소유한 자동분무기나 양수기 등의 기계는 마을 주민들에게 약간의 대가를 받고 빌려주기도 했으며, 기계이앙기를 활용하기 위해서 1979년 말부터 기계이앙기 교육을 받아야 했다. 기계식 이앙기의 경우 한 철에만 집중적으로 활용되는 고가의 기계로 개인이 소유하기에는 부담이 컸기에 최내우의 주도로 기계이앙회원 9명을 모집하여 공동으로 활용했다.

기본적인 벼농사, 보리농사 외에도 최내우는 배추, 무, 감자, 고추 등 다양한 작물을 재배했으며, 특히 1978년부터 온상을 이용한 고추묘 재배에 나섰다. 이를 위해 임실지도소에서 온상설치 교육과 온상재배교육을 받았으며, 지도소장이 직접 방문해 지도를 해주기도 했다(79.2.13.). 그리고 1980년에는 고추 건조장을 조립해 직접 재배한 고추 외에 시장에서 고추를 구입해 건조작업을 했다(80.8.26, 9.15.). 이 같은 시도는 대체로 마을에서 그가 처음이었고, 이를 위해 농촌지도소를 찾아 관련 교육을 받는 수고를 마다하지 않았다.

2) 도정공장

최내우는 1946년부터 도정업에 종사했으며, 오랜 경력에 맞게 그는 신평면의 정미업자 대표를 맡고 있었다. 매년 변동 폭이 적지 않았지만 실제 그의 소득에서도 농업보다 도정공장에서 올리는 소득이 많거나 비슷했기 때문에 도정업은 농업에 앞서 그의 대표 사업이라 할 수 있다. 정미는 보통 9월부터 시작하여 3월까지, 정맥은 7월, 8월, 9월에 집중되지만 이듬해 3, 4, 5월에도 간간히 이루어진다. 정미, 정맥에 대한 기록은 1970년도 중반까지는 거의 날마다 찾아볼 수 있다.

처음 도정업을 시작할 때는 전기가 공급되기 이전이었기 때문에 석유를 이용했고, 석유가 품절되자 목탄으로 기계를 돌렸으며, 1950년대에 들어와 다시 석유를 이용하게 되었다. 1974년 마을에 전기가 들어왔지만 여전히 그의 공장은 전주나 임실의 주유소에서 공수한 기름을 이용해 원동기로 기계를 돌렸으며, 이를 위해 그는 경찰서에서 유류취급자 교육을 받았다(73.9.24.).

　도정공장은 정미기, 현미기, 정맥기, 원동기 등 여러 기계를 갖추고 있었으며, 1974년부터 제분기도 갖추고 고추방아, 떡방아도 찧게 되었다(74.10.20.). 또한 탈맥작업을 위해 탈맥기를 가지고 밭으로 이동해서 작업을 하기도 했다. 1977년 주곡의 자립을 달성하기 전까지 정부는 혼분식을 장려하고, 7분도 도정을 강제하여 양곡 소비량을 줄이고자 했다. 1973년초 정부는 정미 중지령을 내렸고, 공무원인 아들은 정미기의 출구를 빼내어 면장에게 전해주었다. 하지만 정미를 요구하는 생산자들의 요구가 높아 최내우는 중지령을 위반하고 정미를 해야 했다(73.1.19, 1.21). 곧이어 정부는 잡곡 혼식 30%를 강제하고 정부양곡의 재 도정을 금지했다(73.3.19.). 1974년 말 업자회의에서 9분도미를 단속한다는 시책이 전달되었고(74.12.19.) 이듬해 도정업자 기술교육을 통해 7분도를 철저히 준수하라는 지시가 내려왔다(75.2.21.). 그리고 1975년은 미맥혼합기도 갖추어야 했는데, 이 같은 정부의 통제는 1977년까지 계속되었다.

　도정공장의 기계들은 잦은 고장을 일으켰으며, 작은 고장의 경우 직접 수리를 했으며 임실, 전주, 이리 등에 나가 부속품을 구하거나 수리를 의뢰하곤 했다. 흥미롭게도 기계마다 수리를 주로 맡기는 곳이 달라 원동기류는 전주나 이리에, 탈맥기는 임실, 오수, 관촌역에, 현미기는 임실 등에 가서 수리를 했다. 또 전주의 호남기계상회에는 매년 대여섯 차례씩 들러 정미기의 부품을 샀으며, 이리 공업사에서도 정미기 부품을 구입했다. 이는 기계가 고장 났을 때 처음 기계 구입처에서 주로 부품을 구하거나 수리를 받았기 때문으로 보인다. 그는 순천에서 탈맥기를 구입하기도 했으며, 발동기 기술자가 사는 논산을 직접 찾아 부품을 구하기도 했다.

　도정공장은 특정한 시기에 많은 물량이 몰리는 특성이 있기 때문에 기계 고장에 의한 작업 지체는 상당한 타격을 주었다. 잦은 기계 고장과 그에 따른 비용은 적지 않은 부담이 되었으며, 작업량이 많거나 기계 고장으로 작업이 늦어져 밤새워 새벽까지 작업을 하는 경우도 있었다(71.11.19; 74.6.23.). 1977년 10월의 경우, 1~3일까지 연속으로 탈맥기가 말썽을 일으켜 새로운 기계를 바로 도입했으나 8일에는 현미기가, 10일에는 벼탈곡기가 고장을 일으켰다. 12일에는 근간에 처음으로 이상 없이 탈곡했다고 밝혔으나 14일부터 다시 현미기, 탈곡기, 원동기에 이르기까지 기계 이상이 계속 기록되었다. 최내우는 새로운 기계를 구입할 때 비싸더라도 성능이 더 좋은 최신형을 선호하는 모습을 보였는데, 비싼 기계도 구입 직후 이상이 있는 경우가 허다했다. 이는 도정공장의 탈맥기 같은 기계나 경운기, 나중에 논의될 TV나 상수도 공사 등 매우 자주 나타나는 특징적 현상이었다.

　도정공장은 많은 기계가 돌아가는 곳이기 때문에 기계 이상으로 부상을 입거나 사고가 발생할 가능성이 있었는데(77.6.24.), 동네 아이가 탈곡기에 손을 대서 손가락이 절단되어 병원을 보내 치료를 받게 하고 치료비도 부담하기도 했다(76.10.14.).

　도정공장의 안정적 운영을 위해서는 고객의 확보가 중요했다. 기본적으로 마을 주민들이 고객이 되었지만 인근의 다른 도정공장을 이용하는 마을 주민사이에 다소의 실랑이가 벌어지는 경우도 있었다. 또한 도정 조합에서 요율을 정하고 운반비도 규정하였으나 경쟁이 심해서 삼륜차를 이용해 운반하고 운반비를 기준 이하로 받는 도정공장도 있었다. 인근 지역에 최신의 시설을 갖춘 도정공장이 설치되어 경쟁이 강화되기도 했다(73.11.11.).

최내우는 1974년 경운기를 도입하는데, 이는 상당히 이른 편이었다. 경운기는 7년 상환에 52만원으로, 당시로서는 거액이었으며, 도입 과정이 매우 복잡하고 심사를 거쳐 지정을 받아야했다. 그 과정에서 여러 곳에 많은 수수료를 지불해야 했는데, 당시 경운기 도입이 상당한 혜택으로 여겨졌던 것으로 보인다. 그는 경운기 인수 전에 구례까지 가서 운전을 위한 실습을 받아 인수 뒤 바로 활용할 수 있었다(74.5.3.). 그러나 새 경운기는 한 달도 못되어 문제가 생겨 수리를 받아야 했다.

경운기의 도입은 도정공장에서 작업할 곡물의 신속한 운반에 큰 역할을 할 수 있었다. 아울러 농사에 필요한 비료, 퇴비 운반이나 교배를 위해 돼지를 실어 나를 때도 활용되었고, 로타리 작업, 보리 파종, 양수작업용 원동기 등 여러 가지 용도로 활용되었다. 경운기 소유자가 늘어나고 이를 이용한 영업행위기 문제가 되자 지서가 영업행위 금지를 공표하고 경운기 소지자 합동회의를 개최했다. 이 자리에서 경운기 소지자들이 계를 조직했는데, 최내우는 만장일치로 회장에 선출되었다(76.5.24.). 그는 경운기 노상 주차 문제로 경범죄로 경찰서에 출두요청을 받았으나 훈방 조치되는 해프닝을 겪기도 했다(77.12.22.). 최내우는 1980년 사용하던 경운기를 처분하고 최신형으로 교체했는데, 흥미롭게도 중고 경운기 판매대금으로 황소 한 마리를 구입했다고 밝혔다(80.7.26.).

3) 양잠

『창평일기』의 서술에서 가장 인상적인 부분 중 하나는 양잠에 대한 높은 관심과 노력이다. 일기에 등장하는 빈도만으로 볼 때 양잠이 최내우의 주업으로 여겨질 정도이다. 실제 양잠에 필요한 뽕밭 가꾸기, 잠구 제작 및 소독에서 누에고치따기에 이르기까지 양잠과 관련된 서술은 1969년에서 지속적으로, 특정 계절에 치우치지 않고 연중 등장하며 1975년 이후 서술 빈도가 점차 줄어든다. 하지만 소득규모로 볼 때 양잠은 대체로 농사나 도정소득에 미치지 못했다. 1972년도 수입계획에 의하면, 정미공장이 94만원, 쌀과 보리농사가 92만원인 반면 양잠은 48만원으로 예상되었다. 이러한 예상 순서는 1971년에 제시된 수입계획과도 비슷하며, 이는 실제 소득 결과와도 크게 다르지 않음을 시사한다. 1974년 108만원의 양잠소득을 기록하여 근간 최고의 실적을 거두었다고 밝혔으나 대체로 양잠은 세 번째 가내 소득원이었다. 하지만 일기에 등장하는 높은 빈도는 최내우가 양잠에 특별한 관심과 노력을 기울였음을 보여준다. 이는 정미업이나 농업에 비해 새로 시작한 사업으로, 더 많은 기대를 갖고 있었기 때문으로 여겨진다.

『창평일기』를 통해서는 최내우가 정확히 언제부터 양잠을 시작했는지는 파악할 수 없다. 다만 1969년 2월 19일에 종일 잠사 서적을 독서했다는 기록을 통해 시작한지 그리 오래되지 않아 학습을 했던 것으로 추정할 수 있다. 물론 그는 그 이후로도 교육을 통해 지속적으로 양잠에 관한 정보를 습득했는데, 1976년에도 전주에서 온 전문가로부터 강의를 받았고(76.8.18.) 1979년까지 임실 지도소나 제사공장에서 파견된 전문가로부터 양잠교육을 받았다(79.1.25, 8.30.).

1960년대 들어 우리나라 잠사업이 수출산업으로 중요시되면서 정부는 적극적으로 증산을 추진했으며, 1962년부터 2차에 걸친 잠업증산5개년 계획을 추진했다. 잠사업이 부각되면서 양잠은 농민의 소득증대사업의 중요한 작목으로 지정되었으며, 정부는 1968년 전국에 23개의 집단적인 잠업단지를 조성하여 누에고치 증산에 주력했다. 최내우가 양잠을 시작한 것도 이즈음으로 여겨진다. 정부 정책에 힘입어 한국은 1976년 약 41,000톤의 고치를 생산하여 일본, 중국에 이어 세계3위의 잠업국으로 부상했다. 실제로 이 시기 잠사업은 다른 농업분야에서 찾아보기 힘들 정도로 급격한 성장을 했으며, 『창평일기』에 자주 등장하는 양잠에 대한 서술도 그러한 배경을 지니고 있다. 1971년 초의 연중 농사 행사 메모를 보면, 가장 중요한 9번의 농사 행사에 뽕밭 관리가 4번, 보리농사 2번, 벼농사 3번을 차지할 정도로 양잠의 비중이 컸다(71.1.1.). 1974년의 월별 메모에 포함된 15가지의 행사에서 양잠과 관련된 일이 6번이었으나 벼농사는 4번에 그쳤다(74.1.1.).

양잠은 잠박(蠶箔, 누에 채반), 잠망(蠶網) 같은 잠구(蠶具) 제작, 세척과 소독, 뽕나무밭 제초 및 거름 주고 가꾸기(桑田 肥培) 등 많은 노동력을 요구한다. 농한기인 겨울에 거의 매일 잠구를 제작하고 잠망용 새끼를 꼬는 등 잠업관련 노동의 비중이 매우 높았고, 여기에는 가족들의 노동력이 많이 동원되었다. 또한 뽕잎 따기, 누에올리기, 고치 따기는 단기간에 많은 노동력이 소요되는 작업이기에 외부 인력 동원이 불가피하며, 이 기간에 양잠처녀로 불리는 여성인력을 몇 명씩 집에 들여 며칠간 작업에 참여시키기도 했다. 이 때 충분한 인력을 확보하지 못해 시간이 지체되면 품질이 크게 떨어진다. 실제 1978년 인력부족으로 외부 노동력 없이 가족들이 총동원되었으나 누에올리기가 3일간에 걸쳐 이루어짐에 따라 작황은 물론 품질도 떨어져 타격을 받았다(79.1.1.). 또한 뽕밭 관리에도 많은 노동력이 요구되어 가족 이외에 인부를 동원하는 경우가 많았다.

『창평일기』에 따르면 양잠은 일 년에 3번 어린누에(치잠)을 사와 보름가량 뽕잎을 주고 키우다 상족(누에올리기)을 하고 고치를 따서 공판장에 매도하는 방식으로 이루어졌다. 그러나 누에를 키우지 않는 기간에도 뽕밭 가꾸기와 잠실 및 잠구 관리에 많은 시간을 투자해야 했다. 일 년간 양잠 일정을 보면, 겨울부터 5월 중순까지 잠구 제작과 관리, 뽕밭 가꾸기를 하며, 5월 중순~하순에 춘잠을 들여오고 이를 먹이기 위해 뽕잎 따기를 한다. 6월 중순에 누에올리기를 하며 이후 고치를 까서 매도한 다음 추잠을 키울 준비를 한다. 보통 상족을 시작하고 공판장에 매도하기까지 5일 정도가 걸린다. 8월말에 추잠을 들여와 키우고 9월 중순에 고치를 따서 판매한 다음 곧이어 만추잠을 들여와 키운다. 보통 10월 초순에 만추잠의 상족과 고치 따기가 끝나지만 이후에도 뽕밭 관리와 잠구 관리가 계속된다.

최내우는 1970년 잠실 건축에 필요한 자금을 융자받아 두 동의 잠실을 지었으며(70.8.28.) 고치 따는 기계, 잠구 일부도 들여왔다. 하지만 경험이 부족하다 보니 양잠 사업은 적지 않은 시행착오를 겪어야 했다. 1969년 9월 많은 누에가 죽었으나 정확한 원인을 파악하지 못하고 기온이 맞지 않았기 때문으로 추정하는 정도였다(69.9.22.). 1971년에도 잠종이 나빠서 약 1할이 죽었고 이듬해도 실패라고 결론내리는 등 누에 키우기는 쉽지 않았다(71.9.8; 72.9.12.). 이에 따라 일부 마을 주민은 관에서 양잠을 장려하고 품종도 공급했기 때문에 실패에 따른 보상을 요구하기도 했다(73.9.9.). 누에나 뽕나무에도 많은 품종이 있으나 『창평일기』에는 구체적인 품종에 대한 언급은 나오지 않는다. 이는 다른 농업과 달리 양잠농가의 주도적 역할의 폭이 상대적으로 작았으며, 일종의 위탁 생산관리 방식으로 진행되었음을 말해준다.

　누에는 주변 농가나 뽕밭에 살포한 농약에 의해서도 피해를 보기 쉬워 갈등의 소지가 있었다(75.9.12; 76.8.16.). 1978년에도 뽕밭 주변 과수원에서 살충제를 살포하는 것을 보고 2일만 중지해 달라고 요청했다가 거절당하기도 했다(78.6.12.). 이처럼 뽕밭 관리에서 양잠에 이르기까지 주변 농가의 농약에 의한 피해는 상당히 민감한 문제로 작용했다. 1977년의 경우 누에의 1/3 정도가 병에 걸렸는데, 이웃집에서 나는 담배 냄새와 농약 냄새를 원인으로 생각하고 잠실을 옮기기도 했다(77.9.11.). 또한 약방에서 인삼을 사다 누에에게 주기도 했는데, 사람이 먹어야 하는 인삼을 누에에게 준다는 것에 마음이 편하지 않았지만 어쩔 수 없이 누에에 뿌렸다(70.6.5.). 그는 1977년에도 병에 걸린 누에를 되살리기 위해 인삼 천원어치를 사서 끓인 다음 뽕에 뿌리기까지 했다(77.9.12.). 그는 사람도 제대로 못 먹는 비싼 인삼을 누에에게 준다는 비난을 받을까봐 가족에게도 비밀로 했으나 결국 그 효과를 보지는 못했다. 결과적으로 1977년 양잠은 대실패로 돌아갔다. 이러한 에피소드는 그가 양잠에 기울였던 각별한 노력을 예증하고 있다.

　『창평일기』에 의하면 양잠에 가장 문제가 되는 것은 충분하지 못한 뽕이었다. 양잠은 누에를 키워 고치라는 상품생산을 목적으로 하는 일종의 상업적 농업이며, 뽕은 누에의 유일한 사료이기 때문에 질이 좋은 뽕잎을 많이 확보하는 것이 양잠에 가장 중요한 요소였다. 뽕잎이 부족할 경우 이웃 마을에서 뽕잎을 사와야 했다. 뽕잎 따기도 적시에 해야 하기에 인부를 사서 진행했으며, 간혹 타인의 뽕밭에서 몰래 뽕잎을 따는 경우도 드물지 않아 갈등이 빚어지기도 했다(75.9.12.).

　뽕잎을 확보하기 위해 뽕밭을 가꾸는데 많은 노력이 들어갔다. 뽕밭은 비료도 주고, 전지하고 수목을 결속하는 등 뽕밭 자체의 관리에도 많은 노동력이 요구되었다. 뽕잎 부족에 어려움을 겪던 최내우는 1974년 동업으로 뽕나무 양묘사업을 시작하게 되었다. 많은 인부를 동원하여 뽕나무 묘목을 키워 5만주를 86만원에 매도했으나 매수자가 약속한 대금을 제때 지불하지 않아 수차에 걸쳐 충남 대덕에 거주하는 매수자를 찾아가는 등 어려움을 겪었다.

　많은 노력에도 불구하고 최내우의 양잠 결과는 그리 만족스럽지 못했으며, 1975년부터 양잠 관련 기록이 크게 줄어든다. 특히 1970년대 후반으로 가면 외부적 요인까지 겹쳐 더욱 어려움을 겪게 되었다. 한국의 잠사업은 1970년대 후반부터 급격하게 쇠퇴하기 시작했으며, 이는 석유파동으로 인해 세계 경제가 불황에 빠지면서 생사의 수요가 줄어 가격도 하락하고 수출도 부진하게 되었기 때문이다. 한편으로 기본적으로 양잠은 노동집약적 성격이 강한데,

산업화에 따라 노임이 상승하면서 고치의 생산비를 감당하기 어렵게 되었다는 요인도 작용했다. 이에 따라 1976년을 정점으로 고치 생산량은 급격하게 감소했으며, 1980년에는 1976년에 비해 50%에도 미치지 못하게 되었고 잠사업은 사양 산업이 되고 말았다.

실제 1976년에 일본에서 견직물(일기에는 편직물로 오기) 수입을 규제함에 따라 대통령이 TV를 통해 뽕밭 예정지에는 뽕나무를 심지 말고 다른 작물을 심어라는 방송을 하였다(76.3.23.). 이에 최내우는 양잠을 주요시했더니 뜻이 어긋났다며 낙담하는 모습을 보였다. 그해 잠업인들은 일본의 견직물 수입규제에 대해 규탄 시위를 벌이기도 했다. 그럼에도 최내우는 1978년 12월 양잠가 동계 교육을 받고, 이듬해 임실 잠업협동조합의 차기 조합장에 출마할 의사가 있음을 밝히는 등 잠업에 대한 열의를 놓지 않았다(79.6.14.). 하지만 1980년에 이르러 그는 잠업을 포기하고 사과를 재배할 것을 고려하게 되었다(80.5.3.).

4) 산림녹화와 양묘

박정희 시대 농업분야에서 거둔 대표적인 성취가 통일벼 중심의 녹색혁명이라면, 임업분야에서도 산림녹화의 성공이라는 큰 성과가 존재했다. 대부분의 농민들은 마을양묘라는 이름 아래 조림에 필요한 묘목을 직접 기르며 산림녹화에 주된 주체로 참여했다. 각 마을에 조직된 산림계를 중심으로 매년 조림사업을 전개했으며, 산림계 대표로서 최내우는 정부의 지시와 협조 속에 마을 조림 및 양묘사업을 총괄하는 위치에 있었다. 그는 다른 산림계원들과 매년 조림계획을 수립하고 조림 작업 후 정부로부터 조림비를 받아 분배했으며, 산림용 비료를 받아 분배하고 풀베기 작업인 하예작업(下刈作業, 일기에는 '下役作業'으로 오기)에 마을 인력을 동원한 다음 작업비를 대표로 수령하여 분배했다. 이 과정은 군 산림계 직원과 긴밀한 협력 속에 진행되었는데, 『창평일기』에 가족과 마을 주민 외에 가장 많이 등장하는 사람이 바로 군청 산림과 직원인 이증빈[이중빈]으로 25차례에 달했다. 그의 등장은 대체로 1970년대 초반에 주로 이루어졌으며, 임야조림, 양묘, 하예작업, 조림비 수납 등 산림녹화와 관련된 목적이었다. 최내우는 그와 함께 화전 정리 지역을 시찰하기도 했다(75.10.9.).

산림녹화 관련된 일정은 1월에 산림계가 조림사업 위원회를 소집하여 조림 지도원을 선정하고 조림계획을 협의하는 것에서부터 시작한다. 3월에 그해의 조림사업 계획을 확정하고 인력동원에 대해 협의하며, 묘목을 가식재한다. 이즈음 군에서 산주들을 모아 산림녹화 대회를 열어 조림을 독려한다. 곧 이어 조림예정지에서 나오는 나무의 장작과 등걸을 다듬는 등 조림을 위한 사전 정지작업을 진행한다. 3월말에서 늦게는 4월 10일경에 수십 명이 동원되어 조림이 시작되며, 보름에서 20일 이상 조림 작업이 진행된다. 그 동안 도청과 군청에서 조림상황을 점검하러 나오며, 조림이 완료된 다음 조림 심사차 다시 산림계 공무원들이 방문한다. 7월말에서 8월초는 산림용 비료도 받아 분배하는 한편 조림지 풀베기 작업을 진행하며, 10월경에 재차 조림지 심사가 진행된다. 11월부터 이듬해 사용할 묘목을 접목 굴취, 삽목 등의 방법으로 관리하기 시작하며, 이 과정 역시 많은 노동력을 필요로 했기 때문에 10

여명의 인부를 고용했다. 그리고 통상 12월에 내년도 조림에 대해 군 산림계와 협의를 했다.

최내우는 군의 산림계장회의에서 1971년도 조림사업의 공로를 인정받아 표창장을 받았으며(72.3.16.), 임실군 산림조합회의의 부회장에 선임되기도 했다(76.10.5.). 그가 조림을 위해 키운 묘목 수종은 낙엽송, 이태리포플러, 리기다, 은사시나무[은수원사시나무], 밤나무 등이었다. 치산녹화10개년계획의 핵심은 역시 광범위한 조림이었으며, 100만ha를 10년간의 조림목표로 삼았다. 이를 위해 산림청은 조림수종을 10대 수종으로 표준화했으며, 빠른 녹화를 위해 속성수 대 장기·특용수를 7:3으로 계획했다. 속성수에는 이태리포플러, 은수원사시나무 등이, 장기수는 잣나무 등이 선정되었다. 『창평일기』에 등장하는 수종들 역시 대부분 권장 수종에 포함된 것이었다. 최내우는 정부가 권장했던 밤나무를 심었다가 병이 발생하자 임업시험장 조림과장에게 문의하겠다는 뜻을 밝히기도 했다(74.3.27.). 『창평일기』에 따르면 당시 양묘 작업은 통상 3~4%에서 7%까지 불합격 판정을 받아 실제 결산 금액이 그만큼 줄어들었다(80.3.17, 3.25.).

산림녹화의 성공에는 조림과 함께 임산연료가 연탄을 비롯한 다른 연료로 대체되면서 산림 보호가 이루어진 것이 중요했다. 『창평일기』에도 임산연료의 채취에 대한 기록이 많이 나오며, 제2차 치산녹화10개년계획이 추진중이었던 1980년까지 가족들이 도시락을 싸서 산에 가서 나무를 했다는 언급이 등장한다(80.11.19.). 최내우는 이미 1970년부터 석유곤로를 사용했으며(70.11.6.) 잠실의 난방과 소독을 위해 연탄을 사용했다. 주거용 연탄보일러는 1977년과 1979년에 설치했다(77.11.21; 79.11.5.). 이처럼 1970년대 초반에 이미 연탄을 사용했지만 연탄이 임산연료를 완전히 대체하지는 못했기 때문에 벌목 등 임산물 채취를 둘러싼 갈등이 심심치 않게 벌어졌다. 부정임산물 채취로 인해 싸움이 벌어지거나 고발을 당했고, 이 때문에 마을주민들 사이에 심각한 갈등이 빚어지기도 했다(70.9.20; 73.7.1.). 경찰 조림지에서 벌채하다 신고를 받고 지서에 연행되는 경우도 있었다(76.2.25.). 물론 연탄 사용의 확대에 따라 임산연료의 수요는 점차 줄어들었을 것으로 보이지만 많은 농가에서 여러 용도로 임산연료를 사용하고 있었음을 확인할 수 있다.

5) 축산

1970년대 많은 농가들이 닭, 돼지, 소 등의 가축을 사육했으며, 소의 경우 소달구지와 쟁기질 등 농사에 필수적인 가축이었다. 『창평일기』에도 가축 사육에 대한 언급이 다양하게 등장한다. 최내우는 소득증대를 위해 한우를 키울 생각이 있었으나 1970년 2월 한우단지 희망자 선정에서는 인력부족으로 고사했다(70.2.14.). 집에서 키우는 한두 마리 소는 자식들이 틈틈이 들로 데리고 나갔으며, 발정기가 되면 비용을 지불하고 교미를 시켰는데 이 때 소를 몰고 온 사람의 인건비까지 지불하는 경우가 있었다(69.2.7; 72.1.22.).

최내우는 1978년에 이르러 5마리 젖소를 키우기로 결정하고 신청 후 옥수수를 재배하고 사일로를 만들고 축사도 수리하는 등 많은 투자를 했다. 그러나 젖소 시가가 절반으로 떨어지고 우유가도 인상되지 않아 기존 낙농가들도 폐농하고 육우로 매도하는 상황에서 새로 시작하는 것은 무리라고 판단해서 결국 포기했고, 그 결과 50만원의 투자비 손실을 보았다(79.1.1.). 젖소 사육을 포기하게 된 가장 큰 이유는 매도가 어렵다는 점이었다. 계획대로라면 1981년에는 20마리에 이르게 되는데, 현실적으로 인력이 부족해서 전부 키울 수는 없고 매도가 불가피한데, 당시 상황에서는 막대한 피해가 불가피하기 때문에 포기했던 것이다(79.1.3.). 그는 1979년 기르던 소 2마리를 시장에서 팔았는데, 참으로 시원했다는 소감을 남겼다(79.8.1.).

최내우의 축산 노력은 돼지가 중심이었다. 그는 동네 주민에게 새끼 돼지를 입식하고, 돈사를 수리하여 돼지를 키웠다. 발정기에 교배를 시킨 후 출산일을 미리 계산하여 대비를 하는데, 간혹 교배한 기억이 없는데 새끼를 낳기도 했다(72.7.16.). 그러나 새끼돼지는 시세가 낮아 판매에 어려움을 겪었으며, 돼지가 급사해서 정상가의 절반 값으로 처분하기도 했다(76.1.11.). 흥미롭게도 1971년부터 인공수정을 이용했다는 기록이 나오며, 인공수정은 자연교배의 절반의 비용이 들었다(71.5.4.).

계사에서 닭도 키웠는데, 계란이나 닭을 판매했다는 기록이 없는 것으로 보아 식용 목적으로 보이며, 야생 짐승이 닭을 잡아가는 일도 있었다(71.1.30; 70.2.3.). 또한 1975년에는 염소가 이상이 있어 사람을 데려다 침을 주었지만 죽었다는 언급이 나온다(75.5.17.). 당시 대부분의 농촌 마을에는 소 침쟁이가 한사람 정도씩 있어 가축에 문제가 생기면 네 발톱에 두루 침을 놓았는데, 『창평일기』에서도 비록 효과를 보지 못했지만 소가 아닌 염소에 침을 놓았음을 확인할 수 있다. 염소 역시 상업적 목적보다 약으로 쓰기 위해서 키웠던 것으로 보인다(78.12.27.).

가축을 키우면서 생길 수 있는 피해 중 하나가 쥐약에 의한 것이다. 실제로 쥐약을 먹고 죽은 쥐를 개나 돼지가 먹고 2차 피해를 보는 경우가 있다(76.1.12.). 1960년대부터 식량을 축내는 쥐를 퇴치하기 위해 쥐잡기운동을 국가적인 차원에서 매년 실시했다. 정부는 모든 마을에 쥐약을 미리 공급하여 정해진 날에 일제히 쥐잡기를 추진하도록 했다. 쥐잡기는 매번 상당한 성과를 거두었지만 기본적으로 쥐가 서식할 수 있는 환경을 개선하지 않는 이상 쥐의 높은 번식력 때문에 근본적인 효과를 거두지 못했다. 한편으로 쥐약에 의한 2차 피해의 가능성이 상존했으며, 실제로 그 같은 피해 사례가 드물지 않았다.

6) 맺음말

"잘 살아보세!"는 새마을운동을 대표하는 구호였다. 『창평일기』에는 잘 살아보기 위해 다양한 사업을 추진하는 최내우의 노력이 잘 드러난다. 오랫동안 운영해 온 도정공장은 물론이고 새로운 통일계 품종과 관련된 영농법을 적극적으로 받아들이고 양잠에서 양묘까지 농가의 소득을 올리기 위한 여러 가지 시도들을 확인할 수 있다. 기본적으로 그러한 노력은 노동력과 함께 시설 투자, 농기계 구입 등에 상당한 경제력을 필요로 했기 때문에 많은 농가들이 융자를 신청해야 했으며, 최내우 역시 예외는 아니었다. 대체로 그 같은 시도는 정부 정책이나 지도의 틀 속에서 이루어졌지만 그는 수동적 수용자를 넘어 적극적으로 개척해나가는 면모를 보여주었다. 정책적 동원과 주체적 노력의 결합 속에서 최내우의 농가 사업 규모는 양적인 성장을 계속했지만 양잠에서 나타나듯이 항상 성공적이었던 것은 아니었다. 빠른 산업화 속에서 농업과 여타의 농가 사업은 자연 환경 뿐 아니라 국내외 시장 동향 등의 경제사회적 변화에 곧바로 영향을 받는 산업의 하나가 되어갔다.

4. 일상생활 속 물질문화

최내우는 오랫동안 도정공장을 운영했기 때문에 각종 기계를 비롯한 새로운 기술과 생활문물의 수용에 적극적인 편이었다. 물론 여기에는 다양한 기계의 수용을 감당할 수 있는 경제력과 함께 항상 새로운 소득원을 찾으려는 그의 태도가 중요했다. 1960~70년대 한국사회의 급격한 산업화는 농촌에도 많은 변화를 가져왔고, 이는 새마을운동의 기치 아래 농촌 생활환경 개선과 함께 진행되면서 전기, 전화, 수도 등 일상생활과 밀접한 새로운 물질문화의 도입과 함께 가속화되었다. 비록 『창평일기』에는 '새마을운동'이라는 표현은 거의 등장하지 않지만 새마을 가꾸기, 새마을사업 등의 이름 아래 여러 사업들이 전개되었음을 확인할 수 있다. 이 글에서는 ①전기와 전화 ②상수도 ③교통수단 ④보건의료 등 4개 주제로 나누어 일상생활 속 물질문화의 변화에 대해 살펴고자 한다.

1) 전기와 전화

1970년대 농촌사회의 큰 변화 중 하나가 전기의 도입이다. 농어촌 전화(電化)사업은 1960년대부터 진행되었으나 1970년 당시 농촌의 전기도입율이 20% 정도에 불과했다. 그러나 1979년에는 그 비율이 98%에 달할 정도로 70년대 주된 성과를 거둔 사업이었다. 새마을운동이 본격화되면서 당초 그와 별개로 추진되던 전화사업도 새마을운동의 일환이 되어 새마을운동의 포상품 성격으로 변화하여 새마을운동 성과와 연계해 차등지원이 이루어졌다. 『창평일기』에서는 그 같은 성격이 분명하게 드러나지는 않지만 전기가설 요구가 결실을 맺기까지 몇 년의 시간이 소요되었다. 전기의 도입은 TV를 비롯한 여러 가전제품의 도입을 가능하게 하여 농촌의 일상생활에 적지 않은 변화를 가져왔다.

전기의 필요성을 이미 인식하고 있던 최내우는 1970년부터 관계자에게 전기가설을 요청했다. 그해 6월 마을을 방문한 군수, 면직원에게 소류지인 청운제 복구공사와 함께 전기 가설을 부탁했으며(70.6.15.), 이듬해 1월 군수를 만나 이러한 요구를 재차 했고, 이에 군수는 청운제는 1971년에 완료하고 전화사업은 잠업센터가 되면 자동적으로 하겠다고 약속을 했다

(71.1.20.). 1973년 12월 최내우는 전등 가설 예정표를 작성하여 총 21개 전등을 설치할 계획을 세웠으며(73.12.20.), 이듬해 드디어 잠실에 전기가 가설되었고, 계량기도 설치되었다(74.9.8.).

전기의 도입은 가전제품의 도입으로 이어졌다. 최내우는 1960년대 이미 라디오를 소유하고 있었지만 1969년 부산을 방문했을 때 처음으로 TV를 구경했다(69.6.3.). 그는 전기가 들어온 다음 곧바로 TV를 갖추게 되었다. 아들로부터 처음 TV 구입 얘기를 듣고 채무가 있는데 무슨 TV냐며 반대를 했지만 기왕 구입하는 거면 큰 것을 구입하자는 생각에 처음 구입한 17인치를 19인치로 바꾸게 했다(74.10.26.). 새 TV는 구입한지 며칠 만에 고장을 일으켰지만, TV 덕분에 많은 마을 주민들이 그의 집을 찾았으며, 특히 주말에는 "내실에는 남녀노소가 방부터 마루까지 대만원"을 이룰 정도였다(74.12.14.). TV의 도입은 마을주민들에게 새로운 정보 전달의 통로가 되었다. 하지만 최내우는 TV를 그다지 즐기지 않았는데, 일요일에 몰려든 마을주민들에게 점심까지 대접해야 하는 상황이 불편했을 것이다(74.12.15.). 그가 TV를 보았다고 기록한 것은 1979년 11월 3일 박정희 대통령 영결식 정도였다. 이를 위해 오전은 다른 업무를 쉬었다.

전기의 도입은 생활의 편리와 함께 감전이라는 새로운 사고를 가져왔는데, 1975년 8월 마을 주민이 전기로 고기를 잡다가 감전되어 사망하는 사고가 발생했다(75.8.12.). 자세한 설명은 없지만 그 전해에 가설된 전기선을 이용한 사고로 여겨진다.

전기의 도입과 함께 인기를 끌었던 가전제품은 전기밥솥이었는데, 『창평일기』에는 그와 관련된 논의가 담겨 있지 않다. 다만 라디오, TV 외에 고등학생인 자식이 영어회화 공부를 위해 녹음기를 사달라는 요구에 응했다는 기록이 있다(76.8.9.). 또한 전기 도입 이전부터 마을에 공동 소유의 스피커가 설치되어서 공지사항을 전달하거나 주민을 찾는 방송을 했다(69.7.18.).

『창평일기』에 의하면 1975년 마을에 전화가 가설되기 이전까지 가장 중요한 장거리 통신 수단은 편지와 전보였다(70.7.27.). 그리고 마을에 전화는 없었지만 임실이나 관촌에 나가 전화를 이용할 수 있었다(70.5.12; 74.6.22.). 최내우는 역전의 공중전화나 우체국, 농협 등 공공기관이나 주점 등 가게에서 전화를 걸었다. 전화를 걸었다는 기록도 주로 다른 지역을 방문했을 때의 경험이었다.

1975년 최내우는 시외전화를 가설하고자 신청했다(75.2.17.). 당시 마을의 다른 주민도 설치 의사를 밝혔으나 전화국에서는 최내우가 적합하다고 판정했다. 그해 11월 우체국에서 직원들이 와서 전화를 가설했는데(75.11.12.), 설치한 전화는 며칠 만에 고장이 나 수리를 받아야 했다. 그의 집에 설치된 시외전화를 마을 주민들이 이용했으며, 그는 전화 관리를 위해 우체국에서 열린 전화취급소장 회의에 참석해야 했다(75.11.18.). 그러나 최내우가 전화국에 납부하는 요금과 주민들이 이용하고 지불한 요금 사이에 차액이 발생하는 경우가 있어 곤란을 겪기도 했다(76.10.4.).

1977년에는 독립적인 전화별실을 완공했다(77.6.16.). 전화실 완공 후 우체국에서 전화를 이동 가설했으며, 이후 면장과 임실우체국에서 직원들이 와서 살펴보고 잘 되었다는 평가를 내렸고(77.6.18.), 이웃 마을에서도 전화 가설을 구경하려 왔다(77.6.19.). 이는 1975년말 설치된 전화를 전화실이라는 독립 공간을 갖추어 이전한 것으로 여겨진다. 이는 최내우의 집에 설치한 장거리 전화는 사실상 마을의 공중전화 역할을 했음을 보여준다. 한편으로 1978년 12월에 마을 주민 2명과 함께 관촌 우체국장을 방문해서 창평리에 추가로 전화를 가설하고자 문의했지만 가설규정상 3km 이상이기 때문에 불가능하다는 답변을 받았다(78.12.9.). 이는 전화 적체가 심각한 당시 상황에서 정부가 농촌의 전화 가설을 제한하기 위해 일정 거리 이상 떨어진 경우에만 승인해주었음을 보여준다.

2) 상수도

새마을운동과 그것의 전신인 새마을 가꾸기 사업에서 가장 강조된 것이 지붕개량에서부터 마을길을 넓히고 다리를 놓는 등의 환경개선 사업이다. 실제 생산 과잉이었던 시멘트를 전국의 모든 마을에 나누어 주는 것에서부터 새마을 가꾸기 사업이 본격화되었기 때문에 시멘트를 이용해 마을 공동의 시설을 만들고 개선하는 것이 두드러진 사업이 되었다. 『창평일기』에서 1970년 겨울 새마을 가꾸기 사업의 일환으로 시멘트 200포대를 인수했다는 언급이 나온다(70.12.10.).

새마을운동의 기본사업에는 간이급수, 공동우물, 하수구 등 농촌기본위생 사업이 들어 있었다. 1977년 최내우는 우물파기 작업에서 암석을 부수기 위해 여러 경로로 화약 뇌관을 구하기 위해 노력하여 확보 직전에 이르렀으나 지서에서 구하더라도 말썽이 날 수 있기에 비공식적으로도 사용할 수 없다는 통보를 받고 우물을 포기했다(77.8.27~28.). 이는 당시 농촌에서 공식, 비공식 경로를 통해 화약을 구입하여 사용하는 것이 드물지 않았음을 보여준다.

1978년부터 임실군은 창평리에 상수도 설치를 추진했다. 당시 간이급수시설은 마을마다 계곡의 맑은 물을 저수탱크로 끌어올린 뒤 개별농가까지 파이프로 연결하여 물을 보내거나 기존 우물을 더욱 더 깊이 파고 양수기로 물을 끌어올려 파이프로 농가까지 연결하는 방식이었다. 창평리의 수도공사는 1979년 2월부터 시작되었는데, 그 과정에서 마을 주민 한명이 수도공사에 드는 비용 150만원을 회사하기로 발표하면서 우선 40만원을 내놓았다(79.2.26.). 이에 면장, 지서장이 반상회에 참석하여 회사식을 갖기까지 했다. 그러나 다음날 그 주민이 취중 실언이었다면 자신의 말을 번복하게 되면서 상당기간 갈등이 벌어졌다(79.3.8.). 결국 이미 회사한 40만원에 나머지 비용은 모든 주민들이 나누어 부담하는 것으로 결정 났으나, 갈등의 골이 깊어져 해당 주민은 마을을 떠나고 말았다(79.5.25.). 새마을운동 과정에서 주민들의 '회사'는 큰 쟁점 중 하나였다. 『창평일기』의 사례와 동일하지 않지만 '강요된 회사'가 많은 마을에서 주민들 사이에 큰 갈등요소로 작용했다.

우여곡절을 거쳐 상수도가 설치되었고, 배관 공사를 위해 마을 주민들이 전원 동원되기도 했다. 최내우는 이장과 함께 군에 가서 간이급수시설교육을 받았다(79.3.16.). 하지만 새로 설치된 수도는 모터의 마력이 부족하고 파이프가 터지는 등 계속해서 문제를 일으켜 정상 가

동까지는 상당한 시간이 걸렸다. 1979년 9월에 이르러 상수도용 계량기를 설치하여 요금을 부과하기 시작했다(79.9.22.). 전기와 상수도 설치는 생활의 편리를 가져왔지만 한편으로 매달 일정한 현금지출을 필요로 했고, 이는 농가들이 상업 작물에 더욱 관심을 갖게 하는 계기가 되었다.

3) 교통수단

『창평일기』에는 우차로 표기된 소달구지에서, 자전거, 사이드카, 삼륜차, 택시, 기차, 고속버스에 이르기까지 다양한 교통수단이 등장한다. 우차를 이용하여 쌀이나 비료 등 화물을 운반했는데, 경운기를 구입하기 이전까지 가장 유용한 운반수단으로 활용되었다. 경운기 구입 이후 우차의 등장은 크게 줄어들지만 1979년까지 활용했음을 확인할 수 있다. 우차를 이용하다 주인이 술을 한잔 하고 있는 동안 소가 놀래서 도망갔다 다른 사람이 잡아와서 대가를 요구하여 실랑이를 하기도 했다(69.8.6.). 물건을 운반할 때는 우차와 함께 리어카도 이용했다.

마을 안이나 관촌이나 임실까지 이동할 때는 자전거를 이용했으며, 더 멀리 갈 경우 주로 기차를 이용했다. 통학기차를 타고 전주를 왕래했으며, 장거리 여행에도 기차가 우선이었다. 1969년 부산여행을 위해 아침 6시 40분 통근열차를 타고 전주에 도착하여 다시 급행열차로 갈아타고 오후 5시경 부산에 도착했다. 용무를 마치고 다음날 부산역에서 보통열차를 타고 이리역에 도착한 뒤 다시 열차를 갈아타고 관촌에 도착하는 여정을 기록했다(69.4.17~18.). 관촌에 도착하여 자전거를 타고 집으로 돌아오면서 2일간 1,500리를 다녀왔지만 단 0.5리도 걷지 않고 귀가했다고 밝혔다.

1970년 경부고속도로의 개통과 함께 호남고속도로도 전주까지 개통되어 고속버스를 이용하는 경우가 늘어났다. 고속버스를 타고 서울 여행을 가기로 하거나(71.1.17.) 온천여행을 다녀오거나 대구나 대전을 다녀왔다(73.10.22; 74.6.2.). 자식들의 결혼식이 있는 경우 전주에서 택시 2대를 대절하여 왕복으로 하객들을 이동시켰다(74.2.6.). 그가 직접 소유하지는 않았지만 사이드카로 불리는 오토바이를 이용한 기록도 등장한다(70.5.4.). 사이드카는 오토바이에 사람이 앉을 수 있는 측차를 설치한 삼륜식 모터사이클로, 급한 환자가 생겼을 경우 중대장의 사이드카를 이용해 병원으로 옮기기도 했다(73.9.12.). 최내우 자신도 1973년 자전거를 타고 가다 넘어져서 왼발이 2촌 이상 찢어지는 상처를 입었고, 예비군 중대장의 사이드카를 타고 임실 중앙병원에 갔다는 기록도 남겼다.

4) 보건의료

『창평일기』에는 감기에서부터 피부질환, 치통, 자상, 화상, 교통사고, 위수술, 농약중독, 정신질환 등 다양한 질병 및 의료 기록이 등장한다. 이러한 질병에 대처하는 방식은 질환의 종류와 정도에 따라 상이하지만 전통적인 민간요법보다는 제도화된 의료기관을 이용하는 경우가 많았다. 『월파유고』에 의하면 1964년 최내우의 모친은 병원진료를 제 때 받지 못해 맹장염이 복막염이 되어 별세했는데, 1970년대에 이르러는 병원 이용이 훨씬 용이해진 것으로 보인다. 보건소에서 직접 방문해서 진찰을 하고 소독을 하거나 약을 주기도 했다. 물론 한편으로는 수의사나 자격을 갖추지 않은 것으로 보이는 사람으로부터 치료나 상담을 받는 경우도 있었다.

『창평일기』에 자주 등장하는 질환 중 하나가 치아질환이며, 최내우는 치과치료에서 치수(齒修)라 불리는 인물에 의한 치료, 치통수까지 여러 대처 방법을 사용했다. 치통이 생길 경우 관촌에서 치통수를 사서 넣었는데(70.6.13.), 치통수가 정확히 어떤 것인지 확인할 수는 없지만 민간에서는 흔히 약간의 소다를 탄 물로 치통을 완화시키곤 했다. 치통수로도 나아지지 않자 임실의 치과를 방문해 발치 등 치료를 받았다. 또한 마을사람의 소개를 받은 치수가 직접 집을 방문하여 가족들의 치아를 한꺼번에 치료해주는 경우가 있었는데, 1971년 개당 500원씩 22개 치아를 끝냈다는 기록이 나온다(71.5.29.). 치수는 치과의사가 아닌 치아기공사 정도의 기술을 갖춘 사람으로 여겨진다. 아들이 자전거 사고로 앞니가 부서진 경우에는 관촌 병원에 옮겨 치료를 받게 했으며(71.7.31.), 자신은 임실 치과에서 이 6개를 해 넣고 5,700원을 지불하기도 했다(72.8.10.). 또한 동네 주민의 딸로부터 간단한 치통 치료를 받기도 했고(76.7.9.), 전주의 치과에 가서 문제가 되는 이를 뽑고 새로운 이를 해 넣기도 했는데 이는 기본 치료에서 본을 뜨고 가치아를 넣고 며칠 뒤 제작된 치아를 넣는 등 여러 날이 소요되었다(76.7.29.).

최내우는 간단한 질병이나 상처의 경우 관촌 역전에서 동물병원을 운영하던 정경석을 찾아 약을 받거나 치료를 받았다(70.10.18; 71.10.29; 72.7.4.). 정경석은 한때 유류거래도 했기 때문에 『창평일기』에 50여 차례나 등장하며, 이 중 상당수는 간단한 치료를 위한 방문이었다. 병원치료가 필요한 경우 임실 중앙병원을 주로 이용했는데, 자전거를 타고가다 낙상을 해서 찢어진 상처를 치료하거나 잇몸병 치료를 받았으며, 치료비는 일부만 지급하고 외상으로 남기는 경우가 많았다(73.9.12; 73.10.4.). 더 심한 경우 전주의 전문의나 종합병원을 찾기도 했다. 또한 한의사를 찾아 침을 맞고 약을 받아오기도 했다. 최내우는 1973년 뒤통수에 발진이 생겨 한 달 이상을 고생했으며, 결국 상처를 째는 외과적 치료와 함께 약을 사용했다. 처음에는 한의사에게 의뢰해서 약을 사가지고 왔으나 점점 심해졌다. 며칠간 집에서 고름을 짜내는 등의 치료를 하다가 관촌면 가정리의 나환자를 통해 약을 받아 치료를 받기도 했다(73.12.4~27.).

최내우는 1976년 9월 서울에서 결혼식에 참석하고 돌아오는 길에 횡단보도를 건너다 교통사고를 당했다. 정신을 잃고 병원에 후송된 그는 무릎 뼈에 금이 가서 6주 진단을 받았다. 6일째 되는 날 가해자와 합의를 보고 퇴원한 뒤 전주의 외과에 입원했다(76.9.4 ~ 23.). 14일간 입원 후 깁스를 한 상태로 퇴원한 뒤 22일 만에 깁스를 풀었다. 1978년 여름에는 장질부사로 추정되는 질병으로 인해 고생하다 대학부속병원 신경외과를 다니면서 치료를 받았다.

한편『창평일기』에는 몇 가지 민간요업이 등장한다. 독감으로 종일 식사도 못하다가 밤에 '약감주'(藥感酒)로 겨우 몸을 추스르거나(69.1.19.) 가슴통증이 있을 때 소다와 설탕물을 먹으며 답답한 속을 내리게 했다(71.1.6.). 기생충 제거를 위해 오전에 휘발유 한 홉을 마셨더니 3시쯤 몸이 괴롭고 벌레가 다소 나왔지만 아직도 뱃속에 더 있는 것으로 보인다는 기록도 등장한다(76.1.30.). 물론 그는 기생충약도 복용했다. "아침에 십이지장충약을 먹고 악충이 많이 나왔으나 기력이 쇠약하게 되어 어지럽고 종일 변소에 다녔다"는 기록이 있지만 한편으로 기생충 약만으로 충분하지 못하다는 판단을 한 것으로 보인다(75.8.29.).

동네 주민이나 지인들의 치료 기록으로는, 전주의 예수병원에서 위수술을 받거나(70.4.13.) 마을 주민의 부인이 남편이 술을 못 마시게 하기 위해 술을 못 먹게 하는 약을 국에 몰래 탔는데, 이를 모르고 술을 마신 남편이 죽을 지경이라는 언급도 나온다(76.8.15.). 최내우도 잦은 음주로 몸의 이상을 느끼고 음주를 자제하려 하지만 쉽지 않았다. 1977년 두 번에 걸쳐서 금주 단주 결심을 밝히지만 그리 오래 가지는 못했다(77.7.8.). 마을 주민이 정신질환으로 남문 옆 뇌병원에서 검진을 받고 입원치료를 받게 되었는데(71.2.18.), 이튿날 가족이 와서 다른 마을 사람으로부터 용한 법사 점쟁이를 소개받았다며 퇴원을 시키겠다고 했지만 최내우는 가급적 병원에 며칠 두는 것이 좋다고 권유했다(71.2.19.). 결국 그 가족들은 최내우의 권고를 따랐고, 일주일 뒤에 차도를 보이고 있다고 알려왔다(71.2.25.). 몇 가지 민간요법을 이용했지만 최내우는 종교적, 주술적 행위에 대해서는 그다지 신뢰하지 않았다. 또한 마을 주민의 자식이 농약을 마시고 자살을 시도했으나 일찍 발견되어 차로 임실병원에 옮겨 위세척을 받아 목숨을 구했지만 10여만 원에 이르는 치료비가 나왔다(79.7.23.). 그에 앞서 마을 주민이 농약을 마시고 자살한 경우도 있었다(75.9.23.). 1978년에는 최내우의 동생이 전주의 외과 병원에 입원해서 위 수술을 받았다(78.1.13.). 위암은 아니었으나 위의 내부 부분이 패여 있어 2/3를 절취해야 했으며, 수술비용으로 114,300원을 지불했다.

한편으로 군 복무중인 자식들의 요구에 따라 약을 사서 보내는 경우가 종종 있었다. 군에 입대하여 훈련소에서 훈련을 받고 있는 중 그 부대의 하사관이 직접 방문해 와서 마이신을 받아가기도 했으며(73.10.3.), 전주 약국에서 관절염 약, 무좀약을 구입해 군에 아들에게 전해 주기도 했다.

1975년 2월 손녀가 태어났는데, 전주 병원에서 출산을 했다. 이 시기에 이르면 이미 출산은 병원에서 이루어지는 것이 일반적이 되었다. 또 1976년에 태어난 손자가 체중이 부족해서 도립병원에 입원해서 2주간 인큐베이터에서 지내게 되었는데, 인큐베이터를 '아관'(兒棺)이라 표현했다(76.10.16.). 1980년 3월에는 제왕절개 수술에 대한 기록도 나온다.

5) 맺음말

1960~70년대의 압축적 근대화의 흐름은 농촌사회에서도 마찬가지였으며, 그 같은 추세는 일상생활을 둘러싼 물질문화의 변화에서 쉽게 확인할 수 있다.『창평일기』에서 다루는

마지막 해인 1980년에 이르면 창평리는 전기, 전화, 상수도를 갖춘 마을이 되었으며, 전기의 도입은 TV를 비롯한 가전제품의 구입으로 이어졌다. 마을길에는 우차 대신 경운기가 주로 다니며, 연탄보일러로 난방을 하는 농가들이 늘어났다. 1960년대에 비해 의료기관 이용이 쉬워짐에 따라 아이의 출산을 위해 도시의 병원을 찾게 되었지만 아직 의료보험이 본격화되기 이전이었기에 의료비는 상당한 부담이 되었다. 이처럼 생활문물의 변화는 일상생활의 편리를 가져왔지만 한편으로 주기적인 현금지출의 증가를 수반했으며, 최내우를 비롯한 농민들은 새로운 수입원을 찾아 더욱 노력을 해야 했다.

제3장 지역사회의 조직과 농촌경제

1. 촌락사회의 조직들

1) 행정조직

최내우의 회고록인 『월파유고』에는 그가 이장으로 선임될 당시의 일화가 소개되어 있다. 1949년 3월 전임이장이 사퇴하자 주민총회가 소집되었고, 여기에서 그와 김경호가 이장후보로 추천되었다. 그런데 김경호를 추천한 이의 "崔乃宇는 漢文 잘 모르고 金曍浩는 漢文도 잘 알고 筆子 잘 쓰니 金曍浩를 추천한다."는 말에 "氣分이 少해"졌으나, 투표를 한 결과 자신이 당선되었다는 것이다(26~27쪽). 이는 당시 이장에게 요구되던 자질이 어떤 것이었는지를 보여주는 것이면서, 동시에 그것이 변화하고 있었다는 점을 또한 알려주는 기록이기도 하다.

당시 이장은 마을에서 막강한 권력을 쥔 존재였다. 이장은 "過居에 日政代에 이 마을 其時는 區長이라 햇고 中途에는 里事長이라고 呼稱햇"는데, "日政 때는 日本帝國主義 下에서 獨裁獨權으로 權利가 大端햇고 食糧도 만코 供出荷은 없엇고 郡面職員이 責任完遂라는 팔목 두루고 오면 쌀밥에 닥 잡고 술에 진탕 메기니 兄[당시 이장-인용자]의 權利는 말할 것 업고 日本 北海道 靴太 福鋼縣 소로몽群島 即 南洋群島 北鮮 滿洲國에서 一般民 募集 要請이 오면 面에서 強制로 끌어가고 그려치 못하면 區長에 무려서[물어서] 適任者가 選澤[選擇]되면 밤에 나제 할 것 업시 데려갓다."(160~161쪽)는 것이다. 다른 많은 연구로 알려진 것처럼, 일제시기 이러한 이장의 권력과 횡포는 해방직후 전임 구장들에게 공격이 집중되는 배경이 되었으며, 실제 일제시기 구장을 보았던 최내우의 형 역시 해방 직후 이웃한 대리로 이주를 하고 있다.

해방 직후에도 이장의 권한은 막강했던 것으로 설명되고 있다. 최내우는 1953년 2월의 일을 회고하며 "其時는 軍人에 入營하면 戰時라 普通 五, 六年까지 있어야 除隊한다. 그때는 里長의 權利가 大端햇다. 食糧配給權이 인는데 軍人家族은 多量으로 주고 萬諾에 女子가 바라[바람] 피우면 配給을 떼겟다고 으름장도 노왓다. 그래도 몇은 말을 듯지 안햇다. 里長 나를 慾氣를 내고 햇지만 不應해버렷다."(152~153쪽)고 적은 것, 그 해 7월의 일을 회고하며 "現 募亭에서 七月 술메기 끝에(年中 一次 決算總會) 金○○을 呼出해다 때리지는 안햇지만 말로 無數한 奉變[逢變]을 주고 네의 妻도 대려오라 하야 大衆 앞에서 다짐을 밧닷다."(154쪽)고 적은 것 등이 그러한 예이다. 또 1962년 그는 방앗간을 신축하였는데, 그 자금확보와 관련하여 "其때즘은 내의 돈이 없엇지만 農協에서 協助하고 個人 돈 使用하도 里長을 하니

信用은 自動이엿다."(194쪽)고 적고 있다. 마을 내부에서 권력을 쥐고 있을 뿐만 아니라 외부세계와의 관계에서도 이점이 있었고, 이는 다시 마을 내부에서 권력과 부를 축적하는 데에 유리한 조건으로 작용하였음을 알 수 있다.

마을에서 이장(구장)을 보면 마을의 대동조직인 주민총회를 통해 마을사람들이 곡식을 걷어 이장에게 수고비를 지급하였다. 이를 '이장조(里長租)'-일제시기 이를 구장이라 불렀던 시기에는 '구장조'-라고 한다. 『월파유고』의 1929년 기록에는 11월-아마도 음력일 것이다-초 구장 집에 동네 남녀가 모여 구장조를 납부하는 모습을 기록한 부분이 있다. "叔父(炳千氏) 집에 갓다. 只今의 里長인데 洞內 男女가 募엿드라. 그날 洞內 契가리라 햇다. 區長租 벼 戶當 一斗하고 洞內 田土稅를 收入하는 날이다(3쪽)." 이장조를 걷는 날이 동내 전토세를 걷는 날이기도 하다는 점은 조선후기 이래 공동납 제도와 동계(洞契) 조직의 관련성을 상기시키기도 한다.

지금도 일부 농촌지역에 관행으로 잔존하는 이 '이장조' 제도는 창평리의 경우 70년대 초까지도 확인된다. "里長 班長이 왔다. 成康 垈地稅 1斗 里長 班長조 各 3斗 計 4斗을 주위 보냇다(70.12.22.)."거나, "밤에 完宇 外 2人에 里長祖[里長租] 班長祖 1斗 5升을 주웟다(71.8.2.)."는 식이다. 다른 곳에서도 그러했듯 창평리에서도 연 2회 이장조를 납부하고 있었다는 점을 확인할 수 있다.

최내우는 "一九五〇年 三月 里長職 첫 事業으로 村前 入口에 住民負擔金 壹仟원 하고 役事 戶當 一日을 負擔하야 募亭[矛亭]을 建立햇다."고 적은 후 "當時 班長은 丁東英 崔南連 丁五同 安承均 金東錫 筆洞 朴正根 靑云洞 金三童이엿다."는 설명을 달고 있다. 당시 창평리에는 이장 밑에 모두 7명의 반장을 두고 있었음을 확인할 수 있다. 한편 일기에는 '참사'라는 직책이 자주 등장한다. 현지에서 확인한 바에 따르면 참사는 면의 행정업무를 보조하도록 마을마다 한 사람씩 두었던 실무 담당자를 말하며, 이는 농협에 두었던 참사직과는 구별되는 직책이다. 한시적으로 존재했던 이 직책을 기억하고 있는사람들은 이에 대해 "이장이 마을의 상징적인 존재라면 참사는 실제 업무를 도맡아 처리하는, 일종의 행동대원"이라고 설명하였다. 참사에게는 면사무소로부터 별도로 일정한 급료가 주어졌다. 70년 봄의 기록을 보면 참사는 거의 일방적으로 면에서 선임하였던 것으로 보이며, 주민들이 이 선임을 받기 위해 면에 운동을 하는 모습도 확인할 수 있다(70.4.10, 4.11, 4.21, 5.22.). 농협 참사에 대한 기록(76.12.3.)이 아닌 리 참사에 대한 기록으로는 71년 8월 26일이 마지막의 것이다.

이장은 주민대표이지만, 그 선임과정은 역시 면 행정기구의 의중으로부터 자유로울 수 없었다. 그리고 일기에서 드러나는 한, 이 '의중'은 공화당 계열의 마을 유력자들과 면 행정기구와의 반-공식화된 지속적인 연락 속에서 정해지고 있었다. 1971년의 이장선임과정을 보면, 최내우가 사전에 정기선을 접촉하여 이장 취임의사를 확인하고(3.23.), 이어서 면장의 동의를 받은 후(3.25.), 리 개발위원회를 열어 이 석상에서의 투표를 통해 이장을 선출하고 있었다(3.27.). 이튿날 정기선이 이장 직을 사양할 의사를 밝히자(3.28.), 면장이 직접 마을을 찾아 유력자들과 함께 이장 직 수락을 설득하기도 한다(4.3.). 이후 열린 주민총회는 이렇게 선임된 이장의 취임식 자리 성격이었다(4.15.). 72년의 이장 선임과정에서도 최내우는 힘을 발휘하고 있다. 이장 정기선이 찾아와 차기 이장에 대한 의중을 묻자 "面長이 알아 할 터이지"라고 장막을 쳤던 최내우는 정기선으로부터 주민선거로 이장을 선출할 것이라는 점과 물망에 오른 후보군을 확인한 후(8.20.), 면장을 만나 최성규를 추천하였는데(8.23.), 실제 주민투표 결과 최성규가 이장에 선출되었다(8.24.).

72년에 이어 75년에도 이장은 주민투표로 선출되었는데, 이 선임과정에서 최내우는 취임의사를 밝힌 최석우에 대해 지지입장을 밝히기를 거부함으로써 사실상 반대의사를 표명하였다. 그러나 투표를 통해 최석우가 선임되었고(5.7.), 면장은 이에 대해 발령장을 내주고 있었다(5.13.). 반면 이에 이은 77년의 이장 선임은 면장과 면 예비군중대장, 면 농촌지도소장이 최내우 가 사랑에 모여 한상준으로 결정하고, 주민투표과정 없이 이튿날 바로 면에서 발령장을 내는 속도전 양상을 보였다(2.23.). 이로 보아 이장의 선임절차는 사회분위기 및 이를 행정적으로 집행해가는 면 행정기구의 입장에 따라 일정하게 유동하였던 것으로 보인다. 79년에는 다시 주민들에 의한 비밀투표에 의해 선출되었는데(4.8.), 역시 전날 엄준봉과의 협의를 통해 최내우가 지목한 배명선이 최다득표에 의해 선임되고 있었다. 80년의 이장 선임 역시 주민투표에 의해 선임된 것으로 보아, 이 시기에 이르러 주민투표에 의한 이장선임절차가 관행으로서 일단 굳어졌다고 보아도 좋을 것이다.

2) 대동조직

앞서 한여름과 초겨울의 연 2회 마을주민들이 함께 모여 이장조·반장조(와 때에 따라 전토세)를 걷어 이장 및 반장에게 지급하고 있었다는 점을 확인한 바 있다. 이 중 가을일이 끝난 뒤 이장조와 전토세를 납부하는 날을 '동내 계갈이'라고 부르는 점도 흥미롭다. 뒤에 보듯이 일기에서 이 '계갈이'라는 용어는 노동계(勞動契)·보계(洑契) 등 생산조직과 위친계(爲親契)·주계(酒契)·칠성계(七星契)·백미계(白米契. 또는 쌀계) 등 각종의 상조조직에서 한 해를 결산하는 정기총회를 가리키는 용어로 등장한다. 이를 앞서 『월파유고』 1953년 7월의 기록에서 동네 모정에서 열린 '술메기'를 '연중 1차 결산총회'라고 적은 것(154쪽)과 아울러 고려하면, 창평리의 대동조직은 한여름(음력 7월)의 주민총회를 '술메기', 초겨울(음력 11월)의 주민총회를 '계갈이'라고 부르며, 두 번의 전체주민 정기모임을 열었던 것으로 파악된다.

일기의 경우, "午後에 모종에서 里大洞會를 한다고 해서 成康이에 맛기고 參席햇다."(69.8.28.), "里 會議한다고 모종에 갓다."(75.8.21.) 등의 기록은 음력 7월의 '술메기'를, "洞內 게가리 한다고 오라 해서 갓다. 中食을 里長 집에서 햇다."(70.12.10.)는 기록은 음력 11월의 '계갈이'를 뜻할 것이다. 해에 따라 약간의 편차는 있지만, 일기는 이러한 주민총회로서 '술메기'와 '계갈이'에서 그때마다의 현실적인 필요에 따라 다루어진 논의내용들을 잘 정리해 두고 있으며, 동계조직의 공식적인 회의록에는 나타나지 않는 논의의 막전막후 사회적 맥락들을 기록하고 있어 대동조직의 운영과 관련하여 흥미로운 사료가 된다.

　이렇게 역사적 전통과 현실적 요구에 따라 소집되는 '술메기'와 '계갈이'이지만, 항시 그 소집과 운영이 원활했던 것은 아니다. "12時 頃 部落會議 한다고 하기에 가보니 不可[不過] 約 20名 程度 募엿는데 會議는 流會로 散會햇다."(71.8.29.)거나, "밤에 大洞會라기에 參席한바 約 20名 參席으로 流會한바 효주병이 들어왔다."(71.12.17.) 혹은 "새마을 審査 온다고 又 다시 손본데 연기햇다. 밤에 里民會議인데 參席하고 보니 10餘 名 募엿드라. 座談만 하고 散會햇다."(72.4.18.)와 같은 기록들은, 때로 주민들의 호응이 없어 이런 총회모임이 유회되고는 했던 사정을 보여준다. 그러나 일기에 나타난 대부분의 대동조직 총회기록은 많은 주민의 참여 아래 마을의 운영에 관한 여러 중요한 문제들을 다루며 타협과 조정, 합의를 이루고 있었다.

　그러한 사례들 중 특히 전말을 상세히 기록한 흥미로운 사건으로는 71년 1·2월에 있었던 동내 주점의 폐지결의 건, 71년 5월의 청운제 공사용 시멘트 처리 건, 73년 연중 쟁점이 되었던 동유림 매도 공개입찰 건, 76년 3월~4월초의 임야 조림지 선정 건, 77년 겨울부터 78년 초봄까지 이어진 산림계 소 사육자 선정 건 등이 있다. 이들 사건에 대한 기록이 상세한 것은 물론 기록자인 최내우가 직접 관련된 일들이기 때문인데, 그러한 개인적인 이해관계 여하를 떠나 한 시대의 사회상과 마을정치의 양상을 심층적으로 보여준다는 점에서 그 자료로서의 가치가 높다. 일례로 71년 1월의 대동회에서 이루어진 동내 주점 폐지결의 건을 보면, 풍기 단속과 후세교육의 필요성을 주장하는 마을 유력자 중심의 주점 폐지론자들과, 생업과 소비의 자유를 주장하는 주점 옹호론자들 사이에 벌어지는 팽팽한 논쟁, 그리고 대의명분에도 불구하고 결국 주점 폐지에는 이르지 못하는 사회현실이 긴장감 있게 서술되어 있다.

　위의 설명에서 총회 개최일시를 보아도 확인할 수 있듯이, 창평리의 대동조직 차원에서 개최되는 주민총회는 여름과 겨울의 정기총회 외에 필요에 따라 수시로 열리고 있었다. 이들을 같은 주민총회임에도 불구하고 음력 7월의 '술메기'와 음력 11월의 '계갈이'와 구별하여 보게 되는 것은 무엇보다도 앞서 확인했듯 최내우가 '술메기'를 제1차 결산총회라고 기록하고 있기 때문이다. 1969년 8월 28일의 대동회에서 당시 닥친 현안에 대한 논의 외에 이장이 1968년도 마을예산의 결산과 1969년도 예산의 운영방향을 보고하고 있는 기록("1968年 豫算은 收入 支出을 따지고 보니 3,200원이 黑字로 宣言햇다. 代理로 내가 再言을 해주웟다. 69年度에는 豫備軍 莫舍[幕舍]비 15,500 又 山林組合비 13,500원을 配當햇다고.")을 통해서는, 음력7월의 '술메기'가 다른 수시적인 주민총회와 구별되는 성격을 지닌 것이라는 점과 그러한 성격이 적어도 1969년까지도 지속되고 있었음을 확인할 수 있다.

　또한 여기에서 주목해야 될 점은, 이들 정기적인 대동회뿐 아니라 수시로 열리는 대동회에서도, 촌락 내에 별도로 존재하는 사회조직들의 운영에 관한 사항을 결정하기도 한다는 점이다. 앞서 주점 폐지결의나 산림계 소 사육자 선정 등 논의가 그러한 경우에 해당한다. 그 외에도 노동계의 그 해 임금수준을 결정한다든지(69.6.16.), 마을주민 전체가 몽리자인 것은 아닌 청운동 저수지 공사와 관련된 사항을 결정한다든지(71.5.8.), 혹은 산림계의 조림작업 일정을 결정한다든지(71.1.2.) 하는 경우 등이 있었다. 특히 마지막 사례의 경우 "밤에는 里

洞會라 山林係엿다."(70.12.19.)거나 "…圭太 氏 집에 왔다. 林野 造林 大洞會였다. 里民에 指示하고 要領도 말햇다. 班別로 分割 伐木키로 햇다."(71.1.2.)는 표현에서 나타나듯, 산림계의 작업이 사실상 그대로 대동조직의 일이 되어 있는 모습도 볼 수 있다. 반대로, 이장이 이러한 일들에 적극적으로 개입하려들지 않는 경우, 오히려 관련 리민들로부터 비난을 받기도 한다. "里 四街里에서 鄭仁浩 崔成奎 丁基善 募席에서 里長에 靑云堤修理契을 組織해서 適當 水利하기 爲해서 募臨을 갓게 해주소 했다. 召集을 해도 안니 몬이니 난들 별 도리가 없다고 햇다. 自己가 作人이 안니 〃가 無管理하다면서 任務를 따지엿다."(72.6.9.)

그러나 다른 한편, 이러한 대동조직의 다양한 방면에서의 활약상에도 불구하고, 그 결정 사항이 주민들 스스로에 의해 위반되거나 무시됨으로써 부정되는 사례들도 자주 눈에 띈다. 특히 이미 공화당 협의회나 개발위원회 등 소수의 유력자들에 의한 사전 조정을 통해 결정된 바를 그저 총회를 통해 추인하는 형식을 밟는 사례들, 총회에는 적극적으로 참여하지 않으면서 거기에서 논의될 사안들을 사선을 통해 면사무소·공화당 당조직 등 정·관계 요로에 운동하는 사례들이 눈에 띈다. 이는 주민총회를 중심으로 하는 대동조직의 성격과 의의에 대한 부정적인 판단의 근거가 되기도 할 것이다.

동시에 우리는, 조직적인 형태를 띤 것은 아닐지라도, 마을 단위에서 진행되는 다양한 활동이 있었음에도 유의할 필요가 있다. 가령 마을주민인 김계화가 사망하자 최완우는 그의 가옥을 인수하고 이를 유호영에게 임대하여 세를 받는 대신 해마다 김계화의 묘사(墓祀)를 차리기로 한다는 각서를 마을에 제출하고 있다(71.1.14.). 이는 후손 없이 사망한 주민의 재산을 일단 마을에서 접수한 후, 그 주민에 대한 제사를 지내주는 조건으로 그 가옥에 대한 권리를 다른 주민에게 양여한 사례이다. 만일 최완우가 이 각서내용을 이행하지 않는다면 해당 가옥에 대한 권리는 최완우로부터 다시 마을로 환수될 것이니, 후손 없이 사망한 고인의 제사는 마을에서 보장해주는 셈이라고 할 수 있다. 또 일기에는 여름철과 가을철 수시로 열리던 콩쿠르 대회에 대한 기록이 자주 나타난다. 물론 최내우 자신은 이에 대한 입장이 기본적으로 부정적이어서, "募종[茅亭]에서 콩클大會 한다면서 떠든데 잠을 이룰 수 업서 心中 難處했다. 禮義凡節[禮儀凡節]을 모른 놈들. 洞內에서 누구 하나 말하고 除止[制止]할 사람도 업고 寒心할 일이다(71.10.5.)."와 같이 적는 경우가 많다. 그러나 당시 농촌촌락이 지니고 있던 활력이라는 차원에서 바라본다면, '콩클 대회'에 대한 최내우의 평가를 반드시 따라가야 하는 일은 아닐 것이다.

한편 77년 겨울부터는 이러한 주민총회 성격의 조직과 모임에 '반상회'라는 명칭이 덧씌워지면서, 월례회의로 정례화되는 양상을 볼 수 있다. "밤에 住民總會(班常會)에 參席햇다. 成奎 問題가 나오고 里 倉庫 建立 問題가 나오고 筆洞 農路 開說[開設] 問題가 末題에 論議가 되엿다."(77.12.15.)는 기록은 그 초기적인 단계에서 주민총회라는 기존의 명칭에 반상회라는 명칭이 올라타기 시작하는 양상을 보여주는 기록이라고 할 수 있다. 반면, "午後에는 洞內 大會議라고 해서 參했다. 面에서 郡에서 班常會日라 參席햇다. 里長 嚴俊峰을 맛나고 今日 大洞에 附議案件이 무워냐 햇다. 別 것 없다고 햇다."(80.8.28.)는 기록은 그러한 덧

씌워짐이 한창인 상황에서의 기록이라고 볼 수 있을 것이다.

기록자인 최내우 본인의 상황으로 말할 것 같으면, 이러한 일련의 변화과정에서 그가 그리 유쾌한 감정만을 가지고 사태를 바라보고 있었던 것 같지는 않다. "洞內會議가 있어 參席햇다. 里長은 何等의 發言도 못하고 언제든지 새마을指導者란 사람이 主務者가 되여 잇드라."(79.8.29.)거나, "밤에 里民總會 및 班常會에 參席햇다. 本里에 總代 5名을 選出해야 하는데 成員 未達로 流會을 시키엿다."(80.12.22.)는 기록에 이은 "午後에 3時쯤 되여서 農協所管 里 總代 五名을 選出하는데 무슨 大選擧나 된 것처럼 臨時執行部를 俱成[構成]하자니 議長을 選出해서 執行하자니 하드라. 그래서 明善이가 司會 兼해서 執行하는데 丁基善이는 제의 났[낯]을 내기 위해서 곳다구 소리을 하니 明善 里長은 氣分이 小한 듯하드라. 韓相俊이를 持支[支持]하는 사람이 尹相浩 崔成奎 丁基善 3名인데 모두 제의 人氣을 도두는[돋우는] 形式的인 發言을 하드라. 내의 自信는 意見을 提示하면서 叔姪之間[叔姪之間]에 갗이 總代職을 가질 수 있는야 햇다."(12.23.)는 기록은, 그러한 일련의 새로운 흐름들과 최내우 사이에 일정한 불화가 싹트고 있었음을 엿보게 한다.

3) 생산조직

일기에 나타나는 생산조직의 기록으로는 우선 1970년 초봄 '노동계(勞動契)'라는 이름으로 조직된 청부노동조직을 들 수 있다. 이에 대해서는 그 초문의 상황을 "밤에 10時 頃에 白康善 氏가 訪問햇다. 이 마을에 勞動稧가 組織되여 約 27名이란데 勞動力이 不足한 農家는 앞으로 農事에 支障이 된다고 햇다. …… 샛터에서 牟潤植이 丁九福 白康善 氏만 빠지고는 다 들엇다고 햇다."(70.4.28.)고 기록한 것으로 보아, 주로 고용자의 입장에서 이 조직을 바라보고 있음을 확인할 수 있다. 이에 대한 최내우의 첫 반응은 "處勢를 엇더케 하는지 두고 보자 햇다."는 것이었다. 이어서 "밤에 10時 頃에 白康善 氏가 來訪햇는데 里에 15名 條 17名 組로 해서 勞動契를 組織햇다고 햇다."(70.5.5.)는 기록이 있는 것으로 보아, 이 백강선이 주로 노동계와 관련한 소식 전파의 역할을 하고 있음을 알 수 있다. 이에 대해서도 최내우는 "우리도 해보자고 해서 今年에나 지내보고 햇다."고 적고 있어, 상당히 신중한 자세를 보인다.

70년의 노동계 결성 배경에 대해서는 전년도의 농사상황을 봄으로써 어느 정도 짐작이 가능하다. 69년 6월 9일 같은 마을의 최영두는 최내우를 찾아 "里洞內서 人夫賃이 빗사서[비싸서] 農事지여 수지가 맛지 안타면서 不平햇다. 理由는 한 차리[차례] 먹고 1日 400원 날싹은 1日 500원식이라면서 不平햇다. 白康俊 氏도 모내기 한다고 미리 싹을 주윗다."고 불평을 털어놓았다. 이에 최내우가 "그려면 牛 하루 주면 몇일 싹을 밧다야 한야"고 묻자 최영두는 "7日 내지 4日은 밧다야 한다면서 나도 農牛 한 마리 사겟다."고 대답했고, 이에 최내우도 "이 近方에는 이려한 勞賃이 업다 … 洞內 里長도 좇이 못한 人間"이라고 불평을 했다. "이 件을 調節 못하고 그저 두윗다는 理由" 때문이다. 이에 최영두가 "(사람들이) 大農

家에서 收支가 맛지 안하면 農土를 내논면 되지 햇다."는 얘기를 전하자 최내우는 "政府에 農土分配가 말아도 農民길이[농민끼리] 土地分配하게구나면서 家族길이 하지하고 作別햇 다."(6.9.)는 기록을 남기고 있다.

임금수준 앙등에 대한 고용주 층의 이러한 불만은 1주일가량 흘러 리민총회에서의 농업 임금 인하결의라는 형태로 나타났다. "夕陽에 參事가 里民會議한다고 四街里에 갖다. 多少 모엿는데 崔今石이가 人夫賃을 調定한다고 今石이는 白康俊에 願情햇다고 햇다. 모 시문 데 250원으로 決定햇다. 婦人도 갖치 移秧이 끗나면 200 婦人은 100으로 햇다."(69.6.16.). 날삯으로 500원을 받을 수 있는 임금을 250원으로 강제 조정했다면 고용주의 입장에서는 환영할 일이겠으나, 노동력을 파는 쪽에서는 불만의 씨앗이 되었을 것이다. 추정컨대, 1970 년 4월의 노동계 결성은 이러한 농업노동 피고용자 측의 대응이었을 것이다.

그러나 같은 해 6월 2일의 "압집 成業이는 勞動稧員을 데리고 풀 한다면서 中食을 먹으려 오라 해서 잘 먹었다." 그리고 8월 17일의 "밤에는 成奎 집에 일군 술대접 한다고 해서 갓다. 여기에서 今石이 瑛斗 南連 廷雨 丁俊浩 黃在文 10餘名이 왔는데 部落 日稧[일계, 즉 노동 계]라는 名目으로 말이 나왔다. 이로 因해서 今石이와 瑛斗 氏는 말다툼이 나왔는데 人心이 좃이 못하다 햇다."는 기록 외에 더 이상 언급이 없는 것으로 보아, 노동계 자체가 지속적으로 큰 활력을 지니지는 못했던 것으로 보인다. 대신 일기는 72년 1월 20일 열린 마을 개발위원회 회의를 언급하며 "案件는 公課金 負課[賦課] 새말을[새마을] 農路改設 改修 電話事業 73 年度 共同作業班 組織 農地카-드 作成의 件"이라는 기록을 남기고 있다. 여기에서 보이는 공동작업반은 임금상승을 억제하는 기능을 갖는 것이면서, 동시에 저임금을 강제당한 노동력 이 떠나는 농촌의 빈자리를 어떻게든 메워보려는 기획이라고 할 수 있을 것이다.

그러나 일기가 기록된 시기 실제 최내우의 노동력 이용 상황을 보면, 이러한 공동노동조 직보다는 고지·연고·일고 등 고용노동에 주로 의존하고 있는 상황-품앗이 형태의 교환노 동 역시 대부분 머슴을 활용하여 운영된다-을 확인할 수 있다. 이조차 여의치 않을 경우, 전 에는 없는 일이던 여성을 논매기에 활용하거나["金學順을 시켜서 人 婦人 6명을 어더서 논 除草作業을 하는데 男子 以上 잘 하드라. 품싹은 3仟원이라 햇다. 6명 품싹 18,000원 學順 에 주웟다."(80.7.4.), "女子 勞務員 5名을 갖이 피사리와 除草을 하는데 終日 피곤햇 다."(80.8.12.)], 결국 가족노동력 또는 자신의 단독노동으로 해결하지 않을 수 없었다["75년 初移秧. 丁俊浩 氏 고지인데 우리 家族기로[가족끼리] 심고 本人 俊浩 氏만 參席햇다."(75.6.3.), "몃 사람보고 하루 하자 하오니 不應하는데 챙피하고 해서 卽接[直接] 해보니 利益은 되드 라."(80.6.11.)].

한편 1980년의 일기에서는 기계이앙회(機械移秧會)가 결성되어 활동하였던 모습을 확인 할 수 있다. 이들은 모내기철에 앞서 "午後 3時 頃 川橋에서 移秧機械 練習을 試徒[試 圖]…作人는 約 7, 8名 外 人 10餘 名이 參席하는 자리에서 모든 說明을 다 해주"고(5.11.), 신평의 농촌지도소장과 임실의 공업사 직공 참관 아래 첫 이앙을 시도하였다. 그 결과 "처음 에는 勞古[勞苦]가 햇지만 午後에야 正常을 잡앗다. 面積은 約 8斗只이 程度이고 外人은

午後에 婦人 2人이 오시여 때워주(5.24.).”는 수준에서 마무리할 수 있었다. 물론 회원 중에는 이앙기 활용에 서툰 경우도 있어서 “白康俊 6斗只 移秧한바 嚴俊映 成東이 兩人이 한바 白康俊이는 俊映이 서툴하다며 不平”을 하기도 하고(5.26.), 기계에 “異常이 生起여 任實서 단여”(5.27.)가기도 하는 등 어려움도 적지 않았다.

모내기철을 마칠 무렵 회계한 결과 “대충 豫算해보니 311,000원 收入인드라. …… 個別的으로 마추워 보는데 斗落當 2仟 골[꼴]이라 하는데 移秧者 技術者 하는 사람은 1日 萬원 준다는 것은 不利 條件이라 보왔다.”(6.15.)는 기록을 남겼다. 7월 27일에는 “機械移秧會員 遊興日다. 男女가 募여 1日을 經過케 된바 面長 支署長 指導所長이 訪問햇고 大里學校長 및 鄭恒承가 參席해서 갖이 한 잔식 햇다. 會員들 한 座席에 募이고 今年度 移秧에 對한 經過報告 및 收入支出 決算報告을 細詳이 말해주윗든니 꼼〃하게 자상하게 잘햇다고 治下을 들엇고 會長을 再任키로 하고 臨期[任期]는 2年으로 하”는 결정을 내렸다. 그리고 그 해 말에는 다시 지도소장 참여 아래 ‘이앙자 정기총회’를 개최하여 “81年度 營農計劃을 指示 밧”고 회장으로서 “中食을 全員이 내가 接待햇”다(12.24.).

일기에는 또한 보계(洑契)·수리계(水利契) 등 수리조직에 관한 기록도 다수 등장한다. 보계로는 신보계(新洑契)와 용산보계(龍山洑契) 등 두 개의 계에 관한 기록이 나온다. 그런데 신보계는 양력 3월말에서 4월 중순 사이(69.4.11; 74.4.21; 76.3.29; 77.3.24.), 그리고 양력 12월 상·중순(71.12.22; 79.12.7; 80.12.14.)에 계갈이라는 이름으로 연 2차례의 정기총회를 열고 있음이 확인되는 반면, 용산보계의 경우 이러한 계갈이 모임에 대한 기록이 없다. 보계에는 보소임(洑所任)이 있어서 보의 운영과 관련한 각종 실무를 맡아 하고 있었다. “安承均 氏는 洑所任 의로 하야 洑役軍 中食 白米어치만 해달아고 햇다. 對答하고 밧든니 約 14名이 먹으려 왔다. 安承均 氏는 말하기를 洑에 斗當 石 1負인데 大作人이 石을 안 가지고 왔다고 不平한다기에 未安하다면서 午後라도 해 보내겟다고 햇든니 安承均 鄭太炯 朴京洙는 代金으로 石當 20원만 내라기에 16斗只 320원을 卽席에서 주윗다.”(69.5.19.)거나 “洑所任 安承均 氏 오시엿다. 洑 工事에 對{하여} 打合. 人夫가 첫재 出役이 不實{하}다는데 나도 나오라는 뜻으로 生覺햇다.”(72.3.15.)는 기록이 그러한 예이다. 79년 12월 7일에는 “보가리 하고 벼 5斗을 주윗다.”는 기록이 있으니, 이 벼 닷 말은 보소임의 수고비로 갹출한 것일 터이다.

보계에서 하는 일 중 가장 많이 등장하는 것은 ‘보매기(보막이)’ 또는 ‘보 역사(役事)’라고 표현된바 보를 중수(重修)한 일의 기록이다. 보막이는 양력 4월(71.4.28; 72.4.14, 4.16, 4.24, 4.27; 79.4.19.)과 5월(69.5.28; 72.5.19; 80.5.3.) 그리고 8월(70.8.18; 77.8.2.) 등 세 시기에 행해진다. 4월의 보막이가 볍씨 파종·못자리 만들기를 앞두고, 5월의 보막이가 모내기를 앞두고 이루어지는 것이라면, 8월의 보막이는 장마철을 지난 후 8월의 혹서기를 앞두고 파괴된 보를 복구함으로써 논의 수위를 유지하는 데에 주요한 목적이 있는 것으로 보인다. 이 8월의 보막이가 세벌 매기 이후에 이루어지는 것이라는 점은 70년의 기록을 통해 확인할 수 있다 [“今日은 第三次 除草일 人夫 7人이엿다. 못텡이 논에 갓다. 1部 물이 있어 용산에서 越洑 하는데 徐生員 논에까지 물이 내려오게 되엿다.”(8.7.), “炯進이는 龍山坪 洑매기 하려 보냇다.”(8.18.)].

한편 77년 8월 2일의 새보 작인 못텡이 작인 합동회의의 기록은 이 8월의 보막이가 그저 파괴된 보를 보수하려는 목적이 아니라 실제 논에 물을 대서 수위를 일정하게 유지하기 위한 것이라는 점을 알 수 있게 한다. 새보의 작인과 못텡이논의 작인이 함께 “明日부터 次豫[次例] 물을 대기로 하고 비 오는 날까지 大同洑매기을 부치고 못텡이도 물을 대기로 以上과 같이 打畓”을 하고 있기 때문이다. 여기에서 ‘차례물’이란 논에 차례대로 물을 나가는 작업을 말한다. 또 “새벽 2時에 못테이 揚水하려 갓다. 柳正進 2斗只 崔瑛斗 3斗只 품다가 비가 내려서 引上했다. … 비가 내렸는데 해갈은 勿論이고 田畓에도 물은 후북했다. 次豫물도 까지고 말앗다.”(8.4.)는 기록에서 알 수 있듯, 대동보막이와 차례물 공동작업은 새벽 2시부터 시작될 정도로 절박한 것이었다. 그러나 작업 중 비가 오자 순식간에 종료되고 마는 성격을 지닌 것이기도 하였다. 최내우는 이런 작업에 대개 머슴을 보내서 대응하고 있었지만, 직접 작업에 나선 후 고통을 호소하기도 한다.

청운제 작인들의 수리조직은 ‘청운제수리계’(72.6.9.) 혹은 ‘청운제계’(73.4.15.)라는 이름으로 운영되었다. 이 청운제는 그 몽리면적이 넓은 시설이니만큼 보다 많은 동리민들이 작인으로 참여하고 있었다. 그러다보니 계의 이름으로보다는 이장이 주도하는 마을 전체의 논의로 진행되는 경우가 많았다. 또 규모가 큰 시설이었던 만큼 파괴되거나 기타 문제가 생겼을 때는 주민들끼리 자체적으로 문제를 해결하기보다는, 군이나 면 등 관공서, 공화당 조직이나 의원 등 외부세력과의 연줄에 기반한 지원에 힘입어 문제를 해결하지 않을 수 없는 상황이 많았다. 『창평일기』는 수리조직의 이러한 운영양상과 관련하여서도 현장의 모습을 대단히 생생하게 보여주고 있다. 뿐만 아니라 『창평일기』에는 수리시설의 운영과정에서 벌어지는 수리분쟁, 그리고 분쟁에까지는 이르지 않더라도 개별 농민들이 자신의 이익을 추구하는 과정에서 상호 갈등이 내연하거나 신경전을 벌이는 모습들에 대한 기록들도 확인할 수 있다.

4) 상조친목조직

① 상조조직

일기에서 등장하는 상조조직으로 우선 주목되는 것은 일기에 위친계(爲親契)라고 기록되어 있는 상계(喪契) 조직이다. ‘계갈이(일)’이라 불리는 위친계의 정기총회는 연중 1회씩 나타나는데, 대개 양력 12월과 1월 사이를 오가며 잡히고 있는 것으로 보아(70.12.12; 71.12.12; 73.1.3, 12.22; 75.12.27; 77.1.7, 12.14; 79.1.5.), 연말의 계갈이는 음력 11월로 날짜가 잡혀있었던 것으로 여겨진다. 계갈이는 유사(有司)라 불리는 직책을 맡은 이의 집에서 열리는데, 최내우는 이를 전후해 유사의 집을 방문하여 서류를 작성해주는 일을 도와(사실상 맡아) 처리를 하고 있었다. 이로 미루어, 유사의 역할 또는 능력이 대개 이를 직접 처리할 수 있는 성격은 아니었던 것으로 판단된다.

위친계에서는 계곡(契穀)이라 불리는 쌀을 관리·운영하며 이자를 취함으로써 자산을 불려가고 있었다. 1970년 말 창평리 위친계의 계곡 원곡(元穀)은 83두였는데(12.12.), 71년 말에는 116두(12.12.), 72년 말에는 약 160두(73.1.3.)로 불어나고 있다. 이렇게 계곡이 늘어나면 계에서는 계원들에게 계곡을 분배하기도 하고(73.1.3.), 마을 '양로당'(경로당) 설립기금으로 희사하기도 한다(77.1.7.). 73년 12월 22일의 계갈이 날 기록된 계곡 총량이 63두로 72년 말에 비해 10가마쯤이 줄어든 것은 72년 말 계곡분배결의의 결과일 것이다. 72년 말의 결정에서 1인당 3두씩 분배한다고 하였으므로, 당시 위친계의 계원 수는 33인 가량이었을 것이다. 또한 73년 말의 계갈이에서는 계곡 6가마는 연 3할 이자로 놓고 나머지 3두는 계장이 보관한다는 결정이 기록되어 있다. 이 계장이 유사와 다른 사람임은 물론이다. 그 외에, 이 일기는 최내우의 개인기록이니만큼 그 내역이 드러나 있지 않지만, 위친계 본래의 기능에 따라 계원 집에 상이 났을 때 부조하는 역할도 물론 수행하고 있었을 것이다.

위친계와 밀접히 연관된 상조조직으로는 일기에 상주계(喪酒契) 또는 주계(酒契)라고 표현되어 있는 술계가 있었고, 또 그 외에 차일계(遮日契)가 있다. 71년의 상주계갈이는 12월 12일 개최된 위친계갈이로부터 5일 후 별도로 이루어지고 있었지만(71.12.17.), "黃在文 氏는 會計을 해보자고 햇다. … 酒契 梁奉俊 條 3斗 … 爲親契 2斗"(77.12.14.)나 "술게쌀 3斗 (印) 위친게 1斗 (印)"(78년도 일기 첫 장 주기사항)와 같이 70년대 후반의 일기에서는 한 사람이 동시에 회계를 담당하고 있음이 확인된다. 추정컨대 기능 상 유사성으로 인해 장부는 별도로 작성되더라도 실제 운영은 통합되어 이루어지고 있었던 것으로 보인다. 반면 차일의 경우 상사(喪事)에도 쓰이지만 혼례·수연(壽宴) 등 노소(老小)의 각종 경사(慶事)에도 쓰이는 기물이므로, 차일계는 위친계·상주계와는 별도로 운영되고 있었던 것으로 보인다. 일기에는 "채일게[차일계] 婦人게[부인계] 해서 만흔 里民이 모여서 노는데 밤에까지 놀드라. 보기 실코 듯기 스럿다."(71.5.12.)와 같은 기록이 남아있다.

② 친목조직

일기에 주요하게 등장하는 친목조직으로는 창평리 친목계가 있다. 이 친목계는 대개 양력 5월 중하순의 봄철 놀이와 연말의 계갈이 등 연2회의 정례모임을 갖는다. 창평리 친목계의 야유회가 열리는 5월 중하순은 못자리 관리가 일단락되고 모내기 준비에 들어가기 직전의 시점에 해당한다. 창평리 친목계의 봄철 놀이는 "親睦契 春季 有司는 崔成吉 崔南連 氏인데 집에서 술 點心만 먹고 散會햇다."(72.5.27.), "[최내우 본인이]親睦契 有司인바 契員 全員과 婦人까지도 募엿다. 밤 12時까지 내 집에서 잘 노랏다."(73.5.13.), "鄭圭太 金太鎬가 春季 有司라고 햇는데 半數만 募이고 婦人는 다 모엿다."(76.5.16.), "우리 집에서 親睦契員 集合이다. 中食을 끝내고 (內外) 舍郞에서…募엿는데…任實서 메누로[며느리] 와서 協助햇다."(80.5.22.)와 같이 유사의 집에서 이루어지는 경우가 있는가 하면, 야외로 나가 야유를 즐기는 경우도 있다.

야유회 장소로 가장 많이 선택되는 곳은 동네의 천변이다(69.5.22; 70.5.27; 71.5.23; 74.5.28.). 그러나 "나는 親睦契員들과 川邊에서 노는데 午後에는 內外 同席해서 원만히 놀앗다. 夕陽에 越川하는데 男女가 물에서 장난이 벌어젓다. 契長 具道植 氏 宅으로 모엿다. 국수 술을 또 먹는데 晋福男 氏가 탁주 1斗을 냇다. 理由는 自己 옵바[오빠]를 爲해서다."는 69년의 기록처럼, 천변에서의 놀이가 저녁시간 계장 등의 집에서 야간의 연회로 이어지기도 했다. 반면 70년의 금산사 행(5.24. 1일), 75년의 속리산 행(5.6. 3일)처럼 원격지로 여행을 떠나는 경우도 있다. 70년의 금산사 행은 하루로 끝났지만 3일 후 천변 야유회로 이어졌는데, 이는 여행지에서 계원들 간에 일어났던 불평 사태에 따른 것은 아닌가 생각된다.

창평리 친목계의 유사는 두 명이 맡았는데, 이는 대규모의 조직으로 야유 등 커다란 일을 치를 경우 일손을 나누어맡기 위한 것이 아닌가 생각된다. 2박3일 일정으로 진행된 75년의 속리산 여행의 경우 남녀 합해 50여 명의 인원이 단체가 되었다. 친목계에서도 계곡을 운영하였다. 목적 자체가 친목인 이상 계곡에서 이자를 취하여 자산을 불려나가는 데에는 한계가 있었을 것인데, 그럼에도 불구하고 71년 41.4두였던 계곡은(12.31.) 76년에는 117두로 불어 그 중 20두를 양로당에 회사하고 있었다(12.28.). 그러나 79년에는 다시 85두로 줄어있어(12.23.), 증가 못지않게 감소 현상 역시 눈에 뜨인다.

대리 친목계는 일기에 가장 자주 등장하는 친목조직이기도 한데, 역시 5월의 봄철 놀이와 연말의 계갈이 두 번의 정례모임을 갖는다. 봄철 놀이는 집에서 하는 경우도 있지만(74.5.22; 77.5.7.) 74년의 경우 이듬해 봄의 장거리 여행계획에 따른 것이었고, 실제로는 주로 야유를 가는 경우가 많았다. 여행지 역시 유성(69.5.17.), 여수(71.5.2.), 전주(72.5.21.), 김해(75.1.12. 계획을 적은 것으로 실제 여행은 취소된 것으로 보임), 부안 위도(76.4.25. 계획을 적은 것으로 실제 여행은 금산사로 감), 금산사(76.5.4. 역시 계획으로 그침), 군산(80.5.13.), 서울(78.5.14. 실제 여행은 일부 계원 및 신평면내 유지와 함께 10월에 감) 등으로 원격지가 많았다. 바쁜 일정과 여러 사정으로 말미암아 계획만으로 그치는 경우도 많지만, 주로 동네 천변을 야유 장소로 삼는 창평리 친목계와는 한 차원 다른 양상을 보인다.

대리친목계의 계원은 부부동반의 남녀로 구성되며 모두 8쌍 16명이다. 조직구성은 계장과 한 명의 유사를 두었다. 최내우 자신이 대리 주민이 아니기도 하지만, 이 친목계의 계원들은 대리 주민을 중심으로 일대의 유력자들이 결집하여 구성한 것으로 보인다. 앞서 봄철 야유 행선지가 창평리 친목계의 그것과 다른 양상을 보였던 것은 이러한 사정의 반영일 것이다. 76년에는 한 주민이 계 가입을 원하자 이 주민과 좋지 않은 감정을 가진 기존 계원 한 명이 그러면 자신은 탈계하겠다며 강경한 거부의사를 밝힘으로써 이 가입신청이 유보(사실상 거부)되기도 한다(76.1.4.). 이는 이 계가 지닌 소수적·배타적 성격을 보여주는 것이라고 할 수 있다. 그러나 계원들의 이러한 지역유지집단으로서의 성격에도 불구하고, 봄철의 야유회는 종종 취소되기 일쑤였으며, 실제 여행을 갔다가 여비가 떨어지거나 일단 돈을 빌려 사용한 후 나중에 갚는 식의 모습도 자주 보인다(72.5.21, 6.4; 74.5.22; 75.4.2; 77.5.7; 80.5.13.). 이는 아무리 지역유지라고는 해도 농촌의 주민들이 보이고 있었던 경제력의 한계를 반영하는 현상이라고 할 것이다. 이를 반영하듯 연말 계갈이 일에 기록된 계곡의 증감상황을 보면, 다른 상조친목조직에 비해 오히려 보유한 계곡 원곡 자체는 적은 규모에 머물고 있는 점을 확인할 수 있다.

이상 거의 모든 동민이 고루 가입하여 운영되는 마을 단위의 친목조직과 마을 내 일부 유력자층이 인근 마을의 유력자들과 결합하여 구성하는 친목조직의 대표적 사례를 살펴보았다. 이 '유력자'로서의 지위가 높을수록 계원으로 활동하는 후자의 성격에 해당하는 조직은 다양해질 수밖에 없을 것이다. 일기 기록자인 최내우의 지위를 반영하듯, 그의 주변에는 이러한 조직들이 다양하게 펼쳐져 있다. 칠성계(七星契)와 속금계(束錦契)는 그의 일기기록 초기부터 나타나는 후자 성격의 계들이며, 대리원천 친목계와 경운기소지자 친목계, 향우계, 부자지간 계(제대로 구성되지 않아 정식의 명칭은 아님) 등은 70년대 중후반 이래 그가 새롭게 가입하게 되는 후자 성격의 계에 해당한다. 반면, 최내우가 졸업한 관촌(초등)학교나 신평중학교의 동창회 조직은, 물론 마을 단위로 구성되는 것은 아니지만, 전자의 성격을 지닌 친목조직에 해당한다고 볼 수 있을 것이다.

③ 식리조직

한국사회, 특히 농촌의 일상생활에서 계의 중요성은 아무리 강조해도 지나치지 않다. 위에서 언급한 위친계, 상주계, 차일계 외에도 혼인계, 동갑계, 부인계 등 각종의 계조직들이 운영되고 있으며, 이들은 모두 일정한 상조의 기능을 담당하며 농촌에서의 일상생활을 유지케 하는 장치로 활용되고 있다. 일기에 나타나는 최내우의 연배 혹은 그 바로 위나 아래의 연배들뿐 아니라, 새롭게 사회생활을 시작하는 젊은 세대들에게서도 이러한 사정은 마찬가지이다. 최내우의 아들 성효와 성락은 학교를 졸업하고 사회생활을 시작하면서 곧 '금계' 즉 돈계를 만들고 있다. 이는 농촌지역이라 하더라도 봉급생활을 하는 이들을 중심으로 현금을 가지고 계를 조직하고 운영하는 사례가 발생하고 있다는 점을 보여주는 현상일 터이다. 그중에는 전형적인 계의 운영방식과는 그 궤를 달리하여, 최내우로 하여금 "成樂이는 稧錢을 너는데 明年 2月까지 너코 찿는다고. 異常한 稧라 햇다."(74.7.2.)고 적지 않을 수 없었던 새로운 유형의 조직들도 있었다.

또 최성효는 혼인에 즈음하여 "新田里 金相洙 氏 집에서(妻家가 될 집) 親友들과 게가리를 한다고 갓다. 有司 次禮[次例]다고 햇다."고 하였으니, 확대되는 사회생활의 폭에 따라 사람들이 도처에서 새로운 계를 만들어가고 있음도 확인할 수 있다. 여성이라고 하여 사정이 다를 수 없었다. 최내우의 딸인 성원은 학교를 졸업하고 공무원으로 취직하였는데, 취직 후 바로 매달 적금 1만 5천 원씩을 적립하는 외에, "寢具(이불契)契 又 枰風契[屛風契] 食器契 等으로 入出金"되는 금액이 매달 2만원에 이르고 있었다(76.2.20.). 73년 5월에 월급 2만 5천 원을 받던 최성효는 소위 '공무원 금계'에 두 구좌를 가입함으로써 1년여 만에 결혼자금 20만원을 마련하겠다는 계획을 세우고 자금운용에 임하고 있었다.

일이 이렇게 될 경우 사실 '상조조직'과 '식리조직'은 엄격히 구별되기 어렵다. 전근대와 근대를 막론하고 기실 한국사회의 거의 모든 계조직은 '존본취식(存本取息)' 혹은 '존본취리(存本取利)'를 원리로 삼아 그 식리한 바를 계조직의 운영자금으로 삼고 있기도 하다. 계조직의 이러한 식리조직으로서의 성격, 그리고 그것이 산업화와 근대화의 시대를 맞아 식리활동을 강화해 나가는 양상은 특히 '쌀계'의 운영을 통해서 확인된다.

실상 쌀계는 『창평일기』의 기록초기부터 나타나고 있다. 그 운영양상을 보면, 매년 쌀 한 말, 두 말씩 납부하여 그 기금미로 존본취식을 하는 기존의 상조조직들의 운영방식과 크게 다르지 않은 것처럼도 보인다. 그러나 이들 쌀계의 특징은, 존본취식을 하며 재산을 불려나가다가 특정한 일이 있을 때 계원들의 경조사 등에 부조하는 성격이 아니라, 매년 돌아가며 계쌀을 타가는 사람을 정해두고 그 순서에 따라 납부액을 차등책정한다는 점, 그리고 납부와 수령하는 쌀의 규모가 20가마에서 심지어 60가마에 이르는 등 대단히 크다는 점이다. 게다가 농민들이 이들 쌀계에 참여하는 방식을 보면, 작은 규모의 쌀계에 가입하여 먼저 계쌀을 타고, 이어서 그 탄 계쌀로 다시 더 큰 쌀계에 가입하는 식의, 기본적으로 모험적이고, 그것이 지니는 위험성을 염두에 둘 때 어찌 보면 도박적이라고까지 할 수 있는 양상을 보인다.

이러한 위험성과 모험성은 농촌의 일상생활주기가 예상치 못한 위기에 봉착함으로써 붕괴될 지경에 놓였을 때 극단적인 파국으로 나타나게 된다. 각종의 농산물 '파동'들이 지니는 위험성이 실제 그 '파동' 자체가 지니고 있는 파괴력보다 더 큰 파괴력을 가지고 작동하지 않을 수 없었던 까닭이다. 게다가 이들 농민은 이렇게 타낸 '계쌀'을 농촌이나 농업 내부가 아닌 자녀의 혼사나 분가, 도시 이주와 정착자금 등 농업·농촌 외부에서 발생하는 수요에 충당하고 있다. 농민들의 사회 외부로부터 농업과 농촌의 안정과 발전을 위협하는 요인들이 엄습해왔던 역사적 과정과 더불어, 농민 내부에서 농업과 농촌의 미래를 위협하게 될 소인을 스스로 키워나가게 되었던 것이다. 이것이 농민사회 내부에서 적절한 기회를 발견하기 어렵게 만들었던 구조적 조건이 농민들에게 강제한 사회사적 도박이었음은 물론이다.

2. 농촌노동의 양상

『창평일기』는 농업 경영 및 가계 운영을 위한 회계장부적인 성격을 지니고 있으며, 하루하루 최내우 가(家)의 여러 가지 일에 동원되는 노동력이 꼼꼼히 기록되어 있다. 1970년대에 최내우는 쌀·보리농사뿐만 아니라 여러 밭작물을 재배하였으며, 정미업, 양잠, 양묘, 축산 등 다양한 사업을 운영하였다. 최내우는 이와 같은 작업에 필요한 노동력을 여러 경로를 통해 확보하고 있다. 상대적으로 여러 일을 하였던 최내우의 농가 경영 형태는 당시 전북 동부지역의 농촌에서 볼 수 있는 일반적인 양상이 아닐 수 있다. 그러나 농가 경영을 위해 여러 형태의 노동력에 의존할 수밖에 없었던 상황으로 인하여 『창평일기』에는 1970년대 농촌노동의 실상이 어떤 자료보다도 구체적으로 그려지고 있다.

1970년대는 산업화와 이농으로 농촌 인구가 감소되는 시기이다. 농업 내적으로는 기계화와 새로운 환금작물의 재배가 본격화되는 시기이기도 하다. 새마을운동과 같은 국가의 농촌정책이 전면적으로 시행되면서 축산업 등 농촌의 내외곽에 농업 이외의 산업 또한 도입되기 시작하였다. 이와 같은 시대적 상황 속에서 농업 노동력의 안정적인 공급처였던 가족과 마을도 여러 가치들이 부딪히는 장이 되었으며 농촌노동에도 여러 변화들이 나타났다. 이 장에서는 1969~1980년 기간 동안 『창평일기』에 나타난 농촌노동의 양상을 소개함으로써 1970년대 농촌 주민들이 경험했던 현실과 함께 사회사 자료로서 일기가 가지는 풍부함과 깊이를 맛볼 수 있도록 할 것이다.

1970년대 『창평일기』에 나타나는 농촌노동의 형태는 크게 가족노동, 고용노동, 교환노동으로 구분할 수 있다. 이 기간 동안 최내우 가의 농가 경영에서 각 노동이 차지하는 비중은 크게 바뀌는데, 그 비중이 가장 축소되는 것은 교환노동이다. 반면 가족노동에 대한 의존도는 점점 더 증가하게 된다. 이 일기에서 볼 수 있는 또 하나의 특징은 여성 노동력이 가족노동이나 교환노동의 형태를 벗어나 고용노동의 형태로도 이용되고 있으며, 노동력을 구해오는 범위 역시 마을 단위를 벗어난다는 점이다. 가장 비중이 낮았던 교환노동부터 차례대로 정리해봄으로써 이와 같은 변화 양상을 구체적으로 살펴보도록 하자.

1) 교환노동

품과 품을 교환하는 교환노동은 『창평일기』에서도 '품앗이'로 칭해지고 있다. 품앗이에 대한 기록은 매해 등장하는 것은 아니지만 1979년 일기에까지 등장하는 것으로 보아 1970년대에도 농촌에서 노동력을 확보하는 기본 방법이었을 것으로 보인다. 그러나 품앗이에 대한 기록은 고용노동과 가족노동에 비해 빈도수가 현저하게 떨어진다. 이와 같은 현상은 교환노동이 고용노동으로 대체되어갔던 시대적 상황과 함께 성년이 된 아들들을 노동력으로 이용할 수 있었으며 일 년 동안 일정 규모의 논농사를 짓는 대가로 품값을 지불하는 '고지'의 비중이 높았던 최내우 가의 농가 경영 방식과 연관시켜 해석될 필요가 있다. 품앗이로 이루어지는 노동으로는 이앙(69.6.26.), 농약 살포(73.8.12; 78.8.23.), 쟁기질(79.5.31.)과 같은 농사일뿐만 아니라 풀 썰기(73.8.12.)와 같은 작업도 있었다. 품을 갚기 위해 미혼의 아들이 가기도 했던 것으로 보아 품과 품의 교환은 기본적으로 가구 단위로 이루어졌다고 할 수 있다(79.5.31. 등). 머슴으로 고용된 사람이 최내우 가의 품을 갚으러 가는 모습도 보인다(69.7.21; 71.3.19.). 교환되는 품으로는 사람뿐만 아니라 소도 있었다. 일기에서는 이를 가리켜 '소품'이라고 칭하고 있다(79.7.1.).

두레와 같은 공동노동조직도 교환노동의 형태라 할 수 있다. 일기에는 두레라는 용어가 나오지 않으나, 1970년대 초반 일기에 언급되는 '노동계'(1970년)나 '작업반'(1973년)은 공동노동조직이었던 것으로 보인다. 노동계나 작업반은 이앙 시기에 조직되었으나, 운영방식에 대한 정보는 지극히 미약하다. 1970년대 후반 일기에는 노동계나 작업반에 대한 언급 자체가 없는 것으로 보아 이 시기에 오면 창평리에서 이앙이나 제초와 관련된 공동노동조직은 사라졌던 것으로 보인다.

2) 고용노동

교환노동과 달리 품값을 지불해야 하는 고용노동은 일기에 그 내역이 상세하게 소개되고 있다. 고용노동은 일 년 단위로 계약하는 형태와 농번기에 일정 기간 동안만 계약하는 형태, 그리고 하루 단위로 품값을 계산하는 형태로 나뉜다. 일 년 단위로 계약하는 연고(年雇)는 보통 머슴으로 칭해진다. 『창평일기』에는 머슴이라는 표현이 쓰이기는 하나, 이보다는 '고용인' 또는 '고인(雇人)'이라는 한자어가 더 많이 쓰이고 있다. 이는 실생활의 반영이라기보다는 일기를 쓰는 데 있어서 한자 사용에 대한 집착을 보이는 최내우의 특성이 드러나는 대목이기도 하다. 최내우는 농번기에 일정 기간 동안만 고용하는 사람에게도 고용인 또는 고인이라는 표현을 쓰고 있어서, 독자의 주의를 요한다. 일 년 단위로 계약하는 고용노동의 형태로 '고지'도 있었다. 머슴이 일 년 동안 주인집에 거주하면서 주인집의 여러 가지 일들을 하는 형태라면, 고지는 일정 규모의 논을 일 년 동안 경작하는 대가로 품을 받는 형태를 가리킨다. 하루 단위로 품값을 계산하는 노동 형태를 가리켜 『창평일기』에서는 '생품'이라는 표현을 단 한 번 쓰고 있는데(69.8.6.), 이는 '날품'을 한자어로 변형해서 표기한 것으로 보인다. 머슴이 받는 임금은 특별히 새경이라고 하고 있으며, 하루 단위로 받는 임금은 '일비(日費)' 또는 '일공(日工)'으로 쓰이고 있다. 고용노동에 주는 품값을 가리켜 '인건비'라고 칭하는 경우도 많이 보인다.

정미업을 비롯한 최내우 가의 가사 전반은 일 년 단위로 계약하는 머슴 노동을 통해 지탱될 수 있었다. 머슴은 마을 안이나 인근 지역에서 주로 구하였지만 충청도나 경기도 평택 등 원거리에서 구하기도 하였다. 머슴은 지인을 통해서 소개받았으며 부모에게 허락을 받아 구하기도 하였다. 원거리에서 고용인을 구하는 경우에도 지인을 통해서 소개를 받았다. 다른 집에서 머슴을 하던 사람을 고용하는 모습도 보인다. "炯進 雇傭人은 外出이 심하드라. 便所 團束 牛舍 整理를 하지 안코 數日 前부터 시키여도 듯지 안해 氣分이 조치 못했음. 아마 舊年 末이 벽願하니까 그럴듯함."(69.2.5.)이나 "밤에 具道植 氏를 모시고 雇人 朴柱永이를 明年에 내 집에 온다고 말했나 무럿다. 그려나 아즉 섯달 금음이 이쓰니 日後에 말하자고 한다면서 아지씨와 相議해겟단다고 하드라고. 술 한 잔 待接해서 보냇다."(71.1.8.)와 같은 내용을 보면, 머슴의 계약 종료 시점은 섣달그믐이었음을 알 수 있다. "今日은 正月 大보름날이엿다. 雇人이 없어서 멋 사람에 付託했으나 영 없다. 今年 農事에 支章[支障]이나 될가 걱정이다."(71.2.10.)와 같은 내용에서 볼 수 있는 바와 같이, 매년 2, 3월 고용인을 구하는 일은 최내우의 주요 고민거리 중 하나였다. 고용한 사람이 들어온 지 얼마 되지 않아서 나가버린다거나(1972년 조씨), 머슴이 일이 서투른 것을 보고 며칠 안에 돌려보내는 일(1973년 강씨)

등도 일기에서 볼 수 있다. 머슴이 열심히 일을 하지 않거나 며칠씩 집을 비워 최내우가 불만을 가지는 모습 등도 나온다. 『창평일기』가 가지는 장점은 머슴 노동을 구하는 방식이나 범위, 머슴과 주인의 태도, 임금 지불 방식 등에 있어서 스테레오타입으로 정리된 머슴에 대한 기존의 민속학적 지식을 넘어 구체적인 정보를 제공한다는 데 있다.

1976년에는 머슴의 새경을 계산한 결과 머슴을 두지 않고 가족끼리 농사짓는 것이 유리하다는 판단 하에 최내우는 "約 10斗只이는 雇傭人에 農事지어 全部를 주는 格이 되기에 너 이들에 줄 터이니 安心하고 傭人없이 기내보자 햇다."(76.2.25.)라는 결단을 내렸다. 당시 일기에 기록된 머슴 고용에 들어가는 비용은 다음과 같다.

[표1] 최내우 가의 연간 머슴 고용 추정 비용 (1976년 2월 25일 작성)

항목		연급	식비	이발료	담배	술값	신발	월휴식	춘추의복	잡비	계
비용	백미	12叺	6叺	1斗	9斗	3斗	1斗	5斗	4.5斗	1斗 5升	20叺 5斗
	화폐(원)			2,000	18,000	6,000	2,000	10,000	9,000	3,000	

최내우는 1976년 2월에 일 년 단위로 계약하는 머슴 고용을 포기하였지만 그 이후에도 한시적인 '고용인'으로 일을 하였던 한씨를 집에 들어와 살게 하면서(76.7.4.) 집안의 여러 일을 시켰다. 한씨는 1974년부터 최내우 가에서 한시적인 고용인으로 일을 하였다. 1974년도에 한씨는 논농사의 이앙 및 제초시기에 30일, 가을 추수기에 8.5일 일을 하였다. 1975년에는 7월 21일에 입가하여 11월 13일에 품값을 받았는데 4개월간 일을 한 것으로 하여 임금이 지불되었다. 한씨는 3일 후인 11월 16일에 집을 나갔으나 이틀 후에 마을의 다른 주민을 통해 "다시 겨울에 나무라도 하고 살겟다"(78.11.18.)라고 요청하여 최내우 가에 입가하였다. 한씨는 그해 겨울에 결혼을 하여서 부부가 창평리 청운동에 방을 얻고 살았다. 1976년 2월 24일에 최내우가 한씨에게 연료용 나무 12짐 비용으로 백미 4두를 계산해주는 것으로 보아 한씨는 약속대로 겨울 동안 최내우 가에 나무를 해다 주는 일을 했던 것으로 보인다. 3월 이후에도 한씨는 최내우 가의 여러 일을 하였으며 7월에는 최내우 가로 이거하였다. 정보가 단편적이어서 확실한 정황은 알 수 없으나 한씨 부부는 최내우 가에 거주하면서도 예전과 같은 머슴 노동의 형태로 임금을 지불받지는 않았던 것으로 보인다.

고지는 최내우 가의 논농사에서 주요한 노동력 공급 방식이었다. "丁東英 氏가 고지 3斗<落>只만 주라하기에 子 哲相 便에 白米 6斗를 주었음."(69.1.23.)이라는 내용에서 알 수 있듯이, 고지는 특정 사람에게 논 몇 마지기에 백미를 얼마 주기로 하고 모내기에서부터 추수까지 해당 논의 농사를 맡기는 방식을 가리킨다. 일기에서는 고지를 맡은 사람은 '고지군', 고지를 주는 논은 '고지논'이라고 쓰고 있기도 하다. 최내우 가에서는 일 년에 3~5명이 '고지군'이 있었다. 최내우가 머슴으로 들어올 사람을 수소문하고 다녔던 것과 달리 고지의 경우에는 고지군들이 먼저 최내우를 찾아와서 고지를 줄 것을 요청하였다. 고지 계약은 빠르면 12월 중순, 늦으면 3월 초에 이루어졌다. "食後 龍山坪 畓 6斗只에 갓다. 具判洙 고지인데 4人이 매드라."(70.7.15.)와 같은 내용에서 알 수 있듯이 고지군은 자신이 맡은 '고지논'의 일을 할 때 본인이 알아서 인부를 구해왔다. 그러나 "丁俊浩 고지을 심는데 9名 豫算인데 10名이 왔다. 1名은 내가 품싹을 내주어야 한다고."(74.6.28.)라는 내용에서 드러나듯이 고지논 작업에서 초과되는 노동력은 주인집에서 책임을 져야했던 것으로 보인다. 이뿐만 아니라 "용운치 崔福洙 氏 宅에 갓다. 고지논 매라고 간바 全州 가고 업다고 陰 9日에 논매라고 하고 오는 途中인데"(70.8.7.), "白仁基는 고지 3斗只 第一 次 除草. 第二 次 除草까지 하지 안했다. 丁俊浩 第二次 除草만 햇다. 1, 2次는 내가 다 除草햇다."(74.7.25.), "못텡이 黃在文 고지 못다 심은 논을 시무라 햇든니 長줄하고 장줄까지 시기에 열이 낫다."(76.6.26.)와 같은 내용에서 볼 수 있는 바와 같이 고지를 주었음에도 불구하고 주인집에서 작업 일정을 챙기는 대목도 눈여겨볼만하다. 고지군은 논농사뿐만 아니라 주인집의 풀을 베는 일에도 동원되었다(74.8.7.). 이로 보아 고지 품값을 계산하는 셈법이 별도로 존재했던 것으로 보인다. 고지에 대한 내용은 1978년 일기부터는 나오지 않는다.

하루 단위로 품값을 계산하는 고용노동은 최내우 가의 여러 작업에서 이용되었다. 논농사의 경우 이앙과 제초, 추수 작업 시 고용 노동이 동원되었다. 잠업의 경우에도 뽕잎 따기, 누에올리기, 고치 따기와 같은 작업들은 단시간에 많은 노동력이 요구되었다. 밭매기와 임업 등에도 인부가 고용되었다. 논농사에 동원되는 고용노동은 주로 창평리나 이 인근에서 구했으나 잠업의 경우에는 다른 면까지 가서 노동력을 구해왔다. 논농사에 고용된 인부의 성별은 주로 남성이었으나 이 지역에서는 1969년에 이미 여성노동이 이앙에 참여하는 모습을 보인다. 잠업의 경우에는 인부의 대다수가 여성이었다. 몇 명의 처녀들이 다른 면에서 와서 며칠씩 머무르면서 작업을 하는 장면은 일기의 여러 곳에서 볼 수 있다. 이밖에 일기에서 보통 '草지'라고 표기되는 풀베기나 나무 베기 등과 같은 작업에서도 날품 노동이 이용되었다.

고지를 더 이상 두지 않았던 1978년에는 고등학교 학생들과 '방위군'을 동원하여 모내기를 하였다. 1979년에도 학생들을 이용해서 모내기를 하였다. 이들에게는 여비와 식사만 제공하였던 것으로 기록되어 있다. 1980년도부터는 최내우를 포함한 몇 사람이 이앙기를 공동으로 장만하여 모내기를 하였기 때문에 이앙 노동력을 확보하기 위해 동분서주하는 일은 사라지게 되었다. 3남인 성동은 이앙기 조작 기술을 배워 최내우 가뿐만 아니라 다른 집의 모내기에 주도적으로 참여하는 모습을 보인다.

한편 농번기에는 처남이나 친척 등이 일손으로 오는 경우도 있었는데, 1970년대 초반만 해도 이들의 노동력을 하나의 품으로 여기는 것이 노동력을 제공하는 측에서나 제공받는 측에서나 애매한 상황으로 받아들여졌던 것으로 보인다["蠶견 올이[올릴] 때에 堂叔母가 終日 手苦하시엿는데 日費 100원을 보낸 돈 다시 주시면서 품팔로 간 사람이야면서 返還해주시엿다."(70.7.13.), "午前에 漢實히 妻男을 시켜서 桑田 쟁기질 햇다. 金 5仟을 要求햇는데

絶錢이 되여 未安하지만 拒絶햇다. 肥料나 1, 2袋 가저가라 햇다."(70.3.14.)].

3) 가족노동

최내우 가의 농가 경영을 지탱해주는 가장 큰 노동력 공급처는 가족이다. 가족노동은 '실제적 노동력(active labour)'이나 현상적으로 포착하기 어렵기 때문에 농업 노동 연구에서 도외시되는 경우가 많았다. 성년이 된 아들들이 많았던 최내우는 일기에 이들의 노동력을 꼼꼼히 기록하고 있기 때문에 어떤 자료보다도 가족노동에 대한 상세한 정보를 제공하고 있다. 반면 부인의 노동에 대한 언급은 상당히 소략하며 '가족'으로만 처리되는 경우가 많다. 이는 부인의 농업 노동과 장 출입 관련 기사를 상당히 꼼꼼하게 기입하고 있는 평택『대곡일기』(1959~2005)와 비교되는 부분이다. 세 명의 딸이 특정하게 그 이름이 명기되어 농사일에 참여하는 경우도 거의 나타나지 않는다. 현재로서는 '食口', '家兒' 등으로 기입된 부분에 가족 내 여성의 농업 노동이 포함되었을 것으로 추정할 뿐이다["마부시 製造人夫 上簇 婦人합에서 13名 우리 食口 成苑을 除하고는 全員 約 20名이 力活햇다. 20餘 蠶泊[蠶箔]만 남고는 全體 上簇햇다."(70.6.19.), "첫 移秧을 한데 놉은 3人이고 우리 食口 3人하고 6名이 밤 8時까지 移秧을 햇다. 任實서 메누리도 왓다."(77.6.2.)]. 한편 고용노동의 경우에는 여성이라고 할지라도 그 이름을 적거나 누구의 처와 같이 구체적으로 명기하는 경우가 꽤 있다.

새끼 꼬기나 잠업 관련 도구 제작, 묘판 작업, 보리밭 제초, 탈맥(脫麥), 뽕따기 등에는 '家兒'들이 참여하였다. 이때의 '家兒'는 10대 초반의 자식들을 포함하는 것으로 보인다. 10대 후반이 되면 아들들은 논의 이앙과 제초 등 본격적인 농사일과 정미업에 동원되었다. 1970년대 초반에 이미 10대 후반을 넘어선 성강(1948년생)과 성동(1952년생), 성락(1957년생)은 여러 가지 농사일에 참여하는 모습을 보이고 있다. 장남인 성효(1948년생)는 1969년 군 입대 전부터 공무원 생활을 하였던 관계로 농사일에 본격적으로 참여하는 일은 드물었다.

1970년대에 성강, 성동, 성락, 성걸(1958년생) 등은 군에 입대한 시기를 제외하고는 중요한 농사일에 참여하였다. 이들은 최내우 가에 고용된 머슴과 함께 일하였으며 머슴의 예비군 훈련을 대신하기도 하고, 가족을 대표하여 공동 역사(役事)에 참여하기도 하였다. 특히 20대의 아들은 하나의 품으로 가족 내에서나 마을 내에서 인정되었다.

작업의 성격상 많은 인부가 필요하기 때문에 고용노동이 동원되는 작업의 경우에도 가족노동이 수반되는 경우가 대부분이었으며, 때에 따라서는 가족노동만으로 작업이 이루어지는 경우도 있었다.

고교 졸업 이후 뚜렷한 직장이 없는 아들들이 농사일에 적극적으로 참여하지 않는 태도는 종종 부자간의 갈등 요인이 되었다. 최내우는 농사일에 적극적으로 참여하지 않는 아들들에게 불만을 토론하는 일이 많았으며 꾸중으로 이어지는 경우도 있었다. 자식들의 자기 집 농사일을 하지 않고 다른 집의 농사일에 참여하는 것에 대해서도 최내우는 부정적인 시선을 보냈다.

  그러나 자식들의 농사일 참여를 바라보는 최내우의 시각 역시 이중적이었다. 최내우에게 있어서 노동력을 구하는 일은 시급한 문제이면서도 자식들의 농사일 참여는 자식들의 진로 선택에 있어서 차선책이었다. 최내우는 자식들의 공무원 취직 건을 계속적으로 알아보았으며, 전주나 서울 등지에 취직 기회가 있을 때 자식들을 선뜻 객지로 보냈다.

  자식들 역시 농사일에서 큰 비전을 찾지 못했던 것으로 보인다. 성락은 1974년부터 미국으로 갈 생각을 품었으며, 성걸은 운전을 배워 전주, 서울 등지에 취직하였다. 딸들 역시 농민의 부인으로 남지 않았다. 장녀 성원은 고교를 졸업하고 공무원 생활을 하다 경찰과 혼인하였으며, 성영과 성옥도 서울, 천안 등으로 갔다. 방앗간 운영을 물려받은 성동 역시 농사일에서 큰 비전을 찾지 못했던 것으로 보이는데, 1979년 1월 12일자 일기는 이를 잘 보여준다. "成東이는 무슨 말을 할가 말가 하든니 말을 내놋는데 各居하게 해주시요 햇다. 理由는 건너 자근兄에게 손을 떼라고 햇다. 玆味[재미]가 없고 生前 일해도 그 팔작[팔자]이라면서 不平을 하기에 나가라고 햇다. 只今이고 來日도 조흐니 가라고 햇다."

4) 맺음말

  이상에서 소개하였듯이 1970년대에 일반 농사뿐만 아니라 정미업 및 양잠업, 축산업 등 여러 사업을 경영하였던 최내우 가의 농가 경영에서 중심에 있었던 노동 형태는 가족노동이었으며 이에 대한 의존도는 1970년대 후반으로 갈수록 더 높아졌다. 이러한 변화에는 가족노동을 지탱할 수 있는 성년이 된 아들들이 여럿 존재하였다는 가족 내적인 요인과 함께, 품값이 높아지고 노동력을 쉽게 구할 수 없게 된 당시의 시대적 상황이 외적 요인으로 작용하였다. 일기에는 높아만 가는 품값에 대한 걱정과 노동력을 구하기 위한 노력이 곳곳에 나온다.

  본 해제에서는 임금에 대한 부분은 별도로 언급하지 않았으나, 일기에서는 각각의 노동 형태에 대한 임금을 비교적 상세하게 기록하고 있다. 1969년 일기에는 농번기 임금수준을 마을에서 결정하는 장면이 등장하기도 한다. 머슴과 고지군에게 임금을 주는 방식과 지불 수단, 일공 품값에 대한 세세한 기록 등은 임금 자체뿐만 아니라 임금 지불 방식의 변화에 대한 시계열적 자료로서 『창평일기』가 가지는 가치를 높여준다.

  최내우 가의 농가 경영에서 나타나는 노동력 공급 형태의 변화는 1970년대 농촌 사회의 변화와 농민 가족의 실상을 이해하는 데 있어서 첫걸음이 될 것이다. 또한 최내우 가의 농가 경영에 있어서 나타나는 특수한 상황이나 지역적 특수성 등은 다른 지역과 다른 시대와의 비교를 통해서 개별적인 특수성을 넘어서는 지점을 찾아낼 수 있을 것이다.

3. 비-시장교환의 양상들

1) 호혜적 교환의 성격을 지닌 증여

농촌촌락인 창평리에서는 면대면 사회로서 다양한 형태의 호혜적 교환이 이루어지고 있다. 생일 등 기념일에 이웃을 불러 식사를 대접하는 하는 것은 기본이지만, 그런 특별한 날이 아니라도 서로를 불러 같이 음식을 나눠먹으며 사회적 관계를 다져간다. 그것은 개를 잡아 대접하는 것처럼(73.2.11; 80.7.8.) 별식이 제공되는 경우도 있지만, "途中에서 朴正根 氏를 맛낫다. 집에 가자하기에 갓다. 술과 나면을 待接 밧고 보니 未安한 마음 간절햇다."(70.3.13.)에서처럼 별다른 음식이 아니어도 그 자체만으로 고마움을 느끼게 하는 것이기도 하다. 신축가옥을 상량하면 마을 사람들한테 술을 대접한다(69.5.7; 73.10.25.). 최내우는 마을에서 상량문을 써주는 단골이기도 한데(70.5.1, 7.28; 71.1.14; 73.6.3; 76.3.19; 78.8.17.) 그 대가도 그저 술 한 잔 대접받는 정도에 불과하다(70.7.29.).

집에서 잔치를 벌이기 위해 "家事整理 掃地 및 準備가 必要"한 때에는 "洞內 婦人들이 오시여 協力해 주시여" 일을 치르고 이에 대해 최내우는 "大端히 感謝했다."고 적고 있다(75.1.18.). 동네 젊은이가 입영하면 인사 차 마을어른을 찾아뵙고, 이에 최내우는 "金 1,000원을 주면서 잘 단여오라 햇다."고 하고 있다(79.5.15.). 이는 "아침부터 子息 入營한데 慰勞客이 安承場 氏 外 約 20名 왔다. 丁東英 氏 林長煥 氏는 술을 바더 가지고 와서 권햇다. 成曉는 部落에 게신 父의 親友를 차자 人事드리고 一家親戚에 人事한 다음 바로 떠낫다."(69.4.24.)에서처럼 마을사람들 간의 호혜적 교환의 성격을 지닌다. "아침에 親友와 中年들을 못시고 食事를 接待햇다. 約 20名이 너멋다. 午後에도 빠진 사람을 招請햇고 1家 親戚도 다시 전부 와서 中食도 하고 갓다. 崔瑛斗는 金 一仟 원 가저왔다."(77.9.8.)는 기록에서처럼 최내우는 제사를 지낸 다음 날에는 어김없이 마을사람들, 특히 고인의 친구들을 모시고 식사를 대접한다. 다른 집에서도 같은 식으로 최내우를 초대함은 물론이다.

이 12년간의 일기기록에서 어떤 행위들은 '증여'의 세계에서 '매매'의 세계로 넘어가는 양상을 보이기도 한다. 가령 소나 돼지 등 집에서 키우는 가축의 교배시키는 경우에 그러한 변화가 잘 드러난다. 69년 4월의 "아침에 白康俊 氏가 牛 交背[交配]하자고 雇庸人[雇傭人]을 시키여 1次 햇주엇다."(4.13.)는 기록에서는 소를 교배시키면서 대가로서 금품은 주어지지 않았고, 대신 교배를 요청했던 백강준은 저녁에 최내우를 초대하여 식사를 대접하였다. 같은 해 6월 최내우는 소를 교배시키려고 집을 나섰는데, 군내 관촌면 용산리의 용운치에 갔다가 거절당하고, 이어서 이웃한 대리의 가정리에 갔다가 다시 거절을 당한 뒤 포기하고 귀로에 올랐다. 그런데 도중 소를 끌고 쟁기질을 하던 이삼환의 부친을 만나고, 자신의 소도 아닌 사돈댁 소를 교미시키기 위해 고생하고 있는 최내우의 사정을 딱하게 여긴 그가 쟁기질을 멈추고 나와 선의로 교배를 시켜주자, "未安해서 金 500원을 주윗다(6.11.)."고 기록하고 있다. 500원을 주기는 하였지만 이는 대가로서 요구되는 것이 아니라 선의에 대한 사의에 가깝다. 반면 73년에는 돼지를 교배시킨 후 천 원을 주었다는 기록이 나오며(5.13, 11.5.), 보리겨[麥糠] 한 가마를 대가로 주기도 한다. 74년에는 돼지의 "交배비는 2,000원인데 1部 壹仟원 주고 다음에 주기로 햇다."(5.27.)고 하여 아예 '교배비'라는 용어가 등장하며, 이후로는 교배를 시키는 과정에서 여러 차례 '교배비'나 '대금', 혹은 대가의 존재를 전제하는 '외상'이라는 용어가 등장한다(75.12.7; 76.2.11; 77.1.15; 78.2.26, 8.30.).

다시 호혜적 교환의 성격을 지닌 증여의 세계로 돌아오면, 이러한 '베풂'에 대한 비용은 위 최영두 씨의 경우처럼 부조를 하거나 "嚴俊祥 氏는 고기 잡고 1日 놀자 햇다. 村前에서 1日을 보냇다. 負擔金은 五百원식이라고 햇다."(79.8.14.)에서처럼 일정액을 갹출하기도 하지만, 대개는 누군가의 부담으로 이루어지는 경우가 많다. 그리고 그것은 "沈參茂 昌宇와 同伴해서 배답 방천을 한바 0.5日이 되엿다. 물고기를 잡아서 우리 집으로 가저와 끄려 달이기에 끄린바 約 20名이 募엿다."(79. 8. 7.)거나 "夕陽에 韓 生員 外 4, 5人이 왓다. 밥을 좃[좀] 먹자고 해서 드렷다."(70.2.20.)는 경우처럼 '베풂'을 받는 측의 요청에 의해 이루어지기도 한다. 이런 경우 받는 측에서는 적당한 금도를 지킴으로써 증여자의 선의를 존중해야 하는데, 물론 그러한 금도가 항상 지켜지는 것은 아니다. 이런 경우 "除草人夫 夕食을 한데 瑛斗 氏 白康俊 寶城宅이 왓다. 술 한 잔 먹는데 먹었으면 간 게 원칙인데 잔소리 하면서 時間이 갓다. 마음이 괴로왓다."(72.7.25.)는 식으로 증여자가 불편한 마음을 갖게 된다.

'베풂'에 대한 과도한 요구가 야기하는 이러한 마음 속 불편함은 단지 생각으로만 머물지 않고 행동으로 표출되거나 제3자에 의한 제지의 대상이 되기도 한다. "소가 놀애서 술 한 잔 먹은 순간에 띠여 도주햇다. 마침 장군 한 사람이 부드려 주웟다. 그런데 감사하다고 햇다. 그래도 술 한 납대기를 要求햇다. 못 주겟다고 왓다. 비급하게 소 부드려 주웟다고 그려야고 냉대햇다."(69.8.6.)는 기록은 전자의 경우이다. 반면, "일을 한는데 正午에 갑작이 암소 한 마리가 들어왓다. 人夫는 잘 되엿다고 햇다. 소 면상이 잘 생겨서 내의 소를 만들겟다고 욕심을 냇다. 午後 4時 頃에 임자 沈 氏 柯丁里에 왓다. 人夫은 술내고 가라하니 그려겟{다고} 햇는데 나는 反對코 그저 모라 보냇다."(69.5.31.)는 것은 후자에 해당한다.

증여의 호혜적 성격은 물론 이런 증여자의 선의에 대한 존중뿐 아니라, 그에 대한 답례가 이루어짐으로써 완성된다. 상호간에 동등한 것들을 내놓지 않는 경우에는 역시 불편한 사건들이 일어나게 된다. 71년 12월 19일에는 최완우 가의 결혼일로 최내우는 상객(上客)으로 따라가기로 하였는데, 사돈댁에 가져가기 위해 차에 실은 쌀 6가마를 다시 하차시키는 사태가 발생하였다. 이에 최내우는 불안을 느끼고 상객 노릇을 포기하였는데, 이는 "白米 下車 理由를 악고[알고] 보니 新郞 側에서 車 2臺 불엇쓰면 新婦 側에서도 1臺 貸切함도 原側[原則]인데서 불고함에 原因"이 있었다. 물론 이런 상응하는 대가의 지불은 상당히 지연되어 이루어지기도 하며, 이때는 "安承均氏 兒 便에 신탄진 5甲을 보냇다. 日前 農藥을 散布해 주웟든니 그 答禮인 듯시퍼서 바닷다."(71.8.5.)에서처럼 그것이 무엇에 대한 답례인지 불명확한 때도 있다. 이 불명확성은 때로 증여의 의도에 대한 의구심으로 이어지기도 한다. "韓相俊이가 內衣 1着을 사서 보내왓다. 大端이 고마우나 무슨 理由도 잇는 듯십다."(79.10.4.)

와 같은 경우이다.

반대로 증여에 대한 답례가 이루어지지 않고 사의의 표명으로만 머물거나 불균등한 답례로 주고받기가 종료되는 경우라면, 별도로 선행하여 존재하는 사회적 관계의 표현이라고 이해할 수 있다. 돈 10만원과 함께 3년 묵은 뱀술을 선물 받고 "大端이 未安하게 生覺하고 甘受햇다."는 기록은 뱀술 증여자인 한문석과 최내우 사이에 존재하는 상업적 파트너십의 소산이다. "韓南連은 全州에{서} 왓는데 고기 果子[菓子]을 사왓는데 고맙드라."(75.11.10.)는 기록은 그 해 최내우 가에서 머슴을 살았던 한남연의 사례 표명이다. 이는 다시 "韓南連은 丁俊浩를 시켜서 다시 겨울에 나무라도 하고 살겟다고 要請"하는 부탁과 이에 대한 "그려라고 承諾"으로 이어진다(75.11.18.). 그렇다면 "崔瑛斗 氏에서 와이사쓰 1着이 膳物로 드리왓다. 未安해서 술 한 잔 드렷다."(73.10.6.)는 불균등한 증여와 답례 역시 그러한 선행하는 사회적 관계에서 원인이 찾아질 것이다. "元泉里 金永文 氏가 鄭圭太 집에 와서 圭太에게 自己의 酒場 술을 利用해주라고 付託코 里民 1部에게도 飮酒해주시라면서 約 4升가량을 내고 갓다. 後에 여론을 들으니 맛만 조흐면 먹겟다고."(69.3.6.) 한 기록이나, "鄭圭太을 同伴해서 燒酒 3병 국수 4束을 가지고 靑云洞에 갓다. 빠짐없이 男女에게 한 잔식 주웟다. 實은 야근[약은] 사람들이지 먹을아고. 한가하면 外人이 脫麥하러 온다고 햇지만 崔兄 機械가 잇기로 해서 不應햇다고."(74.7.13.)와 같은 증여의 기록은, 각기 양조장과 방앗간의 마케팅 활동이다.

이렇게 보았을 때 눈에 띄는 것은 상대적으로 '형편없는 대가'가 주어지는 일련의 행위들이다. 가령 최내우는 임실군 성수면 왕방리에 고가(古家) 한 채가 있다는 소식을 듣고 백강선에게 여비 100원만을 주어서 매수하도록 보내기도 하고(69.1.24.), 임실읍내 정월리에 정규태를 보내 뽕따는 일을 할 처녀 3명을 데려오도록 한 후 저녁 때 정규태가 돌아오자 "未安해서 술 한 잔 드렷다."(72.9.1.)고 적었다. 이런 경우 일을 시키는 쪽에서 불평등한 사회관계를 활용하는 측면이 상대적으로 강하게 느껴진다. 반면 시키는 측에서 적절한 일비를 주겠다고 하는데도 일을 한 당사자가 이를 사양하는 경우들도 발견된다. "鄭桓烈 등거지 計 22짐인데 10짐 갑 4,000원만 주시라 하더라. 그러케 하라고 하고 韓相俊은 中食을 갖이 하자고 해서 갓다. 中食이 끝나니 고구마을 1斗 주면서 種子하라고. 桓烈이도 1斗 주면서 種子하시요 햇다. 大端히 고마게 生覺햇다."(76.4.28.)거나, "鄭吉龍이가 왓는데 방을 1日에 끝마치고 夕陽에 간바 日費을 말하니 旅비 程度만 주시라고 햇다."(74.4.28.)는 기록 등이 그러한 예이다. 이러한 경우들에 대해서는 거래 당사자 사이의 상호관계 및 전후에 존재하는 상호작용의 양상들과 보다 면밀히 대조함으로써 그 사회적 성격을 이해할 수 있게 될 것이다.

그리고 이렇게 본다면, "第一次 水畓 除草을 끝냇다. …… 人夫 債 …… 計 11,400원이다. 但 鄭九福 日費 1,150원을 보냇드니 生覺하고 時間이 있어서 해드렷는데 무슨 돈이야고 햇다."(77.7.7.)거나 "今日이 보리 共販日인데 맛참 正鎬 永植 宗燁이가 왓다. 보리을 作成하는데 協助해 주어서 大端이 고맙드라."(80.7.16.) 혹은 "朝食을 끝이 나기가 바부게 田畓에 가려한바 金宗出이가 自請해서 하루 해드리겠습니다고 왓다. 大端이 고마와서 作業을 家族과 合해서 하는데 가랑비는 終日 내렷다."(80.10.24.)에서 비까지 맞아가며 대가 없이 일을 해

주는 경우들에 대해서도 별도의 분석이 필요할 것이다. 이것이 막연히 공동체적 사회관계에 따른 것이 아니라는 점은 같은 해 6월 11일 있었던 "멋 사람보고 하루 하자 하오니 不應하는데 챙피하고 해서 卽接[直接] 해보니 利益은 되드라."와 같이, 원활한 교환 또는 고용이 이루어지지 않는 사례들에서도 확인된다.

그러나 동시에, 이러한 무상의 증여나 노동력 제공 등에 대해서 최내우는 앞서와 같이 "大端이 고마우나 무슨 理由도 잇는 듯십다"고 의심을 표하는 것이 아니라 그냥 순수하게 고마워하고만 있다는 점에 대해서도 충분히 참작할 필요가 있다. 호혜적 성격을 지닌 증여와 답례의 관계에서 무엇보다 중요한 것은 당사자들이 그 교환을 어떻게 받아들이고 있는가 하는 점일 것이기 때문이다. 증여가 적절한 관계에서 적절한 방식과 규모로 이루어지지 않을 경우 앞서도 보았던 것처럼 당사자들은 이에 대해 바로 불쾌감을 표시한다. 그것은 일대일의 관계에서만 아니라 일대다의 사회적 증여인 경우에도 마찬가지이다. 이에 대해서는 가령 "夕陽에는 南連이가 와서 술 한 잔 하자고 왔다. 自己 回甲 時에 쓴다고 되야지을 잡앗다고 二번이나 모시로 왔다. 가보니 조화 〃 지도 안는 고기 핏장 한 점 손에 주니 여색해서 소리 없이 왔다."(78.11.10.)거나 "白南基 外祖父 墓祀이다. 昌宇가 차리는데 洞內民들 술 한 잔식 주라 햇는데 夕陽에 가보니 老人들 7, 8名이고 눈치는 술을 안 주려는 處勢들아."(79.12.9.)는 기록을 참조할 수 있다. 여기에서 최내우는 자리는 차려놓고 제대로 대접을 하지 않는 증여자들의 허세와 양심불량을 간파하고 이를 질타한다. 제3자가 보기에는 잘 구별이 되지 않지만 증여자와 피증여자들 사이에서는 명백하게 간파가 되고 있는 '베풂'의 진정한 증여로서의 성격과 그 원리를 파악해내는 일이 분석자로서 우리에게 과제로 주어지는 셈이다.

2) 재분배로서의 '희사'

『창평일기』에는 많은 양의 각종 '희사'에 관한 기록들이 남아있다. 이는 한편으로 지역사회에서 최내우가 차지하는 위치를 반영하는 것이면서, 동시에 농촌지역사회 그리고 근대국가가 운영되는 방식을 보여주는 것이기도 하다. 69년에는 헬리콥터 헌납금(2.25.)과 면 주최 체육대회 참가선수 후원금(8.17.)의 '희사'가 있었다. 모두 각 200원을 지출하고 있었으니, 1960년대 말 지역사회에서 헌금을 걷을 때 마을유지가 내는 액수의 기준이 이 정도가 아니었나 생각된다.

1972년 2월 2일에는 관촌국민학교의 운동장 확장공사를 위한 학부형분담금의 갹출이 있었고, 이에 최내우는 300원을 납부하였다. 76년에 있었던 대리국민학교 운동회 때는 정기선의 "喜拾[喜捨]도 하고 놀여가자"는 제의에 "못 가는데 未安타면서 金 壹仟원을 주워 보냇"고, 저녁에 타월과 재떨이를 기념품으로 전달받았다. 69년과 72년, 76년 사이에 마을유지로서의 희사금 기본액은 200원에서 300원, 그리고 천원으로 상승해갔다고 이해해도 좋지 않을까 싶다. 74년에는 지서장이 찾아와 "戰警隊 김치 보내기 1組을 要求햇다."(12.3.)는 기록이 있으니, '회사'는 돈뿐 아니라 물자를 통해서도 이루어짐을 알 수 있다. 이 '김치 1조'가 200원(1969)⇒300원(1972)⇒1천원(1976)으로 상승해간 회사금 기본액수 정도에 해당하는 기여일 것이다.

물론 이러한 액수는 그야말로 '기본적'인 금액이었을 것이므로, 사안에 따라서는 보다 많은 액수를 납부하게 된다. 1971년에는 아들 성락이 다니는 전주농고의 농악대가 일본에 공연을 하러가게 되었고 경비가 부족하자 학부형들로부터 회사금을 모집했는데, 최내우는 "貳仟원을 주면서 보태 쓰라" 하고 있었다(7.21.). 이 경우 그저 마을유지로서가 아니라 주요한 경제적 지위에 있는 학부형으로서 기부하는 것이었기 때문에 액수가 올라가지 않을 수 없었을 것이다. 그런데 그 이튿날인 22일에도 "夕陽에 집에 온니 農高에서 成樂이 擔任先生이 왔다 갓다고 햇다. 勿論 渡日 農樂隊 喜捨金 關係로 온 것 갓다"고 적혀있다. 그 후 추가 회사금 납부에 대한 기록이 없는 것으로 보아, 학급담임이 회사금을 낸 반내 유력 학부형을 찾아 '회사'에 대한 감사의 인사를 전하려 했던 것이 아닌가 생각된다. 그러니 2천 원 정도의 액수라면 상당히 큰 기여가 되는 회사금이었다고 이해해도 좋을 것이다.

일기에는 1975년 대리국민학교 육성회에서 '회사금'을 받으러 오자 3천원을 납부하겠다고 기입하였다는 기록이 있다. 75년 대리국민학교에 회사한 이 3천 원은 상례화된 회사금이어서 학급담임이 찾아올 정도는 아니지만 그래도 상당한 경제력을 지닌 학부형이 학교에 내는 금액이라고 할 수 있다. 71년 전주농고에 회사한 2천 원에 비견되는 성격을 지닌 액수라고 이해할 수 있을 것이다. 이러한 회사금 기준 금액은 그야말로 '기준'일 뿐이어서, 때로는 '실패한 회사'로 귀착되기도 한다. "任實文化院에서 愛鄕運動支會 祝賀式에 參席햇다. 各面에서 機關長 有志가 募엿는데 約 150名 程度엿다. 祝賀金을 내는데 2仟원 주니가 嚴炳基가 接受하는데 짬 〃 하드라. 後에 알고 보니 冊만 해도 2,500이고 다과會에 參席햇드니 麥酒가 노엿는데 그것도 相當해 아마 赤字가 나겟기에 그랫구나 햇다. 鄭鉉一 丁基善 嚴俊峰에서 各 〃 萬원식 거더보냇다."(78.9.28.)는 기록은, 이러한 '실패한 회사'를 만회하기 위한 지역유지로서의 성의와 노력을 보여준다고 하겠다.

물론 이러한 '회사'의 요구가 '마을유지'들이나 '유력 학부형'만을 대상으로 이루어지는 것은 아니었다. 면 단위 예비군 및 소방대 운영을 위한 경비를 마련하기 위해 면 회의실에서 협의회를 개최하여 10만 원을 배정하고, 이를 분담하기 위해 호당 100원씩을 징수하기로 하거나(70.10.22.), 리 단위에서 농산물검사 담당직원과 농협 직원의 점심식사를 대접하기 위해 가마니 당 10원씩을 걷는 등(72.8.13.)이 그러한 예에 해당한다.

물론 이러한 '회사'는 관청이나 학교 등 국가기구의 계선을 통해서만 이루어지는 것은 아니며, 마을 내부에서 혹은 마을 외부의 관계인이 마을 사람을 위해 제공하는 형식으로도 이루어진다. 이것이 음식물의 제공을 통해 이루어질 경우 일기에서는 대개 이를 '대접'이라는 표현을 통해 기록해나가고 있다. "朝食 後에 효주 3병 국스[국수] 3束을 가지고 처만니에 갓다. 男女가 모엿는데 한 잔식 드렷다. 午後에는 鄭圭太 酒店에서 圭太가 우리 班員만 대접햇다."(73.8.14.)거나, "아침에는 親友 約 20名과 親叔[親戚]들이 모이{어} 朝食을 갖이 햇다. 12時 頃에는 里 會員을 請接[請牒]해서 탁주와 中食까지 待接햇다. 탁주는 5斗쯤 들엇다."(73.8.23.)는 등이 그러한 경우이다. 물론 항상 그런 것은 아니어서, "全州에서 金鎭億 氏가 막걸이 6斗을 보내 班으로 1斗식 노와주라고 金判植에 시켯다."(73.8.15.)거나 "許俊萬 母에서 준 酒 1斗을 새마을 作業班員에 주웟다."(74.4.16.)는 식으로 그냥 '주었다'고만 표현되는 경우도 있고, "梁奉俊 爲親稧에 參席해서 中食을 맞이고 稧穀 2叺 2되을 養老堂 設立 基金으로 써달고 喜捨햇다."(77.1.7.)와 같이 '희사'가 쓰이기도 한다.

앞의 '막걸리 여섯 말을 내놓은 전주의 김진억 씨'처럼, 이러한 희사는 마을 외부로부터 마을을 향해 이루어지기도 한다. "郭在燁 氏가 來訪햇다. 村前 農橋 놋는데 봇태라고 萬 6仟원을 주고 갓다."(69.10.14.)는 경우도 마찬가지이다. 여기에서 '촌전 농교'는 군의 사업으로 추진되어 군에서 시멘트 500포대 15만 원(10.2.)을 지원키로 결정함으로써 69년 10월 8일 착공되었는데, 대리에 거주하는 곽재엽 씨가 이에 사재를 출연한 것이다. 이에 최내우는 정현일, 송달문, 장재원, 정기선, 안승균 등을 차례로 "禮訪코 相議한바 全部가 橋梁에 봇태 쓰자고 同意"를 받고, 이어서 곽재엽 본인을 만나 대접을 하며 이야기를 나눈 후, "16,000원은 嚴俊祥 酒店에서 韓相俊 裵明善 崔宗順 丁基善 崔今石 立會 下에 里長에 引게"하고 있다 (10.15.).

앞서 기대에 못 미치는 금액을 제공함으로써 '실패하는 희사'에 대해 언급하였지만, 그 밖에 '희사 외적' 요인으로 인해 희사가 제 목적을 달성하지 못하는 경우도 있다. "午前에는 精麥하고 잇는데 黃 氏 尹 生員이 3次나 招請하려 왓다. 尹鎬錫 宅에 가보니 鄭鉉一 外人 南連 氏 그리고 나엿다. 닥죽을 한 그릇 주면서 韓正石 氏는 말햇다. 今日 닥 잡고 논 理由는 鄭鉉一이 酒 1斗 내고 鄭圭太가 효주 1병을 내노와서 이와 갓치 놀게 되엿다고 해 氣分이 小해서 술은 1切 입을 대지 안햇다."(74.7.28.)는 기록은 희사 행위에서 증여자와 피증여자가 기존에 맺고 있던 관계라는 외부 요인으로 인해 희사가 실패하는 경우를 보여준다.

또 그렇게 추가적으로 희사금을 내놓는 입장에서도 그것이 불쾌한 경우도 당연히 발생한다. "夕陽에 靑云洞에서 鄭圭太와 同行하자기에 가보니 男女間에 는다고[논다고]. 日前에 5仟원을 圭太 便에 주면서 막걸이나 한 잔 먹으라 햇든니 追加을 시켜 말하니 할 수 없이 3,300원 데해서 計 8,300원을 주마고 햇으나 좃이 못한 人生들로 생각햇다. 圭太 말에 依하면 館村에서 里 基本金을 주마 任實서 收入 半절을 주마 햇다고. 恥謝[恥事]한 놈들로 生覺햇다."(76.6.2.)는 기록은 이러한 상황의 적나라한 표현이다. 이는 희사에도 역시 적절한 금도가 있으며, 이를 넘어서는 희사의 요구가 서로의 관계를 불편하게 만든다는 점을 보여주는 것이다. 따라서 희사 역시 각자가 맺고 있는 사회관계의 표현이라고 할 수 있다. 최내우는 "午後에는 崔朱洪 氏가 왓다. 長水 번암寺로 간다면서 喜捨金 又는 贊助金을 沙界錄에 記載해 달아기에 不應햇다. 理由는 내 故鄕을 배반하고 뜬다는데 뜻이 업드라."(77.9.16.)고 적고 있으니, 이는 그러한 사회관계가 끊어질 경우 희사의 메커니즘이 작동을 중지한다는 점을 보여준다.

이렇게 서로가 맺고 있는 사회관계를 기반으로 희사라는 형식을 통해 작동하는 재분배의 메커니즘은, 실은 대단히 전통적인 사회운영원리에 입각-또는 적어도 그와 상통하는 성격을 보유-한 것이기도 하다. 창평리에서 행해지는 마당밟이의 양상은 이러한 재분배 원리의 전통적 성격을 잘 보여준다. 70년 2월 21일, "鄭圭太 酒店에 婦人 3, 4人과 갗이 酒席이 되엿논데 裵明善이가 왔다. 무슨 조히[종이]를 내면서 보와 주시요 햇다. 자세히 보니 굿노리 하는데 굿갑히시를 要햇다." 최내우는 "마음에 맞이 안햇"지만 "金 5百원을 저거 주웟다." 그러나 그는 이 불편한 마음을 삭일 수 없었다. 그는 뒤늦게 합석한 안승균에게 "굿말을 햇다. 里長 參事가 낫부다고 햇다. 동내 어른과 相議없이 2, 3人이 里 政治햇다면서 里民 5, 6百 名은 2, 3人의 手中에서 끌여가야 하나"고 불평한 일, 밤이 되자 "굿을 치는데 里長 집 鉉一 집을 거처 우리 집에서 치는데 마음이 맛지 안해 내다보지도 안햇다."는 일 등을 일기에 적고 있다.

그는 이튿날에도 이와 같은 불만을 일기에 기록하였고, 임장환으로부터는 "里內 멋 분하고 相議안코 굿을 장만한데 未安하오니 理解해 주시라."는 사과를 받아낸다. 그러나 사과를 한 임장환은 다른 자리에서 "내가 過去에 共{産}堂을 햇엇으니가 乃宇 말이 달케 들닌다고 햇다고. 喜捨金을 밧는데 共産堂式으 햇다 햇으니 그말이 서운타고 햇고 乃宇와는 親密한 새인데"라고 했다는 말을 전해 듣고, 또 다른 이로부터는 "乃宇가 自己의 손아구지에 못 너니까 不平"이라는 말까지 듣게 된다(2.28.). 이러한 일들을 거치면서 최내우는 이 '공산당' 식의 풍물놀이에 지속적으로 불만을 갖고 있으면서도, "夕陽에는 豊物[風物]을 치고 갑작이 우리 집에 모여 왔다. 할 수 없이 효주 5병 닥 1首 해서 죽을 끄려서 주"거나(72.8.18.), "밤에 農樂을 치고 왔는데 술 한 잔식 주워 보냇다."(73.2.17.)는 기록을 남기고 있다.

그러나 다른 한편에서, 이러한 희사의 원리가 근대국가의 동원과 선전의 메커니즘에 포획되고, 그 결과 대단히 엉뚱하여 희극적이다 못해 비극적인 사태를 빚어내기도 한다. 1979년 2월 26일, 마을에서 주점을 운영하고 그 주점에서 도박판을 벌이게 함으로써 돈을 벌어들인 정규태는 술김에 마을의 수도공사에 150만 원이라는 거금을 희사하겠다는 약속을 덜컥 해버렸다. 이에 면장과 지서장에 연락이 되고 마침 열린 반상회에는 대의원까지 참여하여 거창한 회사식이 열렸다. 최내우는 이 회사식에 대해 "나는 司會者가 되여서 鄭圭太을 招介하야 里民 大衆 앞에서 150萬원을 引受햇다면서 選言하고 拍手갈애로 盛大히 祝賀해 주웟고 酒席이 되여 다 갗이 나누고 討論으로 始作해서 今般 此 喜捨金은 絶對로 工事에 모태 쓰는데 1部 里民에서 据出된 돈은 다시 返送하라고 하고 里長에 [우선 납부된-인용자] 四拾萬원 引渡해 주면서 明日字로 崔乃宇 丁基善 名儀로 農協에 入金하라고 하고 散會햇다."고 적었다.

그런데 문제는 다음 날부터 벌어지기 시작했다. 정규태의 동생 정태섭은 "極言的으로 兄은 당장에 죽으라 햇다. 이제부터는 兄弟之間이라고 할 것 없고 侄도 못 돌보겠다고 大端이 不快心으로 말"하며 싸움이 벌어졌고, 정규태는 "後金이 없으니 네의 農牛을 팔아서 달아고 하고 全州에 가서 借用해 오라"고 동생에게 얘기를 하였다가 거절당하였다(2.27.). 결국 정규태는 "40萬원을 드렷지만 10萬원 더 봇태서 五拾萬원만 드리겠으니 잘 좀 生覺해서 現

立場을 模免[謀免]해달아"면서 회사를 취소해주도록 요청하였다. 그러나 최내우는 "자네의 行事가 重大之事"라면서 "郡守도 알앗고 面內는 勿論이고 라디오 테레비까지 放送되엿고 郡 公報室長이 오시여 生活環境을 뭇고 致賀가 大端하야 사진까지 家族[家族]을 찟고 갓는데 이제 그럴 수 잇나 햇다. 그리고 不遠이면 郡守도 오시여 致賀한다고 들엇는데 무슨 面目으로 對面하겟는가"라며 거절하였다. 이 얘기를 전해들은 마을 양로당(경로당)에서는 대처방안을 놓고 일대 논전이 벌어지기도 한다(2.28.).

그러나 3월 1일부터는 회사금 소식만을 전해들은 각처에서 정규태를 치하하기 위한 연락이 오고 방송과 신문 등으로부터 인터뷰 요청이 쇄도한다. 정규태가 회사 약속을 지키지 못한다면 마을을 떠나야한다는 여론이 일자 정규태는 실제로 떠날 생각을 하기 시작하고, 이에 마을 사람들은 이제는 그를 붙들어두기 위한 작업을 시작한다(3.3.). 정규태를 치하하기 위해 군수가 창평리를 방문하고(3.6.), 마을에서는 "萬諾에 上級官廳에서 안다면 爲身[威信]이 亡身당하 터"라며 연이어 회의를 연다(3.7.). 결국 관촌역 앞 다방에서 "代議員 面長 支署長이 同席하야 打合을 한 決果[結果] 最後으 方法은 처음에는 鄭圭太가 洞內에다 喜捨을 햇지만 다음은 里民이 同情心에서 다시 鄭圭太에 110萬원을 喜捨한 것처럼 하고 部落民에 說得을 해보자"는 결정을 내리고, 호당 13,000원의 부담금을 내기로 타협을 본다(3.8.). 신문사에서도 이러한 정황을 파악하게 되지만(3.11.), 다른 한편에서는 도지사 표창이 준비된다(3.14.).

결국 도지사 표창이 이루어지지는 않았지만 "鄭圭太 本妻가 消息 없이 이웃도 몰해 男便도 몰애 밤에 뜨나 버"리고, 정규태 자신은 "不得已 靑云洞으로 다시 還 故鄕"하기로 결정을 하고(5.3.) 이사를 결행한다(5.24.). 실상 도박장인 주점을 운영하며 치부한 이가 마을사람의 눈총을 이기지 못해 술김에 과도한 회사의 약속을 하게 되었던 점, 여기까지는 마당밖이에서도 관찰되는 하나의 전통적인 재분배 메커니즘의 작동과정이라고 할 수 있다. 또 그것이 실제 이루어질 수 없는 과도한 호언이었다면 마을 내에서 취소를 함으로써 그저 술자리에서 술김에 벌어진 하나의 해프닝─물론 그에 따른 사회적 비난은 감수하여야겠지만─으로 끝날 수도 있었던 일이었다. 그러나 국가기구와 매스컴은 이 허황된 약속을 대대적으로 선전과 동원에 활용하였고, 이에 의해 '부도덕'하기는 하지만 그렇다고 함께 살아갈 권리까지 없지는 않은 한 가족이 해체와 파경의 경지로 몰려 간 사건이었다.

제4장 가족과 개인

1. 가족, 친족, 문중생활

1) 부모, 형제, 본인

유고집 「월파유고」에 따르면 최내우 가(家)가 이 지역에 살게 된 것은 최내우의 증조할아버지가 임실군 신평면 대리로 들어오면서부터이며 그러므로 최내우 가는 이 지역으로 들어온 지 얼마 되지 않은 집단인 셈이다. 대리는 이 일기의 주인공인 최내우가 평생 살아온 신평면 창평리에서 오원천을 건너면 있다. 1.6km로 걸어서 20분 거리이다. 대리에 초등학교, 공판장, 농협 창고, 한약방, 이발소 등이 있어 창평리보다 큰 마을이다. 대리주민과는 같이 많은 활동을 하고 있어 바로 이웃마을로 생각한다.

할아버지는 일제시기 창평 마을에서 서당을 열어 한문을 가르치면서 년 1인당 쌀 5말을 받아 살았다. 최내우는 어렸을 때 아주 가난하게 살아, 동생 창우와 함께 할아버지 댁에 자주 들렀다. 할아버지가 안타까워 쌀밥과 장을 주었다. 1929년 숙부 최병천은 구장(현재의 이장)을 하고 있었다. 29년 11월초 숙부 집에 갔을 때, 계모임을 했는데 부모가 무릎에 자식들을 놓고 콩을 넣은 고봉(밥을 높이 올려놓은 상태)밥을 먹는 모습을 보고 부러워하였고, 밥이나 깜밥(누룽지)를 먹고 싶었는데 전혀 먹지 못하고 돌아온 기억을 적고 있다.

아버지는 첫째부인으로부터 최장우, 둘째부인으로부터 최내우, 최창우를 낳았다. 어머니는 구례에서 창평리로 결혼하여 왔는데 이때 이복형이 7세였다고 한다. 1912년에 결혼한 것으로 보인다. 아버지가 30세, 숙부 27세, 할아버지 50세여서 이복형까지 최내우의 어머니는 남자 4명의 치다꺼리를 했다. 이 일기의 주인공 최내우는 둘째부인의 큰 아들이다. 첫째부인의 아들인 형 최장우는 3남 3녀를 낳았고, 친동생인 최창우도 3남 3녀를 두었다. 아버지는 도박을 좋아해 전답도 다 잃고 빚만 지고 살았다.

최내우는 1923년 8월 22일 임실군 삼계면 신정리 덕임마을에서 출생하였고 1세 때부터 창평리에서 거주하게 되었다. 어머니는 아버지를 3년간 병수발을 했고 45세이던 1927년 12월20일 별세하였다. 상복(喪服)을 입히고 명전(命錢)을 놓았다. 사람들이 많이 모였고 어머니가 서럽게 울었다. 장례절차나 의례 등에 관한 구체적인 내용은 기록되어 있지 않다. 당시의 풍습으로 보아 전통적인 방법을 따랐을 것이다.

최내우는 결국 어머니와 두 동생과 함께 할아버지, 숙부 댁에서 나와 따로 집을 얻어 살았다. 방 하나와 정제(부엌) 하나인 집이었다. 1928년 창평리 마을과 용산리 사이에 있는 모텡이논에서 소작을 하였다. 가뭄이 들어 어린 최내우도 하천에서 물을 길어 댔어도 묘(苗)가 자라지 않아 메밀을 심었다. 소작료도 지불할 수 없는 수확이었다. 메밀 등을 학독에 갈아 죽을 쒀 먹었다. 1929년 11월 초에는 어머니가 대성통곡을 하고 운 일이 있는데 아버지의 도박 빚으로 누가 와서 가마솥을 가져갔기 때문이었다.

1930년 형 최장우가 도박으로 순사에 체포되자 결국 장수군으로 이사 갔는데 형 집을 걸어서(십여km에 달하는 길로 추측된다) 방문할 때면 중간에 홀로 사는 큰이모를 방문하였다. 장조카 성길(조카지만 나이는 차이가 많지 않았다)과 함께 왕래하였다. 1930년부터 할아버지가 서당선생을 그만 두고 최내우 집으로 들어와 살았다. 잠은 숙부 댁에서 자고 밥은 최내우 집에서 먹었다. 할아버지가 1931년 갑자기 병이 나 항문의 고름, 대변을 최내우도 받아냈다. 작은할아버지가 개고기를 보냈다. 이복형은 1933년에 장수에서 돌아왔고 1934년 구장에 당선되어 최내우도 이복형을 보좌하여 제1반장 역할을 하였다.

최내우는 34년(11세) 관촌보통학교에 입학하여 1941년(18세)에 졸업한 것이 정규 교육의 전부이다. 41년 관촌보통학교를 졸업하자마자 매형의 소개로 바로 정읍자동차 회사에 취직하였다. 43년 자동차회사를 퇴직하고 귀향해서 이장을 하는 이복형 밑에서 다시 반장을 맡았다. 1943년 보릿고개로 굶어 죽을까봐 걱정이 많았다. 수수, 서숙, 쑥 등을 캐다가 개떡을 만들어 먹었다. 배고파 4명이 마(麻) 2필을 가지고 김제에 가서 쌀 4말로 바꿔왔는데 어머니가 쌀을 보더니 울었다.

1943년 마을로 돌아와 구장 밑에서 반장을 맡아서 마을일에 참여한 후, 49년 마을 구장을 맡게 되었고 1965년까지 17년간 이장을 하였다. 이장 직은 국가와의 사이에서 자신에게 유리하게 일을 처리할 수 있고 또한 인맥을 넓히는 데도 많은 도움이 되었다. 최내우는 마을 개발위원장, 정화위원장, 산림계장, 학교 운영위원, 동창회장, 공화당 면위원, 종중 유사, 향교 장의원 등을 맡으면서 지역의 유지로서 활동을 해왔다. 1946년 방앗간을 시작하면서 부를 계속 축적하였고 많은 농토를 구매하였다. 방아가 가장 커다란 소득원이었고, 그 외에 농사와 양잠이 주 소득원이었다.

어머니는 1964년에 돌아가셨다. 이날 주민들이 아침부터 모여들어 대소사를 도와주었다. 이때 330명이 조문을 온 것으로 부의록(賻儀錄)에 기록되어 있다. 친척을 제외한 숫자라고 한다. 스스로 인심을 잃지 않아 이 정도가 왔다고 적었다. 삼년상을 모시고 탈복했다.

창평리에 살면서 같은 마을에 사는 이복형 집에 자주 들러 식사도 하고 집안일들을 상의했다. 생일이면 서로 불러서 같이 식사를 한다. 큰집에서 일이 있으면 자주 부르기도 하고 자주 큰집에 가서 식사를 하기도 한다. 제사나 일이 있으면 반드시 들른다. 가난하게 살았을 때 형이 별로 도와주지 않았다고 생각하여 관계가 썩 좋지는 않았지만 나이가 비슷한 형의 큰아들(전주)과는 빈번하게 방문하고 집안 대소사를 상의하며 살아왔다. 또한 아들이 전주에서 학교를 다닐 때 그곳에서 하숙을 하기도 했다. 친동생 창우 가족도 옆에 살았는데 서로 돕기도 했지만 갈등도 있는 관계였다.

일기에 주로 나오는 친척들을 적으면 다음과 같다. 가장 많이 나오는 사람들은 본인을 제외하고 처와 가족이다. 그 다음 이복형과 동생가족, 숙부가족, 그리고 당숙가족들이 많이 나온다. 문중과 관련된 친척들이 자주 나오고, 처음 만나는 사람도 친척관계가 있으면 친척관계가 언급된다. 먼 친척들도 다양한 일을 해결하는 데 동원되고 있다. 친족들 중에서는 외척이나 인척보다는 부계친족들이 절대적인 역할을 하였다. 외척이나 인척보다는 마을사람들이나 면과 군의 유지들과의 관계가 더 중요하다. 『창평일기』는 근대한국의 부계사회를 잘 보여주고 있다.

2) 처, 자녀

아버지처럼 최내우도 첫째 부인과 둘째 부인을 두었다. 1943년 11월에 임실군 지사면 출신과 첫 번째 결혼을 하였다. 1946년에는 순천 출신 여자와 결합했다. 첫째부인으로부터 4남 2녀를 낳았고, 둘째부인으로부터 4남 1녀를 낳았다. 11명의 자녀로 8남3녀나 된다. 이 당시까지는 자식을 많이 낳는 것을 복으로 생각하였다. 둘째부인과 자녀는 인근 가옥에서 따로 살았다. 70년대 첫째부인이 전주에서 거주하면서 아이들을 돌보아 자녀들 모두를 전주의 학교로 보냈다.

1976년 1월 1일 가족사항을 모두 기록해 놓았는데 최내우 바로 다음에 같은 해 출생인 부인을 결혼 순서대로 적고 자식들은 어머니와 상관없이 먼저 아들들을 출생 순서대로 적고 그 다음에 딸들을 출생 순서대로 적었다. 적서구분보다 남녀구분을 더 중요하게 생각하였다. 또한 여성들을 부르는 데도 주로 이름보다는 목포댁, 하동댁, 보성댁 등의 택호를 사용하였다. 가족을 일기에 기록된 순서대로 적어보면 다음과 같다. 76년에 기록된 당시의 나이와 직업은 다음과 같다.(이름은 가명)

```
호주    1923년  8월 22일  54  최내우(최형우)
처      1925년  8월  8일  52  김순례
처      1925년  3월 15일  52  이숙자
장남    1948년  2월 14일  29  성효(고졸, 공무원)
차남    1948년 10월 20일  29  성강(고졸, 실업)
삼남    1952년 11월 18일  25  성동(고졸, 군인)
사남    1957년  8월  6일  22  성락(고졸, 농업)
오남    1958년  1월 16일  20  성걸(중졸, 공원)
육남    1960년  2월 25일  17  성봉(고재학)
칠남    1962년  8월 11일  15  성신(중재학생)
팔남    1967년  9월 10일  10  성윤(소학재학생)
장녀    1952년  4월 28일  25  성원(고졸, 공무원)
차녀    1957년  2월 26일  20  성영(고재학생)
삼녀    1960년  7월 18일  17  성옥(중재학생)
```

　부인이 두 명이어 두 가족 사이에 갈등도 있었다. 첫째부인의 큰아들이 둘째부인에게 제대로 인사를 하지 않아 아버지가 혼내는 모습도 보인다. 이복형제들끼리 언쟁도 벌어진다. 특히 둘째부인은 따로 살아 둘째부인의 자식들이 더 많은 불만을 가지고 있는 것으로 보인다.

　　밤에 成曉, 成康이가 言戰한데 마음이 괴로왔다. (1974.2.5.)
　　밤에는 成曉을 안처놋코 成康 母에 푸待接한다면서 貴이 生覺하라 아버지가 사랑한 사람인데 그가지로 안저서 인사{하}는 법이 어데 잇나 햇다. (1977.6.7.)

　최내우는 전통적인 남녀분리의식을 가지고 있고 이는 또한 여성에 대한 차별의식이라고도 할 수 있다. 여자들은 남편에 복종하고 가사를 잘 돌보는 것이 중요한 일이라고 생각하였고 바깥일은 남자들이 해야 하는 것으로 생각하여 아이들이나 집과 관련되어 외부를 방문하거나 자녀와 관련된 사람들과 만나 처리하는 것도 아내에게 맡기지 않고 직접 처리했다. 물론 방앗간이나 돈 관리도 본인이 직접 했다. 아내의 생일을 기억하고 있었으나 기록에 적지 않은 것으로 보아 특별한 이벤트나 선물을 한 것으로 보이지 않는다. 아내의 생일에는 주로 마을의 여성들이 와서 잔치를 벌였다. 아내 생일날 76년9월1일에는 약30명이 와서 놀다 갔다고 했다. 여성들을 훈육의 대상으로 생각한 것으로 보인다. 그러다 보니 다음과 같이 아내를 나무라는 일이 나타났다.

　　成曉 母에게 家事에 복종하고 小慰[所謂] 男便에 從婦[從夫]하라 했다. (1972.3.20.)
　　석양에 成曉 母에 잘하{라}고 나무랫든니 自己 잘못은 생각지 안코 있엇다. (1974.1.30.)

　자녀에 대한 대단한 교육열을 가지고 있었다. 1971년 일기 처음에도 올해의 희망은 자녀 성공과 소득증대라고 적고 있다. 11명의 자녀 모두를 전주에서 초등학교를 보냈다. 직접 전학서류를 처리하고 자주 학교에 가서 담임선생을 면담하고 서무과장에 자녀 감독을 부탁하기도 했다. 아들이 전주에서 고등하교 입시를 보면 전주로 가서 시험치르는 것을 보고 온다. 큰아들이 면사무소에 취직했을 때, 공화당 유력자에 부탁하여 인사이동을 청탁하고 있고, 군대에 갔을 때도 아는 사람을 통해 좋은 자리로 배치해달라고 청탁하였다. 장남이 군대에 가서 아프자 약을 사서 보내고 돈을 보내고 여러 청탁을 하여 편하게 지낼 수 있도록 하였다. 자녀들에게 집에 있을 때는 공부를 하든지 농사일을 하고 방아일을 돕도록 시켰다. 방학 중에 자녀들에게 새끼를 꼬게 하고 누에를 치기 위한 잠망을 만들게 하였다. 자녀들의 성적이 나쁘거나 행실에 문제가 나타나면 혹독하게 훈계, 훈육을 시도하였다. 그러나 자녀들은 좋은 성적을 올리지 못했고 또한 말을 듣지 않는 경우도 많아 자녀에 대한 걱정과 갈등이 자주 나타나고 있다. 자식들이 도박을 하거나 사고를 치거나 교도소에 가기도 했다. 자식들끼리 싸우면 여느 부모처럼 괴로워했다.

成康이가 將來에 무슨 희망을 가지앗기에 공부도 하지 안코 일도 하지 않고... 父 成康 將來를 걱정 걱정. (1969.1.13.)

父母를 無視코 行動한다면서 不得히 부서버렷다. 그리고 너를 갈친 내가 非人間이라면서 成苑 敎課書[敎科書] 校服까지도 全部 뒤저 學校는 中止해라 햇다. (1969.8.17.)

3) 친가친족

29년부터 구장을 했던 숙부의 이야기가 자주 언급된다. 구장을 하면 여러 이익이 있어 생활이 크게 도움이 된 것으로 설명되고 있다. 숙모 하동댁의 결혼 수바리를 해주었고 이복형의 결혼 치다꺼리를 다 해서 제금을 내주었다. 하동댁이 집에 와서 볏집을 달라고 하여 주었다(69.2.7.). 남편, 시아버지뿐만 아니라, 시아제와 의붓아들들을 같이 살며 보살피고 시아제와 의붓아들의 결혼까지 치다꺼리를 해주는 모습은 며느리에게 대가족적인 기여가 요구되는 상황을 잘 보여준다. 이에 비해 구장을 하면서 숙부, 이복형의 경제생활이 크게 개선되었지만 어머니의 그 동안의 보살핌에 대한 보상이 없고 오히려 괄시했다고 최내우는 불만을 표하고 있다. 그럼에도 불구하고 이복형이 맏형이고 또한 집안의 큰집이어서 이 집과의 왕래가 빈번하였다.

사촌에게 쌀 20가마니를 빌려주어서 69년 1월 17일 빚을 받으러 전주를 방문하였지만 받지 못했다. 이후에도 자주 전주로 빚을 받으러 간다(69.8.18.). 방앗간을 운영하여 부를 많이 축적하였기 때문에 일가친척들이 돈을 빌리러 오는 경우가 많았고 쌀이나 돈을 빌려주는 경우가 많았다. 4촌 여동생 남편과는 같은 마을에 살기 때문에 여러 가지 일로 왕래가 잦았다. 그 집에 가서 밥을 먹기도 하고 여러 가지 일을 같이 처리하기도 하였다. 일을 시키기도 하고 같이 마을 일을 상의하기도 하고 또는 갈들이 생기기도 하였다. 작은할아버지의 아들들인 큰당숙(같은 동네 거주), 작은당숙(같은 동네 거주), 셋째당숙(이웃 동네 대리 거주), 넷째당숙(같은 면 다른 리에 거주)과도 자주 오고 가고 있다. 특히 작은할아버지의 제사에 대개 참석하고 있었다. 당숙이 아프다고 방문하기도 한다. 당숙과는 멀리 떨어져 있어도 서로 빈번하게 방문하였고 주로 제사 참석이 많았다. 당숙까지가 서로 빈번하게 접촉하는 친족 범위였다.

먼 친척들에 대한 이야기도 자주 나온다. 보성 당숙 집에 방문하여 잠을 자기도 하고 전답을 거래하기도 하였다. 전주, 목포, 순천, 이리, 남원, 곡성, 구례, 김제, 완주 등지에 친척들이 있다. 임실 외에 전주(조카 등)와 완주군 구이(당숙)의 친척과의 방문이 빈번하였고, 종친이 많은 남원도 많이 언급되고 있다. 1943년에는 너무 먹을 것이 없어 마(麻) 2필을 가지고 김제로 가서 쌀 4말로 바꿔왔는데 이 때 가서 숙박하거나 도움을 받는 사람은 삼종고모(三從姑母), 당숙 등이다. 즉, 외지에 가서도 친척이 있으면 쉽게 도움을 받을 수 있고, 또한 주로 친척들이 있는 경우 그 곳을 방문하게 된다. 친척끼리는 또한 쉽게 돈이나 쌀을 빌려준다.

친척과 마을사람들의 상례나 소상(小祥) 또는 혼례식에도 적극적으로 참석하였다. 상례나 혼례가 생기면 대소가(大小家)에 일일이 연락을 한다. 특히 멀리 있는 친척들에게도 연락한다. 아들 결혼에도 많은 친척들이 왔다. 전주에서 결혼을 하면 전주까지 나가서 많은 사람들을 만나고 왔다. 친척이나 마을사람들도 제사에 참석하거나 또는 제사를 지낸 후 식사를 하라고 초대하는 일이 많이 나타나고 있다. 1975년 6촌 형제의 처가 죽었는데 장례를 기독교식으로 지내서 기독교의 영향도 어느 정도 나타나고 있다.

4) 외가와 처가친족

외할아버지, 외할머니, 장인, 장모 등의 제사 날짜를 일기에 기록하고 있다. 외조부모의 제사에는 거의 매년 참석하였다. 처가의 제사에는 가기도 하고 가지 않기도 한다. 외가집 제사에 참석하러 가서는 하루를 숙박하고 온다. 근처의 이숙댁에 들러 인사를 하고, 이모의 묘소에 가서 참배를 하기도 한다. 외조모 제사 때문에 계와 관련된 상의를 나중에 하자고 하는 것으로 보아 외조부모 제사 참석을 상당히 중요시했다는 것을 알 수 있다. 하지만 외가 쪽과 돈을 주고받거나 물품을 주고받는 일은 일기에 거의 나오지 않는다. 예외적으로 1971년 11월 11일 이모가 여비로 1000원을 요구해서 주었다고 나온다.

> 아침에 早起해서 道沙面에 父親 (이숙) 宅에 갖이 갓다. 姨叔任에 人事하고 바로 姨母任 山所에 갓다. 하도 슬퍼서 눈물로 성묘 드리고 동생과 갖이 順天 行햇다. (1969.10.26.)
> 求禮 姨叔게서 26年 만에 처음 오시엿다. (1970.3.3.)
> 오날은 求禮 外家宅에 갓다. 午後 2時 列車로 갓는데 오날밤 外祖母 祭祠[祭祀]에 參席次엿다. 昌宇와 갖이 2時 列車로 求禮에 갓다. (1970.5.3.)
> 外家집 內外 食口와 갖이 外叔母 山所에 省墓하고 外祖母 墓所에 再拜했다. (1974.1.1.)

매형의 소개로 1941년 정읍자동차공장에 취직하였다. 자동차 일을 배우다가 1943년에 마을로 돌아왔다. 자동차공장에 취직하면서 기계를 다뤄보아서 발동기를 사서 방앗간을 할 생각을 쉽게 한 것으로 보인다. 1946년 처가의 도움으로 방앗간을 시작하였다. 46년 3월에 둘째부인을 순천에서 만났다. 그의 외숙이 발동기기술자였는데 그의 도움으로 8월 3.5마력짜리 발동기를 순천에서 구매해서 집에 설치하여 정미소를 시작하였다. 발동기가 고장이 나면 처음에는 발동기를 고치고 새로 구매하는 데 처 외숙의 도움도 많이 받았다. 방앗삯이 1가마니에 5되였고, 하루종일 일하면 (밤늦게까지) 쌀이나 보리 5가마니를 받을 수 있었다. 그 당시 논1두락에 쌀 2가마니 하던 때여서 얼마나 많은 소득을 얻을 수 있었는지 알 수 있다. 따라서 처 외숙의 도움으로 방앗간을 시작한 것이 최내우가 재산을 모으고 지역의 유지로 성장하게 된 출발점으로 볼 수 있다.

1969년 1월 7일 광양에서 둘째부인 처남이 왔다. 아이들과 함께 새끼를 꼬라고 했더니 기분나빠하는 듯 했다. 결국 1주일 만에 돌아갔다. 또한 69년1월30일 첫째부인 처남이 방문하였고 2월1일 돌아갔는데 그 때 정초에 처가를 방문하겠다고 약속하였다. 4월8일에도 방문하였다. 하지만 처가와는 긴밀한 관계를 가지고 생활하지는 않았다. 외가 쪽으로는 외조부모의 제사에 꼭 참석하는 것과 대비된다. 상대적으로 외가에 비하여 처가에는 왕래가 적고 신경을 쏟지도 않았다. 부계친족에 비하면 관계의 밀도나 영향력이 없다고 할 정도로 적었다.

> 네 철이 들이지 안다코 이르면서 잔소리를 한다고 나무래며 말을 함부로 하지 말아고 이러며 1일 속히 갔으면 좋겠다는 마음 뿐. 白米 1斗 旅費 300원을 주고 前送했음. (1969.1.14.)
> 成康 母는 只沙 親家에 갓다. 장母 祭祠[祭祀]일인 듯싶다. (1979.2.12.)

5) 제사 및 문중활동

일기에 연초에 친가, 외가의 제사 날자와 묘의 위치를 기록하여 놨다. 제사나 시제에 참석하는 것이 아주 중요한 일로 간주되었다. 각종 제사는 음력으로 지냈다. 제사 장보기를 임실에서도 하지만 전주에서도 한다. 남자가 가서 장을 봐오지만 제사음식은 여자가 만든다. 제사는 보통 새벽 1시에 시작해서 닭이 울면 마친다. 1969년 부친 제사(음 12월1일)에 큰집에 가서 밤에 제사를 지내고 닭이 운 다음 새벽 3시30분쯤 집에 왔다. 그리고 다음날 독감에 걸렸다. 69년 제사에는 장조카가 형님과 자식을 데리고 왔다. 장조카의 식구는 제사에 자주 왔다.

아버지의 첫째부인인 큰어머니의 제사도 79년까지 모셨고 그쪽 후손에게 제사를 가져가라고 했다. 친어머니 제사에 4촌들과 자녀들도 참석하였다. 75년 8월31일 제사에 숙부의 아들이 오지 않았다고 불평을 하고 있다. 제사는 가까운 집안에는 서로 참석하는 것으로 알고 있기 때문이다. 서로 참석해야하는 것으로 생각한다. 자신도 몸이 아파서 형의 제사에도 참석하지 못했다고 쓰고 있다(80.4.3.).

> 1時쯤 祭祠을 모신데 崔錫宇는 不參햇다. 제의 애비 제사에도 우리도 參禮치 안코 십엇다. (1975.8.31.)

조상이나 친척의 제사에 참석하는 이야기가 자주 나온다. 큰집에 가서 할아버지(음 7.14), 할머니, 부, 큰어머니 제사에 참석한다. 큰집에서 아버지 첫째부인인 큰어머니 제사를 지내는 데도 참석하고 아침을 먹었다(69.8.18.). 할아버지와 할머니 제사는 언제부터인가 전주의 숙부집에서 지내고 있어 전주로 제사에 참석하러 다녔다. 직계뿐만 아니라 숙부나 작은할아버지나 작은할머니 제사에도 참석하고 있다.

> 오늘 아침에 新安宅에서 招請. 가보니 完宇 祖母 忌日. (1969.6.26.)
> 밤에는 曾祖考 祀祭日[祭祀日]. 參拜하고 집에 온니 새벽 4時였다. (1970.1.11.)

　　밤에는(陰 12月 22日) 五代祖 淸州 韓氏 祀祭에 參席햇는데 昌宇, 錫宇, 成赫도 參席햇드라. (1970.1.29.)

　　昌宇 嚴俊祥을 同伴해서 西村에 갓다. 曾祖母 墓所을 破墓한바 初喪 時와 갗이 棺을 使用햇드라. 遺骨도 如前이 잇고 햇다. (1979.8.19.)

　　夕陽에 成允을 데리고 全州 成吉 집에 曾祖 祭祀에 參禮햇다. 九耳에서 堂叔이 오시엿고 炳基 重宇도 參席햇다. (1980.1.20.)

　　설날이나 추석이나 시제에 성묘를 하러 산소에 간다. 산소를 관리하는 것도 중요한 일 중의 하나였다. 제사를 지내면서 산소에 대한 이야기를 하고 宗事에 대한 이야기를 나눈다. 입석이나 상석을 세우는 일을 주도하기도 한다. 오대조, 육대조, 고조, 조부, 증조, 증조모의 산소에 입석을 세웠다. 또한 석물이나 위토나 시제나 사초 등의 묘지에 관한 일을 처리하면서 누가 돈을 안내거나 참석하지 않으면 비판을 받거나 갈등이 생기기도 한다. 시제나 종사에 참석하거나 주도하는 일은 친척에서 그 사람의 위세를 세우는 데 중요한 일이다. 최내우도 이러한 일을 주도하여 친족의 핵심적인 역할을 담당하였다. 40년대 기근이 들었을 때, 식량난으로 친척 할아버지가 자손이 사는 것이 중요하다며 충남의 위토를 판 적이 있는데 다시 위토를 마련하기 위해 논의를 하고 새로 마련하기도 한다.

　　午後에는 大里에 曾祖父 山所에 간바 山所 周邊에 오염물이 잇서서 마음이 괴롬이엿다. (1974.9.30.)

　　大里 曾祖父 山所 沙草햇다. 大里民 7, 8名 오시엿다... 中食을 炳基 堂叔 宅에서 맞이고 炳赫 堂叔과 祭物代金을 會計한바 祭物이 12,000 鄭龍萬 治下金 1,000 堂叔 旅비 600 計 13,600원 들엇다고. (1975.5.3.)

　　祖上에 省墓 드리고 午後에는 大里 曾祖父母 山所에도 갓다. (1979.10.6.)

　　아침에 長宇 兄任게서 呼出햇다. 가보니 私宗中 墓祠에 打合이엿다. 陰 10月 15日 사지봉 8代祖와 曾祖母 16日 구술 6代祖 17日 5代祖 谷城 歲祠로 定하기 爲해 今日 成奎를 各處로 보냇다. (1970.11.1.)

　　朝食을 맞이고 山廳 墓所에 갓다. 桂壽里에서 炳烈 叔 炳萬 叔 尙宇氏 병기 堂叔이 參禮햇다. 其後 成赫 重宇가 晩參햇다. 祭祠을 모시고 운복[음복]을 分配하고 佐郎公 九代祖 山所에 省墓을 드리고 曾祖母 山所에 墓祭을 기내고…. (1970.11.29.)

　　秋夕. 全州에서 泰宇 家簇 5名 成吉 2名 斗峴 堂叔 3兄弟 姪[姪] 해서 約 30餘 名이 내 집에 募엿다. 全員을 接待해주고 大里 後山 曾祖母 山所에 省墓를 하려 갓다. 夕陽에 炳赫 堂叔 兄弟 成吉 昌宇가 同席햇다. (1980.9.23.)

　　어머니나 증조할머니의 묘를 이장한 내용이 기록되어 있다. 어머니의 묘는 점을 처서 안 좋다고 하여 길일을 잡아 이장했지만 증조할머니 묘는 왜 이장하였는지 설명이 나오지 않는다. 석물이 잘못되어 병에 걸렸다는 생각도 있었지만 일기의 주인공인 최내우는 그럴 리가 있을까 하며 의심하고 있다. 하지만 고조, 조부, 오대조 등의 산소도 이장을 했고 각 조상묘에 입석을 세웠다.

> 昌宇 말에 依하면 大里 炳赫 氏 堂叔은 질병을 아는데[앓는데] 5, 6代祖 石物햇기 때문이고 한다고 햇다. 그럴 이 있으가 햇다. (1970.5.30.)

남원 대강과 임실의 삭녕 최씨 종중 일에도 적극 참여하였다. 창평리가 누대로 종손집이고 종중의 문서와 서류를 가지고 있기 때문에 본인 그리고 아들이 종중일을 열심히 하였다. 임실, 남원, 구례, 충남 등의 묘소를 방문하고 종회에 참석하였고 大宗中의 有司로 일하기도 했다. 이 과정에서 남원 등의 친척들과도 자주 만났다. 종계(宗契)를 운영하고 수집지출을 관리하였고 종곡(宗穀)을 받아 관리하고 위토세(보통 가구당 쌀5말)를 거두기도 하고 이를 통해 각종 산소와 관련된 일들을 발의하고 처리하기도 했다. 자식들의 이름을 족보에 올리는 모습도 나온다. 딸들의 이름도 올렸다. 高祖 이하 조상을 모시는 사종중(私宗中)에서도 적극적인 역할을 하였다. 사종중에게는 3두락의 위토답이 있었다. 산지기가 관리하였다. 시제를 지내면서 비가 와서 산소에 가지 못하고 사랑방에서 차례를 지내기도 하였다(79.12.4.). 음복을 하고 제물을 싸서 나누어줬다.

> 新安 堂叔은 谷城 南洋洞 位土를 사달아고 寶城宅을 주르드라고[조르더라고] 햇다. (1970.1.29.)
> 南原 石物은 陰 2月 20日頃으로 미루고 代金은 미리 대도 좃타고 햇다. (1970.3.3.)
> 大宗中宗穀 決算을 하는데 宗穀은 9叺8斗2升가 殘高엇다. 此의 宗穀은 壬子年(1972년)度 乃宇가 有司로써 菅理하기로 하고 利子는 年 3利[釐]로 햇다. 炳赫 堂叔 辛亥年 宗土收稅 白米 1叺는 堂叔의 家化[家禍]로 依해서 無稅해드렷다. (1972.1.19.)
> 成赫을 시켜서 簇譜[族譜]代 成吉 5,600 基宇 5,600 乃宇 5,600 寶城宅 條는 4仟원만 밧아서 1,600원을 내가 代納해서 보냇다. (1977.1.18.)

2. 생활권역과 외지출입

1) 창평 마을의 삶

창평 마을은 전주 남원 간 전라선 철도와 국도 17번 도로가 지나는 관촌역과 임실역의 중간 지점에 위치한 마을로 현재 이 마을 뒷산 언저리에는 예원예술대가 들어서 있다. 전주에서 관촌까지는 약 30km 정도 거리이며 전라선과 국도 17번 도로를 통해 임실, 남원 그리고 구례, 광주, 순천, 여수 등지와 연결되어 있다.

관촌역은 창평 마을 사람들이 외지로 드나드는 통로의 기능을 하는데 창평 마을과 관촌역은 직선거리 약 1.7km, 도보로 20분 정도의 거리이다. 그리고 섬진강 상류 오원천을 사이에 두고 임실군 신평면 대리와 마주하고 있으며 면 소재지 신평과는 약 4km, 관촌, 임실 등 근거리 편의 시설 발달 지역과는 3~4km밖에 떨어져 있지 않아 시장, 관공서 혹은 외지 출입이 용이한 입지 조건을 가지고 있다.

창평리는 마을 뒤 남녘으로 산악 지대이며 마을 앞 북쪽으로는 임실천과 오수천이 흐르고 있는데 오수천 제방길이 관촌역까지 이어지며 임실천과 오수천이 마을의 서북쪽 끝 지점에서 합수하여 섬진강을 이룬다. 창평 마을은 산을 등지고 마을 앞으로 넓은 논이 형성되어 있고 마을과 논 사이에 천이 흐르고 있어서 논농사와 밭농사 그리고 잠업, 임업, 과수원 농사 등을 하기에 좋은 지형적 조건을 갖추고 있다.

창평 마을은 서남쪽 골짜기의 '안골'과 동쪽의 '청운동' 그리고 서쪽의 '문동골', '붓골'까지를 보통 한 마을로 친다. '안골'에서 '문동골'을 넘어 '붓골재'를 지나 첫 번째 골짜기가 '가운데붓골', 두번째 골짜기가 '아랫붓골'이며 '아랫붓골'을 지나면 가덕리 상가 마을이다. 창평 마을 앞의 넓은 들을 통상 '창인평', '창평', '챙인평', '챙평' 등으로 부르지만 '모텡잇들', '새봇들'이 그 안에서 구분된다. '청운동' 앞 들이 '모텡잇들'이다. 창평리 마을 앞으로 흐르는 '임실천'에는 마을과 '모텡잇들' 사이에 보가 있는데 이 보가 '새보'이며 마을과 보 사이의 들을 '새봇들'이라 부른다.

창평 마을에는 예로부터 네 개의 주요 성씨가 있는데, 정(丁)씨 일가가 가장 오래 전에 입향한 씨족이고, 저자의 집안인 삭녕 최씨 일가 그리고 정(鄭)씨, 엄(嚴)씨가 마을의 세를 이루고 있으며 그 외에도 모씨, 안씨, 김씨, 구씨 등 여러 성이 모여 마을을 이루고 있다. 저자의 집안은 본래 창평리와 마주하고 있는 대리에 터를 잡았으며 저자의 직계가 창평리에 살게 된 것은 저자의 조부 때부터이다. 유고집 『월파유고』에 따르면 저자의 조부 최응구(應九)는 이곳 창평리에서 훈장으로 활동하였다. 삭녕 최씨는 남원, 임실 등지 집성촌을 이루어 세거한 씨족으로 저자는 씨족의 후광을 가지고 태어난다.

저자가 출생한 곳은 임실군 삼계면 신정리 덕임이다. 『월파유고』에 따르면 저자의 어머니는 전남 구례 사람인데 아버지 병흠(炳欽)과 혼인하여 창평리에 입가했을 때 이곳 창평리에는 할아버지 응구와 아버지 병흠 그리고 병흠의 전 부인 소생 장우가 살고 있었다. 어머니가 태기가 있자 할아버지 응구는 아버지 병흠의 대고모(大姑母)가 살고 있는 삼계면 신정리로 내우의 부모를 분가시킨다. 그리고 거기서 저자가 태어나게 된다. 그러나 저자가 돌이 되기 전에 아버지 병흠은 빚을 지고 다시 창평리로 돌아온다. 아버지 병흠은 저자의 나이 만 4세 때인 1927년, 그리고 할아버지 응구는 저자의 나이 11세 때인 1934년에 돌아가신다.

저자는 자신의 유년이 몹시 곤궁했으며 할아버지가 돌아가신 후로는 끼니를 연명하기가 어려울 정도였다고 회고하고 있다. 저자는 1934년(11세) 관촌보통학교에 입학하여 1941년(17세)에 졸업한 것이 정규 교육 수혜 이력의 전부이다. 1934년에 동네 구장을 하던 이복형

제1부 압축적 근대화 속의 농촌사회 **113**

밑에서 제1 반장을 하였으며 41년 관촌보통학교 졸업 후 정읍자동차 회사에 취직 전주, 순창, 장성, 부안, 고창 등지에서 생활하다가 43년 퇴직 후 이복형 장우 밑에서 다시 반장을 맡으면서 이곳 창평리에서 살게 된 후로 창평리를 떠나지 않는다.

『월파유고』에는 자신의 혼인에 대해 언급하지 않았으며 다만 1946년 9월부터 창평리에서 방앗간을 운영하게 되는 경위가 순천에서 만난 두 번째 부인의 외숙이 발동기 기술자였던 것으로부터 비롯된다고 기록하고 있다.

> 내가 搗精業 始作은 一九四六年 九月부터다. 一九四六年 三月에 成康 母를 順天 光陽에 맛나고 그의 外叔이 發動機 技術者이고 日本서 지내다 韓國 故鄕으로 되도라왓다. 遇然[偶然]이 相面햇지만 溫順하고 親切햇다. 그때에 {나는} 失業{者였}다. (월파유고 187쪽)

『창평일기』가 시작되는 1969년에는 저자가 방앗간 운영을 토대로 이미 모텡이논, 새봇들, 도장배미, 안골 등지에 전답을 장만, 고용인을 두고 생활할 정도의 재력을 갖춘 후이다. 저자의 생업은 방앗간 운영과 농사일 그리고 잠업이 주업이다. 정미는 보통 9월부터 시작하여 3월까지, 정맥은 7월, 8월, 9월에 집중되지만 이듬해 3, 4, 5월에도 간간히 이루어지며 70년도 중반까지의 일기에는 거의 날마다 정미와 정맥에 대해 기록하고 있다. 매년 겨울에는 잠구(蠶具), 잠실(蠶室)을 수리하고 3월부터는 뽕나무 밭에 퇴비를 주거나 잡초를 제거하여 누에 치기를 하는데 누에치기는 80년까지도 지속된다. 따라서 이 많은 일들을 감당하기 위해 70년도 중반까지는 연 단위로 계약을 하여 고용인을 두었으며 급한 일이 있을 때는 동네 사람, 이웃 마을 사람 등을 일당을 주고 일을 시키기도 하는데 통상 처남과 동생 그리고 자녀 등 가족 전체가 저자의 생업에 동원된다.

저자의 사회적 위치를 가늠할 수 있는 또 하나의 사실은 저자가 1949년부터 1965년까지 무려 17년 동안 마을의 이장으로 활동한 일이다. 1948년 이른바 2.26사건 이후 이장대행자를 자처하며 마을을 보호하는 역할을 한 이래 한국 동란기 경찰, 군, 공무원 등과 긴밀한 관계를 형성하며 입산자들을 회유하고 자수케 하는 동시에 마을에 살상자가 생기지 않도록 노력한 일은 그가 마을 주민들의 신뢰를 얻을 수 있는 바탕이 되었다. 저자는 기골이 장대하고 완력이 센 편이어서 패악을 저지르는 경찰과 주먹다짐을 하기도 하고 자신의 신념과 기준에 어긋나는 가족과 이웃에 물리적 폭력을 행사하기도 한다.

저자는 1970년대 당시 두 명의 부인과 열한 명의 자녀들과 더불어 살아가면서 겪게 되는, 크고 작은 사건과 그로부터 비롯되는 갈등 그리고 마을의 중심인물로 권력을 한 손에 쥐고 있다가 그 권력으로부터 서서히 밀려나는 과정에서 주민들과 갈등을 겪는다. 그럼에도 불구하고 그는 끊임없이 공무원, 정치인을 비롯하여 대리, 신평, 관촌, 임실, 남원 등지에 유지, 조합원, 친척 등과 지속적인 관계를 형성하며 자신의 사회적 입지를 확장해 나가면 마을을 넘어 면, 군의 유지로 성장하려는 노력을 지속하고 있다.

2) 주변 지역과의 교류

창평리와 가장 가까이 있는 마을 대리는 오원천을 사이에 두고 창평리와 마주한 동네이다. 창평리와 대리는 직선거리로 약 1.6km, 도보로 약 20분, 자전거로는 10분 거리이다. 대리에는 초등학교, 공판장, 농협 창고, 한약방, 이발소 등이 있어서 창평리 사람들이 교육, 농사일 등과 관련하여 드나들 수 있는 첫 번째 지역이 대리이다. 그래서 일기에서도 대리에 대한 언급 횟수가 600여 회에 달한다.

저자는 1970년대 당시 대리 사람들 가운데 비슷한 사회적 지위를 가진 사람들과 속금계, 친목계 등을 조직하여 교류하고 있다. 속금계원은 주로 창평리와 대리 사람들로 구성되는데 창평리에서는 저자와 더불어 마을 유지에 속하는 초등학교 교장 정현일만이 계원에 속하며 대리의 속금계원들 역시 그 마을의 유지에 해당하는 사람들이다. 대리에서 만나는 사람들로는 곽재엽, 김철수, 정용택, 최용호, 유유환, 조명기, 이금철, 한창환, 김재풍, 염종금, 안길풍, 유현환, 강치근 등을 들 수 있다. 저자가 대리에서 보이는 활동은 계 모임, 경조사 참여 등 동네 유지들과의 친교를 통해 정보를 얻거나 마을과 개인의 문제에 대해 협의하고 부탁하는 것이 대부분이다.

대리와 더불어 창평리 사람들에게 중요한 공간은 관촌역이다. 관촌역은 거리상으로 대리와 비슷하지만 관촌역은 외지로 드나드는 통로로서의 의미를 지닌다. 창평리에서 관촌역까지는 직선거리 1.8km, 관촌까지는 약 3km로 창평리에서 관촌에 가려면 관촌역을 지나 약 1km 이상을 더 가야 한다. 관촌역은 관촌면, 신평면 일대의 주민들이 외지로 나가기 위해 모여드는 곳이며 그래서 유동 인구가 많은 곳이기도 하다. 여느 역 앞처럼 관촌역 앞도 수화물 배송회사, 철공소, 주유소, 술집, 잡화상, 신문 판매소 등의 상가가 형성되어 있으며 예상치 못한 사람들을 만나는 공간이기도 하다. 저자는 관촌역전의 주유소, 철공소, 술집, 잡화상 주인들과 외상 거래를 하고 돈을 빌리는 등의 교류를 하거나 관촌역에서 만난 동네 사람들 혹은 인근 마을 사람들과 만나 친교를 나누기도 한다.

관촌역과 더불어 임실역도 창평리의 생활권이다. 임실역은 역이라는 점에서 관촌역과 동일한 기능을 할 것으로 예상되지만 창평리에서 임실역은 관촌역보다 10분 정도 더 걸어가야 하는 거리이기 때문에 임실에 나갈 일이 없는 한 외지 출입을 위해 임실역을 가는 경우는 드물다. 그럼에도 불구하고 일기에서 임실역에 대한 언급이 81회나 되는 까닭은 임실역에 역장 최기범과 외상 거래를 자주 하는 한문석 등의 친구들이 임실역 주변에 살고 있기 때문이다. 따라서 저자에게 임실역은 외지 출입을 위한 통로로서의 의미보다는 지인들과의 교류 공간으로서의 의미가 더 크다.

면 소재지 신평은 대리, 관촌역, 임실역과는 상이한 공간적 의미를 지닌다. 창평리에서 신평까지는 4km, 도보로 한 시간 정도의 거리이다. 접근성에 있어서도 신평은 대리, 관촌역, 임실역보다 두 배 이상의 차이가 있다. 그러나 신평에는 면사무소, 지서, 농협, 농촌지도소, 공판장, 우체국, 중학교 등이 있어서 신평은 창평리 사람들에게 행정 중심지로서의 의미를 지니는 곳이다. 저자가 신평에서 하는 일은 국회의원 입후보자 합동 정견발표회 참석 (71.5.13.), 공화당 단합대회 참석(71.2.9.) 등 공화당 당원으로서 활동하면서, 국회의원을 만나거나 면장, 부면장, 건설과장, 경찰 등 공무원들을 만나서 마을 유지로서의 정치적 사회적 교류를 통해 자신의 입지를 넓히는 동시에 마을과 개인의 대소사를 부탁하고 해결하는 공간이기도 하다.

관촌은 시장이 열리는 공간이라는 점에서 중요하다. 저자는 이곳에서 경제, 의료, 사회, 문화 등 다양한 활동을 벌인다. 농협에 들러 잠견 융자를 받거나 공판을 하기도 하고, 병원, 약국에 들러 치료를 받거나 약을 사기도 하고, 결혼식, 회갑연, 초등학교 동창회에 참여 지인들과 교류하고, 돈을 빌리거나 개, 돼지의 교배와 매매를 하는 등 관촌은 창평리 사람들과 저자에게 중범위 생활권으로서의 기능을 한다. 저자가 이곳에서 만나는 사람들은 박종빈, 심봉식, 엄창섭 등인데 이들은 대리의 친구들처럼 계모임을 갖는 정도의 긴밀한 관계는 아니지만 활발한 사회 활동을 통해 나름의 인맥을 형성해 두고 있다.

임실은 군청 소재지다. 임실은 창평리 사람들과 저자에게 면 소재지에서의 활동과 관촌 시장에서의 생활을 확장시킨 공간으로 이해될 수 있다. 저자는 면 소재지에서 해결할 수 없는 일을 군청 출입을 통해 해결하고, 관촌 시장에서 해결할 수 없는 일을 임실 시장에서 해결한다. 이곳에서 저자는 군수, 내무과장, 행정계장 등 군청 공무원들을 만나거나, 산림계장회의, 도정업자회의, 산림조합 대의원 총회 등에 참여하면서 임실군 관계자와 임실군의 유지들과 교류한다. 그리고 우차, 탈곡기 수리, 대서 사무 등 관촌 시장에서 해결되지 않는 일들을 주로 이곳에서 해결한다. 특히 1978년 이후 저자는 임실 향교 장의로서 활동하게 되는데 70년대 후반 관촌이나 신평 출입에 비해 임실 출입이 빈번해지는 것은 그가 50대 초반부터 신평면의 유지를 넘어 임실군의 유지로서 그 활동 범위를 확장해 나가는 일면을 보여준다. 저자가 이곳에서 만나는 사람들은 정대섭, 박동화(대서소), 최진범(임실 역장), 한길수(공화당 사무소), 이광만(잠업조합장), 김채옥(역전 친구) 등이다.

곡성과 남원 그리고 오수 등지는 저자의 선대 묘소와 삭녕 최씨 일가친척들이 살고 있는 곳이다. 저자는 곡성의 5대조 할아버지 상석을 세우는 데 앞장서는데 그 이후로도 선대 제사와 종친회 활동 등에 적극 참여하며 삭녕 최씨의 일원으로서 자신의 정체성을 확고히 하기 위해 노력한다. 특히 남원에 대한 언급이 전주와 서울을 제외한 생활권역 대리, 신평, 관촌, 임실 다음으로 높은 것은 남원군 일대의 일가친척, 지인들과의 교류가 포함되기 때문이다.

3) 외지 출입

저자의 주요 외지 출입지는 전주가 압도적이고 그 외 이리, 군산, 그리고 충청남도 논산, 전라남도 곡성, 구례, 순천, 여수, 광주 등지로 확장되는데 이 지역은 출입 목적에 따라 전주는 교육과 정미업, 이리, 논산은 정미업, 그리고 곡성, 구례, 순천 등지는 외척, 인척 관련 출입 지역으로 분류될 수 있다.

저자에게 전주는 자녀들의 교육을 위한 공간이며 정미 기계의 부품을 구입하는 곳인 동시에 자녀들과 관련된 법적 문제를 해결하는 곳이기도 하다. 저자는, 70년대 초반 성동, 성원, 성락 등 의 자녀들을 전주에서 하숙 생활을 시키고 70년대 중반에는 막내 성윤까지 전주에서 학교를 다니게 하는 등 자녀들을 모두 전주에서 교육시키려고 노력한다. 그리고 전주로 이주한 창평리 사람 허준만의 집과 장조카 성규의 집 등 자신의 인맥을 기반으로 하숙집을 정한다.

저자의 자녀 교육에 대한 열망은 남다른 데가 있어서 저자는 수시로 자녀들의 학교에 찾아가 담임선생을 만나 학교생활과 성적, 진로 등에 관해 상담한다. 그러나 자녀들은 학업에 성과를 내지 못하고 그 반대로 폭행, 가출 등을 일삼기도 하며 심지어 폭력, 절도사건 등에 연루되어 형을 살기도 한다. 저자가 전주 법원과 변호사 사무소에 드나드는 것도 대부분 자녀들과 관련된 법적 절차 때문이다. 이와 더불어 저자가 전주를 찾는 중요한 이유 가운데 하나는 정미기의 부품을 구입하기 위한 것이다. 특히 호남기계상회(湖南機械商會)에는 매년 대여섯 차례 씩 들러 정미기 부품을 사가는 곳인데 이 가게에 대한 언급은 38회에 이른다.

1970년대 중반 무렵 전주에 대한 언급 횟수가 전년도에 비해 두 배 이상 급등하는데 이는 1975년 당시 저자의 처가 자녀들 모두를 데리고 전주에서 하숙을 하는 것과 연관된다. 또한 이 당시는 교통 시설이 확충되면서 농촌과 도시의 사회, 경제, 문화적 거리가 가까워지는 동시에 농촌 인구의 도시 집중 현상이 가속화되는 경향과 맞물려 있다. 이러한 경향은 서울에 대한 언급에서도 궤를 같이하는데 저자 본인이 직접 서울에 가는 횟수도 횟수거니와 자녀, 친척, 이웃들이 도시로 향하는 경향이 본격화 되면서 서울에 대한 언급 횟수도 급등하게 된다. 일기 1차 입력본에서 서울에 대한 언급 횟수는 307회로 전주(1,156회), 대리(600회), 관촌(332회) 다음으로 높은 것도 주목할 만한 일이다.

이리(현 익산시)와 논산에 대한 언급 횟수는 이리가 77회 논산이 34회에 이르는데 이는 정미기 부품을 구입하기 위해 이리공업사에 드나드는 일과 논산에 살고 있는 정미기 기술자 정영식과 관련되어 있다. 한편 논산에 대한 언급은 69년에서 72년 사이에 특히 집중되어 나타나는데 이는 큰아들 성효가 논산 훈련소에서 근무하는 것과 관련된다. 저자는 큰아들 성효가 좋은 보직을 받게 하려고 대리 출신의 법무관을 찾아가 청탁을 하고 그 후로도 아들 면회를 위해 논산에 자주 가게 된다.

한편 저자는 매년 외조모의 제사에 참석하는 등 외가 식구들과의 교류가 빈번한데 구례와 순천에 드나드는 것은 그와 관련된 것이다. 구례과 순천은 외가와 이숙과 이모가 살고 있는 지역으로 외조모 제사 때 이종 사촌들과 만나 인근 지역을 내왕한다. 그러다가 순천 이숙이 75년 10월 13일에 돌아가시는데 그 이후부터는 외조모 제사에 대한 언급이 없고 다만 이종 사촌들의 경조사 관계로 순천과 구례에 드나든다.

4) 맺음말

저자는 모름지기 전형적인 자수성가형 인물이다. 후처 소생으로 태어나 곤궁한 유년 시절을 보내지만 광복과 전쟁 그리고 이념 갈등의 소용돌이 속에서 근면을 바탕으로 우익 인물로서의 인맥과 그 활용 능력을 십분 발휘하여 가난을 극복하고 마을의 실력자로서 자신의 입지를 굳건히 하기 위해 노력해 온 인물이다. 방앗간 운영으로부터 얻어진 경제적 기반과 17년 동안 마을 이장으로서의 역할, 그리고 삭녕 최씨 일문으로 태어난 태생적 후광을 적극 활용하고 자녀들의 교육, 취업과 승진 그리고 마을의 대소사 등을 해결하며 끊임없이 사회적 역량을 키워내고 성장하기 위해 분투해 왔다.

저자의 일상생활은 방앗간 운영과 벼농사 그리고 잠업 등 창평리 마을 내에서 이루어지는 것을 바탕으로 한다. 그리고 대리, 관촌, 신평, 임실 그리고 남원 일대의 종친들과 지인들과의 교류 등이 비교적 근거리에서 이루어지는 일상적 생활권에 해당한다. 거기에 자녀들의 교육을 위해 그리고 외척, 인척들과의 교류 때문에 전주, 구례, 순천 등지로 원거리 생활권역이 확대되며 정미업과 관련하여 정미 부품이나 기술자를 만나기 위해 1969년 1970년대에는 순천, 진주 등지를 출입하다가 그 이후부터는 익산, 논산 등지를 출입하게 된다. 저자의 외지 출입지 중 광주와 군산을 제외한 나머지 지역은 전라선 철도로 연결된 지역이어서 관촌역과 전라선 철도가 저자의 외지 출입에 미치는 영향을 짐작할 수 있다. 일기 저자는 마을 내에서 방앗간 운영과 군관정계의 인물들과의 교류를 통해 확보한 사회적 활동력을 토대로 면, 군 단위의 유지로 성장해 왔다. 저자의 이러한 적극적인 사회 활동과 사회적 성장은 『창평일기』 1차 입력본에 거론된 인명이 무려 1400여 명에 이르는 데서도 확인된다. 지금까지의 앞서의 논의된 내용을 도표로 정리하여 제시하는 것으로써 마무리를 대신하기로 한다.

[표2] 1969년~1980년 사이 외지 출입 빈도와 내용

지역	횟수	내용	비고
대리	600	계, 이발, 술집	큰마을
관촌	332	역, 시장, 공판, 융자, 외상 거래	역 및 시장
신평	286	행정 처리, 공무원, 정치인 면담	면 사무소 소재지
임실	798	행정, 법, 조합, 향교, 시장	군청 소재지
남원	135	문중사, 맞선, 군 내 친구 교류	인접 도시 및 최씨 세거지
곡성	22	선산 관리 및 묘사	선산
전주	1,156	교육, 법, 정미기 부품 구매	도청 소재지
이리	77	정미기 부품 구매	정미기 부품 판매 상회
군산	36	정미기 기술자 직장 및 사돈댁	첫째 딸 시댁
논산	34	정미기 기술자 직장 및 훈련소	정미 기술자 직장

지역	횟수	내용	비고
구례	78	외가, 외척 교류	외가
순천	42	외숙, 외척 교류	둘째 부인 처가
광주	45	군대, 소년원, 시험	대도시
여수	23	동네 사람 이거 및 여행	여행지
서울	307	가족 및 지인 이주, 결혼식	수도

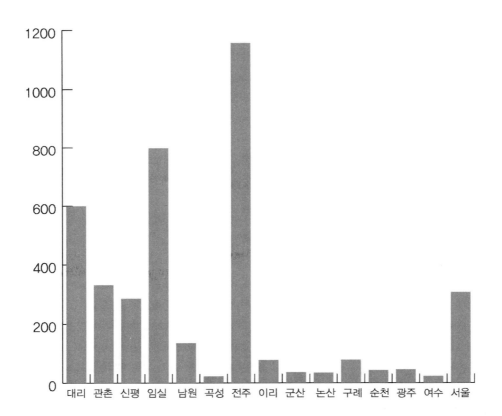

3. 언어생활과 표기 특성

『창평일기』는 1969년부터 1994년까지 약 26년 동안의 기록이며 1차 입력본은 69년에서 80년까지 12년분에 해당한다. 따라서『창평일기』1차 입력본은 1970년대 새마을운동이 본격적으로 진행되면서 한국 사회가 근대화 되고 그에 따라 젊은이들이 농촌을 떠나 도시로 향하기 시작하는 시대적 상황을 배경으로 한다. 언어 변화의 관점에서 이 시기는 방언의 급격한 소멸과 표준어 혹은 서울말 지향의 언어적 획일화가 시작되는 시기이다.

아쉬운 것은 1960년대의 일기가 있었더라면 1970년대와의 비교를 통해 더 풍성하고 다양한 언어 변이와 변화의 상태를 관찰할 수 있었을 것이라는 점이다. 그러나 어떻든『창평일기』1차 입력본을 토대로 1970년대 한국 농촌 사회의 현실과 상황 속에서 중년 남성이 보이는 언어생활의 양상을 일기를 통해 들여다보는 것은 현대 국어 시기의 급속한 언어 변화를 구체적이며 실증적으로 확인할 수 있다는 점에서 특히 흥미로운 일이다.

이 장에서는『창평일기』작성자 최내우(이하 저자)의 언어 사용의 몇 특성을 통해 일기자료의 언어적 가치를 소개하고자 한다. 이를 위하여 일기 전체에 걸쳐 일관되게 나타나는 토속방언의 기피 현상과 과도교정 그리고 한자의 과도한 사용, 표기 방식의 난맥상을 통해 저자의 언어 사용상의 특성과 일기자료의 자료적 가치를 소개하기로 한다.

1) 토속 방언의 반영과 기피

저자의 언어는 임실 방언에 기반을 두고 있다. 임실 방언은 전북의 남부 지역 특히 남원 방언에 나타나는 현상들을 보유하면서 동시에 전북의 북부 지역으로부터 파급되는 지리적 사회적 개신의 영향을 받는 지역에 속한다.『창평일기』1차 입력본에는 "檢査員에 말해서 <u>보도시</u> 4等이엿다."(70.9.18.), "제의 몸은 <u>포도시</u> 訓鍊은 바들만 한데"(69.5.16.), "여려 가지 <u>트제기</u>를 잡고"(76.6.6.), "夕陽에 <u>미꼬리</u> 추어탕을 먹고 싶어"(78. 10.18.), "<u>보래기</u>를 때린다고"(72.5.27.), "옆에서 꼭꼭 <u>지버까며</u>"(월파유고 133쪽), "鉉一 豚 <u>숩되야지</u>가 우리 집까지 와서"(70.11.11.) 등의 전형적인 전라 방언 어휘는 물론, "母親님의 <u>손만침</u>은 이것뿐이라고 生覺코"(70.8.17.), "메누리가 <u>안니곱살시려</u> 네의 行動을 고치라며"(80.7.29.), "억지우슴을 하자니 <u>어슴스렴드라.</u>"(77.8.21.) 등처럼 특이한 유형의 조어들도 눈에 뜨이며 심지어 '언청이>언쳉이>언칭이>언치이'로 이어지는 일련의 음변화와 음절말 'ŋ'의 약화음 '언치이, 모테이' 등의 방언 변이음까지도 표기에 반영되어 있다.

『창평일기』1차 입력본에서 전북 방언의 전형적인 음운 변화 적용형 혹은 그 잔존형의 출현은 간헐적이다. 그 전형적인 예인 움라우트의 경우 '무덱이[무더기], 메겨보고, 메기고, 메기니, 메긴(먹이-), 맥켜서, 맥컷다, 맥키게, 맥혀, 맥힌다면서[막히-]' 등 형태소 내부와 사피동 접사의 통합 환경 몇몇을 제외하고 모두 기본형을 밝혀 적고 있다. 구개음화 역시 마찬가지로 '저겨보고, 저겨보라고(겪-)', '점상하라고(겸상)', '접방으로(겹방)', '정황(경황)' 등을 제외하고 대부분 기본형을 밝혀적고 있다. 그러나 외래어 '깁스'에 대해서는 '지부스'로 적고 있어서 구개음화가 공시적 상태에서 규칙으로 기능하고 있었을 가능성을 보여주고 있다.

초성 자음과 이중모음 'ㅕ'가 통합되는 환경에서 나타나는 이중모음의 단모음화 현상의 적용 사례들 역시 '뻬(뼈)', '메누리(며느리)' 등을 제외하면 대부분 표준어형으로 표기되어 있다. 그에 비해, '게(계), 게란(계란), 게산(계산), 게서요(계셔요), 게속(계속), 게약金(계약금), 게집(계집)' 등에서처럼 연구개 자음 'ㄱ' 다음에 통합되는 'ㅖ'는 단모음 'ㅔ'로 출현하고 있다.

중설 계열의 모음이 고설 계열의 모음으로 상승하는 모음상승의 경우는 조음 위치에 따라 상이한 변화를 보여주고 있다. 전설모음 계열의 'ㅔ>ㅣ' 상승의 사례는 '비여, 비엿다, 비역기에(베-)'를 제외하고 대부분 상승 이전의 형태를 유지하는 반면, 후설모음 계열 '오>우'의 상승에서는 '모도(모두), 봉토(봉투), 사오(사위)' 등으로 표기되어 있다. 활용 환경에서 나타나는 모음조화 현상은 전북 방언 내에서 임실 방언의 지리적 분화를 나타내는 현상 가운데 하나인데 어간 모음이 '아'인 경우 대부분 '-아'로 표기되어 임실 방언을 반영하고 있다.

한편, w계 이중모음의 w탈락은 '관촌, 광목, 광석, 광주, 관계, 관리' 등에서처럼 기본형을 적는 것이 보통이나 말에 대한 주의력이 약화되는 환경에서 '간촌(관촌), 가음(과음), 간절염(관절염)'처럼 임실 방언의 w탈락 현상을 표기에 반영하고 있는 것으로 보인다. 어간 모음 'ㅗ, ㅜ'에 어미 '-ㅏ/ㅓ'가 통합되는 환경에서 'w' 삽입 표기가 나타나는 것도 특기할 만하다. '보와(보아), 빼노왓다고(빼놓았다고), 꾸워(꾸어), 부수웟다고(부수었다고), 해주웟다(해주었다)' 등이 그 예인데 이는 어간의 원순모음에 대한 청각 인상을 후행 음절 표기에 반영한 것으로 보이며 저자가 현실음을 표기할 때 보인 주의력의 정도를 가늠할 수 있는 사례라 할 만하다.

공시적 음운 규칙의 전형적 사례들인 자음동화의 경우도 기본형을 밝혀 적는 것을 일반적 경향으로 하나 종종 '삼목[插木], 복망염, 腹망염(복막염), 도종놈(도적놈), 담번에(단번에)' 등과 같이 비음화, 후부변자음화가 반영된 표기가 나타난다. 그런가 하면 '바구라고, 바귀여, 바기드라(바뀌-), 말삼, 말슴(말씀), -ㄹ가 봐(-ㄹ까 봐), -ㄹ가요(-ㄹ까요)' 등처럼 두 번째 음절의 경음을 평음으로 표기하는 경향을 보인다.

저자는 전형적인 임실 토박이 방언화자이면서도 가능한 한 표기 규범을 따르려고 한 것으로 보인다. 이는 구어를 문어로 옮기는 과정에서 일반적으로 경험하게 되는 표기 규범의 압력과 규범 지향의 일반성에서 벗어나지 않는 것이다. 그러나 토박이 화자로서 저자는 말에 대한 주의력이 약화되거나 표기 규범의 압력에서 벗어나는 경우, 다양한 토속방언 어휘와 음운현상들을 노출시키고 있다. 기실 저자가 임실 방언의 현실 발음을 표기 규범을 따라 표기하려 했다 하더라도 철자법에 대한 체계적인 학습 부족으로 말미암아 잦은 실수가 나타나며 오히려 자기 나름대로의 관찰을 통해 그리고 나름의 표기 방식을 가지고 관찰과 인식의 결과를 표기해 온 것으로 이해할 수 있다.

2) 과도교정과 외재적 위신 지향성

1974년 12월 31일 저자는 한 해를 보내면서 다음과 같이 기록하고 있다. "送舊新迎은 乙卯年이 迫頭하오니 1便은 <u>吉겁고</u> 1便은 마음 괴롭다." 을묘년 새해가 다가오는데 한편으로는 즐겁지만 다른 한편으로는 마음이 괴롭다면서 1974년에 문제가 되었던 것들이 다 해결되지 못한 채 이듬해에도 다시 그러한 일들을 반복해야 하는 복잡한 심경을 토로하고 있다. 여기서 '즐겁다'에 해당하는 표기 '吉겁고'는 저자의 언어 의식을 특징적으로 나타내는 표기이다.

1970년 당시 k구개음화 현상은 전북 전역에 걸쳐 활발히 진행되고 있던 음운현상이다. 그러나 일기자료에는 k구개음화 적용 환경의 용례들이 '기침, 기푸다, 기화(기와), 길가, 길목, 길어서, 길, 김, 김장, 김치, 끼여서, 끼우면' 등으로 표기되어 있다. '기르-'의 구개음화 적용형 '지르겟다고, 지르고, 지르는데' 혹은 '지름으로' 등 규칙 적용형이 나타나기도 하지만 k구개음화 적용형의 노출과 비적용형 출현은 양적 차이로 후자가 전자를 압도한다. 이러한 일반성 속에서 이른바 과도교정 형 '吉겁고'의 출현은 출현 횟수에 관계없이 그 자체로 함의하는 바가 많다.

'즐겁다'의 전북 방언 변이형은 전설고음화 적용형 '질겁다'와 사회적 음변이형 '줄겁다' 등이 있다. '吉겁고'의 출현은 먼저 전설고모음화와 관련되어 있다. 전설고모음화는 'ㅅ, ㅈ' 계열의 치찰음과 모음 'ㅡ'가 통합되는 환경에서 자음이 가진 구개성 때문에 비구개모음이 구개모음으로 동화되는 현상을 말한다. 그래서 '가슴>가심, 앉은>안진' 등과 같은 궤로 '즐겁다>질겁다'의 변화가 나타난다. '길겁다' 형의 출현은 '질겁다'가 '기침>지침, 깊다>지푸다, 기와>지화, 길가>질가티, 김치>짐치' 등에서 일어나는 'ㄱ>ㅈ' 변화와 동일한 변화를 겪은 것으로 잘못 인식한 데서 비롯된다. 그리고 '길겁다'를 유사한 의미를 가진 한자 '길할 吉' 자를 써서 표기한 결과가 '吉겁고'이다.

'즐겁다>질겁다>길겁다(>吉겁다)'의 변화 과정에서 방언 음운현상 치찰음화와 그것을 표준어 혹은 규칙이 적용되기 이전의 형태로 표기하려는 의식, 그러나 착각 혹은 인식 능력의 한계로 말미암은 오류, 게다가 그 착각 혹은 오류의 결과를 한자어로 다시 잘못 표현하는 단계가 저자의 여과 장치 속에서 작동되고 있는 순차적 과정이다. 저자는 기본적으로 방언형을 기피하고 표준어형으로 표기하려는 성향을 지닌다. 그러나 표준어 인식 능력의 한계와 과도한 한자어 지향성으로 말미암아 '吉겁게'와 같은 표기를 보여주는 것이다.

'吉겁게'와 비슷한 방식의 구개음화에 대한 과도교정형들로 '기무시고(주무시고), 정게(정지, 부엌)' 등, 움라우트에 대한 과도교정형 '창겨주고(챙겨주고)', '장기질(쟁기질)', '콩까묵(콩깨묵)', '쾌히(쾌히)', '타연하며(태연하며)' 등이 있으며 '홍단로(횡단로), 홍령(횡령), 교한(괴한)' 등과 같이 통시적 음변화의 반작용으로 나타나는 사례들의 출현도 흥미롭다. 이와 더불어 교정 의식이 작동하지 않는 방언형들 '봉토(봉투), 모도(모두), 아조(아주)' 그리고 '藉婁>자조(자주)'의 출현이 어우러져 토속방언 화자로서의 특성과 지적이고 세련된 방식을 지향하지만 종종 과도교정을 시도하는 언어 사용자로서의 특성이 일기 전체에 걸쳐 재미있게 펼쳐지고 있다.

3) 한자 사용에 대한 집착과 한계

전체 어휘의 60% 가량이 한자로 표기되어 있는 것 역시 빼놓을 수 없는 표기상의 특성이다. 저자는 인명, 지명, 주소는 물론 대부분의 체언, 용언 어간을 한자로 표기할 뿐만 아니라 고유어를 비슷한 의미를 가진 한자를 이용하여 표기하거나 심지어 한자나 한문 문장의 일부를 마치 고유어처럼 구사하기도 한다.

저자의 한자 사용에 대한 집착은 한자 문식 능력이 창평리 언어사회에서 지식인으로서 갖추어야 할 덕목이라는 사회적 압력을 토대로 한다. 『월파유고』 27쪽, 28쪽에 걸쳐 나타나는 1949년 3월 구장 선거 당시의 기록은 그와 관련하여 중요한 시사점을 제공한다.

> 一九四九年 三月 中에 其者는 辭退하고 住民總會 席上에 選出키로 된바 住民들이 나를 추천하드라. 그런데 一部는 金暻浩를 추천하는데 崔乃宇는 漢文 잘 모르고 金暻浩는 漢文도 잘 알고 筆子 잘 쓰니 金暻浩를 추천한다 햇다. 氣分이 少[妙]해서 可不間[可否間]에 投票를 해보자 해서 한바 結果는 多數 票로 當選이 되엿다.

1949년 3월에 김경호와 저자가 이장 경합을 벌이는데 일부 주민들이 김경호는 한문을 잘 알고 글자도 잘 쓰는 반면 저자는 한문을 잘 모르기 때문에 저자가 이장으로 부적절하다는 주장을 편다. 그 일에 대해 저자는 기분이 묘했다고 기록하고 있지만 저자가 한자에 집착하고 과도한 사용 양상을 보이는 것은 자신의 사회적 성취와 지적 한계 사이의 괴리를 극복하기 위한 분투의 결과임을 짐작하게 한다.

1949년 이래로 저자는 자전 『선화사전(鮮和辭典)』을 머리맡에 두고 글을 쓸 때마다 모르는 한자 찾아 익히고 써 왔다. 그리고 일기가 시작되는 1969년 당시에는 이미 고유어조차도 한자의 새김과 음을 이용하여 그 의미를 유추하고 표현하는 단계에 이른 것으로 보인다. '莫來同生(막내 동생)', '生覺(생각)', '生起(생기다)', '募臨(모임)', '慕侍(모시다)' 등이 그 예이다. '막내'는 마지막의 의미를 가진 '막'과 '낳-+-이'가 어울려 만들어진 고유어이다. 그러나 저자는 의미와 소리의 유사성을 토대로 '막내'라는 말이 한자어 '莫來'에서 왔을 것이라고 추정하고 있다. '생각'이나 '생기다'라는 고유어도 이전 상황에 존재하지 않던 어떤 것이 떠오르거나 발생하는 것이므로 '生覺, 生起'로 표현하고 있으며 '募臨', '慕侍' 등도 한자의 새김, 음과 고유어의 의미, 발음이 우연히 일치하는 결과로 말미암는다.

그래서 "<u>全税[專貰]</u>집을 15萬원 <u>入家</u>하고 <u>退居[退去]</u> 時에 15萬원 찻기로 하야 言約햇다"(74.5.4.)와 같은 표현 방식은 일기 전체에 걸쳐 보편적으로 나타나는 현상이다. '온전히(全) 집세(税)를 내고 빌린 (집)'이란 뜻에서 '全税집', '물러가서 사는 일'이니 '退居'라고 표기하는 것은 나름의 합리적 이해 과정을 거친 결과이다. 퇴거의 또다른 한자 표기로 '退据'도 있는데 그 의미가 '물러가 일하는 것'이란 뜻이므로 자녀가 본가에서 물러나 하숙을 하거나 일하는 행위를 '退居, 退据' 식으로 표현하고 있다. 이러한 경향이 좀더 확장된 형태들로 '일찍 일어나'는 것은 '早起에', '전주에 올라가'는 '上全하여' 등의 사용이 나타난다. 심지어 고유어 '거처'에 대한 표기는 '郡守任게서 大里를 据處서 昌坪里에 온다고 햇다.'(69.10.3.) 등으로 나타나는데 이 문장에서 '据處서'는 군수가 '대리에서 일을 보고' 그 다음에 창평리에 오는 것을 의미한다. '거처'의 한자식 표기 '据處'는 69년 이래로 80년까지 20여 회에 걸쳐 사용되는데 "約 9時間을 据處서 手術을 끝내고 成康 母만 남기고 왓다."(80.2.28.)처럼 일정한 기간의 의미로 사용되는 '걸처'의 환경에서도 '据處'가 확장되어 사용되기도 한다.

한편 '구경하다'의 의미로 사용되는 '求見'은 "婦人 男 15名 程度가 植木하는 求見햇다."(70.4.8.)에서부터 "테레비을 열어보니 求見할 만하기에"(79.11.3.)까지 총 51회가 나타나고, 표준형 '求景'의 사용은 "6名이 골구로 求景을 햇다."(77.5.14.)에서부터 "某 氏 고초밭을 求景하려 갓다."(79.6.19.)까지 17회에 걸쳐 사용된다. 그리고 1979, 1980년에서는 "工場 內部 施設과 作業過程을 두루 求影햇다."(79.12.15.), "機長 市內 1園[一圓]을 돌며 求影을 햇다."(80.5.17.)에서처럼 구경의 새로운 한자어 '求影'을 사용한다. '구경'이라는 고유어를 70년 초반에 '求見'으로 표기하다가 77년부터 '求景' 형을 채택하여 일정한 기간 동안 '求見'과 '求景'이 표기상의 변이 상태를 유지한다. 그리고 서서히 '求景' 형 표기 빈도가 많아지다가 다시 새로운 표기 형태인 '求影'이 등장하면서 '求見>求景>求影'의 추이를 보인다. 이러한 추이가 일어나는 원인은 연구를 통해 밝혀질 일이지만 10년이라는 기간 동안에 표기상의 변화 추이를 관찰할 수 있다는 것은 시계열 분석 자료로서 일기자료가 가지는 차별적 특성을 드러내는 것이다.

저자의 한자에 대한 집착을 가장 두드러지게 나타나는 사례는 아마도 '-ㄴ 일'에 해당하는 한문투 '之事' 형 표기의 사용으로 보인다. "大端 遺感之事[遺憾之事]"(69.2.16.), "複雜 之事가 有하야"(74.4.20.), "私事도 안닌 公務之事인데"(74.4.30.) 등이 그 예이다. '之事'의 일반적 사용은 '앞으 之事', '恥한 之事', '나는 모르는 之事', '多幸한 之事', '모든 之事' 등에서처럼 관형형 어미나 관형사 뒤에서 출현, '之事' 자체가 단일명사로 확대되어 사용되기도 한다.

또한 "精麥 당구에다 호스를 대고 玄米를 만히 빼먹는 것을 發見"(73.1.27.)에서 외래어 '호스'가 나타나는데 "全州에 가서 湖水 22m을 사왓다."(79.4.25.)에서는 외래어 '호스'가 한자어 '湖水'로 표기된다. 이는 고유어를 한자어로 이해하는 방식이 외래어에까지 확장 적용된 결과이다. 저자는 표의문자인 한자를 가지고 고유어는 물론 외래어까지도 그 어원적 의미를 이해하려고 시도하며 그 결과 '兒棺'(인큐베이터) 등과 같이 아예 새로 만들어 쓰는 경향을 보이는 것이다. 그러나 의미는 비슷하지만 정확하지 않은 조악하거나 오해의 소지가 많은 표현을 상용하며 그 정도의 한계를 자신의 언어적 특성으로 드러내고 있다.

4) 표기 특성

관촌보통학교 졸업생들의 기억에 따르면 한글말살정책 시행 이전에는 조선어교본으로 일주일에 서너 시간씩 한글 교육을 받았다고 한다. 따라서 저자가 정규 교육을 통해서 한글 교육을 받은 기간은 4년(1934년-1938년) 남짓으로 추산된다. 물론 그 이후 저자는 독서와 신문 구독 그리고 17년 동안의 이장 생활을 통해 지속적으로 규범적 표기에 노출되어 온 것으로 추정된다. 그러나 근본적으로 저자는 규범적 표기 체계와 표준어 지식을 갖추지 못한 상태이며 그래서 일기에 시도된 한글 표기 역시 방임적이고 혼란스러워 보인다.

저자는 '-이/가, -은/는, -을/를, -에, -에서, -으로' 등의 조사를 비교적 분명히 인식하고 있어서 '몸<u>이</u> 조치 못해서', '家兒들<u>은</u> 새끼 꼬기 熱中', '밤<u>에는</u> 떡<u>을</u> 해서', '집<u>에서</u> 공부나 하라고', '목<u>으로</u> 들었다는 것' 등에서처럼 선행 체언과 모음으로 시작하는 조사를 분철하는 경향을 보인다. 이는 '빈집<u>이</u>면', '오신 길<u>이</u>라면', '납분 놈<u>이</u>라고', '日課는 이것뿐<u>이</u>니', 理由가 무엇<u>이</u>냐고'에서와 같이 체언과 서술격 조사, 그리고 '鼈網<u>틀 만들었음</u>', '前送[餞送] 했음', '對答 없음', '問病<u>을 했음</u>' 등 용언 어간과 명사형 어미 '-ㅁ'의 통합 환경에서도 유사한 경향을 보인다.

분철의 경향이 지나쳐, 과도분철을 보이기도 하는데 특히 형태소 내부의 'ㄹ' 표기에서 두드러진다. '상술<u>이</u>(상수리), 밀<u>이</u>(미리), 달<u>이</u>(다리)공사' 그리고 '멍석이나 만<u>들아고</u> 시코[시키고], 館村面事務所에 <u>들이여</u>, 館村市場에 <u>들이였음</u>, 店浦[店鋪]에 <u>들이여</u>, 집을 買受해 <u>달아고</u>, 용이 <u>올아가는데</u>, 나게로 왁 <u>달여드려</u>, 讀書타 <u>잘아하니</u>, 소죽을 <u>끄릴아고</u>'에서처럼 현실음 [ㄹㄹ]을 'ㄹ ㅇ'으로 표기하여 두 번째 음절의 초성 'ㄹ'을 표기에 반영하지 않는 경향을 보인다.

한편 형태소 내부와 활용 환경에서는 '附屬이 <u>날가서</u>, 河洞宅이 <u>차자와</u>, 10時가 <u>너멋다</u>, 사이가 <u>찌저것섯는데</u>' 등처럼 연철 경향이 일반적이지만 과도분철과 중철, 혼철 등이 나타나 다양한 표기가 시도되고 있다. 예를 들어 '받-+-았-+-다'를 표기한다고 할 때 이 일기에서는 네 가지의 표기를 예측할 수 있다. 일기에서는 과거시제 선어말 어미는 '-앗/엇-'으로 표기하는 게 일반적이며 활용 환경에서는 받침을 뒷 음절의 초성에 이어 쓰는 경향을 보이기 때문에 '받았다'의 표기로 쉽게 예측할 수 있는 표기는 '바닷다'이다. 여기에 분철 의식이 작동하여 '받앗다'가 출현한다. 또한 음절 말 자음 'ㅅ, ㅈ, ㅊ, ㄷ, ㄸ, ㅌ, ㅎ' 등이 'ㅅ'으로 표기되는 경향으로 말미암아 '받앗다'는 '밧앗다'로 표기되고, 연철 표기 '바닷다'에서 자음 'ㅅ'이 첫 음절의 받침으로 사용되어 '밧닷다'가 사용되기도 한다. 그래서 '받았다'는 '바닷다, 받앗다, 밧앗다, 밧닷다' 등의 이형 표기들이 예측할 수 없는 상태로 출현한다.

이러한 표기의 혼란은 용언 어간 말 자음 'ㅎ'과 'ㄷ, ㅈ, ㄱ' 음으로 시작하는 어미가 결합하는 유기음화 환경에서 더욱 혼란스러워진다.

연철형 : 조흐나, 조흐니, 조흐면, 조흔, 조흔데, 조흔지는, 조트라, 조타 등
분철형 : 좋아서, 좋앗다, 좋으나, 좋은, 좋은데, 좋을, 좋으야고 등
혼철형 : 좃치, 좃트라, 좃타, 좆체 등
w삽입형 : 조화, 조화도, 조화쓰니, 조화요, 조화엇다, 조홧다 등
탈음형 : 좃아고(좋다고), 좃이 못한데(좋지 못한데), 좃으니까(좋으니까), 좃지 못해, 좃게 등

'좋다'의 활용형에서 나타나는 다양한 사례들로부터 일기에 나타나는 활용 표기의 난맥과 혼란을 쉽게 예측할 수 있다. 이러한 혼란이 나타나는 원인은 유형에 따라 그 원인이 상이하다. 저자는 앞서 말한 바와 같이 곡용 환경에서는 분철 표기, 활용 환경에서는 연철 표기의 경향을 보인다. 이는 저자가 곡용 환경에서 어간 분리를 통해 기본형을 인식하고 있으나 활용형의 경우는 그렇지 못할 가능성이 높음을 의미한다. 다만 용언 어간의 친숙성에 따라 어간을 분리하고 기본형을 표기하는 경향을 보이기도 하는데 '좋–'의 활용형에 대한 분철 표기들이 그 전형적 사례이다. 따라서 '좋–'의 연철 표기들은 활용 환경에서 보이는 일반적 연철 경향의 사례들인 반면 분철 표기들은 어간의 기본형을 인식해 가고 있는 것으로 이해할 수 있다. 혼철 표기의 받침이 'ㅅ'으로 나타나는 것은 용언 어간의 음절 말 자음 'ㄷ, ㅌ, ㅆ, ㅈ, ㅊ, ㅎ'가 'ㅅ'으로의 단일화 경향을 반영한다. 'w' 삽입형은 어간 말 원순모음의 영향이며 이는 앞서 언급한 바와 같이 저자 나름의 언어 분석을 반영하는 표기이다. 탈음형은 현실음을 반영하지 못하는 비현실적 표기를 말하는데 '받았다'의 이형 표기 '밧앗다'의 출현 기제와 유사하다고 하겠다. 또한 'ㅅ' 단일화는 1970년대 후반에 'ㅈ', 'ㅊ' 받침으로 대치되는 경향을 보이는데 "靑云골작에 간니 풀이 좃트라."(78.8.7.), "狀況이 좆[지] 못한 듯십다."(78.9.17.), "그려면 내가 알가 말가 하는 게 좃체 이부려[일부러] 傳가하는 것은 내게 머신가 해롭게 자극을 주기 위하는 것 갓다."(80.6.20.) 등이 그 예이다.

형태소 경계에서 일어나는 경음화, 격음화 현상에 대한 표기의 다양성과 달리 형태소 내부의 모음 표기는 비교적 정연한 편이다. 그리고 전설 중모음과 저모음의 합류 과정과 전설 원순 중모음이 이중모음으로 변화한 후 원순성이 탈락된 상태에서 나타나는 '외>웨>에'의 변화를 반영하는 사례들도 주목할 만하다. 그 외에도 체언 어간 말 자음의 변이 상태가 다양한 방식으로 나타나고 있어 그 추이를 살피는 것도 일기자료의 시계열적 분석 가능성으로부터 비롯되는 흥미로운 연구 주제로 보인다.

5) 맺음말

현대 국어 연구에 일기자료를 활용한다는 것은 다소 이례적인 일이나 말에 대한 주의력에 따른 변이 현상의 출현과 그 양상의 복합성을 시계열적으로 분석할 수 있다는 점은 일기자료의 자료적 가치를 재고하게 한다.

표준어와 한글 맞춤법 지식의 미흡은 자료 해독에 지장을 주지만 당시의 현실음을 추정하

는 데는 오히려 시사하는 바가 많다. 표기의 혼란과 무질서가 완전히 방임된 상태가 아니라 나름대로의 질서 체계를 지니고 있으며 따라서 그 무질서 속의 질서 가운데 당시의 현실음이 다양한 방식으로 반영되어 있기 때문이다. 일견 과도한 한자 사용과 무질서한 한글 표기 때문에 이 일기자료가 언어 연구 자료로서 부적절해 보이지만 오히려 그 안에서 현실음에 대한 다양한 정보를 찾아낼 수 있고 그것이 변이음 출현의 바탕에서 작동하는 말에 대한 주의력의 원리와 저자의 언어 의식과 맞물려 있다는 점에서 이 자료는 연구 관점에 따라서 자료로서의 가치가 높은 것으로 판단된다. 게다가 일기자료는 현지 조사를 통해 확보하기 어려운 정보들이 다양한 방식으로 들어 있어서 일기를 쓴 당사자가 살아온 삶과 언어생활의 내용을 세밀하게 관찰하고 분석할 수 있으며 그 상태에 이르기까지 직간접적으로 영향을 주었을 것으로 추정되는 다양한 변인들을 고려할 수 있다는 점 또한 일기자료만이 가질 수 있는 독자적 가치일 것이다.

제2부

월파유고

창평일기 1

崔乃宇 事蹟
舊名 亨宇

〈1〉 一. 九二三年 八月 二二日生 出生 三溪面 新亭里 덕임.

　　一九二七年 十二月 二〇日 父 別世. 내 年令 五歲였다. 父는 四五歲.

　一. 一九三四年 六月 十日 舘村校{()普通學校()} 入學 11歲

　　一九三四年 八月 中旬에 祖父 應字九字게서 別世했다. 生存때 내 집에서 居處하다 成吉집으로.

　一. 一九四一年 三月 二十五日 右校 卒業 18歲.

　一. 一九四一年 四月 十五日 井邑 自動車會社에 入社. 妹兄 李雲夏 氏의 紹介로 入社햇다. 一個月間 敎育을 맞이고 就任 全州 淳昌 長城 妓安[扶安] 高敞을 다엿다.

　一. 一九四三年 九月 退社. 20{歲}.

　　一九四三年 十一月 結婚.

　一. 一九四三年 九月 一日 日政府國令으로 身體檢查 甲種으로 合格.

　　一九四三年 二月부터 兄 밑에서 日政 時 班長을 햇다.

　一. 一九四四年 三月 五日 農村 農業 實踐員으로 指摘되여 二個月間 任實道場에서 訓練을 마첫다. 21{歲}.

　一. 一九四五年 九月에 召集令狀이 發付된 바 八月 十五日 解放을 마잣다. 多幸이 入營이 解除함. 22歲.

〈2〉 一九二七年 十二月 二十日 아버지가 別世. 其時 五歲여는데 아버지 얼굴이 기역난다. 사람이 마니 募이고 喪衣 명전을 드는데 기버서 뛰고 그러니 어머니가 더 서렵게 하드라.

一九二八年 七歲 時 旱害 極深[極甚]하야 慈堂게서는 畓 五六〇平 못텡이논 남무[남의] 小作으로 짓는데 暑種[鋤種]을 햇다. 나는 河川에서 물을 지려주니 苗가 살 택이 없서다. 늦게나마 代播로 메물[메밀]을 播種햇다. 人力과 能力이 잇는 者는 물을 품엇스나 나는 그려[그럴] 立場도 안니엿다. 地主는 屛巖里 金宗熙 氏엿는데 小作料도 못주윗다.

冬節이 닥첫다. 그 메물을 확독에 어머니게 갈아 죽을 쑨다. 먹으면 돌이 지격거려도 마신다. 그도 不足햇다. 其時는 只今 李春在 집에서 동생하고 세 食口가 살앗다. 방 하나 정제 한나엿다.

하라버지는 兄의 집 只今 崔南連의 집인데 우리 洞內 멧 사람 金㬛浩 丁五同 龍山 金休南 許今龍 宋〇〇 북골 사람 宋仁浩 五, 六명을 書堂에서 漢文 先生을 하시면서 年給으로 人當 白米 五斗식을 받은 것으로 안다.

〈3〉 우리 兄弟 昌宇하고 只今 南連書堂으로 朝食 가면 하아버지는 우리가 안스려운이 쌀밥하고 장하고 남것다 주시엿다. 질이 되엿다.

할아버지는 白米를 받아서 年中 食事米에 不過햇다. 其時 炳千(重宇 父)는 區長을 햇다.

나는 親姪[親姪]이지만 조금도 혜택을 보지 못햇다.

一九二九年 十一月 初엿다. 年令[年齡]은 八歲엿다. 叔父(炳千 氏) 집에 갓다. 只今의 里長인데 洞內 男女가 募엿드라. 그날 洞內 契가리라 햇다. 區長 租벼 戶當 一斗하고 洞內 田土稅를 收入하는 날이다.

中食(점심)을 마당에다 덕석으 피고 밥에다 굴콩1을 너서 高峰밥으로 차려놋코 먹는데 엽무릅에는 어린 子息을 끼고 갖이 먹는 것을 보니 배가 저절로 곱으며 나도 아버지 있으면 저와 같이 먹겟지 햇다.

그려나 一時에 배가 고파 참을 수가 없어 정제로 갓다. 살강에는 누런 깜박을 훌터 노엿드라. 자근어머니도 밥 한술 깜밥 조금 주지 안코 있엇다.

〈4〉 마당에서는 中食이 끝이 난 듯 십퍼 或 나문 밥이라도 잇는가 햇든니 全無이고 다시 깜밥 生覺이 나서 정제문을 잡고 뺑이를 치고 있으니 炳千 氏는 큰 소리로 왜 문을 막느냐 햇다. 어린 마음이지만 오기만 생기고 심술만 낫다.

그려다 우리 집에서 大聲통哭[大聲痛哭] 소리가 낫다. 바로 慈堂의 울음소리엿다. 배고품은 멀이 가고 바로 가보니 喪服을 입은 者가 큰 가마솥을 떼서 새기로 질머지드라. 나는 아무 영문도 모르고 其者는 떠낫는데 어머니게서는 그칠 줄을 모르고 통곡만 하시엿다. 내가 붓들고 남노해도[만류해도] 듯지 안햇다.

〈5〉 夕陽에야 慈堂게서 情神을 차리시고 事由를 말삼하시는데 네가 三溪 新亭里(덕림)에 낫다. 吳山淸 나로서는 曾大故母[曾大姑母]의 田畓을 따라서 그곳을 가서 사는데 네 아버지가 도박(노름을) 하다가 田畓도 다 버리고 其者의 債務가 相當한데 너의들은 어리고 앞으로 바들 길이 막막하니 가마솟이라도 代用하려 가져 갓다고 하시드라. 그때부터 도박은 그려구나 하고 아이 두도 마음도 지냇다[아예 마음에 두지도 않고 지냈다].

一九三〇年 二月이다. 成奎 父(兄)이 도박으로 歲月을 보내다 日本 巡査가 韓人 巡査하고 체포하려 왓다. 日政時代는 館村駐在所가 잇는데 職員 三人이엿다. 〈6〉連行되여 調査는 받아지만 其 再犯이여서 近方에는서[近方에서는] 살 길이 없다. 할 수 없어 온 食口가 長水郡 山西面 되평리로 移事[移徙]를 햇다. 나는 늘 來往이 藉〃한데 꼭 成吉이 하고 갖{이} 來往을 하는데 聖壽面 한치재로 너머서 관터 동래를 지나면 오메 큰 까금(山) 下에서 큰姨母가 홀로 사는데 드린다[들른다]. 그려면 中食(점심{)}을 꼭 해신다. 점심을 먹고 成吉집에 가면 오후 二時가 넘는다. 그 마을에 金中石 者가 사는데 其者가 故 丁順奉(丁振根의 父) 妻男이엿다. 사귀다보니 親切해것다. 約 三年間 其곳에서 지내다 다시 兄은 還鄕햇다. 도박죄는 時限이 지나 無事햇다.

兄任이 長水로 떠난 後는 하아버지가 내의 집 단간방으로 오시고 書堂先生〈7〉도 그만 두시엿다. 밤이면 重宇집 자근방에 잠을 이루시고 비가 오나 눈이 오나 食事는 내의 집으로 오

---

1 주로 한반도 중부 이남에서 그루갈이로 재배하는 콩을 말한다. 그루갈이는 밭 이모작에서 앞작물(주로 보리와 밀)을 베고 난 후 밭을 새로 갈아 뒷작물(조, 콩, 팥, 깨, 수수 등)을 파종하는 한반도 전래농법이다.

신다. 우리 아버지가 없으니 잘 지낸 次子가 慕侍도 하지만 炳千 氏는 不孝莫身[不孝莫甚]이엿다.

할 수 없이 慈堂하고 우리 兄弟 昌宇하고 네 食口가 現在 此 家屋으로 移事하는데 우리 집하고 이 집 丁東英의 집하고 交替햇다.

할아버지는 물고기 낙시질이 每日 소일이다. 점심은 내가 꼬박 〃 날아 드려다. 夕陽에 오시면 다락[다라이]가 滿장이다. 고기 배를 따면 모기 물는데 자근 고기는 내버리고 큰 고기만 가저온다.

나는 고기를 지지면 잘 먹는다. 하아버지는 每日 빠짐없이 낙시하려 가시면 아마도 慈堂(메누리)가 未安해서인지 〈8〉 야 메루리야 낙시질 안니 가고 십퍼도 형우(父) 저놈이 고기를 잘 먹으니 엊이 아 가계나[안 가겠냐] 하시드라.

一九三一年에 押作이[갑자기] 病이 生起엿는데 必過[畢竟]에는 치질이 生起여 황문 옆에 고름이 나는데 단방藥 가루를 사다 너드리고 大便을 내가 꼭 바다냇다. 어머니는 出入을 못하시며 우리 兄弟만 시키엿다. 病患이 난 後는 馬項에 게신 從祖게서 藉 〃이 問病은 오시고 그려치 못하면 雇용人[고용인]을 시켜서 개고기도 사서 보내기도 햇다. 그러나 兄이{나} 炳千은 不問햇다.

겨울이 닥첫다. 嚴冬雪寒이다. 〈9〉 우리 兄弟 망태나무를 앞山에서 그거다[긁어다] 굼불을 때면 煙氣나고 눈물으 나고 하지만 慈堂게서 깊이 〃 때라 하신다. 하라버지는 똥을 싸고 형우야 부른다. 똥을 치우라 하신다. 그게 一日二日이 안니고 三年을 지내다 一九三四年 陰{曆} 七月 十五日(백중日)에 別世햇다.

其間 生存에 게실 때 炳千은 {()卽 親子인()} 不孝行爲를 하니 洞內에 몇 분 南原양반이 主催해서 炳千을 七月 술메기 때 罰을 주자고 서든데 몇 분이 말겻다고 드렷다. 其時 炳千 氏는 區長도 하고 長斫[長斫] 商人 許可者가 되여 돈도 만코 〈10〉 區長을 하니 食糧도 만코 하지만 自 親父에 食糧 준 일 없고 嚴冬雪寒에 長斫 하 개비 준 일 없어다. 철을 모른 나지만 감정이 없을 수 없엇다.

그려다 一九三四年 七月 三〇日게 兄任은 服人이지만 洞內 區長으로 立選되엿다. 區長에 任務하면서 財産이 늘고 日帝 下에 權利가 多大햇다. 나는 第一 班長이 되엿다. 農事는 一切 男女老少 할 것 없이 共同作業으로 끝매지를 하고 班別로 收入支出 決算을 햇다. 不出役者는 理由는 바주지만 理由 없는 者 봉변을 주고 配給도 뗀다.

〈11〉 配給品目은 食糧인데 白米는 없고 보리쌀 少量하고 主로 콩깨묵이엿다. 콩까묵을 보리 좀 너서 만이 먹으면 머리가 아푸고 정신이 흐린다. 其他 쑥밧 10坪만 집에 만든 사람은 쌀 一되를 준다. 쪽밧 10坪을 만드려면 쌀 二되는 먹어야 햇다. 또 配給品은 담배 고무신 洗濯비누 광모[광목] 성양 불초 石油 家政品은 一切이엿다.

牛畜産 家畜犬까지 供出하고 벼는 말할 것 없이 生産調査해서 其 基準에 依하야 供出量을 發付 告知書가 나온다. 萬諾[萬若]에 未達이면 家宅수색하야 〈12〉 全量을 가저간다.

그려{는}가 하면 一身을 마음대로 못한다. 靑年는 運隊[軍隊] 任務로 出政[出征]하고 中

年는 日本 炭광으로 報國隊로 老人은 地方報國隊로 데려가니 배고푼데 굼주림 몸조차 活
發치 못해서 避難도 하야 햇다.

一九四三年이엿다. 그 해 보리農事 作況은 良護[良好]햇지만 베다 먹기는 이르고 食糧이
떠러지니 어머니게서는 子息들리 굴머죽으가바 걱정이 대단하시엿다.

형우야 한 보름(十五日)만 지내며 풋보리라도 먹것는데 其 間에 큰일나겟다. 서숙 며[몇] 되
이는데[있는데] 엊지 하면 좃나 하시드라. 食糧이래야 쌀은 없고 쑤수 서숙 쑥을 캐다 개떡
으 정도엿다.

〈13〉 其 當時 區長은 供出이 없다. 理由는 郡職員 面職員이 責任完遂하라는 手章을 달
{고}藉〃온다 해서 接待用으로 控除해준다. 그러니 區長은 十五斗{落}只을 耕作하고 秋
租 夏麥 年 戶當 二斗식을 据出하니[釀出하니] 食糧은 나마 돈다. 其時에 崔南連 씨가 其
집 雇用人[雇傭人]으로 봄쟁米(쌀) 방아를 大里에서 찌여 牛車로(구루마) 시려 나르는데
護氣心[好奇心]이 낫다.

나는 生覺다 못해서 三日 後에 兄네집으로 갓다. 家族기리 전역食事 中이드라. 무렵하드라.
그러나 전역 엇지 햇나 무려보지도 안트라. 食事이 끝이 나자 兄任 제가 糧食이 떠려젓는데
來日 몃 사람들 하고 金堤로 〈14〉 쌀을 팔여고 麻 二筆을[二匹을] 가지고 가는데 旅費가
없으니 도[돈] 二원만 주시지요 햇다. 나의 生覺으로는 旅費를 要求하면 쌀 한 말이라도 주
겟지 햇는바 돈도 없다 하고 나도 食糧이 모지래겟다고 하고 居絶햇다[拒絶했다]. 어그제
쌀을 牛車로 崔南連이가 몇 車를 시러왓는데 뒤곡지가 빳〃해서 문을 열고나오니 내 마음
어데 둘 데 없섯다. 집에 와서 어머니에 그 말삼드리고 兄弟라면서 그럴 수 있음가 하고 母
子間 통곡을 햇다.

뒤집에 정순봉 씨 집을 찻고 來日 갗이 갑시다 햇다. 其者는 갗이 가는 것은 좋으나 押收 當
하면 責任 못 짓겟다고 햇다. 아침에 일즉 관촌驛에 간니 故 趙成大의 婦人 炳千 나하고 四
人이 同行이엿다.

〈15〉 裡里에 當하니 十一時엿다. 時間 餘有[餘裕] 잇다 하야 술집으로 갓다. 그곳은 쌀밥
도 팔고 술도 밀주인데 맛이 조왓다. 술만 한 잔 들고 밥은 돈이 不足해서 못 먹엇다. 夕陽에
竹山面이라고 해서 어두워서 道步로[徒步로] 거러간바 三從故母[三從姑母] 宅이엿다. 新
安宅의 눈任[누님] 宅이엿다.

반기면서 너도 食糧이 없나 하드라. 四人이 드려가니 좋을 이는 없게지. 정제로 가서 물을
달아 햇든니 물{을} 북드라[붓더라]. 벼집을 불에 태워서 바다물을 부워서 바처서 먹드라.
하지만 목 말아서 하[한] 그릇 마시니 짠물이드라. 저역食事를 채려왓는데 高峰으로 담{아}
왓드라. 수식간에[순식간에] 먹어치우니 옆 사람이 양이 크다 햇다. 밥을 더 가저왓다. 그것
도 먹어치웟다. 반찬은 된장국인데 별 반찬은 엇다[없다].

〈16〉 바로 삼배 二筆을 고모 주니 바다보고 솜씨가 좋은 배라고 하면서 가지고 마을로 가드
라. 나는 바로 떠져서[떨어져서] 잣다. 밤중이 되니 배가 끌고 배가 異常이 있{어} 便所로
갓다. 大便은 설사로 변하야 어제 밤에 먹은 것을 全部 내려 버렷다.

새벽 四時가 되니 깨우드라. 氣力은 없고 每事가 뜻이 없엇다. 그래도 고모는 밥을 짓고 주먹밥을 싸주면서 어서 出發하라 햇다. 萬諾 途中에서 警備員에 발각되면 쌀을 빼긴다고 햇다. 쌀은 四斗이라 햇다. 氣力은 없는데 나섯다. 그곳에서는 陸路로 八○里 大場村驛으로 가는데 몃 번을 쉬면서 生覺하면 長宇兄이 내게나 우리 어머니게 그러케 박대할 수 잇을가 하야 願望햇다[怨望햇다].

〈17〉 夕陽에 四人이 大場村驛에 當햇다. 쌀자루를 보리밭에 숨기고 驛內로 갓다. 館村堂叔 炳赫 氏 相逢햇다. 이게 엇전 일이나 햇다. 일손을 놋코 自己의 집으로 갖이 갓다. 아짐도 잇드라. 고기를 썰고 술을 가저오고 밥은 寒食이지만 人情 하드라. 고기는 고래 고기라고 麗水 商人들이 繕物[膳物]로 가저왓다고. 맛이 一味드라. 車票도 順還이 사주고 食糧 無事이 車에 오려주워[올려주어] 無事이 집에 왓다. 쌀자루를 내려논이 어머니게서 붓들고 울으시드라. 고생햇다는 말은 못햇다.

그려나 이웃집 洪川宅 許今龍 婦人는 男便은 日本 炭광으로 돈벌{러} 갖이만 男子息 五명 女息 二명 시어머니 본인 합해서 〈18〉 九명 食口가 幸福하게 잘 먹고 사랏다. 그것이 兄의 德이엿지만 나는 우리 어머니는 박절을 당햇다.

우리 어머니의 말슴을 자세히 그 時에 들엇다. 어머니게서도 분하시기에 말삼을 낸 게다. 이 집에 求禮서 오니 長宇는 七歲라고 하고 아버지는 三○歲 炳千 叔父는 二七歲 할아버지는 五十歲라 하시면서 糧食도 없고 衣服도 업고 財産 아주 가난한 집이드라 하시는{데} 하루 이틀 지내는데 고생고생은 말로 할 수 없다 햇다. 그래서 생각다 못해 떠나기로 確定한 바 이웃집 수창[순창]宅 金長映 氏 母가 말기면서 지내면 福이 온다 하야 참고 四명 호래비 치닥가리를 하는데 빨래는 勿論이고 먹을 게 없서 쑥을 캐다 곡기 좀 너서 治家해주준 나를 선동宅 長宇 둘이 괄세〈19〉 햇다고 톨〃 터러놋코 말삼햇다.

다음 선동宅도 어머니가 結婚수바리 지다[죄다] 해주고 成吉 母도 結婚치다가리 해서 제금 내주고 바느질도 갈쳐서 各居해 주윗지만 其 功勞는 하나도 없다면서 분통하시고 自己네의 아버지 自己네의 할아버지를 수십 년을 慕侍준 내가 終末 其 換[患]을 當하고 보니 少時 헛世上을 보내며 너네의 아버지도 三年을 病中에 수바라지 햇지만 其者들이 오늘날 이려케 괄세하고 없슨예긴다며서[업신여긴다면서] 꼭 明心[銘心]하야 내가 하는 말 잊이 말아 하시엿다.

그 이듬해 또 食糧이 不足햇다. 初秋에 미리 벼를 말여 大里 炳赫 氏 방{아}에서 찌여 只今 장광[장독대] 옆에 굴을 파고 밤에 몃 말 〈20〉 파고 무덧다. 그것을 이웃사람 新安宅이 소문을 내서 파가버렷다. 할 수 없이 봄은 닥첫는데 몃 분하고 相議한바 京畿道 平澤으로 쌀 팔어갓다. 그곳은 文炯基가 잇엇고 具會淳이가 살고 있어 밋고 갓다. 가고 보니 비가 連日 내리고 麻布 一筆에 一.五斗을 준다니 어굴햇다. 三, 四日 지내다 麻布 一筆은 食事代로 업서지고 二筆代 三斗을 팔아왓다. 그래도 兄은 드려서 알지만 무려보지도 안트라. 기가 맥켓다. 나는 어려서부터 가난햇기에 나무 집 밥을 많이 먹고 사라왓다. 그러나 나무 집에 가서 밥을 주면 먹고 또 먹으면 배가 앞을 개린다. 그려다가 못 먹을 적에는 죽만 먹으니 오직햇것는

가. 〈21〉 그려케 지내다보니 무슨 飮食이든 나무 祭祀집에나 초상집에나 가면 마구 먹{어}
대며 그곳에서 술도 먹어본 것이 只今 술을 들고 잇다.

없이 산니 품팔이 나무 집 일도 만니 하고 成吉 지[집] 일도 많이 햇지만 밥만 먹엇지 日費
는 밧{지} 못햇다. 그 해에 未安햇든지 村前 四○○坪자리 논이 잇엇다. 그 논은 金東根 씨
논인데 이곳 崔永贊의 父親이 成吉의 집 장기질을 다 해주니 半分식 갈아 지라 햇다. 갈아
서 짓는데 崔永贊하고 是非가 藉 〃 햇다. 小作料도 꼬박 주고 지엇다. 속으로는 兄이 願望
[怨望]햇다.

그려케 지내다 一九四五年 八月 十五日 日本 天皇이(昭和天皇) 十二時에 放送으로 황복
[降伏]햇다. 其 翌日[翌日]부터 完全이 人心이 풀이고 〈22〉食糧이 너나 할 것 없이 解放
이 되고 벼倉庫 門을 여러 나눠먹고 지냇다. 其年에 豊年이 들어서 食糧解決이 되고나니 兄
者는 좀 마음이 달아 보이드라. 그려자 日本에 갓다 許今龍 者가 나왓다(許吉童의 父). 나오
자마자 許吉童 母 洪川宅이 아이를 낫다. 그려나 아이를 나면서 便所에다 재에 무더 죽여
벼려다. 그것을 許今龍이가 알고 조지대니 洪川댁은 할 수 없이 어리 子息들을 먹여 살이기
위하야 崔長宇 氏을 相對하게 되였으니 요서[용서]해주시요 햇다. 그려나 許今龍은 任實警
察署에 告訴를 提起햇다.

本署 刑事들이 나와 調査하고 許今龍의 便益은 林長煥 嚴炳基 嚴萬映 〈23〉 들이엿다. 其
時는 完全이 治安도 法秩序도 덜 되여 잇는 때엿다. 兄은 鄭柱澈 氏을(鄭宰澤 父) 仲介人
으로 하야 遺資料[慰藉料] 몃 푼을 주원 平野部 보내바[보낸바] 許今石(동생도 갖이)도 갖
이 떠낫다. 그려나 나하고는 何等의 減情[感情]이 없엇다. 그래서 洪川댁 집에다 우리 子
息 全部를 下宿시키고 許 生員하고도 別世 時까지 親이 기내다 死別햇다.

世上은 차츰 秩序가 재피고 政府가 樹立되는데 一九四六年부터 左翼 右翼이라 해서 다투
기 始作하든니 完全이 左右派로 區分이 나타낫다. 四六年 二月 二十六日 새벽에 暴動이
發生햇는데2 于先 날이 새니 元泉里 靑年 二十餘 名이 장작개비 몽동이를 들고 兄집에 드
려왓다. 그때는 陰{曆} 正月 十五日인데 大里 李宗伯(珍雨 父)〈23〉3 氏가 出張 왓다. 밤새
도록 兄하고 화토 치다 새벽에 잡피고 兄은 빠저서 울을 넘어 나무 집에서 避身햇다. 其 後
들이니[들으니] 館村支署에서는 瀑走[暴徒]들이 支署를 습격하다 銃에 마자 一○餘 名이
쓰려젓고 新平은 우리 마을에서 林長煥이가 支署 습격에 가담하고 巡警들은 事前에 廉東
鐵 者 酒造場業者이 밤중에 巡警을 데려다 술을 願滿[圓滿]이 마시게 하야 其者은 取[醉]
해서 잠을 자는데 瀑走들은 無難이 포박하고 銃器는 全部 가저갓다. 그려자 本署 機動隊가
應원 次 왓다.

巡警들 포성[포승]을 풀고 무르니 夜中에 廉 氏가 술을 만이 먹엿다 하니 廉 氏를 本署도
[로] 連行코 其者는 行方不明이었다. 各面 支署가 그려[그런] 判에 左翼分{子}를 색출하

---

2 이는 1948년 2월 26일 임실을 비롯한 전북 일원에서 발생한 이른바 '2.26사건'을 가리키는 것으로 46년으로
　기록한 것은 착오이다.
3 쪽 수 착오.

는 데 警察이 總出動햇다. 우리 마을에도 五〇餘 名이 와서 調査 中인데 범법자는 全部 避하고 嚴萬映가 잡폇다.

〈24〉 其時는 兄은 里長으로써 面 구국연맹會議에 가고 없는데 당돌이 내가 里長代行者요 하고 里長은 내의 兄이요 햇다. 時[그때] 嚴萬映은 마당{에} 꿀어노코 모둥이[몽둥이]{로} 때린데 내의 몸이 떨이드라. 그러나 말 못햇다.

于先 班長을 오라 하니 놀래서 멋들 못하고 잇드라. 술도 받아야 하고 中食은 시켜서 하고 잇는데 닥도 잡아야 하고 밥분데 속으로는 大걱정이엿다.

警察들은 집이 단니며 家宅수색한다고 드럿다. 내 집에는 어제 밤에 聖壽面 五柳里 姜信大{()成吉의 妹弟()}가 二二六事件에 加擔하야 避身차 왓는데 어지나 急해서 우리 집에 와서 단스농문을 열고 드려보내고 나온바 警察이 내 집을 드려가려 하기에 모르시요 이게 내 집이요. 아가[아까] 里長의 동생이라 햇지 안소. 〈25〉 그랫든니 그래요 하고 갓다. 一時라도 마음이 초조햇다. 萬諾 들키면 其者뿐만 안니라 내도 同범者로 당할게 안니야 하고 生覺하면 危險之事를 넘것다.

其 後 治安은 잡폇고 昌坪里에서 二二六事件에 加擔者는 林長煥이는 支署 습격者로 判名[判明]되고 丁五同 者는 道路橋梁 破橋者로 判名되고 蘇正洙 外 멋은 電信柱 破害者로 判名 鄭珍喆은 總指揮官을 組織되엿다고 모 刑을 밧고 鄭鉉一이도 警察署에 끌여갓다.

그려자 二二六事件으로 因하야 經費가 多額이 損耗[消耗]되{어} 其 經費를 加擔者에 割當하야 保充[補充]햇다. 알고 보니 住民 中 半割 以上이 共産堂[共産黨]에 加入햇드라.

一九四七年에 麗順발란事件이 터지자 이곳은 別事는 없엇스나 二二六事件에 〈26〉 加擔者들을 豫備檢束한다는 손문[소문] 나돌자 其者은 마음은 괴로윗다.

一九四七年 其年 三月에 兄은 炳千 氏에(重宇 父) 里長職을 引繼하고 大里로 移居햇다. 炳千 氏는 日政時代에 하고 二代채 區長을 맛닷다. 그러나 其者도 私事가 만코 言語가 不투명하야 住民이 시려햇다. 自己의 主張만 앞세우니 알아줄 澤이 업다. 其中에 내가 後事를 돌봐주엇다.

面에서 支署에서 郡에서 出張職員이 오면 나를 불여대고 하는 다음에는 나를 만이 차잣다. 그려다가 一九四九年 三月 中에 其者는 辭退하고 住民總會 席上에 選出키로 된바 住民들이 나를 추천하드라. 그런데 一部는 金暻浩를 추천하는데 崔乃宇는 漢文〈27〉 잘 모르고 金暻浩는 漢文도 잘 알고 筆子 잘 쓰니 金暻浩를 추천한다 햇다. 氣分이 少해서 可不間[可否間]에 투표를 해보자 해서 한바 結果는 多數票로 當選이 되엿다. 其 後 뜻이 不和햇지만 내게로 따라붓드라.

一九五〇年 三月 里長職 첫 事業으로 村前 入口에 住民負擔金 壹仟원 하고 役事 戶當 一日을 負擔하야 募亭[矛亭]을 建立햇다. 當時 班長은 丁東英 崔南連 丁五同 安承均 金東錫 筆洞 朴正根 靑云洞 金三童이엿다.

六月 二十六日 김急[긴급] 里長會議{가} 召集되엿다. 主催는 支署엿다. 支署長 沈大燮 氏엿다. 面長은 廉東南 氏엿다. 會議案件은 어제 六月 二十六日 새벽 三時頃에 北측 人民軍

이 三八線을 侵범하야 南下 中인데 〈28〉放送을 通하야 잘 아실 줄 밋사오나 住民들에 잘 說得[說得]시켜 조금이라도 동요 마시고 마음 深中[愼重]을 期하야 單合[團合]하야 國令에 協助해주시라 하고 우리 面民도 二二六事件도 격것고 麗順發亂事件[麗順叛亂事件]도 지내쓰니 말 안트래도 잘 協助를 付託하드라.

七月 十日頃인데 面에서 會議가 開催한바 가보니 面長 支署長 同席햇는데 南韓 國軍은 準備없이 갑작이 當하고 以北은 事前에 完全準備를 가추어 래려오니 그리고 其 日字가 日曜日이라서 不利한 듯싶으나 서울만 드려오면 人民軍은 도가지 안에 쥐새기나 다름없다고 햇다. 住民들은 念餘[念慮]할 것 없다 햇다. 會議 閉되자 兵士係 職員 廉東煥이가 보자 하든니 召集令狀을 주는데 崔昌宇 鄭鉉一 鄭仁根이엿다.

〈29〉大端이 不安햇다. 廉東煥을 私席을 마련코 公的으로는 안되지만 非公式으로 뺄 수 없는가 돈이 多少 들드래도 謝禮하겟네 햇다. 其者는 冷情하게 不應하면서 居絶하드라. 面長을 相面하고 뜻을 말햇드니 兵士係하고 相議하라 햇다. 또 不安햇다.

집에 와서 어머니 하고 相議하니 어머니게서는 나는 其 子息 軍人에 보내고 못 살겟다면서 너 昌宇 軍隊 보내면 바르[바로] 죽겟{다}고 하시고 昌宇도 못 가요 햇다.

그러나 아무리 生覺해도 方法이 없다. 召集日字는 七月 十五日 任實國民學校라 햇다. 生覺하다 某 親友를 맛나고 形便을 말햇다. 警察署 韓炳基가 兵事擔當者라고 傳{해} 드렷다. 그러나 韓炳基 應할는지 不應할는지 異心[疑心]만 들엇다. 召集日字 三日을 앞두고 아침 早起하야 大里 韓正洪 氏(炳基 父親)을 禮訪햇다. 반가히 하시면서 자네가 내 집에 올 일이 〈30〉없는데 이려케 오섯는가 하면서 朝食이나 갖이 하게 하드라.

居絶하면서 付託드릴 일이 있어 왓음니다 들려주실는지오. 무슨 일인지 모르나 드려줌새 하기에 반가이 하고 말삼을 드렷다. 다름이 안이고 제의 동생 昌宇가 召集令狀이 나왔는데 無理한 要求임니{다}만 本署에 炳基가 兵務擔當이라고 드려쓰니 先生任의 親書 한 장만 주시면 感謝하겟음니다 햇든니 그러케 하소 하면서 時間이 지나면서 封投[封套]에 잘 封入하야 父書文{이}라 햇드라.

바로 집에 와서 食事 좀 들고 警察署로 갓다. 가면서 任實邑內 空氣를 보니 市民 또는 各面에서 多數 募엿고 私服警察이 多이고 正門에 가니 立초者가 二名이 서서 嚴中[嚴重]이 對하드라. 韓炳基 순경 面會 왓다고 햇든니 모[못] 드려간다면{서} 用務를 傳해주마 하드라.

편지를 傳해주시요 하고 준바 바로 炳基가 〈31〉나왓드라. 親이 반기면서 酒店으로 慕侍드라. 조용이 말을 하면서 昌宇는 빼는 方法이 없음니다 하는데 초조햇다. 父親의 親書도 必要 없구나 하고 잇는데 단 하[한] 가지만 付託이라면서 召集場所에 오지 말고 게시요 햇다. 面 擔當 署 擔當이 갖이 서서 呼名을 합니다. 그려면 제가 묵인하겟음니다.

召集日字에 昌宇하고 갖{이} 任實에는 갓지만 昌宇는 避身시켜 놋고 나는 後面에 지켜보앗다. 呼名者가 對答하면 엽자리 巡査가 데리고 學校 {敎}室에 리게[있게] 하드라. 鄭鉉一이도 보이지 안트라. 鄭仁根이는 對答하고 校室[敎室]로 連行되드라.

우리 마을에 사랏든 成傑勳 者를 邑內서 맛낫다(者는 경찰관이엿다). 事態를 무르니 이곳에

처진 계 오를지 軍人에 入隊함이 오를지 누가 장담하겠소 하드라.

〈32〉 허둥지둥 집에 오니 마음은 노이지 안햇다. 이제는 家事나 父母 妻子息할 것 엇시[없이] 時局에만 精神을 쓰게 되엿다. 祖父母 祭祀도 生覺할 餘有 나들 안이 햇다. 食事 좀 주는 대로 먹엇다면 情報 듯기에 틈이 밧앗다. 面에 會議만 召集하면 반갑기 限이 업다. 募이고 보면 各 里長 面長 職員 支署長은 빠지지를 안코 參席한다. 그래도 戰況은 支署이 말한다. 不利함은 分明하다고 하니 모두 寒心스럽다.

十五日 (約 一個月이 된바) 支署職員 人便으로 편지가 왓는데 支署長 沈大燮의 편지엿다. 人便은 밧으다면서 바로 떠나고 後 뜨더보니 昌坪里長 崔乃宇 前. 우리 支署員은 上部命令에 依하야 任實 本署로 集結합니다. 아마도 我軍이 不利한 듯시고[듯싶고] 武器와 書類를 가지 完全 引上합니다. 〈33〉 부데 몸操心하시고 周邊을 잘 살피시요. 其間 物心兩面으로 協助해 주시여 大端이 感謝합니다. 便紙의 事연[辭緣]은 그럿다.

마음이 早急[躁急]햇다. 政府가 업는 것으로 生覺하고 어느 親舊나 住民하고 相議할 곳이 없어다. 우리 마을은 思想이 濃厚한 者가 半數가 되는데 이즘 되면 二·二六事件에 加擔者들은 護氣心[好奇心]을 갓겟지 햇다. 大里兄은 人便으로 只今이 國末로서 危險한 時期이니 몸操心하라 햇다.

어제 大里 朴炳鉉 氏(朴채현 父)는 警察官이 連行하야 大里 後山에 殺害햇다고 햇다. 其 翌日 새벽 四時頃인데 舍郎[舍廊]에서 자는데 소리를 하드라. 뒤門을 여려주니 警察官 二명이 銃을 메고 드려왓다.

마음 두근〃 햇다. 舍郎으로 慕侍고 〈34〉 用務를 무르니 林長煥 鄭珍澈 氏을 만너려 왓다고 하드라. 어제 大里 件도 듯고 以者을 豫備檢{束}하러 왓고나 生覺이 드려 조금 기드리시요 內室에 가서 衣服을 갈아입고 오리다 하고 안으로 와서 成曉 母에 束[速]히 가서 林長煥으로 避하라 햇다. 그리고 舍郎에 내려와서 담배를 피우면서 時間을 보냇다. 急하다며 再促하기에 날이 새면 가자 햇다. 約 十五分 後에 出發해서 三人이 갖이 林長煥 집에 가보니 林長煥 父母는 마루에 안젓드라. 警察은 林長煥을 봅시다 하니 없다고 하면서 全身을 떨드라. 警察은 熱이 낫다. 방안을 열고보고 便所를 뒤지며 삿삿이 뒤드라. 할 수 없이 抛棄하고 鄭珍澈의 집으로 가자 하야 靑云洞으로 너머 가보니 鄭珍澈은 버젓이 집에 잇드라. 連絡할 時間도 없엇다. 〈35〉 鄭珍澈의 눈치를 보니 알아채리드라. 警察은 무를 말이 있으니 갑시다 하니 異心 없이 알겠음니다 하면서 따라 나섯다. 婦人도 말없이 바라만 보고 있어다.

내의 집으로 왓다. 朝飯이나 하고 가시요 햇든니 좃소 하드라. 食口들은 미리 알고 食事準備을 하는데 舍郎에서 鄭珍澈는 말햇다. 나는 잘 알고 있소. 나는 只今 身病이 오래된 者요. 집에 있어도 죽을 사람이고 本署도 가도 죽을 사람인데 조금도 早急[躁急]하지 안코 念餘[念慮]하지 안소 햇다. 食事는 한 床에 채려 오는데 珍澈도 其 食事을 잘 하고 마참 떡이 있어 주니 떠마저 잘 자시드라. 食事 後 門前에서 作別하는데 눈물이 돌드라. 잘 단여오게 햇다.

〈36〉 鄭珍澈 一行 떠나자 바로 林長煥이는 우리 집에 왓다. 通來해 주시니 感謝하다 하고 나는 끌여가면 바로 죽인다 햇다. 支署을 襲擊하고 刑務所에서 一年 半을 감옥사리한 者인데 살 길이 없다면서 고맙{다고} 햇다. 나는 죽는 날까지도 里長 崔乃宇는 못 잇게네 햇다. 自己 父母도 단여갓다. 그러나 共産主義가 오면 또 다를 게 아니가 십엇다. 住民들은 崔乃宇 (德: 지움)으로 林長煥이가 避하게 되엿다고 人事를 만이 바닷다.

一九五〇年 七月 二十日頃 大里에서 成吉 炳赫 哲浩 鄭龍澤이 봇다리를 들고 왓다. 只今 事能[事態]가 急하니 避難을 해야 한다 햇다. 그러니 돈도 없고 衣服도 準備가 안 되어 어머니에 相議햇드니 돈 며[몇] 십 원을 주시고 삼배 옷으 내주면서 避햇다 오라 하시엿다. 그러나 其者들은 벌{써} 떠나 버럿다.

〈37〉 卽時 出發을 하는데 되가 도라다 보니 어머니는 드려가시지 안코 거리를 두고 거러오시엿다. 밥이[바삐] 가고 싶어도 거름이 걸이지를 안 햇다. 용운치재에 當하자 鄭珍澈을 相面케 되엿으니 오직 반가왓다.

德澤으로 잘 단여와네 하며 자네 어디를 가려 왓는가 하고 무르기에 避難가야 하기에 떠난다 햇드니 깜작 하면서 자네 무슨 罪가 잇기에 避難으 간단 말이가{라고 말했다}. 그려자 어머니게서 그곳에 當햇다.

어머니는 鄭 生員 共産主義가 오면 鄭 生員게서 우리 亨宇 조[좀] 살펴 주시오 하시드라. 鄭珍澈은 제가 責任짓고 보살피겠음니다 하고 못 가게 말이면서 自己의 집으로 가자 하야 마음이 달아저 〈38〉 어머니하고 갖이 靑云洞 鄭珍澈의 집에 갓다. 其 婦人은 眞心으로 반기드라. 외 수박을 내노면서 珍澈이는 {말}햇다. 자네는 罪라 하면 里長 一年쯤 한 게 罪인데 共産主義도 政治國家인데 國民을 박대하면 政府가 必要없는 게 안니가 햇다.

그래서 避難 간 사람이 夕陽에 어머니하고 집에 드러오니 家族들은 또 반기드라. 住民들은 避難간 사람 束히 왓나 하며 술을 바다오고 밤에는 某이 닥을 잡고 夕陽도 侍接[待接]하면서 갖이 지내자 햇다. 安心은 되나 完全 밋지는 안햇다.

그려자 所聞은 人民軍이 大田에 왓다고 한 사람 裡里에 왓는데 미구에 全州에 온다느니 하고 기드린 듯하드라. 나는 당황햇지만 其時 進退兩難이엿고 住民의 눈치만 보왓다.

〈39〉 大里 兄도 消息이 없고 가 보지도 못하고 人心을 모르니 그려햇고 朴炳鉉 氏가 日前 죽엇다니 마음은 괴로왓다.

每日 湖州機는 날쌔게 底空[低空]으로 날고 잇고 심〃해서 논에르 가니 피할 곳도 없고 洞內에 잇자니 수궁거리고 밤에는 잠도 제다로 오지 안하야 꼭 감옥사리 갓고 답〃하기 側量[測量] 없엇다.

하루는 美 飛行機 비二十九號[B29호]가 館村鐵橋를 破校[破橋]하는데 近方이 有動이 되여 成曉 成康 家 全員을 데리고 앞 山峙에 올아가서 館村 近方을 求景도 햇다. 其時 두 兄弟는 五歲엿다.

다음 날에는 館村市에 호주機가 오든니 住宅에 불을 뿌리고 실탄을 발사하는데 학바우에서 求景하는데 煙氣가 자옥햇다.

〈40〉 其 後 들으니 館村 市民들이 學校로 募여 人民軍이 全州에 進駐했으니 우리도 還迎式[歡迎式] 準備을 하고 人共旗도 계양하자고 하는데 其 情報가 累設[漏泄]되여 還迎式

도 못하고 市民만 被害를 보왓는데 軍人들이 불난 후 市內에 들여 보이면 銃殺하야 수십 명이 주윗고[죽었고] 家屋 불타 벼렷다고 들엇다. 내의 同窓 辛永熙의 父親도 其時 총을 마자 죽엇다.

그 해는 雇傭人이 丁奉來엿다. 하루는 奉來을 불어 내가 情神이 없네 논에 물도 대고 풀도 매새 하야 논에는 갗이만 비해기가[비행기가] 요동하니 그도 마음뿐이지 건성이엿다. 동내에 오니 住民들 북골로 避難을 갈여고 창긴다며 食口 어머니가 促求햇다. 할 수 없이 家畜하고 살임사리를 남기고 〈41〉 衣服 食糧 程度만을 가지고 食口가 북골 韓正石 氏의 집을 選定하야 갓다. 그려나 其 집은 좁아서 于先 솟만 걸고 잇는 次엿다.

其의 時間은 午後 四時엿다. 人便으로 連絡이 왓다. 事由는 洞內 里長을 차는다고 하면서 軍人들이 수 百명이 왓다고 햇다. 人民軍은 안나냐 햇다.

國軍 같으라 해다. 生覺 中 國軍이라면 進擊하려 왓는 듯싶어 나섯다. 어머니게서는 엇얼라고 너 혼{자} 가는야 하기에 걱정 마시요 하고 出發해서 중날을 가니 軍人들이 進[陣]을 치고 잇으면서 여기 무슨 일{로} 오요 하드라. 나는 이 마을 里長인데 中隊長이 面會가 要請이 잇어 가는 사람이요 햇든니 通過되엿다. 안골 우리 밭에 募이는 곳에 臨時 中隊本部라 하고 大領, 小領[少領] 〈42〉 卷銃[拳銃]만 차고 큰 부채만 들고 五, 六명이 잇드라. 이 마을 里長이 하드라 하면서 오늘 夕食 밥 約 三〇〇명 분만 해주오 햇다. 그려면서 只今 全州에 人民軍이 왓는데 進擊하려 왓소 하드라. 반갑기도 하고 不安키도 햇다. 바로 동래로 갓다. 가보니 全 住民들은 家畜만 남겨두고 북골로 간바 女人 한 분을 보내서 절문 婦人하고 班長들을 束의[速히] 오라 햇다.

里長을 밋고 많이 너머 왓다. 指示을 하면서 班別로 白米 二斗식 六斗을 收集하고 婦人들은 밥을 하는 準備를 하시요 햇다. 飯撰[飯饌]은 必要업고 소금물로 손에 무치여 주먹밥으로 뭉치라 햇다. 밥을 큰 솟에 해서 數字도 무르게 뭉처 노면 절서[질서]잇게 小隊別 軍 三, 四명식이 〈43〉 와서 가저 가드라. 그런 中 某 軍人이 人事를 請하드라. 人事를 하고 보니 日政時代에 金永善이란 사람이 本籍은 新平 竹峙人인데 炳千 氏(重宇 집)에서 雇傭人으로 잇서는데 바로 그 사람으 同生이라 햇다. 반갑게 악수 하면서 全州로 進擊 중임니다 햇다.

주먹밥은 한 묵치는 바로 들고 한 뭉치는 非常用이라고 드려는데 두 뭉치를 다 먹{어} 치우고 또 엇던 軍人은 조이에 싸서 휴대하드라. 어던 軍人은 밥 좀 더 주시요 하기에 食堂 가보니 밥이 잇서 더 준바 대장이 알면 기압 밧는다고 오지 안코 特別히 양이 큰 사람은 염치 불구하고 왓드라.

〈44〉 中隊長이 面會하자 햇다. 相面하고 中隊長은 말하기를 中隊本部를 募亭으로 定할 터이니 그리 알고 里長任은 우리가 모든 連絡上 수시로 對面코자 하니 머리에 白色 띠를 두루시면 夜中에 어데를 가나 是非가 없으니 그려케 갖추시고 住民들은 一切 通行禁止하오니 그려케 傳해 주시요 햇다. 이 마을은 밋고 上部슁에 依하야 언제가지 있을{지} 모름니다 하고 모든 保給[補給]은 바로 닸음니다 햇다.

그려고 조금 있으니 어느 장교 少尉級이 내 집으로 왔다(三명). 非公式으로 술을 要求햇다. 〈45〉 좃소 하고 班長 한 분을 데려다 닥 三首을 잡고 술을 가저왔다.

其時는 밥도 술도 닥도 아갑지를 안니햇다. 住民들은 幣[弊]가 될망정 몇칠 있어 주윗쓰면 햇다. 닥을 우리 집에 쌈고 술을 먹는데 장교 한 분이 오더니 너이들 하면서 個人의 집에 와서 幣를 끼치는야 하면서 나무래기에 내가 實은 욕을 보시기에 닥 한 마리 잡이[잡아] 드럿 습니다 하고 私情[事情]을 햇든니 고맙소 하면서 오늘 밤 幹部會議를 하려 한데 行方不明에 왔다 하드라. 그者도 갗이 먹고 나하고는 親이 더 햇다.

그려고 갓는데 열약兵[연락병]이 왔다. 中隊長이 오시라 햇다. 갗이 간바 嚴萬映〈46〉의 집이엿다. 只今의 尹龍文의 집이다. 中隊長은 이 집이 思想的으로 異常 없다 햇다. 異常없다고 햇다. 그런데 其 집 마루에서 軍服을 차리고 銃도 가젓는데 저여밥[저녁밥]을 시켜 먹다가 巡察을 도는 軍人에 발각되 食事만 끝이 나면 調査하려 햇다.

食事가 끝이 나자 두 명의 軍人을 募정으로 連行하드라. 따라가 보니 嚴重이 請査[調査] 다루다가 所屬을 무르니 어는 部隊라면서 其 部隊가 모래 떠나 나고병[낙오병]이 되여 本部隊하고 편입하야 갗이 싸우겟다고 하니가 장교 한 분이 나서면{서} 마구 때리고 銃대로 마구 제기면서 너의들은 間諜으로 認證[認定]햇다. 총도 압수하고 팔목을 묵엇다.

그 後 새벽 一時쯤이엿다. 장교 한 분이 〈47〉 왔다. 押作이[갑자기] 上部令이 떠려져 全員이 바로 引上하오니 몸조심하고 잘 게{시}요 햇다. 中隊本部에 가서 中隊長 幹部들 하고 親이 作別햇다. 그려나 다리도 없어 물로 건너 가드라.

떠난 지 二〇分 後에 들판에서 銃聲이 들엇다. 後에 보니 鄭東洙 果樹園에서 銃殺햇드라. 于先 밭에 무덧드라. 其者는 어제밤에 잡인 나고병 二명이라 생각햇다.

그려나 아침에 舍郞에서 늦잠이 드럿는데 嚴萬映이가 와서 깨웟다. 募亭에 가보자 햇다. 그래서 갗이 가보니 총 두 자루(에무왕총[M1]) 실찬[실탄] 담배 가방이 그대로 노여 있엇다. 住民들은 논에 또는 소 깔 베로 갓다가 주윗다고 수류탄 담요 여러 가지를 주워 왔다.

〈48〉 嚴萬映하고 相議햇지만 銃器類을 무슨 方法으로 處分해야 하는야엿다. 嚴萬映 보고 어제 밤에 자네 집에서 전역食事를 시켜머고 나고자[낙오자]의 銃인 것 갓다. 모두 자기의 銃이 안이엿기에 놋코 간 銃이라고 말해 주엇다. 그려면 館村驛을 가 보자 햇다. 갗이 驛前에 갓으니 警察들이 多數가 있는데 마참 趙 巡警 新平支署 勤務者을 맛나고 銃器에 對한 設明[說明]을 햇든니 그려면 束[速]이 가저오라 햇다. 洞內에 銃이 있으면 後事가 問題이다 햇다.

바로 집에 와서 嚴萬映이 하[한] 자루 내가 한 자루 實탄 手留탄[手榴彈]을 갓고 驛前으로 가는데 먼 곳에서 某人이 고암을 지르며 우리 보고 손을 들아 햇다. 異常하게 生覺고 것름을 멈추고 있으니 손목을 자부면서 이 武器이가 내 것입니다 햇다. 우리는 알 길이 없다 〈49〉면서 据絶[拒絶]햇든니 이 洞內 里長任이지요. 어제밤에 우리 軍人들이 수 百명이 와서 洞內 幣도 마니 끼쳣든 사람이요 하드라.

그려면서 어제밤에 나고兵의 銃인데 그者들은 行方不明이 되엿고 全州 近方에서 中隊長이

나고兵을 추적하는데 제가 責任者로 指適[指摘]하야 束이 其 銃을 가저오지 안니하면 너는 銃殺刑에 處하겠다니 이 銃을 주시요 愛願[哀願]햇다. 그러나 根据[根據]가 없이는 줄 수 없다고 不應햇다. 그러나 認證은 되나 後難이 두려워서 根居品[根據品] 또는 所屬을 너서 領受證[領收證]을 해달아 햇다. 좆타고 하면서 所屬을 너서 領受證을 해 주드라. 그래도 異心 햇든니 寫眞 一枚를 주드라. 其者는 以北에서 내려와서 西北靑年團이 別途로 組織的인 軍人이라 햇다. 그러나 領受證과 사진을 人民軍이 오면 바로 업세 버리시요. 〈50〉萬諾 人民{軍}에 發見되면 身上에 害롭십니다 하고 當付햇다. 別手[別數] 없이 銃은 引櫃[引繼]하고 親이 作別했다.

집에 온{니} 一〇時엿다. 靑云洞人이 와서 말하기를 처만니 앞산에 새벽에 軍人들이 꽉 차고 진랄골에는 警察官이 꽉 찾는데 警察官만 와서 밥을 要求해서 해다 주윗다고 하면서 徐得珠도 왓드라 햇다. 徐得珠라는 사람은 新平學校 단이고(처만니에서 自轉車로{})나는 館村學校를 단이면서 親舊가 된 者다. 그 者의 아버지는 徐德化 동생은 徐高間이라 昌坪에서 살다 죽엇다.

그려면서 求禮서 왔다고 崔乃宇를 안야고 뭇기에 이 마을 里長라 햇드니 바로 中隊에 申告하니가 兄이라고 其者를 이곳으로 오시게 하라고 해서 모시려 왔다 햇다.

참으로 반가워서 가보니 姨從 동생 李基複〈51〉이엿다. 오래만이고 반가와서 외딴 곳으로 자리를 옴겨 서로 주고 밧고 하면서 말하기를 어제 夕陽에 求禮邑에서 在鄕軍人 非常召集이 있어 가보니 求禮驛에다 列車를 侍機[待期]해 노코 乘車하라 하야 南原에 오니 武器, 軍服을 주워 이곳에 와서 무르니 任實라 하여 兄 生覺이 떠올아 住民에 무르니 多幸이 兄 任 마을이라고 햇다. 兄은 서울 西氷倉[西氷庫]에서 戰死햇다고 듯고 어머니는 麗順反亂[麗順叛亂] 時에 加擔하야 死刑당햇다고 하면서 스프게 말을 하는데 至急이 昌坪에 人便이 와서 里長 마당에다 丁基善을 끌고 와 銃이 잇다는{데} 내노라면서 꾸려놋코 죽게 때{리}면{서} 里長을 데려오라고 하고 基善에 子息이라면 遺言할 말 엇나[없나] 하고 잇다고 해서 里長을 델여왔다고 햇다. 바로 中隊長이 中領인데 점잔햇다. 우리 마을 銃器 件이 잇는 其 銃器의 事는 〈52〉제가 責任者입니다. 그려데 無故한 사람을 때린다니 엇저면 조케 씀니가 햇든니 傳令이라는 軍人 팔에 完章[腕章]으 끼엿드라. 中隊長은 傳令에 束히 가서 軍人들을 引上하라 命令을 내면서 五分 내에 오지 안으면 中隊員을 보내겠다고 하라.

조금 잇으니 軍人들은 丁基善을 連行코 왔다. 丁基善의 模樣을 보니 죽을 死生이였다. 中隊長 앞에서 其의 銃器 二자루는 어제밤에 우리 마을에서 駐屯하다 떠난 軍人으 銃이여서 其 軍人이 왓기에 내주윗다고 햇다. 中隊長은 고개 짜웃동하면서 그것을 우리가 밋이 못하겟소 하드라. 이 마음[마을]에 共産黨이 몇이야 무럿다. 없다고 햇다. 銃을 내준 根據[根據]기 잇읍니다. 무엇시요 하기에 領受證으 提示햇다. 〈53〉보고 또 보든니 西北靑年隊라고 認證하드라. 그러자 사진을 보엿든니 中隊長을 아아[알아] 보드라. 未安하다면서 담배 하[한] 보루를 주워 왔다.

基善은 兄이 어데 잇는지 모르고 銃도 內用을 모른 사람을 이려케 때리니가 靑云洞으로 데

겨간 것 가다고 하드라. 오는 길에 金學祚 집에 술이 있서 데리고 가서 꼿주를 만이 권하야 自己 {방}에 누워 놋고 嚴萬映이가 나하고 갖이 行動햇는데 萬映이가 말햇은면 그려 안앗슬 게다고 하니가 萬映도 마자 죽을 터이니 나시겟나 하드라. 夕陽이 되니 李基複 동생은 親舊라고 三 四名을 데리고 왔다.

〈54〉中隊長에게 許諾을 받은바 姨從兄任은 相面햇지만 姨母任을 못 뵈였으니 許諾해 주시요 햇든니 뵙고 오라 했습니다. 닥을 잡{고} 술을 밧고 夕食을 먹여 보냇다. 여가 있으면 藉〃이 오라 햇다.

그 이튼날 中隊長이 面會要請하자고 專令[傳令]을 보내왔다. 갖이 가니가 中隊長은 親切이 對하면서 大端 未安하지만 팟 一斗 程度만 構[求]해 달아 했다. 솟 잇고 설탕도 잇는데 軍人들에 덴사이를 끄려 주{려}고 한다 했다. 바로 班長들을 召集하야 그 뜻을 말햇든니 其時코 팟을 田畓 落種하고 귀여운[귀한] 때엿다. 그래도 命令을 〈55〉据絶 못 하고 집집이 단여 한 주먹식 거出[醵出]해 왔다. 그래도 一斗은 너멋다. 팟을 가지고 가니 中隊長 반기면서 또 담배 두 보루를 주드라(공작담).

그 이틀날 아침에 鄭圭太가 왔다. 어제 밤에 軍人 警察이 소리 없이 떠낫는데 네 동생이라며 안다고 하고 못 뵙{고} 가니 섭〃하기 限엇다면서 專[傳]해 주요 해서 왓드라. 大端 서운하고 슬프드라. 生覺하니 이제부터는 完全이 無政府가 되엿구나 햇다.

그래도 住民들은 내를 만이 相對해 주엇다. 軍人들 떠난 三, 四日이 되니 我軍은 警察들까지 一部는 地方으로 南原에 解散하고 軍人은 釜山으로 後退하자 바로 〈56〉面 人民委員會 構成되엿다고 드럿다. 面 人民委員長(面長)에 鄭鉉一 分駐所長에 嚴萬映 面堂[黨] 委員長에 鄭珍澈이라고 들엇다. 昌坪里 人物로 되엿드라.

다음은 昌坪里 人民委員會 構成하는데 里民 全體가 募여달아고 하는데 萬諾 不應하면 反動分者[反動分子]로 몬다 했다. 金暎浩 宅으로 全員 募엿다. 里 人民委員會長은 丁五同이가 選出되고 里 自衛隊長은 林長煥으로 選出되엿다. 班長은 蘇正洙 黃判吉 宋學龍엿다. 女性委員長은 姜春順 尹敬任(崔鶴宇의 妻) 其外 三, 四人이 責任者로 選任되엿다.

그려나 몇일 지나다 丁五同은 술이 과하다 하야 交替하는데 鄭柱澈(鄭宰澤 父) 氏로 選任했다. 住民들은 每日 募여 人民委員會에만 從事하고 家事는 不고 하드라.

〈57〉每年[每日] 會議라고 募여 놋고 李承晩 政治만 非방[誹謗]하고 金日成 將軍 治下[致賀]엿다. 또는 人民義勇軍을 募集하야 하다면서 自進 志願[誌願]하라고 하니가 첫재로 朴正根 朴京洙 裵仁湧가 志願者로 나서 갓다. 民靑員會議 婦女會가 쉴 사이 없{이} 엿렷다. 飛行機 獻納金 募金 選傳[宣傳]하야 住民들을 조금도 쉴 사이가 없게 利用햇다. 飛行{機}는 每日 쉬지 안코 떠다니고 面黨에서 왓느니 郡 宣傳部에서 왓느니 해 자조 募엿다.

하루는 大里에서 成吉이가 왔다 避難 갓다가 죽을 苦生만 햇다고 느려 노왓다. 避難 가든 첫날 任實邑內 專賣 앞에서 씨아시隊(憲兵)에 걸어서 잡혀 잇는데 夕陽에 풀어주워 任實警察에 잇는 朴五德이라고 成吉의 同窓이 도와주어 任實邑內 朴공장 〈58〉하루 밤을 지내{는}데 警察官 人檢을 나와 그런 창피가 없엇다고 하고 그 잇튼나은[이튿날은] 山으로 해서 오수로 빠저 巳梅에 당한니 軍警이 막고 있서 래려가들 못하야 桂壽里 祭閣에서 굼고 하루 자고 다시 山으로 避하야 一週日 만{에} 집에 왓다고 햇다.

집 오니 面에서 오라 하야 갓든니 糧穀收買員으로 任命햇고 炳赫 氏 面 書記로 復職해고 炳列 氏는 民靑員으로 드려갓다고 말햇다. 집에 있으면 情報를 드를 수 없고 우리 집안 主目[注目]한 집안이여서 드려갓다고 햇다. 잘 한 일이라 햇다.

하루는 洞內 몇이 와서(女子도) 貯장해둔 木炭을 押收하겟{다}고 하면서 人民軍들이 오면 食品을 숫불에 꾸어 주게다기에 承諾{해} 주웟다.

하루는 募亭으로 募이라 하야 갓든니 委員長 鄭柱澈은 말하기를 土地分配〈59〉를 하게 되엿다 하고 某人의 土地 某坪은 某人이 分配밧게 되여다고 呼名햇다. 고지를 준 사람은 全部를 몰수햇고 其他는 半分式 分配을 當햇는데 우리의 土地는 李春甫(李正云의 父)가 바닷다고 하기에 委員長을 相面코 未安하지만 桑田이나 좀 빼주시지요 햇든니 旣히 公布가 되엿으니 李春甫 本人에 말해 보라 햇다. 그래서 募亭에서 春甫를 맛나고 桑田만 빼주시요 하고 私情 햇드니 코똥을 뀌면서 나도 누예 좀 키워 보겟네 하니 다시 말 못햇다. 自己가 돈 주고 산 것도 안닌데 生覺하니 기맥키드라. 不平도 못하고 當햇다.

또 하루는 집에 잇아니 銃을 메고 집에 드려섯다. 不安햇다. 新平分駐所에서 왓는데 家宅搜索을 하려 왓소 하고 軍人들이 後退하면서 銃과 實彈을 非藏[秘藏]하고 갓다는 情報를 入受하야 왓소 햇다. 그려다 存細[仔細]이 보니 下加里〈60〉李春雨의 子息이엿다. 其者는 下加에서 聖壽面 簡易中學을 昌坪洞內로 단닌 者엿다. 그려나 모른 체 햇다. 家內 一切 搜索을 끝내는데 或 武器類라도 發見되면 그날이 죽는 날{인}데 하고 마음 과로왓다. 끝판에는 石油 拱[空] 도람무[드럼통]가 五個 잇는데 來日 分駐所로 내려 보내라 햇다.

그려고 보니 되門에 尹玉龍이가 몽둥이를 들고 立硝[立哨]을 섯고 正門에 鄭九福이가 立硝를 서고 잇드라. 自衛隊長은 分註所屬인데 入場이 難하니가 林長煥 不參햇다. 立硝者는 自衛隊長이 指揮하는 것이다.

날이 갈수록 내게 죄여들드라. 듯자니 蘇正洙는 分駐所員(只今 巡警)으로 任命되엿다고 드렷다. 嚴萬映 왓다. 生覺한 체 하면서 面에 한 번도 래려오지 안가[않는가] 햇다. 大端 밥으제야 하고 治下를 해 주웟다. 그랫든니 面에 오시면 밥도 만코 술 되야지 고기 날마다 벅신 댄다〈61〉고 하면서 가자고 햇다. 그래서 鄭鉉一이가 面委員長이라는데 人事 한 번도 못 하고 鄭珍澈도 堂[黨]委員長인데 그도 未安하네 하고 따라 나섯다.

分駐所(支署)로 드려갓다. 조금 있으니 留置場 門을 열고 나오라 하드라. 萬映이가 그래서 보니 金善權 氏 金炯順 氏를 捕拍[捕縛]하드라. 其 것을 보니 體面이 안니드라. 바로 나와 버렷다. 나도 或 그럴가 바서 大端 不安感이 드렷다.

그게 내의 生覺으로는 嚴萬映이가 分駐所長의 位置롤 보이고 權案[權限]을 내게 자랑 삼은 것도 갓고 또는 나를 危險[威脅]을 주는 것도 같으라. 박에 나오니 日前에 大里 奇正達 廉東南은 本署로 넘것다고 하드라. 할 말이 업섯다.

바로 面事務室로 갓다. 鄭鉉一을 對面햇다. 그동안 人事次 못 온 게 未安하네 〈62〉 하고 보니 옆 자리에 大里 金宗澤 氏가 안저서 바기드라[반기더라]. 其者는 只今의 副面長 職位드라. 바로 이려서서 가새 하고 끌터라. 따라가 보니 酒店 에데 되야지 고기 끕고 술을 侍接하는데 오히려 내가 侍接해야 하는{데} 未安하기 限 없엇다. 其外 人도 알 만한 사람이 멀이 보이나 고개를 숙이고 걸엇다. 다음 鄭珍澈을 맛나고 어굴[얼굴]만 보이고 밥이 올아 오는데 道路를 타지 안코 虎巖들을 据處서 북골도 行하야 집에 왓다.

그 다음 날이엇다. 情報를 듯자 하니 내가 간 날 午後에 大里 鄭龍安(鄭用澤 四寸) 洪宗九(順行의 父) 文永元(내의 親舊고 동갑) (全州 法院 勤務者[勤務者]) 其 三人을 連行코 上加里 任實 가는 길목에 다 死殺[射殺]햇다고 드럿다.

〈63〉그려타면 어제 나도 嚴萬映이 가자 햇는데 或 그런 뜻에서 자조 異心[疑心]{하고} 空氣 살피기에 눈을 떳다. 그려나 누구 보고 愛願[哀願]하고 사정적으로 말 안 햇다. 죽이면 죽엇지 그려고 싶지는 안 햇다. 다음은 本村 蘇正洙가 왓다. 그려나 속은 不安햇다. 그려치만 侍遇[待遇]는 햇다. 人象[印象]이 큰 權限者처럼 도도하게 보엿다. 蘇正洙는 말햇다. 자네 말이여 二二六事件 時에 자네 兄 長宇가 里長 當時인데 其 二.二六事件 모든 經費를 우리 共産堂員[共産黨員]에만 負擔을 시켯다. 其 經費는 相當햇으니 이제 우리도 保充하겟다 하고 損害培償[損害賠償]을 要求햇다. 理由는 자네의 兄이 행한 일이지만 〈64〉其 분은 떠나고 자네 兄 代身 里長이엿지 안가[않은가] 햇다. 弱子가 된니 確答도 못 하고 잘 알겟음니다 햇다.

其 翌日 또 왓다. 間밤에 어터게 生覺햇나 햇다. 大體로 어는 程度을 要求하는가 햇다. 그者는 夏麥으로 百五〇叺을 말햇다. 其 해는 보리가 豊年이엿다. 내가 발통機 村前에서 脫穀하는데 收入도 相當햇다. 蘇正洙에 엇던 方法으로 收集을 하며 내노을 사람을 定해 주소 햇다. 그랫든니 其者는 그것은 나는 關係 안켓으니 乃宇가 알아서 收集만 해달아 햇다.

〈65〉本件을 어느 누구하고 相議할 사람 없고 혼자만 고민햇다. 그 후 生覺하다 그 전 舊 班長들을 訪問하고 今般 내가 募이라는 것은 舊 政治事인니 빠짐없이 우리 방아실로 募여주기 바람니다 햇다. 때는 점심 끝이 나는 時期엿다. 멋도 모르고 現 人民委員會에서 召集한 줄로 알고 住民 全員이 방아실로 募여 드렷다.

나는 말하기를 여려분들 밥으지만 이려케 만이 우리 집으로 募여 주시니 마음 깊이 感謝합니다. 다름이 안니고 過居[過去]에 二.二六事件이 있엇지요. 그런데 우리 마을에서 其 經費를 〈66〉其 가탄者[加擔者]에게만 負擔시켜 오늘날까지 其 被害가 莫深[莫甚]하야 保償[補償]로 夏麥으로 百五十叺을 要求하오니 여려분들 엇더케 生覺하시요 햇다. 내의 말 떠려지{기}가 밥으게 某人은 나는 큰 重大한 일인 줄 알고 왓든니 겨우 그 소리나 하고 退場하니 따라서 많이 退場해 버리드라. 不安햇다. 그래도 큰 소리를 못 낸다. 宋成龍이는 말하기를 내계 一斗도 못 낸다면서 其間에 鄭珍澈 집에서 會議 때마다 삼박굴(庥田)에 편지 갓다 준 사람이 나다고 役設[逆說]하드라. 現場에는 半數도 못 되드라. 其의 半수는 이려케도 못 하고 저렷케도 못 하고 中立的인 立場이엿든 사람들이엿다.

〈67〉나는 다시금 發言을 햇다. 退場한 사람은 뜻에 없는 것으로 본데 強要는 못 하겟소. 強

要를 못한 理由는 其者들은 人共에 功勞가 만은 것으로 보는데 엇지 强要하겠음니가 햇다. 崔東振 氏는 말 하드라. 그려면 우리까지 負擔해서라도 要求는 드려주자 햇다. 異議[異意] 없이 通過해서 配定하는데 最下 보리 三叺 四叺 五叺 七叺로 區分해서 來日이라도 내 집으로 가저오시요 하고 會議를 맞엇다.

其 翌日부터 보리 가마가 드려오기 始作하야 一五〇叺는 二日만에 完全 收入햇다. 收入 完了햇다고 公布는 햇지만 蘇正洙는 對面 안니 햇다. 아수면 가저갈 터이지 하고 未收가 잇다면 모르지만 完受되엿〈68〉는데 그려 必要 없다고 生覺햇다. 其의 情報가 面堂에 傳해진 것으로 안다.

몇일 있으니 鄭珍澈 堂 委員長이 왓다. 乃宇 얼마나 욕보는가 하기에 고맙기 짝이 없섯다. 其者는 그래도 舊漢文 知識이 든 者라 境遇와 禮儀가 分明햇다. 몸도 不便하신데 이려케 틈이 잇나 햇다. 다름이 안니고 堂에서 듯자하니 二二六事件 經費 補充 條로 住民들에서 보리를 一五〇叺나 收集햇다면서 물엇다. 其게 事實이네 햇다. 그러나 내의 生覺으로는 鄭珍澈만니 아는 것은 안니고 洞內 林長煥 鄭柱澈 丁五同 鄭鉉一 가족 모두 알겟지만 말이 업섯다. 其者들 惠澤이 돌아오면 받을 사람으로 알앗다.

〈69〉鄭珍澈 委員長은 말햇다. 過居에 李承晩政權 時는 엇더란[어떠한] 行爲를 했을지라도 우리 人民共和國에서는 똑갖이는 못 해겟네 햇다. 二.二六事件 經費는 昌坪里만 被害가 잇는 것도 안닌데 昌坪里만 그런 짓을 하면 되{겠}가 하고 여{러} 가지도 말을 햇다. 그래서 蘇正洙가 勸해서 그랫다고 햇다. 당장에 蘇正洙를 오라 햇다.

蘇正洙를 데려 노왓든니 蘇正洙를 단″이 나무래면서 도로 내주게 하라고 하드라. 蘇正洙는 말하기를 鄭 동무는 損害를 안니 밧나 하고 二.二六事件 時 破産 當한 者 만치 안나 그래서 保償〈70〉하려 한다면서 오히려 熱을 내드라. 그려니가 鄭珍澈은 그려면 똑갖이 하면 우리 共和國도 李承晩政府나 다를 게 없지 안나. 萬諾 보리를 住民들에 돌여보내주지 안니하면 上部에 報告해서 嚴이 다룰 게다 하고 갈엿다.

其 翌日 住民과 班長들에 가저가라 햇든니 一時에 돌여가버렷다. 八月 二十日頃이엿다. 鄭柱澈은 내게 와서 農産物 判定員으로 단여라 햇다. 무웟이든지 부려먹고 日後 목슴만 살여주면 햇다. 大里 柳鉉煥이가 昌坪 擔當이고 또 몃 사람하고 三, 四人이 田畓을 돌며서 숙[쑥] 쑤시 벼모가지 〈71〉알 수을 세고 柳鉉煥이는 帳簿에 記載햇다. 그것도 住民 一部는 제 것은 좀 낫추워 달아고 付託도 하드라.

몇 일을 단이는데 그 정도는 단일 만하드라. 밀대帽子를 쓰고 朝食 後 늦게 단이다 그늘 밑에서 休息하고 作人이 술도 가저오고 때가 되면 점심도 주고 幸福이드라.

하루는 募亭에 갓다. 그때는 大里에서 兄도 건너왓다. 秩序는 섯다고 본다. 그런데 道峰里 사는 金龍萬 者가 왓다(金雨澤의 叔父). 其者는 나하고는 親切한 之間이다. 發動機 技術者인{데} 우리 방아가 故章[故障]이 나면 每事를 除치고 와서 고처준다. 북골에서 방아루 찌는 그곳가지도 왓서다. 利害 間에 고마운 사람니다.

〈72〉그런데 衣服을 깨끗이 갈아 잇고 왓다. 나는 內容도 모르고 엇전 일이요 햇다. 住民이

多수엿고 大里서 온 兄任도 있엇다. 고비[주머니]에서 담배를 내 피우면서 톨 〃 터려놋고 말을 하는데 내가 罪가 업다면서 罪가 잇다면 建國準備委員會 〃員[會員]의 罪뿐이지 다른 것은 없다고 하드라.

그려데 自己의 兄하고 아버지 金洪基(雨澤의 아버지 하아버지) 두 분을 밤에 館村에서 銃殺하고 나도 連行해다 夜中에 有線을 묵거서 10餘 名을 죽이려 館村 後山으로 끌여가는데 精神을 바작 차려서 有線줄으 끄르고 가다 콩밧이 나오기에 콩밭으로 드려가 안저 버렷다고 하면{서} 죽음 免햇다면서 그곳에서 衣服을 벗어 버리고 홀몸으로 大里 後山을 지나서 自己의 밧에 왓다〈73〉고 햇다. (只今의 徐東辰 工場門게다) 임무[이미] 또 잡펴 죽게 된 사람이 못할 말 잇나 햇다.

꾀를 벗고 홀로 콩밭에서 누웟다 안젓다 하다 보니 妻가 소코리를 끼고 밭에를 왓다. 온 理由는 每日 妻가 私食을 너준데 支署에 가보니 텅 비역기에 밤{에} 끄려다 죽역구나 하고 사람 죽인 데 가서 보니 없계기에 살아 갓구나 하여 헛짓 삼아 밭에 왓다. 相逢햇다고 하고 束히 가서 衣服을 가저온 것이 昌坪 住民에 들켜서 잡펴 왓다면 밤에 衣服이 왓으면 재피들 안햇을 거라며서 한탄햇다. 그려면서 마음 타연하며[태연하며] 乃宇 氏 날 서원한 찬물 하그릇[한 그릇] 주소 해서 시원한 샘물을 따다 주웟다. 그길로 新平으로 蘇正洙 嚴萬映〈74〉에 連行하야 館村으로 넘겨 結局은 殺害되엿다.

其 後 龍山里에 金休南 金允錫 柯亭里 沈相文(黃用德의 外叔) 한날 館村鐵橋 폭탄 구덩에다 죽엿다. 그와 갖이 情報도 듯고 그러니 하루{인}들 마음이 노이지를 안 햇다. 밤에 某人이 차지면 깜작 놀아지고 반갑들 안이 햇다.

하루는 黃判吉 外 몇이 와서 오늘 밤에 館村鐵橋 復舊事業에 가라 햇다. 對答하고 나서니 住民 多數가 動員되엿드라. 여레[여럿이] 가니 든든하드라. 作業 現場에 가보니 館村面民 新平面民들이드라. 밤중이 되{엇}는{데} 주먹밥을 쌀로만 주드라. 作業役事는 空叺에 모래 자갈을 너서 메고〈75〉 높이 싸는 게 일이다. 約 一週日을 다니다 보니 눈병이 생겻다. 그려다 보니 늘 갖이 다닌 사람들이 줄어들드라. 그러나 전역마다 가라고 온다. 안 가면 反動{分}者로 몰이면 一身에 해로워가[해로울까] 해서 억지로 단엿다.

하루늘 現場에서 作業을 하다 氣力도 없고 잠도 오고 해서 空叺 一枚를 가지고 陸橋 비야 옆으로 가서 空叺을 둘여씨고 모래밭에서 잠이 드려다. 얼마금 잔는지 배를 발로 찬면서 개새기 소리는 드럿지만 가마니를 벗기는 難해서 精神을 차리고 벗고 보니 人民軍이엿다.

동무 어느 面에 왔나 햇다. 新平面에서 왔다 햇다. 作業 하려온 사람 잠을 잘 수 잇나 하기에 배가 앞아서 눈 것이 잠드려고〈76〉 햇드니 배 앞은 사람 코를 곤다면서 우리 數千里에서 南方部 解放을 시켜려 와는데 잠을 자나 하고 이 색이[새끼] 反動分者라고 하고 옷을 잡고 現場을 가서 新平 責任者를 불여냇다.

그날 밤에 죽는다 햇든니 責任者가 바로 金宗澤 氏엿다(副面長). 以者가 反動分者이다. 모두 열심히 일하고 잇는데 휴면[後面]에서 잠만 자니 처리하라 하드라. 金宗澤 氏는 이 분은 熱成[熱誠]者고 내가 身分을 잘 안니 용서해주시요 하니 아랏다면서 어디로 가버렷다. 多

幸이 金宗澤의 德을 보왓다.

左右間에 共産主義 政治는 그려지 百姓들을 놀이지를 안니 하고 무슨 일{이}고 시켜대는 데 其 政治 오래마면[오래가면] 억지로 죽겟드라.

〈77〉委員長을 對面하고 復舊事業에 못 가겟으니 다름 作業을 시켜주시오 햇다. 그려면 龍山里 橫{斷}鐵道 警備을 하라했다. 其 任務는 機車[汽車]가 오면 손을 들여 無事이 通過시킨다는 初哨[哨所]에 不過하다 햇다.

첫날밤에 龍山里 村前에 갓다. 靑云洞에서 林敏燮 氏가 혼자서 잇드라. 반가히 하고 任務之事를 무르니 나는 老人이라고 靑云洞 責任者가 足해 주윗는데 집에 있으나 여기에 있으나 別다르게 없다면서 잘 왔네 혼자 있으니 심심하나 엇던 사람이 是非가 없네 햇다.

그려면 나는 館村鐵橋 復舊事業에 連日 一週間 以上을 단이 보니 눈병 새기고 後面에서 가마니를 쓰고 자다 人民軍에 들켜 그런 봉변이 없서다고 햇드니 每日 전역 일즉 오소 햇다.

〈78〉委員長이 配定해 주윗소 햇든니 그려면 여려날 잠을 못 잣슬 텐데 하[한] 소금 자소 햇다. 잠자리에 가보니 上에는 鐵路이고 下는 洞內서 래려온 下水口[下水溝]드라. 물도 없는데 누워 있으니 바람 살〃 부려주워 바로 잠이 왔다. 일여나면 쌔벽 四時엿다. 날 새기만 기다렷다 집에 온다.

每日 일즉 간다. 或時 딴 事業場으로 옴겨질{까} 해서 可給的[可及的]이면 일즉 갓다. 하루는 委員長이 왓다. 極秘密인데 大里 從弟 鄭桓翼에 드른바 洛東江作戰에서 人民軍이 大不利한 狀態라면 人民軍이 後退으 形便이라고 日本放送을 이불 속에서 듯려다고 햇다. 操心하며 空氣를 잘 살피라고 햇다. 〈79〉大端 고맙습니다 햇다. 누구하나 情報해준 사람 없는데, 鄭柱澈 氏가 내게 親切介 햇다.

◎ 하루는 보리쌀 五升를 주면서 집신 몃 커리를 準備하라 하기에 준비하고 있으니 出發하자 하야 가보니 수천 명이 鎭安 方面으로 引率하드라. 그것이 以北으로 갈 計옥[계획]이였다고 햇다.

每日 밤 鐵道浴道[鐵道沿道] 警備를 가면 잠자려 가는 편이드라. 시원하고 林敏燮하고 조용하며 잠잔다고 누구에게 입 담고 잇기 때문이다. 술도 가지고 가 마시며 平安하게 지냇다. 하루는 새벽에 林敏燮이가 깨우드라. 별덕 일어나고 있으니 林敏燮 氏는 저것 좀 보소 햇다. 다리 밑에서 存細이 보니 人民軍인 듯싶으네 後退하는 模樣인 듯십드라. 당가에다 사람을 뉘어 들고 가고 오토바이가 올아가고 騎馬隊도 가고 거려가고 하다 날이 完全이 새니 뜩 中止되드라. 異常이 여기고 오는데 鐵路邊에는 붉근 血流되엿고 食器類 담요 其他 物品이 즐비 햇드라.

完全 後退로 生覺하고 집에 온니 벌서 〈80〉住民 五, 六명이 와 잇드라. 벌서 미리 알고 왓는데 人心은 朝夕 변동이라 햇는데 따라 부트려 하는 듯십드라. 밤에 욕밧지야 하고 鄭柱澈 氏도 왓드라. 日前에 말한 대로 틀임없지 안나 햇다.

午後가 된 人民軍人 부傷者들이 手留彈[手榴彈]을 허리에 단 수 명이 洞內로 드려 오드라. 村으로 온 것은 부상을 當하야 北으로 갈 수도 없고 不利하면 自殺하겠다고 하드라. 몃칠

동안은 住民으 눈치보다 鄭鉉一과 嚴萬映도 對面햇지만 眞相 말을 하지 안트라. 林長煥도 단여갓다.

하루는 집에 잇는데 밤에 찻기에 나가니 某人의 집으로 가니 人民軍 政治工作隊라며 절문 女子도 五, 六명 끼엿는데 人夫 몃 명을 求해 달라 햇다. 人夫는 其者의 所持品을 갓다 주는데 다음 部落까지만 〈81〉 運搬해 달아 하니 딱해서 求해 보마 하고 나와서 딴 데로 가벼 렷다. 其 後 들으니 紙幣 돈 짐도 잇서다면서 道峰里까지 가서 짐을 벗고 山으로 도망처 왓다 하드라.

들에를 나가 본니 모테이 우리 논으로 새보들 우리 논이 벼를 발아[밟아] 가는 길이 환이 낫 드라. 수만 명이 龍山里로 柯亭{里} 道峰{里}을 지내 鎭安方面으로 빠지드라. 하루는 大里 에서 兄任이 傳하기를 全州로 빠저야지 地方에 잇다가는 무슨 일을 當할지 모르니 全州 따 나자 햇다. 衣服하고 食糧 좀 하고 準備하야 어머니만 알게 하고 全州로 徒步로 떠낫다. 瑟峙[瑟峙] 굴 엎에[옆에] 간니 道路邊에 死體가 數없이 늘여 있드라. 其 體는 韓服도 입엇고 軍服도 입은 死體도 多수드라. 유엔軍 車량은 자자이 來往하드라.

〈82〉全州 金永台 宅을 當하니 二時엿다. 大端이 시장햇다. 其 後 德順이를 올여와서 永台 의 뒤방을 빌여 따로 食事를 해 먹엇다. 其時 九月 三十日頃이엿다.

가금 全州 市內에 나가야 情報를 듯는다. 全州市는 例年과 다름없이 工場도 도라가 商人들 도 如前이 장을 하드라.

金永台는 公開的으로 燒酒을 집에서 불로 끄려서 賣買하드라. 집 방에 도가지를 數拾 개 놋고 누륵 술밥을 비저 효주장사를 하는데 큰 收支를 맛추드라.

市內에서 某人을 相面하고 任實 實情을 무럿다. 大里 奇正達하고 元泉里 韓圭大하고는 郡 廳 防空屈[防空窟, 防空壕]에서 九死一生으로 사라나고 大里 韓炳基는 行方〈83〉不明이 고 警察官 朴贊俊(내의 동창)는 오바를 덥고 留置에 그대로 누워 있으니 人民軍이 밥으니 가 急해서 간바 살아나고 元泉里 廉東南 金炳順 金正燁은 全州刑務所에서 살아 나왓다고 햇다.

斗流里 金正燁을 맛낫다. 刑무소에서 九死一生으로 살아 나웟다면서 무르니 참으로 非慘 [悲慘]햇다고 햇다. 人民軍이 後退를 한 것 갇으라면서 押作이 急하게 刑務所 門을 여려주 는데 수천 名이 서로 나오려 아우성인{데} 앞에 나온 사람은 살고 後에 나오려한 사람은 門을 닷고 全州 住民들이 門前에 侍機[待機]햇다가 〈84〉 호미 갱이 도치 其他 器物을 가지고 마 구 찍어 때려죽이고 그도 不足하니 刑務所 井戶(시암)에 모라너서 죽엿다고 存細히 드럿다.

館村에는 館村治安隊 新平 新德 雲巖支署 四個 面 治安隊가 區分해서 合同治安을 하고 잇다고 듯고 新平支署長은 徐邦鉉이라고 들은 바 面內 有志들이 協助해야 治安하는 데 도 움 되겟는데 하고 機侍[期待]하고 잇다고 햇다. 昌坪는 新平 入口인데 里 住民들은 어지 지낸고 窮今햇다.

翌日 마음을 먹고 西鶴洞으로 나와서 西鶴洞 派出所에 들여 館村 治安하려 가겟오니 車를 좀 세워 주시요 하고 要請햇든니 바로 貨物車를 세워 주드라.

〈85〉午後 二時頃에 館村支署에 當햇다. 마참 大里 康泰燮을 마낫다. 반가히 하면서 面事務所로 案內하면서 中食을 갓이 햇다. 그곳은 四個面 治安隊 合同食堂이엿다. 于先 支署長부터 人事 招介[紹介]가 되엿다. 알고 보니 六·二五事變 前에 本署刑事로 잇엇다고 햇고 나를 잘 안다고 햇다. 皮巖 金善權이도 對面햇다. 진즉 좀 와서 갓이 協助하제 그랫나 하면서 이제 全州는 못 가고 갓{이} 協議하고 支署長 治安隊員에 協力하자 햇다.

그려케 하자고 于先 支署長 徐邦鉉 씨를 相面하고 私的으로 昌坪里 實情을 알고 싶어 館村 사람을 맛나고 조용한 酒店을 말햇드니 잘 알여 주드라. 변죽인데 密酒집인데 徐 支署長을 其곳으로 慕侍엿다. 〈86〉其 자리에서 徐 支署長 그려치 안해도 제가 慕侍고 新平 實情을 對話로 마삼드려[말씀드리려] 햇{다}며 親切이 對해 주드라. 于先 昌坪里 形便을 솔직이 말해 주윗다.

新平面 治安을 하려면 昌坪里 住民부터 厚이 對해 주시여야 其의 情報가 山으로 흘여가면 人心이 良護[良好]{하}다고 風聞드리면 山에 잇는 者들이 下山하야 自進 自首者가 만할게요. 그리고 新平面內 堂 幹部 昌坪里 {사람}들이니 初 治安上 重要한 部落이라 말햇다. 첫재로 面 人民委員長이 鄭鉉一이고 分駐所長은 嚴萬映이고 堂 委員長은 鄭珍澈이 分駐所(只今支署)員 (只今 巡警) 蘇正洙이고 其 幹部 重要人物이 昌坪里 사람이니 深中考餘[愼重考慮]하시여 나하고 緊密히 相議하야 協力해 주시기 바랍니다 햇다.

〈87〉술맛도 좃코 支署長 술 잘 들드라. 約 二時間 程道를 對話하고 여려 가지를 付託한바 每事를 確答햇다.

支署 事務室로 갓이 가서 館村 新德 雲巖 支署長에 人事 招介해 주드라. 그려 中에 留置場 門에서 兄任 부른 소리가 들이여 存細[仔細] 보니 四寸 崔完宇드라. 그래서 門 안을 보니 昌坪 삼람 곽 찻드라. 가슴이 찔햇다. 저 者드리 엇제서 留置가 되엿을고 生覺 끝에 徐 支署{長}을 相面코 留置{場}에 갗어 잇는 사람 全部가 우리 마을 사람이요 햇든니. 그래요 軍人들이 討筏作戰[討伐作戰] 하면서 부드려다가 支署에 引繼하고 갓다고 하드려면 저 者들이 罪가 잇다면 집에 잇이를 알[않을] 겁니다. 내가 아다십이 人共 때에 附逆行爲는 하지 안햇음니다. 日後 어더란 일이 잇으면 내가 責任짓겟으니 釋放해 주시요 햇든니 곰곰 생각 끝에 좃소. 番今[方今] 酒店에서 言約하다시피 〈88〉할 수 없이 釋放키로 決定하고 徐 {署}長은 쇠통을 열고 너이들 全部 나오라 햇다.

그래서 보니 白康善 牟聖實 崔完宇 鄭仁浩 許俊萬 金允祚 德巖里 金二同 金季善 兄弟인데 昔적에 昌坪里에서 居住하다 德巖里로 移事한 사람 해서 八名이엿다.

이 者들을 半月式으로 세워 놋코 人共 때 무슨 일을 햇나 하고 무르니 完宇는 이게 나의 兄氏인데 무려 보시믄 하고 附逆者는 하나도 없다고 對答하드라. 그려 이제 어이들 집으로 돌여 보내겟으니 한 사람 앞으로 한 명식 自首시켜라 햇다. 모두 確答하고 支署正門을 次例로 나오는데 金二同 兄弟는 밧동이 걸여 다시 留置시키드라. 其者 兄弟는 德巖里에 무슨 짓을 햇는지 責任질 수 없서다. 昌坪 사람들은 喜 〃 郞 〃 [喜喜樂樂]하면{서} 갓다. 勿論 以者들〈89〉는 집에 가서 里長 德分으로 나오게 되엿다고 傳햇으리라 햇다.

朴露積이란 者가 金二童 異腹兄弟엿다. 其者가 消息을 듯고 私食을 가지고 왓다. 그래서 昌坪 사람이라고 햇지만 나만 속을 아시고 옛적에 昌坪서 살다 移事했으니 昌坪 사람은 分明하다 햇다. 其者 兄弟는 그 마을서 附逆行爲를 하고 其 某人이 말한 듯십드라.

人便으로 鄭柱澈 氏가 面會要請이 왓다. 場所는 우리 집이엿다. 듯{자}하니 住民 中 老人 어리[어린] 사람만 잇고 全 住民이 婦人 까지도 奧地로 入山했고 밤이면 집에 단여간다고 듯{고} 山 高峰에 立哨者 있서 昌坪里 出入者를 見行한다고 들엇다.

그러나 其 入山者이 나를 害하지는 못할게다 自信하고 어머니도 보고 십고 해서 집에 왓든 니 柱澈 氏(宰澤 父)는 벌서 알고 왓드라. 우리 마을 애들어서[애들에게서] 자네 館村에 잇다고 드럿네. 事項이 엇던가 〈90〉 뭇드라. 治安官들의 속은 모르되 現在 내가 적겨보니 厚하게 對하고 또 支署長 徐 氏하고 單獨으로 私席에서 술을 논의면서 昌坪里 住民부터 親히 對해주실 것을 付託하고 萬一 昌坪 住民에 枸打[毆打]하고 그러면 新平面 全體 治安에 防害[妨害]가 될 것이라면서 端〃 付託 햇든이 自首者는 理由를 뭇지 안켓다고 햇다. 그래든 니 鄭柱澈 氏가 그러면 自首할 터이니 同行을 하는데 꼭 밤을 利用하야지 晝 中에는 山峰에서 멀을 보고 있으니 알면 被害가 잇다고 하드라. 어머니게서는 再促하시면서 어서 가라 햇다.

어둠을 擇하야 鄭柱澈 氏하고 同行하야 밤에 支署로 갓다. 其者는 벌〃 떠는데 딱햇다. 徐{署}長에 面會시키고 人共 時에 委員長을 지냇다고 하고 日誌에 住所 姓名만 記載하고 앞으로 協力해 주시요 하고 가라 햇다.

잘 조심이 가시요 하고 作別하고 나는 마실 집 〈91〉에서 잣다. 每日 于先은 공밥만 먹고 日後에 新平 治安이 完璧하면 報答하겟다고는 햇지만 其 後 그려케 안 되드라.

館村面 近方 住民들만 幣가 만햇다. 新平面 有志라면 相當數人이지만 全州에 자리 잡{고} 있으며 連絡해도 오지 안은다. 그러니가 徐 {署}長하고는 每{日} 갓이 相論하고 없으면 찻고 對話하 {사}람이 없다고 어데 가시면 말삼하시고 가라 햇다.

朴露積 氏 留置場에 잇는 異腹兄弟 朝夕으로 食事를 들고 다니엿다.

林長煥이 對面하자고 傳해왓다. 夕陽에 내려왓다. 자조 집에 오고만 시펏다. 어둠을 利用해서 林長煥하고 父母하고 三人이 집에 왓다. 舍郎 後에서 四人이 相議한바 自首키로 確答하고 林長煥의 父母는 미더주지를 안코 자네만 信任한네 하고 責任을 짓소 하기에 미더주시요. 實은 人共 時에 林長煥의 圖恩(도움)도 만니 보고 햇는데 〈92〉絶對로 信任하시요 햇다. 林長煥도 밤을 利用하야지 나제는 不利하며 只今 가자 햇다. 館村에 오래 있어 무두[모두] 貴面[舊面]이라 是非하고 檢問하지 안는다. 徐 支署長을 相面하고 以者는 이려한 者이니 잘 바주시요 하고 人事 招介햇다. 고맙소 하고 住所 姓名 記載하고 보냇다. 그쯤 되니 支署長도 나도 서로 信任하게 되고서 미덧다.

하루는 新德{面} 雲巖面은 除外고 가가운 新平 有志會議를 召集햇다. 廉東南 金炯順 金善權 奇正達 康泰燮 崔乃宇 金正燁 五, 六명이엿다. 案件은 館村面에서만 있을게 안니라 于先 大里 洞內라도 移動함이 엇더야 하야 決儀[決意]한바 新德{面} 雲巖面에 自動으로 合

舍케 되엿다. 그러나 每事는 徐 {署}長은 나하고 만이 意見을 무러서 執行[執行]한다.

〈93〉하루는 아주 親하게 되니 昌坪里長이나 通情한다면서 食口가 任實邑內에 잇는데 未安하지만 食糧하고 김장감만 주시면 어더하오 하드라. 其者를 利用할여면 不應할 수 업섯다. 바로 昌坪里로 連絡해서 鄭柱澈 林長煥을 面會要請햇든니 大里로 왓드라.

두 분에 未安하지만 白米 一叺 白菜 一〇〇포기만 購入해서 알{려} 주시요. 徐 支署長이 要求하니 不應 못 하겠소 햇다. 代價는 日後에 部落에서 淸算{할} 터이니 그리 아시요 햇다. 午前에 말한바 바로 準備가 되엿다고 傳해 왓다. 徐 主任을 맛나서 通行證을 해달{라}면서 準備가 되엇으니 집 주소를 대라 햇든니 반기면서 通行證을 해주드라. 通行證이 없으면 何人을 莫論하고 不通이엿다. 듯자 하니 任實 求景을 못한 〈94〉者가 만해서인지 서로 任實을 가려고 햇다고 드럿다.

大里로 三面 支署가 옴기고 보니 昌坪 大里 住民들이 弊가 있엇다. 할 수 없다. 治安隊員은 늘어만 가고 支出이 만햇다. 첫재로 食糧이고 두채[둘째] 附食物[副食物](김치) 長斫 燃料엿다. 그러나 崔乃宇가 徐 主任하{고} 藉〃 相對되며 被次[彼此] 信任者가 되니 大里長 奇正達하고는 相對 不應하고 面長 廉東南 氏도 刑務所에서 사라낫다고 앞세고 거만하니 其者도 接觸이 잘 안되고 金正基 氏도 面議會의 長이라지만 相對를 안을려 하드라. 그러나 내의 住民에 不快하지 안{은}데 더 以上 바랄 것 없다 햇다.

내의 食事는 兄任宅에 主로 햇다.

陰曆으로 十二月 初一日엿다. 其日에 아버지 祭祀日이다. 밤 十二時頃에 祭祀는 慕侍엿는〈95〉데 昌坪里에서 晋斗喆이가 連絡次 왓는데 빨지산이 數〃百명이 와서 우리 農牛도 잡아 갓다고 햇다. 바로 支署主任에 申告하고 隊員 二〇餘 名 動員해서 昌坪里 와보니 빠지산들은 旣이 事業은 다해서 가고 없엇다. 어머니 金奉涉 母하고 갖이 자시고 家族들은 벌〃 떨고 있엇다.

날이 새서 調査한바 農牛는 金暻浩 집에서 屠殺해서 가저가고 頭角만 남겻는데 住民들이 處理하라 햇고 이웃집에다 방아싹 받은 쌀 몃 叺을 保菅[保管]햇든니 全部 가저갓다 햇다. 또 家宅을 搜索하야 衣服(명주 바지저고리) 내의 가방에 洞內 書類가 드럿는데 가저가고 엽집 사는 丁泰元(成燁 父)이도 와서 내의 長靴(신)을 신고 가면서 제의 家族에 잘못하면 日後 보겟다고 으름장을 놋트라 햇다. 그러나 家族에 被害가 없서 〈96〉不幸 中 多幸으로 生覺햇다.

日時에 食糧도 없고 燃料나무도 없는데 部落에서 多少 協助해 주시여 模免[謀免]햇다.

一九五一年 三月에 新平 所在地 學校 {教}室로 支署가 移動햇다. 其時도 新德 雲巖은 收復을 못하고 三面 支署가 갖이 合動하게 되엿다. 治安이 所在地로 收復하니 負擔은 주려드럿다.

그래도 入山者는 下山할 줄 모루고 山에 지내는데 밤이면 버젓이 各 洞內에 侵入해서 食糧 衣服을 强奪해 갓다. 하루는 龍巖里長 安文燮 氏 大里로 빠저나와 잇다가 新平으로 移動하는 次에 오래만에 自己집 家族이 보고 싶어 夕陽에 北倉 洞內를 가는데 近方에서 立哨본자에 들켜 잡펴가서 山으로 끌여가 殺害을 當햇다. 德田 사는 故 金在京 氏 婦人도 끄려다 殺害햇이만 殺害場所를 몰아 死身도 못 찻{았}다. 龍巖里 사는 二 사람이 〈97〉作戰 中 잡 혓다. 其者는 山에서 長期的으로 活動者임으로 新平 面民으 生死를 잘 아는 者로 調査 끝 에 死所를 알여주겟다고 하야 隊員 몇이 앞세워 죽인 場所에 간바 屍身는 發見하고 다시 支 署로 連行 中 北倉洑 옆에 오다 自身이 물{에} 投身自殺햇다고 드렷다. 手足을 묵거스니 水中投身하면 죽을 수박에 없다고 햇다.

하루는 下加里 한 사람이 自首하려 왔다고 支署에 왓드라. 調書를 밧는데 명주옷을 쪽 빼입 고 왓드라. 一九五一年 二月 五日頃이엿다. 身體도 健康體드라. 數個月을 山에 지내나고 무럿다. 그려면 一月 五日頃 밤에 昌坪里에 夜事業 와느냐 무려든니 왔다고 하드라. 그려면 우리 農牛도 갖이 잡아 갖이 햇드니 저는 소 잡는 {것은} 안 보앗다고 하드라.

〈98〉旣이 自首를 하려 왔으면 모두 빼놋지 말고 全部를 告白해야지 不良한 點은 빼고 잘 한 짓만 햇다고 自首하면 自首行爲가 못된다면서 자네 只今 입고 잇는 명주배 옷이 正確히 말해서 내 오시라고 햇든니 말은 안니라고 하드라. 내 입엇든 명주옷을 그날 밤 농에서 빼내 갓다고 食口들 말햇섯다. 不良者야 이 내의 衣服이라고 위겻든니 支署長이 그만 두라 햇다. 몇일 이다[있다] 보니 行方不明 되엿드라. 其者들 山에서 七個月을 지냈으면 其 食糧 衣服 은 住民들에 奪取해다 지냇다.

몇일 後 下加里 하[한] 사람이 山에 入山者하고 線을 맺고 自己집에 온 것을 支署에 連絡 하야 逮捕되엿다. 그러니 山에 情報가 드려가니 其 住民을 枕首[復讐]하려 수 명이 와서 〈99〉道街어[길가에] 나타나 사람이면 마구 때려 죽이엿는데 하루 밤에 七, 八명이 길가에 널여 죽엇다. 도구대로 패 죽이고 몽둥{이}로 패서 죽인 바 下加는 全部 李氏만 사는 洞內 였다.

하루는 韓圭大 氏하고 論議한바 新平서 約 左右間에 二〇〇餘 名이 죽엇다고 統計가 나왓 다. 그려나 昌坪人은 한 사람도 죽은 사람은 없엇다.

그려나 入山者는 二年채가 되여 下山을 하지 않으니 支署에서도 感情이 생기고 隊員들은 夜中에 暫腹勤務[潛伏勤務]도 하고 晝間에 討茷作戰[討伐作戰]하다 빨지산에 襲擊을 當 하야 수십 명이 死亡하다 보니 入山者 家族을 支署 保壘臺[堡壘臺] 안에 囚監[收監]시키 고 婦人은 隊員 食事 食母로 利用코 해서 歲月을 보냇다. 우리 마을에서 丁五同 婦人 鄭泰 元 婦人 丁基善 婦人(前 婦人 羅 氏) 丁基善 母親 基善의 子와 三人이 囚監되였으니 支署 에 가면 〈100〉慘酷 참혹해서 불 수가 없엇다.

大里 朴道洙의 慈堂이 女子들과 갖이 隊員들 食事를 해주는{데} 하루는 支署 食堂에 가니 道洙 慈堂게서 하는 말이 昌坪里 女子들 하고 갖이 밤이면 한 방에서 잠을 자면 밤중에 女 子을 깨워서 調査할 일이 잇다고 데려가니 調査도 한두 번이지 이럴 수가 잇소 하드라. 알앗 다고 하고 徐 主任을 校室[敎室]에{서} 相面하고 따젓다. 이제 처음으로 말삼하는데 丁基 善 罪가 잇만 其者의 어리 子息이 무슨 罪이며 七〇歲가 너문 母親이 무슨 罪요 하고 따 지면서 徐 主任게서 新平支署에 生前 있을 줄 아요. 徐 主任 職 中 人心이나 베풀어 주요

햇다. 그때는 大里長 奇正達하고 새이가 벙거려지는 판이엿다. 本署長은 奇宇大 署長인데
〈101〉奇正達이가 署長에 말하야 徐 主任을 移動시키려 한 때엿다.

來日이 다 丁基善 母하고 子息을 데려가시요 햇다. 고맙씀니다 하고 來日 支署에 갓다. 徐
主任은 나보고 不遠이면 德峙支署로 移動할 게요. 그럴 수도 잇소 햇든니 大里 奇正達(里
長) 者보고 무르면 알게요 햇다. 그날은 눈이 좀 랫는데[내렸는데] 丁基善하고 子息을 업고
나오는데 徐 主任도 同行하게 되엿다. 徒步로 昌坪을 거쳐 任實로 간바 本署에서 出署 命
令을 받은 듯십드라.

基善 母는 先塋이 서들엇는지는 모르되 그날 밤이 媤아버지 祭祀라 햇다.

其 翌日 또 支署에 갓다. 支署 主任을 또 相面하고 술지[술집]으로 갓다. 다시 또 말을 냇
다. 밤중이면 調査할 일이 잇다면서 절문 女子들 데려간니 〈102〉그럴 수 잇소 根居를 대리
다. 그 中에서도 丁基善 妻가 第一 못 밋겟으니 보내주시요. 그리고 新德 所在地에 羅氏 집
안 女子이고 女子 堂叔 羅一鍾 氏가 只今 나이가 많은데 隊員으로 잇{으}면서 말 못할 事
情이{라} 햇다.

데려낸바 밤에 調査한다는 말로는 입 박에 내지 말자 햇다. 그리케 햇서 基善 三食口는 完
全 釋放하고 徐 主任도 德峙로 移動하고 其 後 丁基善은 宋進錫 便에 잘 듯고 山에서 도라
왓다. 自首시키고 基善 말하기를 軍隊에 志願해서 入隊하는 게 心理가 平安할 게다고 말햇
드니 바로 志願하야 不遠이면 가게 된데 子息이 凍傷이 걸이여 주억다[죽었다].

婦人은 新德 親家로 보내고 基善 母만 홀로 사랏다. 그러는데 里長을 알기를 眞心으로 고
막게 섬기면서 〈103〉生前 잊이 못하겟다고 말로 할 수는 없서다. 그리치만 其時뿐이지 歲
月이 가니 無心하기 짝이 없드라. 他人은 존 일 만니 해주워도 後 效力이 없다. 一家親戚은
언제고 잇지를 안는다. 남은 所用없다고 본다. 한틈이 없는 사이에 살임해 주다십이 햇지만
近間에 成康이가 債務가 機萬[幾萬]원 걸이니가 大節 次 설날인데 내 집에 와서 抗議하는
데 其時 成奉이가 매듭짓자고 하니 듯지를 안코 해 後에 成康에 傳하야 五〇萬원 締結은
햇지만 不快하 여엿다. 제 母도 보면 돈 안니 갑는다요 하고 옛 行爲는 조금 생각들 안니 하
고 돈만 아는 其者다. 것트로만 親切한 듯하지만 안으로는 어제고 괫심한 者로 落印[烙印]
찟고 지낸다.

〈104〉徐 主任이 德峙로 移動 後任으로 孫鴻泰란 者가 負任[赴任]햇다. 其者는 慶尙道에
서 온 者인데 署長이 데리고 단니 者이며 郡內에서 治安이 安心한 곳으{로}만 配任을 밧고
署長의 信任者라고 드렷다.

當時 빨지산은 全羅北道 堂이 淳昌 回文山에 駐屯하고는 雲巖支署가 移動하야 一個月도
못 되여 빨지산들에 襲擊을 當하야 雲巖支署 引上하고 말앗다. 武器類도 다 脫取[奪取] 當
햇고 人命被害는 없엇다고 드른바 支署員들 不利하게 되 徒走햇다고 드렷다. 그리하니 新
任 支署長은 딴 生覺을 하고 昌坪里에 出張을 나왓다. 里 週邊을 視察코 昌坪里가 빨지산
이 來往하는 流鬪線[루트]이라 指摘하고 自治隊員을 募集하고 約 一〇名 洞內 앞山에 保
壘臺를 新設하야 夜中에는 潛腹勤務[潛伏勤務]를 實施하고 銃器 約 十五 定으로 하되 銃

代金은 定當 五萬式이라 햇다.

〈105〉反對도 못하고 承諾도 못하고 難處햇다. 그려나 住民들 하고 公會에서 相議하야 不遠 連絡해 주마 햇다. 生覺한니 保壘臺를 築積하려면 住民 役事가 多大하고 또 銃器代를 拯出[釀出]하려면 住民의 負擔이 多大하겟기에 反對의 票示[標示]을 햇든니 안된다면서 署長의 命令이라 햇다. 할 수 없이 堡壘臺부터 築積키로 하야 人夫 動員을 하려 支署隊員 및 康泰燮이가 왓다. 班長들을 起用해서 人夫를 動員햇지만 一日 二日에 끝이 나는 것은 안니고 五, 六日이 걸이여야 하기에 其 勞苦는 이만 저만이 안니엿다. 保壘臺는 完築햇고 앞山 高地에 一臺 堂山에 一臺 二臺를 完築하고 電話도 架設햇다. 電話設置代 銃代 多額이 必要햇다. 大里의 経遇[境遇]는 新平 面民이 合同으로 設置한 〈106〉堡壘臺 그대로 이용한니 大里 住民은 別途 負擔이 없고 銃器代만 拯出하면 되었다. 銃器代를 拯出해야 하는데 念頭가 나지 안해서 苦心 中인데 隊員들은 再促이 深햇다. 理由{는} 銃을 메고 잇으면 戰線에 募集도 免除가 되고 徵兵도 免除가 되니 希望이 多分햇다.

隊長은 林万成을 指適[指摘]햇고 總責任者는 里長을 指適햇다. 隊員들은 里長의 指示를 바다야 한다. 하루는 듯건대 國會議員이 地方治安 狀況을 살피기 위해서 歸鄕報告次 왓다고 드럿다. 바로 任實 私宅을 訪問햇다. 오랜만에 뵛겠음니다. 人事 後 昌坪里 實情을 말하고 銃器代 拯出 問題를 말햇다.

嚴 議員[4]은 말하는데 共非[共匪]는 잡아야지요. 〈107〉[5] 그러나 銃器代는 줄 必要가 없소. 國家 施束[施策]上 無料補給하는데 銃代는 주지 마시고 治安에 萬全을 期하시요 햇다. 그런데 支署長{이} 再促을 하고 잇다고 햇다. 絶代 應하지 말고 銃代를 주면 其者 私腹 차릴 게요 햇다. 마음 듯 〃 하게 집에 왔다.

어느 날 驛前에 理髮을 하려 갓다. 理髮을 하는 중인 孫鴻泰 主任하고 韓圭大 氏 上面하게 되엿다. 理髮 後에 어데서 오시요 햇다. 本署에 단여오요 하기에 옆집(只今 당구장) 술집으로 가자 햇다. 一九五二年 二月쯤이엿다.

酒店 內室에서 燒酒를 火爐에다 데서 들다 酒席에 孫 主任{이} 말을 낸다. 銃器가 到着햇으니 代金을 챙겨서 〈108〉引受해 가시요 햇다. 代金을 주고는 못 가저가겟다고 햇다. 엇지 代金을 못 준단 말요 하기에 내가 알고 보니 國家서 無償으로 준 武器를 엇제 代金을 줄 수 있오 햇든니 其者는 熱을 내드니 술잔을 들다 땅에 탕 놋코 따지는데 國家에서 無償으로 준 {단} 말이야 하기에 그려타고 하며 是非가 버려젓다. 그제는 술을 마셔도 취기가 엽고 옆에 燒酒 퉁[통]이 있는데 主人이 女人 홀로 사는 분인데 술을 주지를 안 하려는데 큰소리로 하니 가저왓다. 三人이 同意 취햇는데 盜賊놈이라면 銃器代 바다바라 햇다. 그려 拳銃을 빼드

---

4 엄병학(嚴秉學, 1917년 12월 13일 ~ 1997년 7월 18일). 제2대(1950년 5월 31일 – 1954년 5월 30일) 국회의원(임실군)으로 대한국민당 소속. 전주고등보통학교를 졸업하고 조선일보 지국을 운영하였으며, 기독청년회 임실군 회장, 독립촉성국민회 임실군지부장 위원장, 임실군 축산조합장, 귀환동포 원로회장, 청년연맹 임실군 위원장을 역임하였다.

5 페이지 여백에 "충농증 記入함" 이라는 메모가 있음.

렷다.

그때에 拳銃을 들은 者 발로 사정업시 차버럿다. 酒店 밀窓門에 자바젓는데 문이 부서지니 韓圭大가 옆에서 主任으 〈109〉便逆的으로 거들기예 발로 차버럿드니 아랫목에 떠러젓다. 그쯤 되니 主人 女子은 밥이[바삐] 驛前 軍 駐屯所 가 軍에 말한바 軍人 數人이 드리닥치니 其者 二人은 말없이 박으로 나가버럿다.

軍人은 엇지된 일야 물으드라. 여려 말 할 것 없{고} 是非 있어 言爭 끝에 권총을 빼들기에 차버럿든니 門에 대지려 門이 부서젓다 햇든니 村 里長으로서는 勇感[勇敢]하다고 하며 危險한 짓을 햇소. 面支署 主任으로서는 栖致[價値] 없는 者라고 非妨[誹謗]하드라. 酒店主人을 불려 술 一병을 달아 해서 이려케 오시니 感謝하다며 侍接햇든니 잘 들드라.

小隊長은 집이 어데야 하기 昌坪里 近方이라 햇든니 軍人 二명을 指適[指摘]해서 里長을 本家에까지 慕侍다 드려라 하고 命令하드라. 其者는 途中에서 主任 者〈110〉가 隱身햇다 拳銃으로 發射하고 가면 里長任만 害롭습니다 햇다. 같이 집에까지 데려다주고 갓다. 未安했다.

그때 집에 온니 새벽 四時엿다. 늦게나마 잠 드르니 大里 康泰燮 治安隊長이 와서 깨웟다. 대뜸 支署主任하고 間밤에 是非햇는가 하드라. 그래다고 하니 其 主任은 내 집에 꼼작 못하고 누윗는데 갈비가 나갓다면{서} 오늘 訴頌[訴訟]을 提訴[提訴]한다 하니 바로 가서 取下하게 하드라. 나는 그 짓은 못 하겟네. 訴頌을 해도 조흐니 맘대로 하라소 햇든니 崔家 오기가 너무한다며 자네 損害가 될 게네 하면{서} 警察官하고 對抗해서 利로울 게 없네 하기에 어서 가소 잠 좀 자야겟네 하고 보냇다. 朝食 後가 된니 大里 兄게서 건너 오시엿다. 여려 가지로 나무래다 또 타이르다가 只今 束히 大里로 가서 謝和[私和]하는 {것이} 올다 하시엿다. 〈111〉알겟다고 하고 가시라 햇다. 兄任은 바로 가시엿다. 다시 잠이 드럿다.

아무리 生覺해도 謝和할 뜻은 全然이 없다. 其 後 面에서 里長會議가 있어 公文이 와도 不參하고 말앗다.

몇일이 되니 支署 治安隊員 왓다. 治安會費 治安米를 收金하려 왓다고 햇다. 里長 나는 里長을 辭退햇다. 그리고 其 雜負金[雜賦金] 拔出해주면 崔乃宇를 訴頌하는 데 보태주는 것이나 다름없네 하고 不應햇다.

그랫든니 隊員은 말하기를 孫 主任은 慶尙道 故鄕으로 休暇를 갓읍니다 하고 誥訴[告訴]를 하려 署長에 말하니 署長이 熱을 내면서 一個 村 里長하고 다투다가 갈비가 나갓다고 訴頌하면 署長도 爲身[威信] 엇데게 되나 하고 〈112〉오히려 당하고 休暇나 단여오라 햇다고 들엇읍니다 하드라. 내의 自身도 잘한 行爲로 生覺햇다. 나가 兄任이 康泰燮의 勸告[勸告] 和解햇다면 弱者만 될게 안나냐 햇다.

十日餘 日을 外出도 하지 안코 있으니 面長이 올와왓다. 郡에 會議 갓다 가는 길 드려온 듯 십드라. 其間 孫 主任하고 擊鬪[激鬪]까지 햇{다}고 드려네. 里長 辭任을 退送할 터이니 會議 參席하라 햇다. 그것 主任 者 보기 시려 그럴 수 없네 하고 作別햇다.

몇이 지나자 夕陽에 어둠엇는데 門前에서 里長任 하고 소리는 하는데 나가보니 孫鴻泰 主

任하고 連絡者하고 門前에 서는데 마음 不安하고 異常이엿다. 或 害나 하려 온 게 아니가
햇든니 握手를 請하면서 ⟨113⟩故鄕에 단여오는 길이요 하기에 그제나 마음이 달아젓다.
內室로 案內하고 보니 담배 美品(아기다마) 二보루를 내논면{서} 膳物이 맞이 안해도 情義
로 드르십시오 햇다. 그제는 完全히 攝〃感이 풀엿다.
前字에 是非條[是非調]는 兩者 間에 말을 내지를 안니 하고 食事를 시키고 班長 한 분을
오래다 닥도 잡고 食事를 잘 侍接한데 술은 其者가 가방에서 부란데[브랜디] 酒라고 毒酒
엿다. 갖이 들고 作別 앞에가지 前送[餞送]햇다. 그제야 住民들도 遺憾을 푸럿구나 하고 짐
작햇고 翌日 里長會議에 參席하고 面長하고도 孫 主任을 相面햇다고 햇든니 잘 햇네 햇다.
孫 主任하고 如前이 지냇지만 속안은 서먹햇다.
⟨114⟩몃일이 지나니 孫鴻泰 主任은 只沙面 支署長으로 移動햇고 張東鎬라는 者는 이 只
沙 支署主任하고 交替하야 왓다고 들엇다. 알여준 者는 只沙面 實谷 사는 金益鉉에서 {妻
堂叔된 者하고 同婿[同壻] 間{}} 者의 말에 依여 들엇다.
金益鉉는 徵兵을 避하기 위해서 同婿 밑에서 隊員으로 따라 단니다고 햇다. 其時 어느 날
面에서 里長이 가 잇엇다. 里長會議를 맞이고 面事務室에 暫時 座席에 안저 잇으니 斗流
金泰奉의 同生 金泰振 者가 드려왓다. 外 一人도 갖이 드려왓다. 其 金泰振 者는 六二五
前에 新平支署 請元警察[請願警察]이엿다. 其者 巡警들의 保助[補助] 役割 者이다.
⟨115⟩其者가 六二五를 격것고 正警이로 잇다 西南地區 所屬 (金宗元 司令官)에 屬하다
빨지산 몃 명을 잡고 보니 金宗元 司令官이 警長(멍에 三個)를 빠지를 달아주니 一時에 進
級된 者다. 그런데 里長들 會議日에 雲巖 新德 新平支署 合同會議가 新平支署에서 開催
하고 떠나 판에 斗流 金泰振 者가 面事務所에 들엇다. 나는 長期 里長을 햇으니 잘 알기에
자네 오랜만니네 햇다. 其者는 나에게 어데 사는 누구요 햇다. 마음이 不安햇으니 술이 취한
듯싶어 이 사람 나를 모른가 햇다. 네가 누군데 ⟨116⟩하드라. 崔乃宇이네 햇든니 내의 볼에
손을 대드라. 面 職員은 全員이 事務를 보고 잇는데 큰 亡身이들라 참다못해 나도 한 대 첫
다. 그럿든니 칼빙銃을 어개서 버서 드리대들라. 그때 職員들은 視線이 내게로 몰엿다. 그때
危急햇다. 칼방銃을 때려잡고서 등으로 업어 목을 잡고 세멘 공구리 바닥에 떨고 발로 코를
밥아 무대니 코피 흘엇다. 옆에 갖이 온 者 一行인데 보기 스러운니까 제의 銃을 내의 목에
⟨117⟩드리내기에 銃머리리를 옆으로 뿌리고 事務所 後門으로 逃競[逃走]햇다. 되통수에
銃彈이 날아오고 해서 보리밭에 隱身하다 銃聲 禁하는데 面 士煥[使喚]이 昌坪里長任하
고 부른데 보리밭에{서} 나왓다. 面長 職員들이 銃彈을 맛잣다고 하고 찾자고 해서 내 먼저
왓다 햇다.
갖이 面事무소로 드려오니 모두 깜작 놀아면서 異常 없나 하드라. 面長은 職務防害[職務妨
害]로 誥訴를 提起하겟다며 事務室 壁에 뚤인 곳마다 白黑[白墨]으로 票示하고 支署主任
⟨118⟩張東鎬를 오라 하드라.
其者는 現場을 둘려보고 그대로 갓다. 몃이 되니 張 主任 者가 正式으로 呼出狀을 보냇다.
呼出狀을 밧고 生覺해 보니 孫 主任 關係 雲巖 金泰振 拘打[毆打] 關係해서 複수[復讐]코

자 하는 行爲든 십드라.

일즉 面事務所에 가서 面長을 相面하고 나를 支署主任 者가 呼出狀을 보냇는데 呼出狀을 받을 理由가 없소 햇든니 알겠으니 앞에 가소 하고 내가 뒤에 가보겟네 하드라. 그래서 支署에 갓다. 職員 隊員 全員이 잇는데 張氏인 것 갓대서 昌坪里 崔乃宇요 햇다.

〈119〉네가 昌坪里長나 하드라. 그렷소 햇다. 네는 무슨 배경이 조흔지는 모르되 警察官을 한부로 때린다니 맛 좀 볼에 하드라. 마음대로 맛 보겟소 햇다. 言語 맛만지 안으기가 요것 악질이네. 여보 악질이면 無條件 때렷소 햇다. 요것 때문에 只沙面에 잘 잇는데 도야지 새기를 열 마리 낫는데 新平으로 옴긴 바 다 죽고 배채[배추]도 願滿이 심엇는데 나주지 안을 것이고 損害가 莫心[莫甚]하다며 곳 때리고 싶은데 萬諾에 내게 손만 대면 내의 成至[性質]上 그대로 두지 안코 처부서버렷 햇서다. 〈120〉오히려 其者가 악질이드라.

그러자 面長이 당(도)햇다. 主任宅 무슨 화가 낫소 하니가 서로 웃고 헤여젓다. 孫鴻泰 事雲巖 金泰振 事件으로 依하야 任實郡이 덜석하야 崔乃宇가 누구야 하고 뭇어왔다[물어왔다]. 其 後 生覺다 못해 張東鎬 者하고도 親이 할래도 서먹 〃 하야 辭表를 提出했으니 里長代行者가 없서다. 몇일을 버티다 面長하고 張東鎬 主任이 와서 터파하고 辭表도 退하야 新平은 내려 단니바 張가도 서먹 〃 하니 必遇[畢竟]에 떠낫다. 面長하고 唯一無二한 之間이라 〈121〉조금 변하지를 못햇다. 其 後任으로 金光鎬가 왔다. 其者는 먹을 것을 아주 조화햇다. 不良者엿다.

우리 마을에 異常한 者가 {있}는데 宋進錫이라는 者엿다. 宋文植의 長子이고 宋成龍의 兄이라{는} 者엿다. 其者는 山에 잇는 入山者 뜨는[또는] 빠지산(무장자)의 情報員이다. 그런가 하면 大韓民國 合法政府 支署 또는 警察署의 諜報(스바이)員으로 活動한 者이다. 아주 困難한 者이며 山에서도 괄세 못하고 警察支署에서도 죽이도 못하고 山에 빠지산도 其者를 〈122〉無視할 수 없{는} 立場에 있는 것을 本人의 말에 衣[依]하야 드렷다.

宋進錫에 말햇다. 너는 非人間이다. 本署 또는 支署하고 線을 대고 山에 빠지산하고 線을 대고 二重間諜 行勢가 分明한 것인데 住民에 被害 없이 해야 할 것 안니냐 햇든니 念慮말마 햇다.

이제는 내의 잠자리가 變更되여 이웃 丁東英의 집 되방에다 寢床을 定하고 저역마다 鄭柱澈 丁東英 崔乃宇 三人의 宿所엿다. 〈123〉그런데 하루는 丁東英 분이 안주 술을 多量의 準備해놋코 自己 案室로 慕侍드라. 그려 鄭柱澈 氏는 除外하고 東英이와 單獨 對面햇다. 鄭柱澈 氏를 오시라 햇든니 손목을 잡고 말기드라. 秘山[秘密]로 부치고 내 子息 哲相(道根)이가 一 個月 前에 軍部에서 徒避[逃避]해 와잇네 햇다. 그려면 어데 잇소 햇든니 더그매 牛舍 우에 잇다고 햇다. 밥은 너주고 똥은 그 밋테 싸면 된{다} 햇다. 만나볼 必要도 없고 마음的으로 不安햇다. 丁東英의 말에 衣하면 〈124〉哲相이가 徒避[逃避]한 目的은 妻가 生覺이 나서 온 것이라 햇다.

납분 놈이지만 里長은 그리 알고 바달아 햇다. 알앗소 하고 滿 二年을 더그매에서 지내다 할 수 없이 憲兵에 潛腹勤務 中 案室로 가든 中 잡혓다. 里長을 憲兵들이 찾는다 하야 가보니

泡박[捕縛]해 노왓드라. 二年餘 間 집에서 居住햇는데 申請을 해지 안햇소 하게 全然이 모른 일이라 햇다.

〈125〉그래서 丁哲相 事 끝이 나니 속 시원햇다. 그런데 其時에 宋進錫 者가 우리 집에 왓다. 其者가 오면 不安하다. 其者 말은 來日 警察署長도 오고 支署長도 우리 마을에 온다고 햇다. 밋이 못할 말로 알고 무슨 일로 온다냐 햇든니 元泉里 洑에 고기 잡으로 온다 햇다. 고지가 되지 안해 밋이 못할 말이다 햇다. 그랫든니 (다이나마이트) 瀑發物[爆發物]을 四〇發 주드라 햇다. 許風[虛風] 떨지 말아 햇든니 現物 一 相子[箱子]을 가지고 우리 집에 왓다. 〈126〉그제는 밋엇다. 그려자 林長煥이 왓다. 其者들 두 사람은 內通이 잇는 것으로 알앗다. 그러나 林長煥은 틀임없이 署長이 온다고 햇다.

朝食 後에 宋進錫 林長煥이 왓다. 瀑藥[爆藥]을 가지고 왓다. 꼭 밋고 元泉洑에 갓다. 瀑藥은 어리라고 고기가 만니 募여 잇는 곳에 불을 부치여 던젓다. 튀고 또 튀엿다. 어리에 雜物을 것치고 보니 大魚 잉어가 一〇餘 首 잡이고 雜魚는 包袋로 하나엿다. 〈127〉그러나 署長도 支署主任도 한 사람도 不參햇다.

물고기는 宋進錫 집으로 옴기엿다. 때는 二時엿다. 大魚(잉어)는 別途로 달아매고 나는 雜魚 멋 마리를 주드라. 뒤말 없이 가지고 나오는데 옆집 林玉東 집에서는 파란 쑥떡을 환독다 두구대로 찌여[확에다 도구대로 찧어] 배피떡을 만드려 하드라. 떡 한 사람 林玉東 母(林長煥 女子) 裵成順(裵長玉 妹) 그도 林長煥이가 손대고 있음이가 〈128〉있엇다. 여보들 떡 좀 먹고 싶으니 좀 주시오 햇다. 피식 웃기만 하면서 對答이 없엇다.

夕陽 食事를 早期 맞이고 丁東英 집으로 갓다. 鄭柱撤이도 와서 主人하고 三人이 對話하면서 川漁를 잡은 이야기를 노누면서 잠자리에 드르려 하는데 十二時 밤쯤 된 바 銃聲이 들엿다. 異常이 여기고 박게를 나가 보니 洞內 中央에다 불을 놋코 銃을 쏘드라. 멋 거럼[걸음] 가서 보니 宋進錫의 집이드라. 正門에 立硝를 세우고 마당에는 불을 노며서 내려오라 〈129〉하드라. 康泰燮 隊長이 指揮는 하드라. 조금 있으니 其 집 딴 천장 속에 銃이 一定[梃] 내려 떠려트리드라. 다음은 實彈 탄띠가 너려지드라. 또 銃을 쏘며 더 래리라 하니 봇다리가 내려오들라. 其의 봇다리를 끌여보니 오늘 林玉東 집에서 뱁비떡 한 것이 보다리에서 發見되엿다. 또 좀 있으니 한 사람이 내려온데 보니 上加里 사라는 金明洙엿다. 이 자는 人共 時에 面 堂[黨]主務者엿다.

조금 있으니 下加里 李春雨가 내려오드라. 또 있으니 竹峙里 趙龍辰 者가 내려오고 다음에는 金明洙 子息이라 하는데 〈130〉學生帽子을 썻는데 등에서 피가 만이 흘으드라. 좀 딱가주고 싶어 손을 대니 康隊長이 못 대게 하드라. 合해서 四人이 내려왔는데 康泰燮은 便所에서 깽이를 가저다 趙龍辰 者를 묵어놋코 대리는데 참마 못 보겠드라. 한 번 때리면 五메다는 궁그려가드라. 다음은 金明洙를 그와 갗이 때리는데 半목심은 죽었드라. 金明洙 子息은 銃을 마저 피가 흐른데 못 때리드라. 李春雨도 때리지는 안트라. 한족[한쪽]에서 한 사람이 나온데 보니 朴永根이엿다. 其者가 介在되여 〈131〉山에 빨지산은 朴永根(죽엇다) 線을 대고 이쪽 支署에는 宋進錫 線을 대서 宋進錫집 더그매에다 三日間을 묵게 하고 그날 밤 떠나기로 하야 밥과 떡을 해서 싸주고 몇일 前부터 主任 金光浩하고 秘密이 工作을 햇든 것이 엿다. 그날 밤 裵仁湧을 차자서 銃과 衣服 떡 밥을 募와 지게에 지고 其者들은 걸어서 新平으로 내려간바 二時경에 斗流里 近方에서 銃聲이 들엿다. 알고 보니 金明洙 趙龍辰 明洙의 子 三人은 銃殺하고 李春雨만 살여주윗다.

이튿날 里長會議가 있서 내려가면서 보니 大里 共同墓地 近處에 加德里 사람들이 〈132〉 埋葬하고 잇드라. 몇이 지나니 上加에서 金明洙의 婦人이 내 집을 訪問햇다. 내의 마루에 안자서 大聲通哭[大聲痛哭]을 하면서 昌坪里長任은 世上에서 조흔 일만 하셨다고 들엇는데 宋가가 데려다 自己집 숨켜오코 죽엿스니 그놈 잘 된가 보라 햇다. 父子을 다 죽였으니 家門을 다닷고 通哭[痛哭] 햇다. 그려면 宋進錫 者는 支署長 金光浩에서 어는 程度 保償[報償]을 바든 것으로 안다. 아주 不良者엿다.

一九五二年 七月頃이엿다. 住民들하고 몇이 들에 外幕에서 갖이 잠을 자는데 옆에서 꼭〃 지버까며 빨지산 〈133〉소리를 듯고 精神없시 달여가는 게 삼밭으로 드려갓다. 조금 지내니 모구떼가 몸에 부터 그제야 모구{인} 줄 알다. 해가 뜰 무렵인데 소리치며 安心하고 나오라 햇다. 밋고 나와 보니 온몸에 모구 피투셍이드라. 住民 一行은 나만을 기드리{고} 잇드라. 한 사람이 말을 하는데 里長은 코를 골고 자는{데} 어는 두 사람이 도레우치를 쓰고 全員에 얼굴 일일 보는데 빨지산이 분명키에 깨웟다고 햇다. 이제는 들판 外幕에서도 못 자겟다고 하고 갖이 집에 온니 宋進錫 者가 왓드라. 間밤에 욕밧제 하면서 里長 얼굴도 보왓다고 빨지산들에서 드럿다 하드라. 〈134〉그려면서 조이뭉치를 만이 들고 이것이 바로 빨지산이 주는 壁報 삐라인데 부처달고 가지고 왓드라.

자네 농담인{가} 眞答[眞談]인가 하면서 자네 生命을 어데다 막기고 있으며 住民에 큰 被害를 줄 사라이네. 죽을 테면 너나 죽게. 나는 오늘 支署主任을 맛나고 宋進錫을 그대로 둘 게야고 따지겟다고 햇다. 그랫든니 其者는 말하기를 其 主任 따위는 相對 안코 署長하고 通한다면서 고비에서 證明을 보이기에 골갈인 줄 알고 탁 차서 뺏고 보니 眞字 署長의 無償 出入證明이드라. 그려니 서장은 支署長에 電通으로 宋進錫을 잘 〈135〉身邊을 保護하라 하니 宋進錫은 權利가 大端햇다.

다음 後에 宋進錫이가 나타낫다. 其者를 맛나면 아주 不安하고 不良者로 判視[判示]하며 住民들 보고 其者 非判[批判]을 만니 햇든니 其者 귀 드려 갓다. 里長任 자네 나 미워하지 말소. 日前에 山에 드려 갓드니 昌坪里長은 山에서 治下[致賀]가 만코 支署에서 住民을 데려{가}면 그 이튿날이면 빼오고 아주 功勞者라면서 屠殺名簿에 빼고 其外 里長들 某人은 全部 名簿에 드럿다고 하드라. 나를 미워하면 자네 里長도 身上에 不利할 게다 하니 其者를 어터케 〈136〉對하야 올을지 難關이엿다.

한 버[번] 支署에 내려가서 金光浩 主任을 對하고 私席에 全部를 {말}햇다. 其者는 未安합니다마는 그려케 바주시오 하면서 宋進錫 者 兩側 諜者인데 우리가 더 利益이라고 하드라. 모두는 내가 責任질 터이오니 念慮 마시요 햇다.

몇일 後엿다. 宋進錫은 小室 하나를 맛고 도마달이라는 곳인데 只今 金昌圭 논가이엿다. 그곳에 빠지산하고 線을 맷다가 靑云洞 金昌圭 집(姜大鉉 집 자근 방{)}으로 移事하야 살면서 빨지산하고 線을 잇고 살면서 住民들에게 괴롭피엿다.

하루는 보리 五斗을 要求햇다. 〈137〉其 보리를 주면 어데 利用할 게야 햇다. 빠지산 保給하겟다고 햇다. 그려케 合法으로 할 게나 햇다. 할 수 없다. 住民 몃 사람에다 要求햇는데 里長은 反對하나 하드라. 里長이면 네놈으 里長나 햇다. 其者는 졿아 하면서 오늘밤에라도 빠지산에 말해서 洞內에 불을 지르겟다고 危險[威脅]을 하드라. 참다못해서 鄭柱澈 林長煥을 相面하고 그 뜻을 說明하고 此後 對束[對策]을 相議한 바 林長煥은 말하기를 其者 宋進錫 者가 日前에 이곳 某의 집에서 盜拍[賭博]을 하는데 돈을 多數 일엇다고 傳하드라. 鄭柱澈 氏는 其者가 日後 큰일을 저질 사람이라면서 宋文植(其者 父){에게} 〈138〉 傳하겟다고 햇다. 그게 다 빨지산에 保給해주려 하는 것으로는 알지만 그 件은 支署하고 相對해서 엇자피 公開的으로 할 바에는 그게 올고 本人도 昌坪里 住民만을 相對할 계가 안니라 拈面的[舉面的]으로 行勢함이 올타고 햇다.

支署{主}任 金光浩하고도 사이가 번그려젓다. 그려나 나는 正堂하게 行爲를 하는데 主任 其者는 秘密만 직키겠다는 뜻이고 自己도 名譽를 내겟{다}는 生覺이들아. 몇일 있으니 金光浩 主任 者가 메모지에 적어 보냇는데 白米 二叺를 要求햇다. 日後에 新平 救國聯盟會에서 空除[控除]해드리겟으니 白米 二叺〈139〉는 宋進錫 건너주라고 햇드라. 其 要求書는 宋進錫이가 卽接[直接] 가지고 왓드라. 나는 全的으로 反對햇다. 宋進錫 자네에 주라 햇는데 白米 取給者[取扱者]는 金善權인데 其者 領受證을 가저오면 주겟지만 金光浩 主任의 付託으로는 放出을 못하겟으니 그려케 말하소 햇다.

宋進錫 生覺은 重大한 事件이 있서 自己의 保償債 그리고 빠지산의 保給品을 주기로 豫想한 듯싶드라. 金光浩 主任 者의 行爲가 얄미웃고 白米 二叺 程度는 能이 購[求]할 수 잇는 者가 하는 짓이 얄미워서 拈絶[拒絶]햇다. 그려니 宋進錫 立場이 難處햇다. 其者는 生覺 끝에 任實 本署로 〈140〉간 것으로 안다. 本署에 가면 宋利燮이라는 査察係 刑事에 갓다. 昌坪里에 重大한 事件이 잇는데 新平 支署主任 金光浩에 依賴햇든니 保給物을 주지 아의니 宋 刑事가 뜻이 어더나 한 莫樣[模樣]이드라. 宋 刑事는 졿아고 바다드려 保給物資는 준 지 받은 지는 모르되 아마도 保償金 白米 二叺代는 받은 것으로 안다.

날이 저문데 宋進錫은 우리 마을에서 靑雲洞으로 술을 一병 바다 갓다고 들엿다. 조금 있으니 新平支署 治安隊長 姜泰燮 외 二〇餘 名이 내의 집에 왓다. 今夜에 靑云洞 潛複勤務하려 왓는데 밥을 해달아 하야 해주웟다. 우리 舍郞에서 자다. 그런데 밤 十一時쯤 되엿는데 出動하드라. 그때는 洞內 隊員도 잇고 나도 銃이 있서 〈141〉갓이 行動했다. 只今의 軍部隊共同墓地 下處에서 本署 機動隊하고 新平隊員하고 磨察[摩擦]이 생겼다. 그 現場에서 듯자 하니 任實 機動隊하고 新平 姜太燮 隊長하고 是非가 된바 서로 讓步를 하지[하니] 만니 하고 다투드라. 理由 즉 宋進錫 者는 처음에 新平에 事件을 말했지만 保給을 안 주니 本署에 넘겨서 우리가 왓다고 하니가 姜泰燮는 빠지산 問題가 아니고 宋進錫 銃殺하겟다고 先言[宣言]하고 本署 機動에 讓保[讓步]했다.

其時는 밤 九時쯤인데 宋進錫 방에서는 빠지산 二명이 食事 中이였다. 방은 一坪 半쯤 조분 집인데 빠지산은 銃을 옆에 세워놋코 宋進錫하고 三人이 〈142〉갗이 주고 밧고 술을 먹는데 宋 刑事는 카빈銃을 들고 방문 前에 잇고 宋進錫 婦人은 물을 가지고 문을 개렸으니 어마든지 손 들아고 할 스 있어도 발〃 떨면서 망상만 하드라고 婦人이 傳하면서 其者들 하는 짓이 못낫다고 하드라. 必遇[畢竟]에 떨면서 손드려 하니 밥 먹다 窓門을 받으면서 가는데 手留彈을 까 지나간 뒤에 이쪽에서 銃을 쏜바 其 집 後에서 빨지산은 쓰려것다. 宋進錫이도 負傷을 입고 任實로 後送했다. 그러나 機動隊나 新平 支署隊員도 活動을 못하고 밤 새기만 機待[期待]하고 있었다.

날이 새니 집 後面을 살핀바 빠지산 한 명은 집 後에서 〈143〉쓰려것고 하 사람은 行方不明인데 靑云洞 앞뒤를 包威[包圍]하고 있엇{는}데 빠저나가 버렷다. 死亡者는 軍服차림인데 小形[小型] 가방을 뒤지고 보니 수제 저범 日記帳이 있고 住所는 新德 金亭里 金氏의 族이엿다. 査察主任이 里長을 찾고 付託하기를 오늘밤부터 住民들은 避해야지 그려치 못하며 큰 害되며 한 놈이 사라 갔으니 山에서 알게 안이요. 틀림없시 複腹[報復]하려 올 것이니 操心하라 했다. 그와 갗이 宋進錫은 人命을 留引[誘引]해다 죽인 者였다. 靑云洞 주민을 動員해서 屍體는 後山에 埋葬했다. 人夫들 술도 바다주면서 操心하라고 당부했다.

其 後 몇일이 지내니 金亭里에서 〈144〉婦人 한 분이 왔다. 未安하다면서 日前에 죽은 사람이 내의 子息이요 하면서 울면서 데려다 죽인 놈이 누구냐 햇다. 알아서 엇지한단 마이요 진정하시고 墓냐 確認하고 가시요 햇다. 金學均 氏으 家門이라고 한데 學均 氏는 나하고 親切하고 後野에서 農事를 짓고 방아도 내의 방애에 찌는데 잘 알 것으로 안다.

그려하다 金光浩는 떠낫지만 돈을 벌어가지고 떠낫다 하드라. 그려던 中에 金光浩 者와 새이가 좇이 못한 탓인지 昌宇를 軍人으로 보내기 위하야 召集令狀을 내보내고 붓들로 온다. 붓드려 가면 郡 兵事係에 가서 빼낸다. 한 번 빼내는 데 平均 三萬원{(}只今의 參拾萬원과 같음{)}. 그계 무려 〈145〉一年에 一〇次 三年을 지낸데 一〇〇餘만원이 들어 其必[期必]코 보내든 안했다. 面長하고 相議햇든니 依家事로 되면 안 갈 수 있다 하야 現在 살고 {있는} 집인데 前에 金東錫의 집인데 팔아 하야 其時 쌀 二〇叭를 주고 삿다. 도야지 소 논 五斗只 其他 家事等物을 갓취여 흉용하게 購入해서 分家를 시켯다. 그러나 속을 못 챙기고 盜박판에만 단니여 數없시 財産을 내버렷다. 내가 辨償도 만이 햇지만 所用이 없엇다.

一九五二年 三月에 瓢臇症[蓄膿症]이 생기여 滿 一年만에 珍察[診察] 끝에 手術을 하게 되엿다. 全州 耳鼻專問課[耳鼻專門科]를 찾고 〈146〉院長이 明大赫 博士인데 以北 사람여다. 手術하는데 苦通[苦痛] 深햇고 一 個月 一〇日 만에 退{院}했다. 病院費도 만치만 어머니께서 從事 看護하시는데 手苦가 만햇다.

退院하고 몇이 지나자 丁基善 母가 메모紙를 가지고 왔다. 펴보니 丁基善의 書信이다. 이것을 어데 가저왓소 하니가 國{民}學校長 學生이 주드라 햇다. 事由는 戰線에서 作戰 中 負塃[負傷]을 當해서 麗水 十五陸軍病院으로 移送 中이라 햇다. 그 뜻을 말햇든니 基善 母는 一時 참지 못하고 뛰고 울엇다. 丁基善 館村驛이 當한 듯싶으니 몇 자 적어서 列車는 가는데 던진바 驛員이 주워 昌坪 學生에 傳한 것〈147〉이엿다. 그려면 來日 바로 가서 子息을 보와야 마음을 놋겟다고 里長하고 같이 同行하자고 조른 것이엿다. 그이는 돈은 多數 있엇다. 돈을 準備하라 하고 洞內之事가 事務가 만침만 할 수 없이 來日 가{마}고 約束햇다. 七月 暴暑엿다.

아침 九時 列車로 가는데 夕陽에야 麗水驛에서 下車하고 徒步로 文炯泰 집을 찾는데 夜中에 드려갓다. 炯泰 婦人이 나오든니 반가이 侍遇[待遇]하드라. 무슨 일이요 하기요 그 말을 햇든니 十五陸軍病院은 新月里에 잇는데 約 三〇里쯤 된다 햇다. 夕食을 맞이고 그 婦人이 沐浴을 하시오 해서 가보니 大山 中터린데 새암물이 흐른데 아주 시원햇다. 〈148〉沐浴이 끝나자 炯泰 兄弟가 왓다. 其者들은 市內에 果子[菓子]를 장사를 하는데 밤 늦게 온다고 햇다. 平安하게 잘 자고 그 兄弟는 새벽에 장사하려 간다고 가버렷다. 어제 고맙으다 햇다.

우리끼리 朝食을 하고 病院을 차자 가는데 軍人들 車만 來往하드라. 그려나 헛짓 삼마 손을 드려든니 車가 쉬여 주드라. 軍人患者 面會 가요 햇든니 硝所[哨所]에다 래려주드라. 硝所에 立硝兵에 말햇다. 어제밤에즘 戰線에 負塽[負傷]을 當해서 後送한 軍人인데 病棟도 모르고 所屬도 모르고 姓名만 안다고 햇다. 立硝兵은 電話로 病院 本部로 連絡하는데 本部에서는 放送으로 어제 온 入院〈149〉한 丁基善을 찾는다고 하니가 連絡이 왓는데 몃 棟 몇 號室이라고 傳해왓다. 그런데 良民證을 提示하고 드려갓다. 其 棟 號室를 대니가 軍醫官이 號室로 案內하드라.

其 病院은 學校 敎室 같은데 一列로 患者를 뉘여 治料[治療]를 하는데 基善을 對面햇다. 重患者는 안니고 다리 間通傷[貫通傷]이드라. 着護員[看護員]은 우리 점심까지 채려왓다. 그려나 고맙지만 藥냄새 消毒내음으로 코를 찌르니 먹들 못햇다. 暫時 몃 분 間 對話하니 鍾소리가 나며 退場하라 햇다. 그때 基善이 보고 어제밤에 왓서 文炯泰 집에서 잣다고 〈150〉住所를 적어주고 왓다.

또 文炯泰의 집에서 자고 幣를 끼첫다. 아침 十時 列車로 집에 온바 또 저무려다. 그려케 잘 일을 봐 주워도 그 時뿐이지 其 後에 冷情하는데 넘은 必要 없다고 生覺이 드럿다. 돈만 알제 禮儀와 道德 情은 없드라. 只今쯤 生覺하면 그게 過剩忠誠이라 하고 後梅[後悔]가 난다.

그려자 二 個月 後에 丁基善은 外出休暇를 왓다. 自己의 妻 新德 親家로 갖이만 찾지를 안하드라. 其 後에 알고 보니 麗水 文炯泰의 婦人하고 通하고 지낸 것으로 안다. 新月里 病院에서 三〇分이면 炯泰 집을 올 수 잇고 炯泰의 子는 學校 가고 〈151〉업고 外出하려 왓다고 하면서 조용이 둘도 모르게 內通하고 진낸 것으로 안다. 本夫가 사라잇는데 그려 짓을 할 수 있{으}며 文炯泰는 內用[內容]도 모르고 基善을 親切하게 햇다니 寒心之事엿다.

그려자 文炯泰가 죽엇는데 基善에 訃音을 전하고 安承均은 四寸男妹之間이지만 訃音이 없다고 安承均은 不平햇다고 드려. 그만금 其 女子하고 親이 지내고 文炯泰 死後에는 터 놋코 一, 二 個月式 麗水에서 生活하는데 其의 子息하고도 할 수 없는 것이니 그리 알라고 當付까지 하고 지냇다고 햇다. 그려던 中에 基善 前妻 羅氏는 離婚을 햇고 只今 梁氏가 三娶엿다. 그려니 現妻가 精神[情神]〈152〉異常까지 이르켜서 修養院에다 入院햇다 나왓지만 只今도 조금은 그 기가 잇다.

一九五三年 二月이엿다. 裵仁湧 妻가 마음이 變하야 媤母 兩人에 不孝行爲를 한다고 其 媤母가 우리 어머니에 咕訟[呼訴]해왓다. 여러 차례지만 墨認[黙認]해 오다 住民總會 끝에 麗水宅을 불여다 罰을 주엇다. 男便이 軍人으로 가고 없다고 그려 푸待接[푸待接]을 할 수 잇나 하고 나무래고 다음은 그려지 안켓다고 다짐을 바닷다. 其時는 軍人에 入營하면 戰時라 普通 五, 六年까지 잇어야 除隊한다. 그때는 里長의 權利가 大端햇다. 食糧配給權이 인는데 軍人家族은 多量으로 주고 〈153〉萬諾에 女子가 바라[바람] 피우면 配給을 떼겟다고 으름장도 노왓다. 그래도 몇은 말을 듯지 안햇다. 里長 나를 憥氣를 내고 햇지만 不應해 버렷다.

其해 七月인데 慈堂게서 말삼하시기를 순창宅(只今 金進映 母)게서 우리 집에 오시여 몇 次례[次例] 子息 進映안테 못 당한 짓을 당햇다면서 밥도 많이 굼고 金長映 집에 가자 하니 進映 집에서 지내다 가면 조화하겟나 한다고 하야 食事도 멋 끈이 侍接햇다고 들엇다. 理由는 무슨 일이야고 무럿다. 金進映의 子 文柱에 時計를 사준바 其 時計가 없으니 自己의 母 순창宅을 異心 사며 時計를 내노라고 하면서 〈154〉衣服을 벽겨기고(꾀를 벽겻다고) 搜索을 當햇으니 분통이 난다고 햇다. 그것은 時計를 감추윗다가 自己의 딸이(任實驛 申 氏) 잘못사니가 줄라고 햇다 하야 딸이 와서 抗議를 하고 햇다기에 其 時計가 멋 가바치기에 父母를 그럴 수 잇나 하고 現 募亭에서 七月 술메기 끝에(年中 一次 決算總會) 金進映을 呼出해다 때리지는 안햇지만 말로 無數한 奉變[逢變]을 주고 네의 妻도 대려오라 하야 大衆 앞에서 다짐을 밧닷다. 그려케 되니 其者의 母는 할 수 없이 長子 金長映 집으로 가서 九○歲에 世上을 떳다.

〈155〉一九五二年 二月頃이다. 兄게서는 午前 中 大里에서 건너왓다. 말없이 舍郞에서 帽子만 벗고, 두루마기도 벗이 안코 누워버렷다. 그려나 眼面[顔面]을 보니 間夜에 밤잠을 이루지 못하고 盜睽[賭博]만 한 듯십트라. 中食을 하시라도 扶絶하고 夕陽에야 이려낫다. 그려나 갈 데가 잇어도 가지도 못하고 집에 부터 잇엇다. 형의 말인 즉 돈을 좀 달아고 왓다. 무슨 돈이요 햇다. 절문 놈에서 오늘 주기로 하야 取貸한 돈 拾萬이라 햇다. 그런 돈이 없소 햇든니 〈156〉大里長은 肥料代를 來日까지 내라며 못 내면 自己 목 肥料를 抛棄하라드라면서 너는 肥料代 收集 안느나 하드라. 肥料代를 有用[流用]할 수 없소 햇다. 그려나 간밤 盜박하신 것 같요. 盜박을 하드래도 兄任으 年令 또래에 하지 절문 者하고 갖이 하면 兄의 爲身[威信]이 下落되면 勿論이고 成吉의 子息 身面도 生覺하야 되지 안소 햇다. 答辯는 하지 안코 듯고만 잇엇다.

곰곰 生覺하니 日本政治時代에 食糧이 없{어} 죽을 之境에[地境에] 쌀을 팔여 가계는데 旅費가 없으니 돈 二圓마 주시요 햇든니 없다고 햇다. 〈157〉自己는 全 家族기리 쌀밥을 머의면서 전역밥 엊진야 말 한 미디[마디] 업고 밥만 먹드라. 내의 뜻은 旅費가 實地 없어{서}가 아니고 兄은 二, 三日 前 崔南連 雇人 便에 牛車를 大里 물방{앗간}에서 아마도 白米 二○餘 가마를 쪄 運搬하는데 나를 일이라도 시켯쓰면 햇섯다. 잘 알고 간바 쌀 一斗이라도 주며 쌀 파려 가면 苦生이 만타드라며 一斗만 주윗쓰면 生前 잇겟는가. 그러한 兄이 其 時代를 이젓는지 알고도 돈을 달아는지 속은 모르되 自己 잘 살 때 第 동생 또는 어먼니에 大端이 잘 못한 兄이엿다. 〈158〉그려치만 나는 그려지 못하고 人情을 베푸려고 三日만 기{다}르시오 돈을 드리겟소 하고 盜박도 참을 時代 안이요 햇다.

꼇日 나락 두 데를 헐고 벼 一〇叺를 作石하는데 어니니[어머니]계서는 얼절라고 벼를 作石하나 하시엿다. 金融組合에 債務가 있어 갚으려 합니다 햇다. 前番에 빗을 다 갑파면서[갚았으면서] 또 그러나 하신데 말 못햇다. 벼 一〇叺를 作石하야 新平共販에 賣渡하야 大里로 가서 드럿다. 兄은 乃宇 동생을 無視햇지만 나는 그려지 못하고 成吉 母도 눈치는 챗슬게고 成吉이{도} 들어서 알 터이지만 〈159〉말 업고 거저 공으로 주엇다. 自己는 쌀 一升도 주시 안코 괄세한 사람이 속 탕자[창자]가 업는 者엿다.

一九五三年 二月에는 慈堂 어머니의 回甲엿다. 其時도 빨치산은 殘堂[殘黨] 멫 사람이 新平 近方 殘在하고 地方住民들을 괴롭펏다. 그러나 우리 마을{에} 共匪가 드려오지는 안니 햇다. 其 理由를 알고 보니 宋進錫 者 山에 食糧 또는 作業靴 等 〃은 保給해주고 끝가지 通匪햇섯다. 그러나 或 어머니 回甲日에 共匪가 와지 안했으면 하는 生覺에 마음 不安햇다. 多幸이 其者들 浸入[侵入] 안 해서 無事이 어머니의 壽宴을 마첫다.

賀客은 大小家 食口 近方 全部하고 新平面長 外 職員 全員 支署職員 〈160〉隊員 各 里長 親友 大里에서도 兄 宅의 親舊가 해서 百五十餘 人 단{여}갓다. 참으로 처음 宴會엿지만 極侍遇[極待遇]를 바닷다. 住民들도 男女老少가 募여 단여갓다. 歷代 우리 마을에서는 처음 잔치엿다.

一九五五年 三月頃에 大里에서 兄이 移事를 하게 되엿다. 移事의 理由는 只今의 崔龍鎬 집에서 炳赫 氏가 살고 其 옆에 집 只今의 洪德杓 집에 兄은 사는데 私事 炳赫 氏 成吉 아버지하고 뜻이 맞이 안코 자조 是非가 잇어 할 {수} 없이 昌坪里에 成造해서 移事햇다. 또 이 곳 昌坪서 大里로 떠난 것은 田畓도 이곳에 다 잇이만 崔南連에 집을 팔고 떠난 理由는 過居에 日政代에 〈161〉이 마을 其時는 區長이라 햇고 中途에는 里事長이라고 呼稱햇다. 日政 때는 日本帝國主義 下에서 獨裁獨權으로 權利가 大端햇고 食糧도 만코 供出荷은 없섯고 郡面職員이 責任完遂라는 팔목 두루고 오면 쌀밥에 닥 잡고 술에 진탕 메기니 兄의 權利는 말 할 것 업고 日本 北海道 靴太 福鋼縣 소로몽군島 卽 南洋群島 北鮮 滿洲國에서 一般民 募集 要請이 오면 面에서 强制로 끌어가고 그려치 못하면 區長에 무려서 適任者가 選澤[選擇]되면 밤에 나제 할 것 업시 데려갓다.

〈162〉그려다 一九四五年 八月 十五日 日本은 美國에 降複[降伏]하고 大東{亞}戰爭이 終決된 바 다시 建國準備委{員}會 構成되고 次〃 秩序가 回複[回復]되는데 左翼 右翼(卽 共産主義 民主{主}義) 생기여 政治鬪爭을 햇다. 다음에는 建準委員會가 變更하야 救國促成會로 改稱햇다. 그때 西北靑年이 北韓을 마다고 내려오고 以南에서도 朴憲永 金九 曺晩植 先生도 以北으로 갓섯다. 그러한 判勢에 一九四七年 二月 二十六日 새벽을 期해서 瀑動[暴動] 이려낫다. 新平面內 全 面民이 動員해서 〈163〉面內 有志級 右翼층을 숙청하고

支署를 습격하야 巡警을 포박하고 橋梁을 破橋하고 電柱를 넘기고 했으니 本署에 機動隊가 出動하야 五月 末日 까지 住民을 動員해서 銃器 착기하고 一部 附逆者를 잡아서 本署로 押送하는데 곤욕을 치렷다. 其 經費 마련하야지 하며 兄은 日政부터 其時 까지 말은 卽席에 못하지만 相對方의 適[敵]이 잇섯기에 大里로 떠난 것이엿다(炳赫 氏하고 다투고). 그려다 다시 이곳으로 歸鄕햇다.

〈164〉그러나 지난 過居之事[過去之事]를 生覺하면 朔寧 崔家는 自己 것은 自己 것으로 하고 他人 것도 自[己] 것으로 行勢하는 不良心的 行爲이고 없는 身者은[者는] 無視하고 잇는 者에는 아부한다. 나는 正反對條로 갓다. 少年에 苦生을 만니 햇기에 無産者를 도와 주고 卽 없이 산 사람의 便이 되여왓다. 우리 집에 哀慶事가 있으면 어린 兒孩부터 먹을 {것을} 주라고 햇다. 成吉 아버지 內外하고 重宇 아버지에 너무나 괄세 밧고 無視를 當햇다는 過居之事를 이즐 수 없어다. 成吉의 아버지 七歲 때 드러오신 어머니의 功勞와 誠意를 後期에 괄세하고 우리 兄弟는 어리고 그것들이 後之條가 무슨 余地[餘地] 이겟느냐 하는 뜻을 가진 者들이다.

어머니계{서} 이 집 崔家의 집에 시집온니 女子는 한 사람도 없고 하라버지가 잇고 아버지가 잇고 炳千 氏가 잇고 成吉 아버지 〈165〉네 명의 호래비만 잇는데 아주 살맛이 없엇다고 하는데 糧食도 업고 衣服도 아주 험상한데 몃 번 生覺해도 못 살게드라는 것인데 炳千 氏나 成吉 아비는 或時 떠나갈{까}바 아침[아첨]을 아부를 부리고 여색엇다고[어색했다고] 햇다. 그려는가 하면 아버지하고도 情이 없고 人物도 곰보엿다고 햇는데 어머니는 人物이 美形的이고 身長體도 巨人이엿다. 그려케 몇 해를 한 집에서 살다가 내의 兄 甲宇를 出生하야 崔家으 집을 떠나지 못하고 苦生도 이만저만 안이엿다고 어머니게서 一九四三年 경에 食糧이 없서 金堤로 京畿 〈166〉平澤으로 쌀을 팔로 갓오니가 過居를 存細이 말삼하시드라.

그련데 내의 웃兄은 甲宇라고 이름을 지엇지만 하라버지의 回甲 안날 (只今 崔南連 집인데) 飮食을 장만하고 翌日 賀客 慕侍는 準備를 하고 잇는데 그날 밤에 하날에서 우리 집에다 무지개(비올 때 반달 식으로 七色을 나타내는 것)를 박악는데 住民도 보고 炳千 氏{도} 먼 데서 보고 달여왓다고 하고 집에 무슨 理由가 잇겟구나 햇다.

어머니는 回甲宴 準備는 다 하시고 엽방에서 甲宇 兄을 解産햇다. 出産하고 보니 面前 이마에 혹을 하나 달고 出産햇다고 하시고 어머니도 異常이 여겻는데 三日 만에 〈167〉하라버지는 衣冠을 가추고 洗水[洗手]하시고 靖장하시고 産母 방 드러오시여 甲宇 孫子를 보려 오시엿다. 存細이 甲宇의 顔形을 觀象[觀相]하고 나가시면서 出産 時가 잘 타고 나지 못햇다고 하고, 時만 제 時에 맞아스면 大人이 될 턴인데 너 서운하겟지만 두고 키워보는데 꼭 밋지 말아 햇다.

그려치만 몃 개월이 지나니 情이 들며 그 해에 成吉이를 出産하야 갖이 生育하는데 乳도(젓) 똑갖이 서로 姑婦기라 되박구어 먹엿기에 兄嫂라고는 하지 안타 나 結婚 後에야 兄嫂라 한 듯 십고 被次[彼此] 死別 時〈168〉까지도 절반은 벗을 하고 지내고 핫쇼 소리는 六〇歲 너머서 兄嫂니 하고 예 하고 지냇지만 其 兄嫂는 나더려 꼭 반말로 하다 死別햇는데 그계 어려서 젓을 먹고 컷기 때문이다. 그려는데 甲宇하고 成吉이는 叔侄間인데 꾀벗쟁이가 갖이 놀면서 이웃집도 가서 나무 부엌에 들여오면 둘 다 부엌 이마에 배를 문대서 꺼먹캐 해 가지고 오면 夕陽에 식켜 주엇고 나무 숫테서 밥을 뒤저 먹엇다고 드럿다.

그려던 中에 理作이 甲宇 兄은 病이 나서 눕게 되엿다. 成吉이는 홀로가 되니 박게도 잘 나 가지 아고 〈169〉 있엇는데 하루는 논에서 일을 하고 왓는데 (논은 龍山里 앞 三斗只뿐) 오 면서도 甲宇 兄 生覺에서 일즉 왓지만 문을 렬고 보니 甲宇는 온데간데없엇다. 아차 국엇구 나[죽엇구나] 하고 하라버지도 안 게{시}고 해서 울고 뛰고 햇지만 所用 업섯다. 조금 있으 니 머슴 雇人이 있엇는데(大里 사람) 드려오기에 우리 애기가 죽엇소 햇든니 그려타고 하기 에 그려면 무든 곳을 알자 햇드니 말을 하지 안타가 공박골(이곳은 애만 죽으면 뭇는 곳이 다)이라고 하기에 夕陽인 그곳을 살피니 〈170〉 방금 무든 자옥이 있어 大聲通哭을 하니가 무덤 속에서 瀑彈[爆彈] 뒤는 소리로 꽝 하는데 앞이 보이지도 안코 머리에는 구슬땀이 흘 {러} 前後도 못 가리고 더듬더듬 해서 집에를 겨우 오시엿다고 햇다.

崔家 집에 와서 重宇 아버지도 어머니가 成婚시켝고 成吉 母도 成婚시켝고 햇지만 모두 업 는 집에 出家해야 衣服은 全部 古衣服이라 햇다. 그려다 내가 姙娠이 된 바 三溪面 新亭里 로 父母가 제금 分家를 햇는데 吳山淸이라 曾大古母가 新亭里 財産이 있어 田畓을 따라 〈171〉 간바 新亭里에서 나를 출생했다. 그려나 아버지는 盜박만 즐기다 田畓을 一家에 讓 渡하고 盜박의 債務만 지고 돌 안에 三 食口가 走步[徒步]로 거려 정잔을 지나 거묵골로 하 야 북골을 지나서 昌坪里이로 왓는데 其時는 한 집으로 못 가고 지금으 丁辰根의 집 접방으 로 移事 들엇다. 그래서 아버지는 兄의 집으로 慕侍고 우리 세 食口는 (昌宇하고) 지금의 李 春在 집으로 移事 三人이 산바 그곳에서 아버지가 병이 들엇다. 그래서 아버지는 兄의 집으 로 慕侍고 우리 세 食口는 (昌宇하고) 只今의 李春在 집으로 移事햇다. 그려자 앞에 말한 바와 갖이 하라버지는 잠은 重宇 자근 방에 자고 食事는 단이면서 내 집에 하시엿다. 重宇 아버지도 子息〈172〉이니 當然이 慕侍는 任務가 잇이만 박侍[薄待]하엿기에 恒時 不良者 로 미워햇다.

一九五五年쯤으로 안다. 面에서 重大한 會議가 있어 단여왓다. 그때는 나는 家事는 不古 [不顧]해버려고 農事도 住民들 데려다 지엿고 支署之事에 從事 面 行政에 協力하는 데 主 力햇다. 빠지산은 끈기들 안코 物心兩面으로 분주햇고 住民하고 꼭 相議하야 意事[意思] 가 通過해야만 里長은 執行하는데 住民總會를 召集햇드니 其時는 非常時局으로 全員이 集合된다. 舍郞 上下방 그리고 마루 〈173〉마당 할 것 없이 一〇〇餘 명이 募엿다. 出席을 부르고 開會를 始作햇다. 案件 治安隊 食糧 保給 治安會費 洞內 外來客 接待費[接待費] 其他 等 〃 打合之事 大端햇다.

割當도 區 〃 한 내의 案件을 住民에 指示하고 說明햇는데 住民들은 執行過程은 里長 意見 에 마기자고 하는데 特別 炳千 氏가 들고 나서 反駁을 하고 모두를 妨害條로 發言을 햇다. 그려자 鄭柱澈 氏는 내의 뜻에 應하면서 炳千 자네는 말이 아니다고 하니 炳千 氏는 熱을 내 高聲으로 反對하는데 里長도 面之事를 協力 〈174〉안으면 平安하고 住民들{도} 于先

은 負擔이 업서 조켓지만 上部의 指示인데 不應틀 못 한다 햇다.

그려면 自己도 日帝時代에 區長도 해보고 解放 後도 區長질을 했음에도 무슨 심술로 조카가 里長을 하는데 協助는 못할망정 防해[妨害]까지는 하지 안해야 道禮인데 나하고 꼭 감정이 잇는 {것}으로 生覺하고 白[百]餘 名이 座席 中인데 生覺다 못해 당장에 여보 선동宅하고 부르며 度對体[都大體] 乃宇 족아[조카]라는 者하고 무슨 감정이 잇기에 住民들은 내의 義思[意思]에 順應햇는데 당신이 〈175〉反對하고 不應한다고 내가 執行[執行] 못할 줄 아요. 그려면 過居에 自己의 아버지(하라버지)게서 當身도 子息인데 호려먼니[홀어머니] 우리 어머니게 마기고 쌀 하 토리를 보태준 일 잇소. 長斫 장사를 하면서 數百 坪을 팔아먹도 아버지에 長斫 하 개비 주엇소. 嚴冬雪寒에 우리 兄弟는 망태나무 해다 하아버지 굼불을 때면서 얼마나 눈물을 흘이고 苦生햇서도 自己 아버지 방에 손 한 번 대여본 일 {있}소. 그려케 不孝한 者가 내가 里長을 수年 한니 배 아푸요. 反박을 퍼부엇든니 말 하 마디 못하고 긴 담배대를 〈176〉앞세우며 떠나버렷다. 鄭泰俊(鄭仁浩 父)도 參席햇지만 말 한 마디 엇섯다. 卽席에서 洞內 住民 여려분 未安합니다 凉解[諒解]해주오 하고 閉會햇다.

後에 鄭柱澈 氏를 相面한바 자네 叔父가 너무하다 侄[姪]한데 잘 당햇다고 햇다. 그려나 生覺다 못하다 그 집을 차자가서 잘못을 말햇다. 그려 수가 잇나 하는데 成氣[聲氣]가 죽엇드라. 그려지 안니하면 他人이 볼 대 똑같은 者로 보겟드라. 그려나 大里 兄도 그의 還境[環境]을 傳해 드렷슬 것으로 안다. 하지만 말 안트라. 理由는 自己도 하라버지에 잘못이 마는데 할 말이 없겟다고 生覺햇다.

〈177〉언제고 어려서 창피와 괄세 업슨에에게[업신여겨] 한 者는 잊어지지를 안다. 더욱이 남도 아닌 叔父 者{가} 兄弟間에 그럴 수가 있을가. 自己의 아버지 또 長孫子라는 사람이 그럴 수 있을가. 住民들 體面도 잇는데. 그려케 해서 지낸 崔乃宇엿다.

鄭鉉一 者은 山에서 멋 개月 後에 線을 대서 社會로 나온 사람이다. 나와서 自首하고 山의 實情을 秘에 부치고 全部를 터려노왓다. 新平面 治安隊에서는 鄭鉉一의 情報를 起準[基準]으로 治安을 順序 잇게 하야 길이 잡〈178〉잡펏다. 本署 新平支署로서는 鄭鉉一을 한부로 못햇다. 그려치만 人共에 協力者인데 自由는 주지안코 治安隊에서 晝夜로 利用햇다. 그려다 其者를 闓放[開放]하고 敎職에 復職해 주엇다. 그려데 너무나 커저버렷다. 共産堂 數年 하고 人民共和國 時에 人民委員長을 지내 入山하야 三個月 만에 自首한 者가 버티니 一般員이 보기 시려웟다.

其時에 任實 文 氏의 酒造場에서 鄭鉉一하고 술 마시는데 〈179〉刑事 며 분이 왓다. 그곳에서 刑事들하고 握手도 하고 親하든니 鄭鉉一은 刑事치들이라 햇다. 刑事는 三名인데 한 사람은 只沙 出身으로 多情한 사람인데(金山 金氏), 두 사람은 듯기에 不安햇든지 톨으[토를] 달나서 같은 말이면 刑事치라고 햇다(恥). 그려면서 刑事는 둘이서 只沙 金 刑事는 除外하고 鄭鉉一을 투드려 갈겻다.

하도 딱해서 여보시요 나오고 갖이 온 一行이요 이를 수 있소 햇다. 옆에 金 刑事 보고 자네 보고만 잇나 햇다. 뜨더 말이는데 鄭鉉一은 만은 봉변을 당햇다. 〈180〉그려케 附逆者를 開

放해주니 날뛰엿다.

어느 날이엿다. 里長을 長期之束[長期持續]한니 洞內之事에 關係햇다. 館村國校 先生이면 兒童이니나 다루면 된데 部落之事를 關係하는데 無償으로 農藥 散{布} 分霧機[噴霧器]가 나왓는데 돈을 밧고 自己의 自家用으로 使用한다고 宣傳하야 住民들이 나를 誤該[誤解]하게 되엿다. 바로 新平面에 가서 面長을 對面코 이 擔任 鄭用澤 書記을 相對로 對話햇다. 代金을 받은 일도 없고 共同用이지 個人 것이 안니라고 解明햇다.

〈181〉館村驛前에서 鄭鉉一은 學校에서 退勤하고 오는 길인데 午後 四時쯤인데 對面하고 조금 멈추라 햇다. 自轉車를 밫이고 쉬엇다. 내의 人象[印象]을 보는니 崔兄 햇다가 里長任 햇다가 갈 바를 못 잡드라. 담번에 목아지를 잡고 四街里[사거리]에 떠려트리고 발로 발바버렷다. 某人이 부잡고 이럴 수 없다고 하며 말겻다. 이놈이 不良者이며 先生者가 政治도 간섭한다며 보래기를 몃 번 첫다.

其事件이 擴大되여 本署에서 刑事들이 내 집에 왓다. 그러나 나는 里長이{고} 鄭鉉一은 思想〈182〉이 다르니 자잘못은 後로 미룬데 내의 便을 合意해주드라. 그러나 學校예서는 鄭鉉一을 便翼的으로 다투엇다. 結局은 鄭鉉一 者가 失敗햇지만 그의 良心이라 함은 아주 악질이엿다.

그려나 一村에 살면서 말은 주고 밧고 하며 지냇지만 서먹석먹 對하기에 難點이 만햇다. 그려치만 里를 代表한 里長으로서 讓保[讓步]한 點이 만트라. 한 버은 鄭錫基 氏{(}鄭鉉一 父親{)}이 病中인데 問病을 갓다. 누웟다 내가 가니 벌턱 이려 안드니 내의 손목을 〈183〉잡고 눈물을 흐르며 이려케 오시니 고맙네 하며 제네[자네]가 아다싶이 鉉一는 내 獨子 아닌가 좀 잘 돌바주게 죽을래도 못 잇겟네 햇다. 예 잘 알었음니다 하고 나왓다. 몇일 있섯데 죽엇다고 하드라.

其 後에 우리 子息 成傑이가 같은 同窓인데 鄭鉉一 子 두채하고 嚴萬映 女息 두채를 學校예서 오다 때린 게 事件化가 되엿다.

鄭鉉一의 子息은 別 큰 傷處 없으니 學校를 단이고 嚴萬映 女息은 中央病院에 入院시켜 治料한다고 햇다. 本里 鄭鉉一 집을 放問[訪問]하고 내의 〈184〉子息이 납부니 利害[理解]하소 햇드니 鉉一 말은 利害 問題가 안니고 그놈 몸도 조치 못하지만 只今 陸軍士官學校 入試 공부를 하는데 그것에 問題네 하드라. 그려크만 햇다. 집에 와서 生覺한데 其者의 子息이 士官學校에 入校하면 身元照會가 오는데 鉉一의 自身이 共産堂 面 最古責任者인데 통過될 理이 없는데 나를 無視한 편이드라.

身元照會가가 오면 支署를 通해서 里長이 結定[決定] 짓는데 그려케 어리석은 말을 하드라. 다음은 中央病院에 入院 中인 嚴萬{映} 딸을 問病햇다. 院長 文炳烈 氏부터 〈185〉相面코 萬映의 딸 病勢를 무르니 別로 大傷은 안니니 잘 相議해서 退院해도 異常 없다 햇다. 嚴萬映은 고이로 避햇다. 조금 있으니 蔡氏이라고 警察署 勤務者 運轉手가 나타낫다. 面目은 알지만 多情한 새이는 안니엿다. 面前에서 相對가 된바 여보 당신 嚴萬映 딸 加害者요 하드라. 氣分이 少하드라[妙하더라]. 그렷소 햇든니 束히 서들고 治料를 願滿이 해주워야 올치 안소.

그려치요. 그려냐 그럴 새가 어데 잇소. 先生任은 알지만 모른 덱이[듯이] 하고 누구시요 햇든니 親舊라 하드라. 둘이서 짜고 하는 行위드라. 〈186〉嚴萬映을 相面하야 卽時 治料費 計算하고 退院하려 햇지만 相對하지 못하여 文炳烈 院長에 附託[付託]코 왓다. 夕陽에 鄭鉉一을 맛나고 事由를 말햇든니 그려나 嚴萬映 딸이 退院을 해야 決定되는 것이 아니가 하드라. 그것은 萬映 딸 退院費에 準한다는 뜻이드라.

翌日 다시 中央病院에 갓다. 院長任을 相面코 相議한바 오늘 退院하시요 하드라. 嚴萬映을 相面햇다. 어저면 조흔가 햇다. 院長은 관찬하니 退院을 萬映{에} 促求하드라. 그래서 應하야 退院費를 計算코 택시로 집에 慕侍여 드리고 鄭鉉一에 萬映 딸 治料費 〈187〉몃 萬원 주고 退院햇다고 하니 自己도 앞으로 무슨 변태가 생길지 모루니 그 程度는 준 게 엇더야 하야 주고 解決햇다. 生覺하면 別 大事도 안니데 봉을 재펏다.

다음은 工場을 新築하게 되엿다. 裡里 慶南에서 온 河 氏으 昭介[紹介]로 以北 살{던} 金 氏가 設計햇는데 잘 하드라.

내가 搗精業 始作은 一九四六年 九月부터다. 一九四六年 三月에 成康 母를 順天 光陽에 맛나고 그의 外叔이 發動機 技術者이고 日本서 지내다 韓國 故鄕으로 되도라왓다. 遇然[偶然]이 相面햇지만 溫順하고 親切햇다. 그때에 {나는} 失業{者였}다. 〈188〉一九四六年 八月이엿다. 成康의 母의 德으로 三.五馬力자리 發動機 一臺를 順天서 우리 집으로 買入해왓다. 마당에다 設置하야 試運轉해보 보니[試運轉해 보니] 잘 도라갓다.

約 一年쯤 하다 보니 石油가 品切이 되엿다. 할 수 없이 木炭으로 組立改造하니 費用이 만이 먹엇다. 할 수 없이 館村에 사는 韓 氏가 잇는데 相議한바 金 氏의 發動機 도—히라는 機號가 붓튼 五.五馬力하고 交替햇다. 木炭으로 改造한바 잘 도라갓다. 相當 收入을 올엿다.

一九五〇年에는 大規模로 三月에 안처마니 部落 柳 氏에 付託하야 白炭 참나무 숯을 約 一〇〇通[동]을 運搬해왓다. 人夫하고 昌宇 나하고 갖이 운반하는데 三日間 재를 너머 운반하는데 勞苦는 말할 것 〈189〉이 업섯다. 一通에 白米 二말식이엿다. 二〇叺을 준바 보리 脫穀하고 秋季에 精米用으로 그러케 大準備햇다. 一九五〇年는 例年에 比하면 보리가 大豊作이엿다. 飛行機가 날고 空襲이 深해도 보리 脫作은 햇다. 自己들의 收穫을 生覺하고 某가 말이들 못햇다.

例年에 比해 大量의 보리稅를 收入햇다. 앞서 말햇지만 白炭을 貯藏한 것을 보고 압수까지 한다 햇다. 그려다 秋期가 當햇는데 近方에는 精米한 곳이 없섯다. 電氣가 끈겨고 發動機는 만햇지만 木炭을 가실[가을]에 購하지 못해서엿다.

그려나 나는 봄{에} 미리서 購해 노왓기에 〈190〉指章[支障]은 없서 하루밤을 始動하면 平均 白米 三叺가 드려온다. 나제는[낮에는] 二叺 程度엿다. 近方 大里에 屛巖 龍山里에서 드려오는데 마당이 찻다.

방아는 잘 도라갓다. 支署 내려갓다 밤에 방아를 찟는데 或 빨지산이 올가 하니 隊員을 派遣해달아 햇든니 還迎[歡迎]햇다. 몇일 있으니 新平 龍巖 德巖 竹峙 確巖[鶴巖] 近方에서 빨지산이 非장[秘藏]한 굴을 發見하야 戰利品이라고 五牛車가 運搬되엿다. 他外人의 방아는 못 찟고 支署用 戰利品부터 찟는데 隊員들이 立消는 섯주엇다.

그려나 一, 二斗식 利用하자는데 〈191〉할 수 없이 應해준 일도 있어다. 그때 방아稅 一叺當 小升으로 五되식이엿다. 그려다 木炭은 充分햇지만 모비루가 不足해서 아주까리기름을 購해서 利用햇지만 機械 自體도 故章 없시 如一하게 도라갓다. 그때 내의 幸運으로 본다. 其時는 논 一斗{落}只에 白米 二叺이면 얼마든지 사게 되엿다. 그래서 一〇餘 斗落을 삿지만 子息들이 利用하고 昌宇가 利用햇다.

그 後 石油가 개방되여 斆樹에서 新形[新型] 脫穀機 一臺 購入하고 晋州로 가서 發動機 一臺 新品으로 購入하야 보리 脫穀을 하는데 移動할 것 없시 村前 川邊에 幕을 짓고 晝夜로 〈192〉作業을 하는데 普通 一日에 보리 五叺식 드려왓다. 近方에서 最高收入이엿다. 그려니 消息을 알고 元泉里에서 白南實 氏가 昭介하야 脫穀하는데 贊良[讚揚]을 바닷다. 이것이 反對者인 崔炳千이 예적 감정이 있어 其者의 子 完宇 嚴俊峰이 介在되여 嚴俊映에 發動機械를 사주워 내의 事業에 害防[毀謗]을 논 炳千이엿다. 不良者이다.

다음 해엿다. 내가 母親喪을 當해서 三年服을 입고 잇는데 洞內 四街里에서 내가 보리 脫作[打作]을 하는데 完宇가 是非을 거려오데 그려치 안해도 감정이 잇는 사인데 보래기를 마구 때럿다. 理由을 걸어 訴訟한다기에 맘대로 하라 햇다. 〈193〉제가 소송한다 해도 他人의 耳目도 잇고 나는 父母의 複人[服人]인데 四寸間이라는 違置[位置]에 할 도리가 없으니 抛棄하고 말드라. 그려니 完宇라는 者가 내게 해볼 수도 없으니가 그해 7월인데 비가 많이 내럿다. 그런데 崔元喆 집에서 내려온 물이 完宇 논으로 내려가기 마련인데 崔元喆 水채를 막으니 그 물이 元喆의 마당으로 滿水가 되니 나문 물은 내의 텃밭으로 드려온 것이다. 그려면 물이 後退하야 逆水되는 것이엿다. 元喆이는 어렷고 하니 崔南連 氏 相對하면서 내 집으로 왓다. 完宇 보고 옛적에도 너의 아버지가 이 논을 지면서 물 밧다보니 나락이 주으니가[죽으니까] 왕골을 심엇는데 네가 이 물을 안 밧는다며 不待한〈194〉한[상대 못 할] 놈이라 햇든니 南連가 完宇의 목잡고 是非하는데 말기지 안코 보고만 있다. 하도 개심하기 때문이다.

그려다 一九六二年 三月에 工場을 場所를 옴겨 現 {位}置에 新築을 着手햇다. 木手는 黃登사는 金 氏고 下木手는 丁基善 同婿[同壻]인 李錫在엿다. 約 一 個月 十日 만에 完工햇다. 其때즘은 내의 돈이 없엇지만 農協에서 協助하고 個人 돈 使用하도 里長을 하니 信用은 自動이엿다.

그려다 一九八三年 一〇月에 大邱에 가서 朝陽 三〇馬力으로 交替햇고 그려다 一九九三年 三月에 六〇馬力 옌지[엔진]으로 交替한바 約 四,五二〇〇이 支出된바 成能[性能]이 良護하다. 約 四九年 間 從事함.

〈195〉그러나 나는 엊이 되여건 精米所로 依하야 成功햇다. 職業을 하 번 잡으면 끝내 從事하면 經驗이 生起어 脫退할 수 있어도 職業 變更하면 失害로 간다.

그려다 一九六四年 七月 二十五日 陰曆 慈堂게서 世上에서 別世햇다. 天地가 래려안진 듯

햇다. 病患이 난 지 十五日 만인데 처음에 배가 압부시다 햇다. 또 술을 질거햇시엿다. 二, 三日 지나니 腹部가 異常햇다. 체인 듯십다고 하시엿다. 任實 체를 잘 {내}린 사람이 잇다 하야 오라 햇다. 別 效果를 못 보왓다. 金城里 金氏 醫員이 영하다 하야 招請햇다. 針을 놋코 따라가서 藥을 몃 첩 지여 대려드려도 如意치 안햇다. 배는 날이 갈수록 〈196〉 부워가드라. 할 수 없이 택시를 貸切하야 寢具를 準備하고 全州로 갓다. 柳承國 病院에 診察햇든니 腹망염으로 判明이 낫다.

入院을 要햇든니 入院室이 없다 햇다. 다시금 道立病院으로 갓다. 또 診察하든니 똑갖이 腹망염으로 判定해. 願이 엽게 몇일만이라도 入院하자 햇든니 그럴 必要 없으니 家庭에 治料타 도라가시게 함이 올타고 하면서 臨時 藥 몃 봉을 주드라. 그려면 腹망염은 內服에 물을 빼야 하는데 只今 狀能[狀態]에서 물을 빼면 다번[단번]에 운명하다 햇다. 할 수 없이 不安한 끝에 택시를 利用해서 집으로 오는데 車內에서 〈197〉어머니는 말햇다. 亨宇야. 病院에서 못 나순다드야. 入院한다든니 집으로 가는 계냐 하신데 목 마치여 말이 나오지를 안 햇다. 그려치 안코 집 가서도 治料하시고 藥을 들{라} 했어요. 엽에 잇는 技士가 나를 처다 보면서 딱하게 한 듯십드라. 집에 온니 洞內 아주먼니들 募여들여 入院하신다든니 오시엿나 하고 異心을 갇으라. 몇일 實效 없는 藥만 드려.

할우는 어머니 말슴이 안만 해도 못 살겟다 하시고 어머니의 匱 쇳대를 몸에서 끌여주면서 이 쇳대는 네가 맡으고 只今 匱門을 열야 하시엿다. 열고 보니 옛적 廣木 自己으 손수 짠 삼 배〈198〉가 三五筆이 꽉 찻드라. 돈은 며 푼 있어다. 綿 미영배도 몃 筆 잇고 韓山모시 그리 고 명주배가 三筆이엿다. 洞內 婦人도 잇고 主로 許俊萬 母게서는 딸갖이 食事만 하면 엽에서 手足 노릇슬 하시엿다. 그려데 以 衣服감을 全部 줄을 태우고 改風하랏 햇다.

슘을 내린 대로 實行햇다. 그려데 내가 죽거든 麻布는 孫子도 만으니 願滿이 使用하라 햇다. 미영배는 喪衣 줄을 하고 명주는 내의 衣服을 하라 햇다. 病患 나신 一〇日 채엿다. 藥을 지려 가면서 病勢을 무르면 效果 없는 藥질 必要 없다 하시엿다. 그려치만 子息의 道禮로 藥方[藥房]을 간다.

〈199〉藥방에서도 效果는 없고 回成은 못 한니[하나] 藥器[藥氣]는 떠려지면 안 된다며 몃 업[첩] 지여준다.

翌日에는 洋藥局에서 相議하면 그대로엿다. 陰曆 七月 二十四日이 되니 病患 나신 十四日 만인데 바작 病勢는 惡化되엿다. 할 수 없이 運命하시기 前에 牛車로 燒酒 一〇통개 대나 무 一束을 미리 준비하니 어머니께서 보시고 내가 곧 죽나 하시엿다. 藥도 必要없고 腹部는 부어서 몰꼴이 안니고 亨宇야 나를 좀 살여달고 몸부림치는데 天地가 무너진 듯싶고 엇 이하면 조흘지 질을 잡을 수 없다. 오령 눈님이 오시고 五柳里 成順이가 問病 왓다 가지 못 [못]하고 一家들도 募여 밤을 새운데 밤중에 大便을 보신다기에 내가 이르켜 요강에 慕侍 엿든니 마지막 大便을 보시고난 아침 六時에 運命하신데 앞이 캄〃하야 어절 줄을 모르고 누가 무슨 말로 精神 차려라 〈200〉해도 듯기지도 안코 엇절 줄을 몰앗다. 늦계사 成吉 父 母 內外가 왓드라. 其者들은 哭도 안코 남 보듯 하며 이것저것 指示 程度엿다.

住民들은 아침부터 募여들기 始作 喪衣와 棺은 집에 製作하야 하는데 役軍이 多數가 必要 햇다. 바로 大里에서 大小家는 勿論이지만 金俊鎬가 喪衣나 붓글씨로 아주 재골인데 바로 왓드라.

運命은 陰 七月 二十五日인{데} 七月 二十六日에는 宋文植 氏라고 其者가 南原서 少時에 온 者인데 禮文을 잘 알고 잇는데 夕陽에 와서 염도 指示만 햇다. 나는 其者 指示만 밧고 行動과 執行은 우리 家族기리 햇다. 他人은 屠體[屍體]에 손을 못 대게 햇다. 압門 後門 할 것 없이 꽉 예워싸고 求景을 하드라.

〈201〉生覺하다보니 崔乃宇가 人心은 일지는 안 햇다는 게 證抾[證據]엿다. 弔客은 賻儀錄을 보니 三三〇名이엿{다}. 親家는 빼고 其 數字가 弔問햇다.

來日 出喪이면 오늘밤에 宋文植 氏는 나보고 乃宇 엊이 되건 大護喪[大好喪]인데 내가 이곳에서 六〇 평상을 지냇지만 자네의 慈堂 喪은 護喪이니 夕食이 끝나면 바로 準備하야 大祭를 울{리}자 햇다. 그런데 이고[이곳] 住民 洞內 사람들이 南原의 班常 行爲는 못 보왓은니 其의 實情을 表하겟네 햇다. 그려데 外來客 住民 해서 約 一五〇名은 되겟드라.

多少 祭需를 가춘데 도야지 다리 燒酒 其他면 되기에 執行하는데 喪主는 喪衣 뒤에서 哭만 하면서 따라단인데 〈202〉宋文植 氏는 口淸을 내면서 소리를 멕인데 아주 잘 하시는데 喪主는 自然이 술품이 生起고 父母의 뜰[뜻]을 死後에 알게 되엿다. 홀융하게 그날 밤 철야해 하는데 時間 간 줄 모르고 지냇다.

出喪日이다. 各處에서 弔問客이 募여 出喪하는데 準備가 분주햇다. 그려나 섭〃한 點이 잇 엇다. 出喪으 環境을 보니 成吉의 아버지는 外人이 보드래도 喪服은 입은 게 道禮로 안데 홀몸으로 뒤따랏다.

重宇 아버지도 兄嫂이니가 喪服은 못 입드래도 머리에 권이라도 쓰면 햇든니 無心케 두 분다 그려케 崔乃宇를 下侍한 잠[점] 死後에는 모르지만 生存에 崔乃宇는 잊을 수가 없게 되 엿다.

〈203〉그려케 慈堂任을 慕侍다 여려 모로 生覺 끝데 서운해서 三年喪을 慕侍고 脫服햇다.

一九四〇年 陰 十二月 初三日이다. 이날은 曾祖父 祭祀日이다. 宗孫 成吉 집에서 慕侍엿다. 昔에 兄게서 長水 山西面으로 移居 後에는 내 집에서 單房이지만 先親 祭祀도 慕侍엿다. 曾祖父 祭祀에는 大里 從祖父게서 밤에 꼭 參祀하고 午後는 金城 從祖母가 下人에 쌀과 祭物을 지여 갖이 오시여 祭需를 熟正[肅正]하신다. 屛巖里 炳寒 堂叔도 오신다.

그려나 河洞분은 不參하고 自己의 先考의 祭祀에 맵쌀 程度는 몃 되 가지온지 모르되 自己의 兄(내의 아버지) 祭祀 不應한 者며 鷄을(닥을) 많이 기려도 祭祀에 닥 한 마니 가저오안는다고 드럿다. 其日 夕陽에 동무들 四, 五名하고 고무총을 만드려 試驗삼마 새를 잡부려 〈204〉나섯다. 새는 잡이지도 안햇다.

河洞宅 우타리 새가 만이 안젓드라. 독을 달아 쏘니 맞이를 안트라. 그려자 마당에는 一〇餘 마리 닥이 놀고 잇으라. 한 방 쏜 것이 닥 頭部에 正確히 마자 쓰려젓다. 갖이 간 동무들보고 말하며 너이들 좇이 못할 터이 하고 동망첫다.

겨우 成吉 집으로 왔다. 뒷마당에서는 모두 철질을 하고 잇데 어머니가 뚜부적 한나르 주는데 어서 먹엇드니 목 뜨거서 눈물을 딱는데 河洞宅이 큰소리로 여 형우랜 놈 없나 하고 부른데 장광 後面에 陰身[隱身]하고 보니 내 쏜 닥을 들고 왓드라. 그놈 납은 놈이 여러 소리 하다 갓다. 그러나 어머니게{서}는 형우 이놈 전역에 오면 단단이 혼내겟소 하시드라. 其의 닥는 할 수 없이 祭床에 오르게 되엿다. 靈魂이 오시엿으면 亨宇 曾孫子 德澤으로 欽饗[歆饗]하겟지 햇다.

〈205〉그려케 慈心이 많은 분이엿다. 當然이 自信이 잇게 生色을 내시고 父母에 尊敬하고 그랬으면 乃宇 나도 어렷지만 厚하계 尊重해 드렷지만 아주 行勢가 不良햇기 때문에 尊敬을 못햇드라. 그려하니가 새는 몃 번 쏘와도 맞이를 안는 고무총은 單番 쓰려진 것은 先塋[先塋]게서 나를 시켯든 것으로 生覺햇다.

一九八〇年 四月 初頃이엿다. 館村 金東郁 氏가 왔다. 알고 보니 崔兄의 子諸[子弟]라고 들엇는데 其 事件을 모르시요 하드라. 무슨 일인지 初聞이라 햇다. 다름이 안니고 내의 四寸의 堂姪[堂姪]인데 父母도 없고 내 집에 雇用사리 하고 잇는 아인데 細모래 한 耕耘機만 昌坪川邊에 運搬해오라 햇드니 모래는 그만두고 삽으로 코를 때려 코대가 부려젓다고 해서 任實 搜査課에 口頭申告를 하고 崔兄의 意思를 〈206〉듯고 正式으로 誥訴를 提起하려 왓다고 햇다.

그려면 내가 事前에 알고야 于今것 이겟는가. 바로 올아갈 터이니 앞에 가시라고 햇다. 그자 간 후에 存細이 알고 成康의 母가 設明햇다. 그려면 即時 내게 말하는 게 올지 안나 하고 性質을 낫다.

처음에 館村서 와서 橋梁 河川에서 모래를 파 실는데 昌宇 자근아버지 가 옆에 가서 너이들 누구의 許諾을 밧고 나무 洞内에 와서 모래 파가느냐 한바 其者들이 네게 무슨 相關이 잇나 하면서 달아드니 두 놈이 해볼 수가 없으{니}가 成康아 큰소리로 이놈들 나르 害하려 한다고 하니가 洗濯 나온 婦人들이 보{고} 成康이를 데려오니 成康이는 理由없이 삽을 빼사서 내려첫는데 살작 콧대가 단바 바로 도망처벗다고 햇다. 萬諾 正面에 닷으면 〈207〉죽든지 病身이 될 번햇다고 햇다. 조금 生覺해보니 昌宇도 무슨 關係엿가. 班長 里長도 안데 혼자서 그려 必要는 없이 안나 하고 차라리 里長을 시켜서 모래 못 파가게 底止[沮止]{하}라고 함이 올지 안나 햇다.

午後에 成康이를 찾고 있으니 相面해주지 안햇서 用錢 購[求]해서 館村에 갓다. 金東郁 氏를 尋訪하고 患者부터 面會하자 햇다. 東郁 氏하고 갗이 간바 某人의 집 접방 살면서 잠자고 食事는 東郁 氏 집에 한다드라. 코를 어는 程度 당햇나 햇든니 任實醫院에 간바 콧대가 부려젓으니 臨時 治料만 하고 全州 耳鼻專門醫課[耳鼻專門醫科]로 가라 해서 왔다고 하드라. 即時로 全州病院으로 가서 專門醫하고 相議해서 診察하든니 手術를 하야 한다 햇다. 그제사 存細이 보니 코가 비트려젓드라.

手術器具를 느려놋고 椅子[倚子]에 安置고 저범〈208〉같은 꼬장이를 콧속에 넛코 醫師가 잡아재커 죽을 욕보는데 참마 볼 수 없고 피가 목 안으로 많이 너머갓다. 父母나 同志間[同

氣間]이 있어 其 還境을 보왔다면 나로서는 덕욱 未安할 번했다. 手術이 끗이 나고 入院室
로 옴겨 링게루를 찌르고 五時間쯤 누웠다. 밤 九時쯤 되니 의사는 患者보고 이려 안자보라
했다. 그려면서 萬一 피나면 다시금 누라했다. 多幸이 피는 나지 안햇다. 그제는 注射을 찌
르고 藥을 주면서 步行은 할 수 있으니 來日 또 와라 했다.

中食도 안코 夕食을 사먹엇다. 택시로 館村 제 방에 누이고 東郁 氏 相面 못하고 夜中인데
未安해서 바로 집으로 왔다. 밤을 새는데 잠이 들지 안햇다.

〈209〉正午 十二時頃에 館村 金東郁 氏를 訪問하고 어제 手術함을 말해주고 있으니 顏面
는 아는데 東郁 氏는 人事 招介를 하기에 알고 보니 刑事였다. 其 刑{事}는 金 氏인{바} 나
를 잘 알고 新平支署에 藉早[자주] 相面햇다 하면서 今般 事件은 黙認할 터이니 治料를 願
滿이 해주시오 하드라. 그려코 말고요 念餘 마시요 했다. 刑事하고 三人이 食堂으로 慕侍고
中食과 飯酒로 侍接했다. 바로 作別하고 病者를 帶同하고 全州病院으로 同行햇다.

全州에 到着 卽時 食堂으로 가서 中食을 사 메기고 病院으로 가 治料햇다. 注射 맛고 또 來
日 오라 햇다. 翌日 또 갓다. 三日채 治料하고는 내의 刑便[形便]을 알고는 生覺코 一日식
띠워 단니라 하드라. 고맙다고 하고 갖이 오는데 車中에서 病者에 말햇다. 너도 東郁 氏 집
〈210〉집에서 매여살고 잇데 未安한 마음도 잊이야 하고 나도 밥은 사람이다. 하루식 띠워
다니는데 내가 每日 갖이 갈 수 없으니 네 혼자서 治料하고 中食은 每日 사 머고 단여라 하
고 治料{費로} 五萬원을 주었다. 手術費까지 合하면 二〇餘 萬원이 消耗[消耗]되엿다.

그려다 其者 말이 내 집에 와서 成康를 對面코자 하는데 對面을 해주지 안코 外處로 가버렸
다고 하니가 이제부터는 任實病院으로 단여 治料하겟다고 해서 {그}려라 햇다. 몇{일}이 되
니 任實病院 治料費가 機萬[幾萬]원이라기에 또 주윗다. 그려케 損害莫大하고 精神的 苦
痛이 있엇지만 昌宇도 其 還境을 듯고 해서 잘 알 터이지만 人事 한 마디 없고 아조 모른 체
한 者엿다. 男子 그려케 못나고 어리석은 者드라.

〈211〉一九七〇年 三月頃이다. 屛巖里 基宇는 軍醫官으로 除隊코 新穗面에서
〈212〉一九六五年
其 後 五一六 軍事革命으로 依하야 滿 十七年 만에 里長職을 辭退햇다.
里 改發委員長[開發委員長]
里 淨化委員長
鄕校 掌議員
鄕校 新平面分會長
加工協會 郡副支部長
加工協會 新平面分會長
任實大韓老人學校 第八回 卒業生 學生會長
館村學校 第十五回 同窓會長
〈213〉

一九七〇年 三月 十五日　　谷城 五代祖 立石

一九七〇年 四月 五日　　　桂壽里 後麓 六代祖 立石

一九八五年 三月 河洞 ◇◇ 立石

一九八六年 十二月 三日 成吉 死亡 三禮코 三日만{에}에 歸鄕

一九八7年 一月 二十二日 筆洞 게약 三四,二四五 내손으로 收入支出 ◇◇

一九八7年 十二月 二〇日　高祖 南原 移葬 同日 晋州 姜氏 南原 移葬

一九八7年 十二月 二十五日 祖父 南原 移葬

一九八八年 十二月 二〇日 高祖 立石

一九八九年 四月 十二日　　祖父 立石

一九九一年 四月 十二日　　大門內 曾祖 立石

一九九一年 三月 二十四日 從祖母 晋州 鄭氏 立石

一九九三年 一月 五日 大宗會議가 됫엇다. 내가 議案을 냇다. 主案은 五代祖 移葬問題엿다.

一九九三年 五月 十日 谷城에서 五代祖를 慕侍여 葬事를 慕侍엿다.

〈214〉

一九六四年 九月 一日　　　慈堂 七四歲 別世함

一九六五年　　　　　　　　小祥

一九六六年　　　　　　　　大祥 三年喪 慕侍

一九八三年 癸亥　　　　　本人 回甲宴

求禮 外家 外祖母 祭祀에 慈堂 生存 侍 年 〃 參祭했음.

一九九三年 五月　日 作成

家長 崔乃宇 親筆

〈215〉

參席者는 新平面長者 昌坪里長長 改發委員長 새마을指導者가 募엿다고 들엇다. 農地委長 (게[計] 五名)

이 자리에서 徐 社長은 里長에 署名捺印을 要{求}하면서 里長에 捺印를 要求하데 里長은 不應햇다. (當時 里長은 내 子息)

年上者 여려분이 捺印하면 本人도 捺印하겟지만 처음에는 捺印 못한다고 据絶햇다. 그 後에는 새마을指導者 嚴者가 先着으로 印章을 찍고 農地委員者 前 里{長}이 찍고 新平面長도 捺印햇다고. 그려면 自己네가 찍으면 後者는 自動으로 찍을 테이지 하다 里長도 不應 開發委{員}長도 不應하는 바람에 流札되엿다.

〈216〉

八. 其 後에 自家用을 내 집 正門에 세우고 徐 社長의 宗 氏가 와서 꼭 좀 갑시다 햇다. 가보니 徐 社長이 보냇드라. 理由는 里長에 말해서 捺印을 付託하드라.

　그것은 住民으 뜻이 안니니 안된다고 햇다.

卽席에서 手票 몇 장을 주니 내가 熱을 냇다. 내가 手票 몇 장 갗이만 못하느야 햇다.

그려면 工場施設 同意 捺印者 3名은 手票를 받은 것은 確實함이 認證된다.

〈217〉

九. 其 後에 住民들 귀에 雜意이 구구햇다. 里總會에서 是非도 잇고 前 里長 指導者는 耳目이 忙身창이[滿身瘡痍] 되엿다.

一〇. 其 後에 工場 옆에 居住者 姜南洙 婦人이 내 집에 왓다.

今般에 徐 社長이 아스팔트工場을 짓는다는데 反對陳情書를 받으려 왓소 햇다.

잘햇소 養老堂으로 갑시다 해서 滿場一致로 捺印을 밧고 不參者는 個別 訪問하시요 햇다.

그래서 工場은 못 짓고 말았음니다.

〈218〉

大宗 菅理 末毛[末尾]에 添附해야 함

南原 帶江 宗員

一. 八代祖 以下 書類·宗財 菅理 任實宗員

二. 高祖 以下 書類 宗財 菅理 任實宗員

三. 宗中之事는 昌坪里가 累代 宗孫집이고 書類와 文書함도 이곳에 잇다.

四. 此後에는 成曉가 代行할 것이 原側順禮로 본다.

五. 南原 任實 大宗書類가 別途로 添附되여 잇고 高祖 以下 任員 私宗中 書類가 따로 잇다.

六. 收入支出 經理簿도 帳簿을 페면 何人을 莫論하고 明確 나타난다.

七. 會議錄에도 記入되여 잇며[있으며] 昌坪里가 大宗中 事務室로 二一三번지로 되 잇다.

八. 應字九字 宗中 菅理도 別途로 取扱해야 함.

〈219〉

昌坪里 共有地

349-1 垈地　　　故 鄭圭太

250-2 花園　　　　嚴順相

209- 養老堂　　故 鄭太炯

352- 郡林　　　現 倉庫

351-1 倉庫　　　故 宋貴童

351-2　〃

177-　田故 崔普泳

221-　田故 趙 淳

　　　　　　故 李相駿

　　　　　　故 韓判祚

　370번지 근방 地籍圖 1통

354-1 郡林
　　　 成康 垈地
　　　 河川

〈220〉崔乃宇는 嚴俊峰에 말하고 십다.

一. 嚴俊峰은 筆洞에서 살다 六二五事變으로 依하야 不得已 元村 昌坪里로 移居者다. 歲月이 가다보니 崔英姬하고 結婚者다. 炳千 氏는 桑苗業者엿다. 許可權이 炳千 氏에 있어 死後 代行者 完宇가 權行代行[權限代行]을 勢行햇다. 그러나 完宇는 男妹間 人情으로 갗이 事業을 하자 한바 意見이 和合이 되지 안는데 俊峰 內外는 不安感으로 妻를 (成奎 父) 兄에게 보냇다. 兄의 말삼은 잘 打合해서 하라 햇다. 其 後 俊峰 內外하고 完宇가 舍郞에 왓다. 초정부터 새벽 三時까지 意見交換하며 다투윗다.

〈221〉崔乃宇는 四寸間이지만 完宇의 便을 떠나서 嚴俊峰을 생각해주윗다.

其 理由는 完宇는 比較的 俊峰보다는 낮이 안나 同生 完宇가 讓保[讓步]하고 利害를 해주소 햇다.

完宇는 한 사람이고 俊峰은 內外 二對一로 言設[言說]하며 다투엇다. 結論은 完宇가 讓保한 셈이 되엿다. 其 後 完宇는 完全 失敗하고 떠낫다. 其 後 斷者[繼承者]가 된 俊峰은 成功햇다. 其의 모두가 妻家의 德으로 보고 住民들이 認證한 事다.

다음은 里書記 制度가 있서 俊峰과 鄭泰燮하고 對決이 된바 鄭泰燮〈222〉의로 選任이 되엿다.

이것은 政治的으로 判定이 된 것으로 안다.

其 後 丁基善 里長 當時 其 後任을 住民總會에서 卽選制[直選制]로 選出하게 된바 其의 側法[法則]이 一週 前에 住民의 意思를 들어 公告하게 되였든 것을 갑작이 오늘밤에 里長選擧 한다고 햇다.

當時 崔乃宇는 熱이 낫다. 丁基善에 갓다. 그럴 수 잇나 햇다. 그러케 되엿다고 하면서 嚴俊峰이가 뜻을 가지고 있드라 햇다. 네의 홍포를 안다면서 崔南連 氏 子 榮植에 가 相議하야 大學出身이니 司會를 보와달아 햇다. 좃소. 천거만 해주시요 햇다.

〈223〉멋 분을 통해서 밤에 里長選出 한다니 崔榮植을 司會 천거할 터이니 同意해달아 햇다.

結終은 成奎가 多수표로 當選되고 俊峰이는 落選이 되엿다.

其 後 成奎는 里長을 職務하는데 제일 事業으로 里 共同倉庫를 面에서 一部 補助로 짓는데 住民의 協助를 要求하야 不足金을 住民에 配當햇다. 据出 當時 俊峰 外에 몇 사람이 反對함으로 一部는 밧고 殘高되엿다.

〈224〉成奎는 完全이 失敗하고 말앗다.

그런데 俊峰이는 새마을指導者라는 名稱을 밧고 里長을 先頭로 하야 事業을 하려하니 人物이 適合치 못한데 成奎를 끄려당것다. 完宇도 끄렸다. 其 三人이 里 事業 住民을 爲하야 事業하는 데는 感謝햇이만 其이 事業場이 북골재를 뚤고 용운치까지 通路를 냇으면 其의 事業費가 國家補助金으로 햇는데 收入支出 決算 없이 住民들을 負役까지 시키는 行爲가 올타고 한가. 그려가 하면 丁基善 林野 損害를 〈225〉말한니 俊峰은 崔今石의 妻를 부튼 者라 하이 韓喆 面目을 망신햇지 안햇나.

그런가 하면 第二次 特措法이 公布되니 自己가 里 特措委長{이}라는 面目[名目] 하에 里 不在地主 所有權을 自己의 名儀[名義]를 特措法에 回附해서 所有權을 畢한가 하면 自己 兄 嚴俊祥에게 他人의 林野를 特措로 處理하야 其 林野가 軍部隊로 편입되니 補償金을 찻고 보니 後 地主〈226〉가 생겨 받은 補償金을 返納할 때 特措委員 俊峰 本人이 債任[責任]저야 할 {일}이 안냐 햇다.

그려가 하면 今般 第三次 特措法에 其者를 또 委員에 任命 委任함은 面長의 債任[責任]을 뭇고 십다.

其동안 새마을指導者는 私利私欲만 눈을 떳다고 보면데 새마을事業 時 自己 林野를 利用하는데 공자로 山을 줄 이 없다고 乃宇는 自認한다.

〈227〉이제라도 崔乃宇를 無視하면 안 되며 住民들을 男女老少 할 것 없시 無視한 其者 良心을 고치고자 한다.

이제라도 住民들에 謝過는 勿論이요 앞으로 萬諾 謝過치 안으면 法에 問議하겠으며 永遠히 遺傳이 될 게다.

明心[銘心]하기 바란다.

全部 住民에서 드른 말이다.

　　　　　　一九九三年　月　日
　　　　　　昌坪里 崔乃宇

찾아보기

ㄱ

가족노동   27, 28, 82, 89, 93, 94
가족사   27, 36
가족주의   40
개발 사업   25, 29, 30, 37, 46, 49, 55
개발위원   46, 48, 57, 77, 80, 82
개발위원장   24, 29, 104
개발위원회   30, 42, 57, 77, 80, 82
개발이념   47
개인사   27
결혼식   72, 73, 115, 118
경사(慶事)   85
경운기   31, 32, 33, 41, 43, 48, 56, 57, 58, 61, 62, 63, 72, 75, 87
경운기업자회의   31
경제계획   39
경찰   35, 37, 38, 41, 43, 61, 67, 94, 113, 115
警察署   134, 135, 136, 157, 158, 169
계갈이   78, 79, 83, 84, 85, 86, 87
계곡(契穀)   85, 86, 87
고리채   33
고속버스   72
고용인   25, 27, 28, 31, 33, 35, 46, 48, 50, 56, 90, 91, 113, 131
고인(雇人)   90
고지   28, 42, 82, 89, 90, 91, 92, 94, 143, 158
고지군   91, 92, 94

고지논   91, 92
고추방아   62
공간적 압축   40, 41, 42
공동 부역   31, 52, 56
공동 풀베기   56
공무원   25, 27, 32, 35, 41, 46, 47, 51, 52, 62, 66, 87, 93, 94, 105, 113, 115, 117
共産堂   38, 101, 135, 144, 167, 168
共産主義   138, 147, 164
공식조직   30
공판   50, 51, 52, 53, 115, 117
공화당   24, 30, 34, 42, 43, 45, 49, 50, 59, 60, 77, 80, 84, 104, 106, 115
과도교정   119, 120, 121
관촌   34, 35, 37, 50, 62, 70, 71, 72, 73, 87, 95, 98, 102, 104, 111, 112, 113, 114, 115, 116, 117, 120, 124, 132
광주   112, 115, 117, 118, 120
교량건설   45, 46, 50
교배   39, 63, 68, 95, 96, 115
구례   42, 63, 103, 107, 111, 112, 115, 116, 118
구장   24, 76, 77, 103, 104, 107, 112, 122
국가 정책   46
국가 지원   46
국가   23, 24, 25, 26, 27, 30, 31, 32, 34, 38, 39, 40, 41, 45, 46, 47, 48, 68, 89, 104

국가권력   25, 30, 45, 47
국민투표   45
국회의원   30, 42, 49, 115, 154
군산   86, 115, 117
군수   30, 42, 45, 49, 50, 53, 60, 69, 102, 115, 123
군청   30, 42, 43, 45, 49, 50, 53, 55, 59, 66, 115, 117
궐기대회   30, 32, 41, 42
근대성   24, 39, 40
근대인   23
근대화 시책   23, 24, 25
근대화 이념   26
근대화   23, 24, 25, 26, 39, 40, 45, 88, 119
금계   87
기계화   31, 41, 89
기차   41, 72
김제   104, 107
김해   86

ㄴ

노동계(勞動契)   31, 33, 78, 79, 81, 82, 89, 90
노임 상승   31, 33
녹음기   70
논농사   28, 89, 91, 92, 112
논산   42, 62, 115, 117
농로개설   56
농로확장   29, 32, 60
농사 계획   26
농사일   26, 28, 30, 48, 89, 93, 94, 106, 113, 114

농수로   34, 59
농약   32, 33, 41, 59, 65, 72, 74, 89
농촌지도소   30, 31, 32, 41, 42, 46, 51, 55, 60, 61, 78, 82, 114
농협   31, 33, 35, 42, 50, 70, 77, 99, 103, 114, 115
누에치기   27, 28, 48, 113

ㄷ

다수확농가   52, 60
다수확품종   51, 52, 56
대구   72
大同洑   84
대동회   79
대리(大里)   50, 53, 76, 86, 95, 98, 99, 100, 103, 107, 112, 113, 114, 115, 116, 117, 123
대전   72
도박   34, 35, 41, 43, 47, 88, 101, 102, 103, 104, 106, 130
도시 이주   31, 35, 88
도정공장   54, 58, 61, 62, 63, 68, 69
도정기   46
도정업   58, 61
도정업자   31, 43, 58, 62, 115
동갑계   87
동계(洞契)   66, 77, 78
동내 계갈이   78
동물병원   73
동시성   40
동아시아   39, 40
동창회   30, 42, 43, 87, 104, 115
떡방아   62

ㄹ

라디오   41, 42, 70, 102

ㅁ

마을 개량사업   31
마을 공동사업   29, 31, 32, 33, 46, 49
마을 회의   29, 31, 33, 42, 46
머슴   42, 82, 84, 89, 90, 91, 93, 94, 97, 166
면사무소   42, 46, 47, 49, 50, 55, 59, 60, 77, 80, 106, 114
면장   36, 42, 45, 51, 52, 53, 62, 70, 71, 77, 78, 101, 115
목포   105, 107
묘사(墓祀)   38, 80, 98, 117
미국화   39

ㅂ

박정희   32, 66, 70
반공강연회   30
반공교육   46, 47, 48
반공국가   38, 45, 47, 48
반공단합대회   47
반공이념   47
반상회   46, 47, 71, 80, 101
반장   77, 78, 104, 113
반장조   78
발동기   28, 41, 58, 62, 108, 113
방앗간   24, 25, 28, 31, 33, 35, 36, 41, 46, 48, 52, 76, 94, 97, 104, 106, 107, 108, 113, 117

밭매기   92
백미계(白米契)   78
법정   34
벼   25, 28, 32, 41, 46, 50, 51, 52, 54, 58, 59, 60, 61, 62, 66, 77, 83, 117, 130, 131, 132, 133, 145, 148, 164
벼농사   52, 54, 59, 61, 64, 117
변호사   34, 116
병원   42, 43, 47, 62, 72, 73, 74, 75, 115
보 역사(役事)   83
보건소   42, 73
보계(洑契)   78, 83
보리농사   25, 28, 58, 61, 63, 64, 88
보매기(보막이)   83, 84
보소임(洑所任)   83
洑役軍   83
부산   32, 42, 43, 55, 70, 72
부안   86, 113
부엌   34, 56, 57, 103, 121
부인계   85, 87
분무기   41, 58, 59, 61
분쟁   29, 30, 33, 34, 84
불균등 발전   40
불균등한 압축   40
불량   46, 48, 98
불량자   48
不在地主   178
비동시대   40
비료   29, 31, 32, 33, 41, 47, 59, 63, 65, 66, 72
뽕나무   25, 28, 32, 48, 54, 64, 65, 66, 113

ㅅ

사랑방	34, 111
사이드카	72
사종중(私宗中)	111
산림계(山林契)	24, 29, 43, 55, 58, 66, 67, 79, 80, 104, 115
산림녹화	41, 58, 66, 67
산림조합	31, 42, 43, 67, 115
산업화	41, 43, 58, 65, 69, 88, 89
삼륜차	63, 72
상객(上客)	96
상계(喪契)	84
상사(喪事)	85
상석	110, 115
상수도	32, 41, 46, 62, 69, 71, 72, 75
상주계(喪酒契)	85, 87
상주계갈이	85
새마을	31, 32, 42, 46, 50, 56, 57, 71, 82, 100
새마을사업	46, 56, 69
새마을시찰단	30, 42
새마을운동	26, 29, 34, 42, 46, 49, 52, 53, 56, 57, 59, 68, 69, 71, 89, 119
새마을지도자	25, 29, 30, 46, 48
생활개선부녀회	34, 56
서구	39, 40
서구화	39
서울	25, 35, 42, 43, 49, 72, 73, 86, 94, 115, 116, 118, 119, 136, 141
선거	25, 26, 30, 45, 46, 50, 78, 122
선거운동	30, 45, 48
선거일	30
세계질서	39
세대교체	25, 37
소류지	45, 46, 49, 50, 57, 59, 69
所有權	178
속금계	30, 33, 87, 114
수리계(水利契)	83
수연(壽宴)	85
수의사	42, 73
수직적 통합	45, 47
순천	41, 42, 43, 62, 105, 107, 108, 112, 113, 115, 116, 118
술메기	76, 78, 79, 131, 163
시간적 단축	40
시간적 압축	40, 41, 43
시멘트	29, 34, 46, 50, 56, 57, 59, 71, 79, 100
시외전화	70
시장경제	30
시제	109, 110, 111
식량증산	49, 52
신기술	32, 41
신보계(新洑契)	83
신품종	32, 41, 51, 52, 55, 58, 59, 60
쌀계	30, 78, 88

ㅇ

압축 성장	40
압축적 근대화	23, 27, 38, 39, 40, 41, 74
애경사	25, 37
양로당	30, 42, 85, 86, 102
양묘사업	54, 55, 65, 66
양잠	25, 28, 32, 41, 53, 54, 58, 63, 64, 65, 66, 68, 69, 88, 94, 104
여수	42, 86, 112, 115, 118

연고(年雇) 82, 90

열차 72

예비군 훈련 46, 93

오수 42, 43, 62, 115, 143

오원천 49, 103, 112, 114

오토바이 41, 72, 147

완주 107

외상 거래 34, 114, 117

外祖父 98

용산보계(龍山洑契) 83

우익 24, 29, 36, 37, 117

우익청년단 37

우차 56, 72, 75, 115

우체국 33, 42, 70, 71, 114

원동기 61, 62, 63

월파유고 23, 36, 37, 45, 73, 76, 77, 78, 112, 113, 119, 122

위친계(爲親契) 78, 84, 85, 87

위친계갈이 85

위토세 111

유사(有司) 84, 85, 86, 104

유성 86

유신벼 58, 60

유지 25, 37, 50, 52, 86, 98, 99, 104, 105, 108, 113, 114, 115, 117

이농 33, 35, 89

이리 62, 107, 115, 117

이불契 87

이앙기 31, 33, 41, 48, 55, 58, 61, 83, 92

이앙기업자회의 31, 42

2.26사건 37, 38, 113, 134

이익단체 31

이장² 110, 111

이장 24, 25, 29, 30, 36, 38, 42, 43, 46, 48, 56, 57, 58, 71, 76, 77, 78, 79, 80, 84, 103, 104, 110, 111, 113, 117, 122, 124

이장조 77, 78

2.7구국투쟁 37

人共旗 138

인민군(人民軍) 37, 38, 135, 136, 138, 139, 141, 143, 146, 147, 148

인민위원회 38

일고 82

일기 23, 24, 25, 26, 27, 29, 32, 33, 36, 37, 38, 40, 41, 42, 43, 45, 46, 47, 48, 49, 50, 51, 52, 53, 54, 55, 56, 57, 59, 63, 66, 77, 78, 79, 80, 81, 82, 83, 84, 85, 86, 87, 89, 90, 91, 92, 93, 94, 95, 99, 101, 103, 104, 105, 106, 108, 109, 111, 113, 114, 116, 117, 119, 121, 122, 123, 124, 125, 126

일기쓰기 25, 26

일기자료 40, 119, 121, 123, 125, 126

일용고용 28

임실 23, 24, 25, 26, 30, 34, 35, 37, 49, 53, 55, 59, 60, 61, 62, 64, 66, 67, 70, 71, 72, 73, 74, 82, 97, 103, 105, 107, 109, 111, 112, 113, 114, 115, 117, 119, 120, 134, 154

임실군 23, 24, 25, 26, 30, 35, 37, 49, 53, 55, 59, 60, 67, 71, 97, 103, 105, 112, 115, 154

임실천 49, 112

ㅈ

자동차 58, 104, 108, 113

자전거　　　　　　　41, 72, 73, 114

작업반　　　　　　　　82, 89, 90

잠업단지　　　　　　　　53, 64

장경섭　　　　　　　　　39, 40

장려품종　　　　　　　　51, 52

장리(長利)　　　　　　　　30

재산 축적　　　　　　　　24, 28

전기밥솥　　　　　　　41, 70

전주　　25, 26, 27, 34, 35, 41, 42, 43, 49,
　　54, 61, 62, 64, 72, 73, 74, 86, 94, 99,
　　100, 104, 105, 106, 107, 108, 109,
　　111, 113, 115, 116, 117, 123, 154

전토세　　　　　　　　77, 78

전화　　　　　41, 42, 69, 70, 71, 75

정맥기　　　　　　　　　62

정미기　　　　41, 43, 62, 116, 117

정미소　　　　　　　57, 108

정체성　　　　　　27, 48, 115

정화위원　　　　　　　　48

제분기　　　　　　　41, 62

제사　25, 30, 37, 43, 80, 95, 104, 107,
　　108, 109, 110, 115, 116

제사공장　　　　　　　　64

조림사업　28, 29, 31, 41, 46, 66, 67

조상　　　　　34, 37, 109, 111

종계(宗契)　　　　　　　111

종곡(宗穀)　　　　　　　111

종중　　　　　　　104, 111

종친회　　　　　　　　115

좌·우 갈등　　　　　　　24

좌익　　　36, 37, 38, 41, 45, 47

주계(酒契)　　　　　　78, 85

주민총회　　　76, 77, 78, 79, 80

주점　　34, 35, 47, 70, 79, 102

쥐약　　　　　　　　　68

쥐잡기운동　　　　　　41, 68

지붕개량　　　　　　　57, 71

支署　83, 102, 134, 135, 136, 137, 140,
　　143, 146, 148, 149, 150, 151, 152,
　　153, 154, 155, 156, 157, 158, 159,
　　160, 161, 164, 165, 166, 167, 168,
　　170, 174

지역사　　　　　　27, 37, 40

地主　　　　　　　129, 178

ㅊ

차일계(遮日契)　　　　　85, 87

참사　　　　　29, 42, 57, 77

창평리　23, 24, 25, 32, 35, 36, 45, 49, 50,
　　51, 53, 56, 59, 71, 75, 77, 78, 79, 85,
　　86, 90, 91, 92, 95, 101, 102, 103,
　　104, 111, 112, 113, 114, 115, 116,
　　117, 122, 123

창평일기　　23, 27, 45, 55, 56, 57, 58,
　　59, 60, 61, 63, 64, 65, 66, 67, 68, 69,
　　70, 71, 72, 73, 74, 84, 88, 89, 90, 91,
　　94, 98, 105, 113, 117, 119

처가　　　　24, 36, 108, 109, 118

천안　　　　　　　　　94

청운동　　　48, 49, 56, 79, 91, 112

청운제계　　　　　　　　84

청운제수리계　　　　　　84

總代　　　　　　　　　81

최내우　23, 24, 25, 26, 27, 28, 29, 30, 31,
　　32, 34, 35, 36, 37, 38, 45, 46, 47, 48,
　　49, 52, 53, 58, 59, 60, 61, 62, 63, 64,
　　65, 66, 67, 68, 69, 70, 71, 72, 73, 74,

75, 76, 77, 78, 79, 80, 81, 82, 84, 85,
86, 87, 88, 89, 90, 91, 92, 93, 94, 95,
96, 97, 98, 99, 100, 101, 102, 103,
104, 105, 106, 107, 108, 110, 111,
119

추곡공판	52
추곡수납	52
추곡수매	51
추수철	27, 28, 46, 48
출산	42, 68, 74, 75
충남	65, 110, 111
치과	73
치산녹화	55, 67
친목계	30, 33, 35, 48, 85, 86, 87, 114
칠성계(七星契)	78, 87

콩클 대회	80

탈곡기	35, 41, 62, 115
탈맥기	41, 62
택시	72, 169, 171, 174
텔레비전	32
토지개혁	38
통일벼	41, 51, 52, 58, 59, 60, 61, 66
퇴비증산	31, 41, 46, 51, 52, 56
特措法	178
TV	41, 42, 62, 66, 69, 70, 75

포상	51, 52, 59
폭력	34, 113, 116
품앗이	42, 82, 89

학교	24, 27, 35, 36, 42, 43, 47, 49, 50, 55, 58, 87, 92, 98, 99, 103, 104, 105, 106, 112, 113, 114, 115, 116, 124, 154
한국전쟁	24, 29, 36, 37, 38, 45, 47
해방	23, 24, 25, 36, 37, 38, 45, 76, 124
현미기	41, 62
刑務所	137, 148, 151
혼례	85, 107
혼식장려	28, 41, 46
혼인계	87
혼종 현상	39
화폐개혁	38
화학비료	59
환금작물	55, 89
회고록	23, 37, 76
회사	50, 71, 85, 86, 98, 99, 100, 101, 102

저자

이정덕   전북대학교 인문대학 고고문화인류학과 교수

김규남   전북대학교 SSK개인기록연구팀 전임연구원

문만용   KAIST 한국과학문명사연구소 연구교수

안승택   (사)지역문화연구소 연구위원

양선아   전북대학교 고고문화인류학과 BK21 연수연구원

이성호   (사)호남사회연구회 연구위원

김희숙   전북대학교 대학원 고고문화인류학과 박사과정

창평일기 1

초판 인쇄 | 2012년 6월 18일
초판 발행 | 2012년 6월 30일

저   자 이정덕·김규남·문만용·안승택·양선아·이성호·김희숙

책임편집 윤예미

발 행 처 도서출판 지식과교양
등록번호 제 2010-19호
주   소 서울시 도봉구 창5동 262-3번지 3층
전   화 (02) 900-4520 (대표)/ 편집부 (02) 900-4521
팩   스 (02) 900-1541
전자우편 kncbook@hanmail.net

ⓒ 이정덕·김규남·문만용·안승택·양선아·이성호·김희숙 2012 All rights reserved. Printed in KOREA

ISBN 978-89-94955-85-8 93810   정가 13,000원

이 도서의 국립중앙도서관 출판도서목록(CIP)은 e-CIP홈페이지(http://www.nl.go.kr/ecip)에서 이용하실 수 있습니다.
(CIP제어번호: CIP2012002839)